マットの魔法の腕輪

キリキ・ホフマン

道具や機械と会話をし，人の心を読むこともできるマット。彼女がクリスマスイブに出会ったのは，蔦におおわれた塀から現れた緑色の青年エドマンド。精霊に導かれるまま放浪している彼に，なぜか心の通うものを感じたマットは，おんぼろのボルボで一緒に旅に出る。オレゴンのもの言う屋敷で，エドマンドの旧友の幽霊に出会い，彼の幼馴染スーザンを訪ねサンフランシスコに向かう。だが，それはエドマンドが心に秘めた罪を償う旅であり，マットも自分の過去に向き合うことになるのだった……。魔法を信じるすべての大人たちに捧げる，心あたたまるファンタスティック・ロード・ノベル。

登場人物

マット（マチルダ）・ブラック……放浪する若い女性
エドマンド・レイノルズ……精霊に導かれ旅する青年
ネイサン……屋敷にひとり棲む少年の幽霊
スーザン・バックストロム……エドマンドの旧友
リチャード・バックストロム……スーザンの父
アビー……エドマンドの妹
トニー……アビーの夫
キース
アイリス
サラ
……アビーとトニーの子供たち
ゴールド
ジニー
……人の姿をとった魔法
キャロライン・フロスト……スーザンの伯母
パム……マットの姉

マットの魔法の腕輪

ニーナ・キリキ・ホフマン
田　村　美　佐　子　訳

創元推理文庫

A RED HEART OF MEMORIES

by

Nina Kiriki Hoffman

マットの魔法の腕輪

献辞

ジェニー、ナンシー・E、
M・J・イング、〈梟女《アウル・ウーマン》〉、
ポエトリー・ランチの仲間たち、
ホリー・アロー、マーサ・ベイレス、
ブルース・ホランド・ロジャーズ、
レイ・ヴュクセヴィチ、レスリー・ワット
そして、マットの物語をもっと読みたいと言ってくれた
ロイス・ティルトンへ
この本を捧ぐ

第一章

マット・ブラックが苔《こけ》だらけの男に出会ったのはクリスマスイブのことだった。

彼女は開拓者共同墓地の一角で、蔦に覆われた煉瓦造りの塀を背に、石のベンチに腰かけていた。横には賞味期限の過ぎたビニールラップ包みのサンドイッチが山ほど入った茶色の紙袋。短い昼の寒そうな日は暮れつつあった。足もとからもやが立ちのぼり、ひろがっていく。湿った空気は冬の匂いがした。枯れ葉の匂いと、きんと冷えた水の匂いがして、冷たく突き放すかのようだ。この分厚い、薄汚れたアーミージャケットを着ていてよかった、とマットは思った。

はびこる雑草のあいだに立ち並ぶ、苔むした墓石の姿が彼女は気に入った。傾いたものもあれば割れたものもあったが、どれも無口なまま、ぬれた草むらにうずもれ、遠くに行くほどぼんやりとかすんでいた。この場所を訪ねて死者と語り合う人々もとうに絶えたのだろう、その静けさを乱すあざやかな夢は見当たらない。自然との距離もちょうどよく、彼女の好きな、人の手が適度に入った荒れ地だった。ほんのすこし歩けば町なかだから、夕食を済ませたらあたたかくて安全な寝床を物色しに行けばいい。ここには人の手でつくられたものがまだたくさんあり、ほしければ話し相手には事欠かないだろうし、いっぽうには森もあり、もやと黄昏のなかにその姿がぼんやりと浮かび上がっていた。

マットはサンドイッチの包みをひとつ開けて匂いをかいだ。具はローストビーフと黄色いチーズ。おいしそうな匂いがした。ひと口かじってみて、胃袋がなにかしら文句を言わないかどうか確かめてから、残りをたいらげた。パンはぱさぱさだったし、チーズの端は硬くなっていたが、これまで口にしてきたいろいろなものにくらべればはるかにましだった。胃袋が喜んでいる。もうひとつ、ハムとスイスチーズのサンドイッチの包みを開け、調べてみてから、食べた。

座ってくつろいでいると、左側でなにかが夢をみていることに気がついた。葉のイメージのゆるやかな渦が、塀の上にびっしりと生えた蔦のなかからあらわれた。これは植物のみている夢なんだろうか、とマットは思った。植物の心のなかが見えたことはなかったが、彼女には人の心に映る夢や、人によって形づくられたものが心に描く夢をのぞく能力《ちから》があった。植物の言葉がわかるようになる瞬間にしては、なんとも妙なタイミングだった。

マットがその夢をもっとよく見ようとしてそちらを向くと、夢の姿が変わった。葉が重なり合って緑色の皮膚となり、表面がなめらかになって人のかたちがあらわれ、やがて全身緑色の男が頭をゆっくり振りながら、塀の前へ歩み出てきた。

質感のある物音とその匂いで、彼が夢でも幻でもないことがわかった。

マットは横にあったビニールラップをつかみ、投げたら男の顔に貼りついてくれるかどうか訊いてみた。ビニールラップはいいよと答えた。もしこの男が襲いかかってきたら……マットは腰かけているベンチに手をふれてみた。ベンチは古く、眠そうで、動いてくれそうになかった。マットは両足を地面に下ろし、いつでも逃げられるよう身構えた。

男はまばたきをした。その顔はマネキン人形のように無表情で、眉ひとつ動かさず、顔の造作ひとつひとつが、まるで磨き上げられたつくりもののように整っていた。彼は向き直ってマットを見つめた。

「あなた誰？」沈黙をやぶってマットが訊いた。

「エドマンド」男が言った。

「なにか用？」

「なにも」

「なにも？　用がないならなんで動いたの？　塀のなかにずっと入ってればよかったじゃない」欲望のない人間にお目にかかったことなど一度もなかった。

「もう動くときだったんだ」暮れゆく日のなかでエドマンドの肌が変化していった。緑色が薄れ、日灼けした肌があらわれた。服と、くせのある髪は緑色のままだった。服以外の部分が変わったのを見て、はじめてどこが服だったかわかった。Tシャツにズボン——緑色で、びっしりと苔が生えている。浅黒い両腕と顔、両手に両足。凍るような寒さだったが、彼は寒さを感じていないようだった。

「サンドイッチほしい？」マットは言った。

男は伸びをすると、あくびをした。そばに近づいてきた。木彫りのように思えたその表情は、今はむしろ氷のようで、冷たく凍りついているかのようだった……だがしだいにその氷が融けはじめた。男はまばたきをした。やがてにっこりと笑った。これで印象ががらりと変わった。人なつっこく、間抜けな感じにさえ見えた。

マットは念のためビニールラップを握りしめたまま、横にずれてベンチの場所を空けてやった。男は腰を下ろした。

マットは茶色の紙袋をのぞきこんだ。「残ってるのはツナサンドとハムチーズサンドみたい。ツナはいたんでるかも。魚は塩づけ肉よりいたむのが早いから」

「ハムとチーズのをもらうよ。ありがとう」

マットはエドマンドにサンドイッチを渡した。ビニールラップに苦戦している。指がまだうまく曲がらないのだ。マットはサンドイッチをひったくってラップをはがしてやった。「ところで、いつから塀の一部になってたの？」

「さあ。ぼくの車、まだ動くかな」エドマンドはサンドイッチをもぐもぐとかんだ。どこか上の空で、まるで自分の口がたてる音に耳を傾けているようだ。「うーん」

「今日はクリスマスイブだよ」マットは言った。エドマンドはサンドイッチを食べ終え、腰を下ろしたままじっとこちらを見つめて、やわらかく微笑んでいた。

「ふうん。それじゃ二ヶ月くらい塀になってたってことかな」

マットは心の目を開いて彼の心象風景をのぞいてみた。森のなかにある空き地の真ん中に一本の木があり、幹の片側に日射しが当たっていた。風が吹いて木がしなるそのさまは、まるで表皮が肌であり、その下にしなやかなものが流れているかのようだった。木の葉が風になびいて揺らめき、木洩れ日が光のダイヤモンドを投げかけていた。

害はなさそうだが、意味がよくわからない。「塀のなかでなにしてたの？」

「じっと立ってた」

「どうして？」

「精霊に導かれたから」

「は？」

エドマンドは肩をすくめた。「ぼくはなにかがこうしろと語りかけてくるまで、ただあちこちさすらってるんだ。しばらく前にここへ立ち寄ったら、塀が話しかけてきた」

マットの胸はざわついた。もう何年にもわたってアメリカじゅうの長い道のりをひたすら旅してまわり、人の手でつくられたものと言葉を交わしてきた。自分以外に、それらのものと話のできる人間に出会ったことなどこれまでなかった。「塀はなんて云ったの？」

「『来てくれ』って」

彼女は振り向き、蔦のマントに覆われた塀を見た。〈この人に「来てくれ」って云った？〉

マットは塀に訊いた。

〈云ったよ〉塀が答えた。

〈なぜ？〉

〈その人が必要だったんだ〉

たくさんのものたちがマットとの出会いを喜び、そのほとんどが親切にしてくれたけれど、彼女を必要とするものになど出会ったことはなかった。〈どうして?〉

〈頼りになるいい煉瓦なんだ。熱くてね。おかげで隅から隅までよくなったよ〉

マットはエドマンドを見た。彼の両眉が上がった。

「あなた煉瓦なの?」マットは言った。

「れんが」エドマンドは不思議そうに、おうむ返しに言った。

「あなたは煉瓦だって塀が云ってる。熱い煉瓦」

「なんだって?」エドマンドは塀を見た。彼は手を伸ばし、手のひらをぴったりと塀に当てた。ということは、塀との会話は聞かれていなかったらしい。マットはすこしほっとした。長いあいだ、ほかの人間に聞かれることなくものと言葉を交わしてきた。盗み聞きされるのはごめんだった。

エドマンドの腕が赤く煉瓦色に染まった。

〈この人、なにしてるの?〉マットは塀に訊ねた。

〈通じ合ってるんだ〉塀が答えた。〈ぼくに話しかけてるのかい?〉わずかに違う声がした。

〈聞こえるの?〉マットはエドマンドを見た。口をすこし開けて、両眉は上がったままだ。

〈聞こえるよ〉塀が云った。「聞こえるよ」エドマンドが言った。

マットは息をのんだ。〈すごくへんな感じ〉

〈うん〉

　エドマンドはゆっくりと塀から手を離した。肌がまた浅黒い色に戻った。彼はマットに手を差し出した。マットはその手にはふれようとせず、ただじっと見つめた。

「きみの用はなに？」

「あたし？　あたしには必要なものなんてない」マットは言った。

「ぼくはきみのためにここへ来た」

「はあ？」

　エドマンドは手を下ろして自分の膝に置いた。「ぼくはただ精霊の導きにしたがってるんだ。きみのところへ導かれた。望みを思いついたら言ってくれるかい」

「自分のことは自分でする」

「うん」

「ほかにいるものなんてない」

「わかった」

「あなたの望みはなに？」マットはもう一度問いかけた。

　エドマンドは満面の笑顔になった。「なにも」同じ答えだった。「ぼくたち一緒だね」

「あたしは煉瓦になったりしないよ」マットはいらついた。このときまで、自分が他人《ひと》とは違う特別な能力《ちから》を持っているということを、どれほど誇りにしていたか気づかなかった。その素晴らしさを知る人がいなくてもかまわなかった。自分がわかっていれば、今まではそれで充分だった。この男と似かよったところがあるなんて思いたくなかった。

エドマンドは言った。「煉瓦になってみたい？　なかなかいいよ。あんなふうにがっしりしたものの一部になるのってぼくは好きだな」

「やだ」マットは首を振った。「いい、遠慮しとく」

「わかった」エドマンドは両脚を引き上げ、膝をかかえこむと、両足を手でつかんだ。

マットはエドマンドをじっと見守っていた。彼の両手と両足がしだいに石のベンチと同じ灰色になった。やがてあたりはすっかり暗くなり、周囲がはっきり見えなくなった。

「さあて、そろそろ町に戻ろうっと。じゃあね、会えてよかった」

「ぼくも一緒に行こう」

「来なくていいよ」

「そう。わかった。サンドイッチをごちそうさま」

「どういたしまして」マットは立ち上がり、ひたすらもやを蹴散らしながら歩み去った。

マットは電話ボックスで新聞を拾い、今日の礼拝が載っているページに目を通して、そのなかから早い時間に始まるものを選んだ。彼女はクリスマスイブの教会が好きだった。野外劇、クリスマスキャロル、キャンドルやもみの木やヒイラギ、あたたかな空気。熱せられた蠟の匂い、松材の匂い、香をたく匂い、香水の匂い。誰かの一張羅から立ちのぼる防虫剤の匂いさえ好ましく感じた。みすぼらしい厩《うまや》で生まれた子供がやがて大人物になるという考えかたも気に入っていた。

マットは後方の座席に陣取り、目に映るものすべてに胸をおどらせた。子供たちはプレゼントのことで頭がいっぱいだった。もう開けたプレゼント、まだ開けていないプレゼント。楽しみで楽しみで仕方がないようだ。大人たちのなかにも、子供みたいにプレゼントのことばかり考えている人がいた。熱心に祈りを捧げている人がいるかと思えば、眠りの精にいざなわれつつある人もいる。先ほどまでのディナーを思いだしている人。ラッピングをまだ済ませていないとか、いいプレゼントがまだ見つからないと悩んでいる人もちらほらいたが、とりあえず用事を済ませてきた人たちはみな夢心地だった。

目の前の女性は、山と積まれた皿を洗うことばかり考えていた。ため息をついては心のなかで仕事に取りかかり、皿を一枚一枚、スプーンとフォークとナイフを一本一本かたづける。そしてまたため息をついては仕事に戻っていた。

マットはその女性から注意をそらすと、キャンドルの炎を見つめながら賛美歌に耳を傾けている子供に視線を向けた。歌詞の意味を考えながら、キャンドルの炎に目の焦点を合わせたりぼやけさせたりしている。炎、ぼんやりした光の輪、また炎。

あちらにいる子供は赤い服の人がちらりとでも目に映るたび、サンタクロースに会えるのではないかと心をはずませている。

男の人が眠っている子供を抱いていた。自分の娘を見おろしたとき、その腕のなかには黄金の光がみちあふれていた。

あちらの子供は神父を見ているが、その後ろに天使の姿が映っている。あの天使たちはほんものだろうか、とマットは思った。天使たちは穢《けが》れのない笑顔と優しい瞳をしていた。なかは満員だった。教会そのものに生命が宿り息づいていて、すべてが一体となり、まるでさまざまな細胞や組織がぎっしりつまった大きな生命体のようだった。

マットはあの苔だらけの男が来やしないかと目を配っていた。いったいなんのつもりだろう？ ふつうの人間ではなかった。彼がどういった男なのか、彼女には測りかねた。

教会を出るまで彼の姿は見かけなかった。閑静な住宅地を歩きながら立ち並ぶ家々と言葉を交わし、一夜の飛び入り客を歓迎してくれるかどうか訊ねては、そこで行われたパーティの話や、なかにある電球で飾られた木の話や、住人がそれはきらびやかに飾りつけしてくれたときのようすなどに耳を傾けていた。すると、古ぼけてさびが点々とついた茶色のボルボのステーションワゴンが、その外見にそぐわずエンジン音をほとんどたてずに脇へすうっと寄ってきて、エドマンドが反対側から身を乗りだし、助手席の開いた窓から声をかけてきた。「乗るかい？」

「えっ？」

「乗るかい？」

「乗らない」逃げたほうがいいだろうか。

エドマンドは車を歩道に寄せてエンジンを切った。「ひとりで平気？」彼は車を降りた。今はもう、ハイキングブーツを履いて黒っぽいジャケットをはおっていた。

〈彼、どういう人？〉マットは車に訊ねた。

〈あなたを傷つけるようなことはしないわ〉車が答えた。その声は穏やかであたたかみがあり、女性の声を思わせた。

〈傷つくってどんなことか知ってるの?〉

〈知ってますとも。すくなくとも、人がどんなことで傷つくかすこしは知ってる。エドマンドはぜったいにあなたを傷つけたりしない〉

「なにが望み?」マットはエドマンドに三度目の質問をした。

エドマンドは車の前をまわり、彼女のそばに立った。「きみと一緒に歩きたい。きみの手を握りたい。きみに今夜、こごえることなく安心して過ごしてほしい」

「なぜ?」

「精霊がぼくをそう導いているから」

エドマンドはマットが差し出した手を取った。革手袋ごしに彼の手の温もりが伝わってきた。力強い手だが乱暴ではなかった。「ありがとう」

「わけわかんない」マットはつぶやいた。

「いいさ」エドマンドは手を握ったまま彼女の隣に並んだ。「すこし歩こうか?」

「うん」

ふたりは黙ったまましばらく歩いた。マットはふたりぶんの吐息が目の前で薄いもやとなり、オレンジ色の街灯がそのもやにまるく浮かび上がるさまを見つめていた。炎が空中に浮かんでいるようにも、ちっぽけな星ぼしが低くかかっているようにも見えた。隣にいるエドマンドは背が高く、握った手はあたたかで、足音はごく静かだった。警戒心が解けるにはしばしの時間がかかったが、マットはいつしか、誰かと一緒に歩く心地よさを感じはじめていた。最後に誰かとこんなふうに歩いたのはいつだっただろう――そもそも、そんなことがあっただろうか。

「ときどき、ただ流されてしまおうかって思うこともあるんだ」やがてエドマンドが口を開いた。「ぼくには妹がいてね。たまに会いに行く。地に足がついているのはそのおかげなんだ」

「あたしも姉さんとは春に会った」マットは昨年のクリスマスに、何年かぶりで姉と話をした。春にはヒッチハイクで地図の上のほうにある道をはるばるたどり、オハイオからシアトルまで行った。乗るかいと声をかけてくれたなかには人もいれば、愛想のいいトラックもいて、サービスエリアにいたマットを後ろのドアから招き入れ、道が分かれる段になると近くのサービスエリアで降ろしてくれた。

パムとの再会はよそよそしく、どこかぎくしゃくしていた。自分と姉のパムの出発点は同じ場所にあったのに、ふたりはまったく異なった道を歩み、もう共通点はほとんどなかった。パム夫妻はマットに部屋を貸し、仕事も紹介してくれた。マットはこわれた皿洗い機を修理したり、機嫌の悪い掃除機やくたびれた乾燥機を直したりしていたが、やがて姉を抱きしめて別れの挨拶をすると、彼女のもとを去った。

「たいていはただ転々と放浪しながら、必要とされるときを待って、それからぼくにできることを突きとめるんだ」エドマンドが言った。

マットもまた、ものだけを友として放浪をつづけていた。人に手を貸すこともあったが、救いの手を差しのべる相手を求めてさまよい歩いたりはしなかった。「あなた自身の望みは?」

エドマンドは言った。「よくわからない」ふたりは歩きつづけた。「昔は自分のしたいようにしていたけれど、あるとき気持ちのおもむくままにしたことが、間違ったことだった。恐ろしくなった。そんな自分がいやだった。だからぼくは正反対のものになろうと決めたんだ」

「それで相手のほうが助けを求めてくるわけ?」

彼はうなずいた。「まったく急を要しない場合もある。墓地にあった塀はもうずいぶん前から崩壊しつづけていて、局所的な時空連続体のバランスを崩すことなく分解しつづける場合も考えられた」マットは彼の顔を見上げた。エドマンドは微笑《わら》った。「わかってる、なんでこんな話しかたをしたんだろう。話すこと自体苦手なのに。あの塀はもとどおりの形になりたがっていた。ぼくは手が空いてたから、そのなかに溶けこんで、塀が自分のかけらを引き寄せてしっかりとくっつけるのに手を貸したんだ。そしてちょうどそれを終えたとき、きみがあらわれた」

「次に助ける相手が、どうしてあたしだと思うの?」

「精霊がそう導いたから。ひと仕事終えると次が来るんだ」

「それであたしにはなにをするつもり?」

エドマンドは首を振って微笑んだ。「やめておくよ。きみはぼくも、ほかの誰かも必要としていないみたいだから」

マットは街灯のはざまの暗がりに立ち止まり、道の向こう側にある、色とりどりの電球が点滅する家を見つめた。光がぼやけて見えるのは、涙で目頭が熱くなっているからだった。彼女の内でなにかが震えた。小刻みな震えが、はけ口を求めて身体のはしばしに伝わり、やがて大きな震えとなって襲ってきた。

「どうしたの?」エドマンドがちいさな声で言った。

「あたし――」マットは彼の手をさらに強く握りしめた。

エドマンドは震えるマットの隣に立っていたが、やがて一歩近づくと彼女を腕のなかに包みこんだ。マットはエドマンドにしがみつき、彼の胸に顔を押しつけた。彼は木が燃えたときの匂いと、春の空気が混ざり合ったような不思議な匂いがした。涙のかたまりがのどもとへこみ上げてきた。マットはそれを押し戻した。こんなろくに知りもしない男の前で泣くのも、しがみついて泣くのも、とにかくこの男のいるところで泣くのはいやだった。今までずっと我慢してきた。絶えて久しく泣いたことなどなかった。誰かに聞かれるかもしれないとなればなおさらだった。

エドマンドは彼女の背中の、肩胛骨のあたりを片手で優しく上下になでた。彼はあたたかく、毛糸と火の匂いがした。

〈なんなの? なにするのよ?〉マットは声を出さずに叫んだ。

〈待ってるだけだ〉エドマンドは応えた。

〈無理じいはやめて!〉マットは心のなかでわめいた。

エドマンドは黙って立っていた。その腕はかるくまわされているだけだった。一歩後ろにさがりさえすればいつでもその腕から逃れられた。エドマンドはじっと動かず、マットにはただ、頬と耳もとに届くゆっくりとした呼吸と、かすかな心臓の鼓動だけが感じられた。

〈待ってるだけだ〉

なにかが暴れまわっていた。マットの内なるなにかが。圧迫感が胸からのどもとへこみ上げてきた。苦しい！　熱があるときのように頭が熱くなった。ついに彼女はひとつしゃくり上げ、ふたつしゃくり上げ、やがて堰を切ったように泣きじゃくりはじめた。すると、暴れまわっていた熱く重いしこりが軽くなった。マットは身を震わせて泣き、みっともないほどこみ上げてくる涙をぐっと飲みこんでは大きな音をたて、鼻水を垂らし、のどの奥で息をした。エドマンドはじっと立ちつくし、ただマットを抱きしめていた。

泣くのを我慢するのをやめたらだいぶ楽になった。マットは泣きじゃくり、ただ涙が出るにまかせたが、涙のほうでもそうしてほしかったようだ。泣いているうちに、なにもかもわからなくなってしまったが、そんなぜいたくな気分もまた、ここ数年間、まわりのあらゆるものとどれほど交流を深めても味わえなかったものだった。どうすれば泣きやむことができるのだろうと不安になったが、そんな思いもほかの不安とともに遠くへ追いやってしまった。

ようやくすすり泣きがおさまり、泣きたい気持ちもすっかり消えたとき、マットは自分がどこにいるのかわからなかった。身体じゅうがあたたかく、なにか堅いけれども平らではないものの上に寝ていた。でこぼこしていて両端が落ちている。のびた麺類のようにぐったりとした気分だった。マットは頭を持ち上げた。暗くてよく見えなかったが、真下に顔があるとわかった。穏やかに眠る、彫像のようになめらかな顔。両腕は彼女にまわされていた。掛けてあるのは毛布？ よくわからない。

ふたりぶんの呼吸に耳をすませてみると、自分たちはどこか狭い場所にいるようだった。

マットの両腕はだらりと脇に垂れていた。そうっと腕を引いて手をつき、自分が乗っているものの上から身体を持ち上げようとした。まわされていた腕がほどけた。顔をのぞきこむと、それはあの男、エドマンドだった。しかもあろうことか、マットは彼の上で寝ていた。男に身体を預けて寝ていたのだ。酒とドラッグに溺れていたあの数年間以降、けっしてするまいとしてきたことだった。エドマンドの両目が開いた。彼は穏やかな表情でマットを見た。

「だいじょうぶ？」エドマンドは訊いた。

マットは袖で鼻をこすった。「わかんない。なにがどうなっちゃったの？ ここはどこ？」まわりを見まわした。ふたりのいる場所は狭く閉ざされていたが、窓があった。一面に曇った車の窓だった。

「ぼくの車のなかだよ。後ろにふとんが敷いてあって、ここで寝ることもある。泣くんだったら、寒い夜の歩道の真ん中よりここのほうがいいんじゃないかと思って」

「出して」マットはあわててエドマンドの上から下りるとドアのひとつに向かってはっていき、死にものぐるいでレバーを探し当て、押したり、引いたり、ひねったりした。袋のねずみだ。身体じゅうがパニックを起こして悲鳴をあげた。

エドマンドは隣にいた。彼はマットの手の下に自分の手を差し入れてドアを開け、彼女は道路に転がり出ると、飛び起きて駆けだした。

一ブロック。マットは角を曲がった。隠れられそうな場所を探し、低いフェンスとこんもり茂った一本の木に目をとめると、フェンスを飛び越え、木の枝が落とす影のなかに身をひそめた。息を整え、落ちつきを取り戻そうとした。

誰も追いかけては来なかった。

ふだんは人の手でつくられた建物に迎え入れてもらったり、どこか暖を取れる場所を見つけてその夜の宿としていたが、今夜はとにかく木の陰の冷たくじめじめした地面に縮こまり、心を静め、なんとか眠ろうとした。

マットは両耳が隠れるほど毛糸の帽子を引き下げ、長いこと膝をかかえて横になっていた。首が寒く、片耳は帽子一枚隔てたきりで地面に触れていたので、氷のように冷たかった。冷たい空気が、厚手のソックスの縁からズボンをはいた両脚にはい上がってきた。いつもなら、こうした感覚などひとつずつ追い出し、心地よく安心した気分で、そのうち眠りにつくことができた。

今夜は妙な気分だった。頭のなかがふわふわした。身体じゅうが落ちつきを失い、なじみのないドラッグでも使ったような気分だった。凍死するほどの寒さではないとこれまでの経験からわかっていたが、寒いことに変わりはなかった。マットは手袋をはめた両手で首のまわりを覆った。手袋のすべすべした表面はむき出しの肌にひんやりと冷たく、ますます寒くなって目がさえた。

マットはため息をついて起き上がった。これまで、精一杯自分で自分の面倒をみてきた。うまくいかないこともときにはあったが、自分の生きかたが気に入っていた。ただ、今は温もりがほしかった。

マットはエドマンドの車のなかがどんなにあたたかかったか、その温もりがどんなに不思議な心地だったかを思いだしていた。まわされた両腕はけっしてきつくなかったが、抱きしめられていることはちゃんとわかった。でもあの男に言われるがまま、助けを借りるなんてやはり気が進まなかった。この自分にはたらきかけるよう取り計らうなんて、いったいどんな精霊なのだろう？　あらゆるものに精霊が宿っていることは知っていた――話しかける相手はいつもさまざまなものに宿る精霊だった――だがあれこれ指図されたり、代わりになにかを取り計らってもらったりはしなかった。エドマンドはかつがれているのかもしれない。その精霊とやらに利用されているだけなのかも。

だがたとえかつがれているのだとしても、エドマンドはマットに優しくしてくれた。

マットは身体を伸ばし、覆いかぶさった枝の下からそろそろとはいだした。芝生を横切り、フェンスをぴょんと飛び越えて、歩道に膝をついた。そして手袋をはずし、冷えきったコンクリートに手をふれた。〈エドマンド？〉マットはコンクリートに訊いた。〈苔男《こけおとこ》さん？〉

〈違うよ〉歩道が云った。

〈あたしが言ってる人のことはわかる？　その人がどこにいるか知ってる？〉

〈訊いてみよう〉

問いかけは細い糸となり、波紋のごとくまわりにひろがっていった。腰を下ろして待っていると、地面についたジーンズの尻から冷たさがしみてきた。長距離の問いかけを送ったことなら以前にもあり、ちゃんと返事もきた。だが、歩道がどうやってエドマンドを見分けるのだろう、とマットは心許なく思った。

もやが立ちこめて夜はひっそりと静まりかえり、物音ひとつしなかった。ポーチの明かりやクリスマスの電飾や街灯のともしびが、ほんのすこし離れた場所にぼんやりとかすんでいた。マットは手を伸ばし、横のフェンスがまだちゃんとそこにあるかどうか確かめた。

足音さえ聞こえなかったのに、エドマンドがもやのなかから姿をあらわした。彼はマットの前に膝をつき、優しく微笑んだ。「やあ」

マットが両手をひろげるとエドマンドは前に進みでて彼女を抱き上げ、やがて立ち上がった。彼はマットを抱いてしばらく歩いた。彼女はエドマンドにしがみつき、ふと記憶をたどった。最後にこんなふうに抱き上げられ、その男性《ひと》に腕を伸ばし、その温もりに包まれて、とても安心した、不思議な気持ちになったのはいつだっただろう。彼女の胸にはなにも浮かんでこなかった。

エドマンドは立ち止まって、片手を車の後部ドアに伸ばした。ドアは音もなく開いた。彼は前かがみになり、ふとんの上にマットを乗せた。あたたかかった。彼の車のなかは、高原に生える松や、荒れ地に生えるセージのような匂いがした。彼女が暗い奥へ入っていくと、エドマンドはあとにつづいて乗り、ドアを閉めた。

マットは車の前のほうにはっていき、助手席の背もたれの裏に寄りかかると、帽子と手袋をポケットにつっこんで、身体のはしばしにあたたかさがじんわりしみとおってくるのを待った。

「のどが渇いてる?」やがてエドマンドが訊いた。

「そうかも」

彼は黒っぽい箱のようなものを開け、ゴボゴボと音のするなにやら細長いものを引っぱりだすと、差し出した。

「なにこれ?」

「水」

マットは手を伸ばした。その手がエドマンドの手にふれた。「あったかいのね」マットはちいさな声で言った。「どうしてそんなにあったかいの?」

「精霊のおかげさ」エドマンドはボトルをあちらこちらへ動かしてようやくマットの手のなかにおさめた。プラスチックのボトルはひんやりと冷たかった。

マットは蓋を開けると、冷たい新鮮な水をすこし飲んだ。「ありがと」

「どういたしまして。呼んでくれて嬉しかった」

「どうして?」マットはもうすこし水を飲んでから、ボトルに蓋をして返した。

「もう一度きみに会いたかった」

「どうして?」

「わからない」エドマンドはもどかしそうに言った。「どうしてだろう。ぼくには——それがなんなのかわからないけれど、なにかが必要なんだ」

「あたしのなにかが必要なの？　あなたに必要なものはみんな精霊がくれるんだと思ってた」

「ぼくもそう思ってた、きみがいなくなるまでは」エドマンドはしばらく黙っていた。「その前まではなんともなかったのに、胸のなかがずきずきと痛いんだ」

「えっ、だめ。それはだめ」好きになった人々をあとに残してくるたびに心のなかでときおり生まれる、ぽっかりと穴の開いたような気持ちがマットの胸によみがえった。たいてい誰もが自分の家においでと言ってくれた。そうした人々と暮らし、ともに過ごすこともできることを誰もが教えてくれた。そこには慰めと友情と温もりと未来があり、根を下ろすには最高の土壌だった。だが、ひとところにひと月以上とどまることを想像したとたん、パニックの炎がマットの身体を駆け抜けた。足の裏がむずむずして進まずにはいられなかった。遠くの道がマットを呼び、先へ先へといざなった。

いったん何マイルもの距離を置いてしまうと、その土地やそこの人々の素晴らしさがひしひしと感じられた。残してきたものがなつかしかった。過ぎてしまった時間が恋しかった。夏の朝に誰かの家の裏口で食べた、オレンジママレードの載ったイングリッシュマフィン。冬の夜更けに、はぜるたき火のそばでロバート・サーヴィスの詩をそらんじていたおじいさん。汚い身なりをしたわんぱく坊主の一団と肩を寄せ合い、屋根裏の乾草置き場にみんなして隠れ、あたふたと走りまわる大人たちを見おろしたこと。公園でやっていたクラシックコンサートの最中にひとり芝生に腰かけ、人々のみている夢をのぞいたこと。ある七月四日の独立記念日に老夫婦と見たスタジアムの花火。失うのは心が痛んだ。だがマットはけっして戻らなかった。

「きみはだめって言うけれど、それでもやっぱり痛むんだ」エドマンドはつぶやいた。

「ごめんなさい」マットは手を伸ばし、エドマンドの手を握った。あたたかいその指がマットの指を握り返してきた。

「きみも感じるんだね」

「うん」マットはちいさな声で言った。「でもどうしたらいいのか、あたしにはわからない」

エドマンドはマットのほうへ寄ってきて、握った手を放すと肩を抱いた。彼女は不思議な気持ちをおぼえながら、彼の胸にもたれた。ふとんと車の内張りのあいだに片手を押しこんだ。

〈この人の望みはなに？　この人が必要としているのはなんなの？〉エドマンドからはまともな答えがひとつも返ってこないので、マットは車に訊いてみた。

〈タイヤが四つともパンクして、スペアタイヤもなければいいなって思ってる〉車が云った。

「やだ！」マットは思わず吹きだした。

「なに？」エドマンドが訊いた。

「車がね、あなたの望みはタイヤが四つともパンクして、スペアタイヤもないことだって」

エドマンドはすこしのあいだなにも言わなかった。やがて彼はようやく口を開いた。「そうかもしれない。きみもそんなふうに感じたりする？」

マットはかぶりを振った。「ううん。しない。一ヶ所に縛りつけられたりしたら頭がへんになっちゃう」

「ほんとうに？」

もちろん。「ううん」

「そうなのかな。もう精霊にしたがってまわらなくてもいい頃合なのかもしれない。精霊はどこにだっている。しばらくここにとどまってもいいかもしれないな」

「ここに？　こんなど田舎のちいさな古い町に？」

「そう思ったなら、なぜここへ来たんだい？」

「だって、あたしの行く先にはいつでも目新しくて面白いことが待ってるんだもの」

「そうだね。ここには野生生物保護地域があって、保護の手を必要としてる。今日の夕方きみと別れたあとに見つけたんだ。活性化が必要な土、毒抜きをしてほしい水、元気の足りない植物、もっといい隠れ家やもっとたくさんの餌がほしい動物たち。そんなものに手を貸すのもいいね」エドマンドはふとためらって、やがて口を開いた。「きみに手伝ってもらってもいいな」

「あたしには無理だわ」そんな風景のなかにマットと話のできる相手はいない。せいぜいエドマンドだけだ。マットは器具や機械とはじつにうまくつき合うことができたが、植物や動物が相手となるとお手上げだった。

「きみはどうしたいの？」

「今、それとも明日？」

「今」

「もう寝たい、かな」

エドマンドは笑った。笑っているのが感じられたし、笑い声も聞こえた。「メリークリスマス」彼はマットの両肩に優しく手をかけてそっと支えると、ゆっくりとふとんの上に横たえ、あおむけに寝かせた。彼女もされるままにしていた。彼は身体を傾けて車の後ろに手を伸ばし、なにかを引っぱりだしてふたりの上に掛け――キルトだった――マットの隣で横になった。

「メリークリスマス」マットはそっとささやいた。


マットが酒とドラッグに溺れ朦朧としていた数年間には、知らない男の横で目が覚めることなどしょっちゅうで、頭は二日酔いとクスリの名残で割れるように痛み、身体はどこでどうつくったのかもわからないあざだらけ、精神《こころ》をずたずたにかきむしる傷とうずく痛みを、次の夜が来る前にひたすら酒で洗い流していた。ものが話しかけてくるようになる以前のことだ。あの頃は、人間に話しかけられたときでもたいてい相手の話に興味がなく、理解しようともしなかった。とにかくできるだけ酔いつぶれてしまうことが先決だった。そうすればすべてを忘れられた。そうしなければ耐えられなかった。

朝の光に目を覚まし、こんなに近く男の顔に見入ったりしたのは、立ち直ってからの数年間ではじめてのことだった。エドマンドは目を閉じていた。穏やかで深い寝息はミントのような匂いがした。

こんなにまじまじと顔をよく見たのもはじめてだった。エドマンドは……きれいだった。長々と見ていればたいていのものはきれいに見えてくるものだが、エドマンドは最初に見たときからきれいだった。つややかに日灼けした肌に包まれた、整った両頬とあごの骨、まっすぐな細い鼻、しっかり閉じた丸いまぶたとそれを縁取る黒っぽいまつ毛、形よくアーチを描く濃い眉、広く整った額、金色がかった茶色の巻き毛。口は眠りながら微笑《わら》っていた。

　彼は片目を開け、もう片方の目を細めていた。瞳は緑色だった。「おはよう」

「おはよ」マットは目をそらした。エドマンドはあたたかく、すぐそばにいたが、身体はふれていなかった。

「夢はみた？」

「憶えてない。あなたは？」

「みたよ。子供の頃の夢をみた」

「あの頃とはずいぶん違っちゃった」マットは高校二年のとき母親に連れられ、プロム（学生のダンスパーティ）に着ていくドレスを買いに行った。「これ着てごらんなさい、マチルダ」マットがあれこれと試着するたび、鏡のなかに知らない娘があらわれた。腰まであるウェーブのかかった茶色の髪、むだ毛を剃った脚と脇の下、胸にはきらめくスパンコール。マットは鏡のなかの自分を見て、どんな未来が待っているのだろうと思いをはせた。王子さまはいる？　はなやかな仕事が待ってる？　大学は？　パーティは？　胸のときめくような出来事が起こる？

　一度としてこんな未来を思い描いたことはなかった。

「そのとおりだ。どうしてわかったんだい？」エドマンドは起き上がると伸びをして、両方の手のひらを車の屋根に押し当てた。マットも起き上がり、あぐらをかいて彼に向き合った。エドマンドが言った。「こんなふうに力を使えるようになって、どう対処したらいいか突きとめなきゃならなくなる前、仲のいい友達がいた。放課後になると毎日みんなでいろいろなことをしたよ。くだらないことさ、誰かの家に行ってテレビ漫画を見ながら砂糖がけのシリアルの箱に手をつっこんで食べたり、自転車で坂を駆け下りて、下にあるものにぶつかる前にブレーキをかけられるかどうか競争したり。スリルを味わいたいばっかりにね。一日じゅうちいさな模型飛行機を組み立ててたこともあった。みんなはどうしてるだろう。ずいぶん長いこと思いだしもしなかった」

「もう会ってもわからないんじゃない」

エドマンドは微笑んだ。「わかると思うよ。とても仲が良かったんだ」

「向こうがわかってくれるかしら？」マットがシアトルに住む姉の家のドアをたたいたとき、なかから男性があらわれた。男はさっと怪訝そうな表情になった。ああそうか、とマットは思った。最後にコインランドリーを使ったのは三つ前の州だったが、頭を丸刈りにしてもらった床屋からはほんの数マイル来ただけだったし、最後に乗せてもらったのはタマネギを運ぶトラックの荷台だった。肩からは身のまわりのものを入れた黒いビニールのごみ袋をかついでいた。アーミージャケットには、それまでに出合ったありとあらゆる泥や油が地図のようにしみついていた。靴には穴が開いていた。

「なんだね？」男の言いかたはきつくはなかった。

「パムはいる？」

「ちょっと待ってな」男はドアを閉めた。数分後にドアが開き、なかから重たげなロングヘアの女性があらわれた。青い緑の眼鏡をかけ、緑色の長いワンピースを着た姿は女王さまのようだった。

「姉さん？」マットは言った。

「マッティ？　あなたなの？　ああ、マッティ！」パムは背中をなでて抱きしめてくれた……ゆうべエドマンドがここへ連れてきてくれたときと同じように。温もりに包まれ、安らぎ、守られた気持ちになった。だがパミィが相手では、それもほんのひとときだった。そのあとマットは質問攻めにあった。

「みんながわかってくれるかどうかはわからない」エドマンドの顔に笑みがひろがった。「確かめに行ってみるのも面白そうだね」

「保護地域とやらはどうするの？」

「精霊のつかさどる仕事をそろそろひと休みしてもいいんじゃないかな」こう言った一瞬ののち、エドマンドは目をまるくして、ぐるりと視線をめぐらせ、車のなかを、マットを、天井を見た。まるで合図かなにかを待っているようだった。なにも起こらなかった。

「お使いの役目を一度やめて、また始めるのは大変なんじゃない？」

「やめるつもりはないよ」エドマンドはしばらくじっと座ったまま、マットの肩の向こうを見つめ、なにかが気にかかるようすで眉をひそめていた。「ぼくはこのまま変わらずに、なにか必要だとか、なにかしてほしいという声に敏感でいようと思う。でもちょっと気分を変えて自分で道を選んでみるよ、なりゆきまかせにせずに。なにかを訊ねるときも、次になにをすればいいのか教えてもらうためじゃなく、答えを知るために訊く。それでもいいかい?」エドマンドは天井に目をやり、すっかり曇って霜のついた窓を見ると、車の前のほうに視線を移した――マットも前のほうを見やった。するとダッシュボードはさまざまなもので覆いつくされていた。枯れ葉、曲がりくねった流木、鳥の羽根、苔、ドングリや植物の種のさや、貝殻、野鳥の卵の殻、タコノマクラ（平たいウニの一種）、くしゃくしゃになったガムの銀紙、教会のメダル《メダイユ》、すべすべの小石、ぎざぎざの小石、ヘビの抜け殻……

ヘビの抜け殻がふわりと宙に浮いた。

マットは自分の身体を抱きしめた。おまえのやっていることは魔法だと他人《ひと》に言われてきた。生命なきものに話しかけると、ものたちは生命を吹きこまれて動きだしたからだ。彼女はそれを魔法だとは思っていなかった。鍵を開けるかどうかはドアの自由だし、コーヒーをかき混ぜるかどうかはスプーンの自由だった。マットはただ、そういうこともできるのだと、ものたちに教えただけだった。

だがこのヘビの皮は自分の意志で動いてはいなかった。なにかほかのものがそれを動かしていた。マットにはわからない、見えないなにかが。

抜け殻はふわふわと前部座席の上を飛んでくるとエドマンドの手首に巻きつき、しばらくまとわりついてから下に落ちた。

「ありがとう」彼は抜け殻を拾って頬に押し当てた。

「いいよってこと？」マットが訊いた。

エドマンドは微笑んだ。「変わることも成長だ、メリークリスマス、って」

「それじゃあなたは友達を捜しに行くの？」

「ああ」

もし見つけたとしても、エドマンドだとわかってもらえなかったり、思いだしてもらえなかったりしたら？　見つけたとしても嫌われていたら？　あまりの変わりように向こうが恐れをなしたら？　マットはエドマンドを見て、蔦だらけの塀から歩み出てきたときの姿を思い浮かべたが、テレビ漫画を見ながら砂糖がけのシリアルを食べている少年とはとても結びつかなかった。もしエドマンドとその友達には、もうなにも接点がなかったとしたら？　こんな晴れわたった冬の朝なのに、彼の向かう先には失望が待っているだけだとしたら？

エドマンドは大人の男だし、魔法使いだか精霊の使いだか、そういったものだ。マットと同じように何年もひとりでやってきた。自分で自分の面倒はみられるはずだ。

マットは昨夜涙がこみ上げてきたときのことを思いだした。身体のどこかで生まれた川はゆきつく先もなく、ずっとせき止められてきた。エドマンドは滝のそばで待っていてくれた。問いつめるでも答えを強いるでもなく、話しかけるのでも決めつけるのでもなく、ただ待っていてくれた。

もし彼のなかにも同じような川があるとしたら？　その川があふれだしたとき、誰かエドマンドのそばにいてくれたことがあったのだろうか？　彼を導く精霊がそういうことを引き受けてくれるのかもしれないが、そうとはかぎらない。ヘビの皮をよこした精霊と、こごえて悲しみにうちひしがれたときに抱きしめてくれる腕とは別のものだ。

「一緒に行ってもいい？」マットは言った。

エドマンドの顔に笑みがひろがった。「それは素敵だ」

素敵どころかとんでもない。誰かにこんなことを訊いたのは生まれてはじめてだった。あたしはなにを考えてるんだろう、彼を助けられるとでもいうの？

でもひょっとしたら。

第二章

「子供の頃からの親友のひとりに会ってもらってもいいかな？」エドマンドが訊いた。

「いいよ」マットは言った。

ふたりは、海風の吹きつけるオレゴン・コーストのちいさな町ガスリーの通りを歩いていたが、町はもやに包まれ、夜の帳《とばり》が下りようとしていた。潮と魚と雨の匂いのする風がマットの顔に冷たくキスしていった。ここが、エドマンドの育った場所だった。

エドマンドのくたびれた茶色のステーションワゴンに乗り、ふたりが出会った場所からここまで二日かかった。

エドマンドは横丁に車を停めた。ふたりは海岸沿いのハイウェイをのんびりと歩き、クリスマスの飾りつけがまだそのままになっている、電気の消えた店先のショーウインドウをのぞきこんだりしながら、終夜営業のパン屋に立ち寄り、持ち帰り用にドーナツの六個入り詰め合わせと、蓋つき容器入りのコーヒーを買った。マットは自分のコーヒーにクリームと砂糖を山ほど入れた。エドマンドがカウンターの奥の大柄な女性ににこりと微笑みかけると、向こうも微《ほほ》笑《え》い返してきたが、彼が誰なのかわかったようすはなかった。

「知ってる人？」パンの香りのするあたたかい空気のなかからふたたびひんやりした夜の通り

に出てくると、マットは訊いた。

「うん。ミセス・ダンヴァーズだ」エドマンドはドーナツをひとつ食べ終わると指をなめた。

マットはドーナツの袋の口を開いて差し出したが、エドマンドは首を振った。彼女は袋の口を巻いて閉じ、アーミージャケットの大きなポケットにつっこんだ。熱いコーヒーをすすり、甘さとなめらかさと苦みをしばし舌の上で転がしてから飲みこむと、言った。「あの女性《ひと》、あなたに見おぼえがなかったみたい」

エドマンドは両手を濃紺のピーコートのポケットにつっこみ、肩をすくめた。「たぶん別人に見えたんだろうな。よくわからない。鏡を見ても、ここを出ていったときとちっとも変わらないんだ――あのときぼくは十八歳だった。妹はどんどん歳を取っていくのに、ぼくはぜんぜん歳を取らない。ぼくの身体の成長をさまたげてるのは精霊の力の副作用かもしれない、なぜそんなことになるのかはわからないけど。それともひょっとしたら、鏡にはほんとうの姿が映らないのかも」

「へんなの。ちっとも変わらないなら、どうしてあの女性《ひと》にはあなたがわからなかったんだろ？」

「わけがわからないな」

マットは飴がけのオールドファッションド・ドーナツをひとつ食べた。ふだんは食べものを買ったりしなかった。ごみ箱をあさるほうが安上がりだし、手軽だった。なにしろごみ箱が探すのを手伝ってくれたから。エドマンドには多少持ち合わせがあった。ときどきアルバイトをしてお金をもらったんだ、と言っていた。それにたいしているものもないし——たいていのことは精霊がなんとかしてくれたので——ガソリン以外に金を使うことはなかったのだそうだ。この揚げたてのドーナツほどおいしいものを、マットは久しく口にしていなかった。ずっと残しておきたいくらいだったが、そうするにはあまりにも空腹だった。「この土地を出てからどのくらいになるの?」

「そうだなあ……十一、二年だと思う。不思議なもんだな。もしかしたら十五年くらいたってるかもしれない」

「その友達が、まだこのあたりに住んでるってどうしてわかるの?」彼の友人たちの名が、今でも電話帳に載っているかどうかも確かめていなかった。彼が精霊に訊ねていたようすもなかった。

エドマンドの子供の頃の友人たちは、精霊の使いだか伝道師だかになってしまった昔の友達をどう思うだろう? おせっかいに他人のことを変えたがる相手に対しては、マットはどうしても身構えてしまった。だが、エドマンドは押しつけがましくなかった。無理じいはしない。ただ救いの手を差しのべるだけだ。

エドマンドは言った。「それはね、その友達がぼくの知り合いのなかでもとくに、特別な場合をのぞいて、自分の住処《すみか》から離れられないからなんだ。幽霊だからね」

「ゆうれい!」マットはこれまで、人々のみる夢を幾度となくのぞき、旧い記憶をたたえた建物や、車や家財道具、番地表示板のないドアと何度も言葉を交わしてきた。死者を悼む人々の記憶のなかに幽霊の姿を見たこともあった。それは、悲しみに沈む夢の内に棲む幻たちだった。だがそうした夢のかずかずにこちらからはたらきかけることはできなかったし、向こうからはたらきかけてくることもなかった。思い返してみても、誰かの頭のなかで見たほかは、幽霊に出会ったことがなかった。その幽霊は自分にも見えるんだろうか、とマットは思った。

「ぼくは魔法使いだ。きみは車や塀や歩道と話ができる。なのに幽霊に驚くのかい？」エドマンドが訊いた。

「だって」

「おいでよ。彼は北の町はずれの屋敷にいる」エドマンドの歩調が速くなった。マットは急ぎ足で、彼の広い歩幅についていった。

「町の景色はどう？」マットは訊いた。

「ほとんど変わらないよ、とりあえずこのあたりは」エドマンドは言った。ふたりはレストランの横を通り過ぎた。ドアが開いて、家族連れがなかから出てくると、おいしそうなシーフードの香りがただよってきた。「この店ははじめて見た。それに、ぼくら家族のお気に入りだったレストランがなくなってる。不動産会社に変わってしまった」彼は通りの向かいにある、タイドウォーター不動産という看板を指さした。「山道を抜けてきたときに見かけた看板に描かれていたのも、ぼくがここに住んでいた頃にはなかったものばかりだった。アウトレットの店。カジノ。蠟人形館。巨大なコンベンションホテル。でもそのどれも、ハイウェイのこのあたりからは見えない。やあ、この店はずっと昔からある」ふたりはこまごましたみやげものが並んだ店のウインドウをちらりと見た。〝オレゴン・コースト〟と書かれた台湾製のマグカップ、セメント製のカモメ、このあたりの海のものではない貝殻でつくられたカニ。「なかのがらくたもおんなじだ」エドマンドは微笑んだ。

「見おぼえのあるものはたくさんあるのよね。知ってる人にも会ったけど、あの女性《ひと》にはあなただとはわからなかった」マット自身、何年もたってから故郷の町に戻ったが、そのときはなんともいやな気分だった。その数年前に町を離れたときには、心の目はまだ開いていなかった。戻ってみて、あの頃には知らなかったこと、理解できなかったことが山ほど見えた。父親に会うことで、いちばん知らねばならなかったことを知った。父はマットとパムを凌辱したことに対する罪の意識にさいなまれてはいたが、正気の頭でそのことを考えるのは不可能だった。マットの言葉はひとつとして父の心に届かなかったし、責任を感じさせることもできなかった。彼女は自力でそれを乗り越えなくてはならなかった。

「だいじょうぶ?」マットはエドマンドに訊いた。

エドマンドは立ち止まった。マットも足を止めた。エドマンドは首をかしげ、考えこんだ。

「きみの言うとおりだ。ようやくここに帰ってきたのに、この気持ちはなんだろう。もうなにがなんだかごちゃごちゃだ」

「ご両親はまだここに住んでるの?」

「いや、アルバカーキに引っ越した。もうずいぶん長いこと会ってない。父さんは、ぼくがこんな変わり者になるなんて、いったい自分のなにがいけなかったんだろうって思ってる。父さんはぼくのことがうっとうしいんだ」

「お母さんは？」

エドマンドは深呼吸をした。「母さんには会いに行かなきゃな。母さんもぼくのことをわかってはくれなかったけど、それほどわずらわしく思ってたわけじゃなかった。ぼくが自分の能力《ちから》を手なずけられるようになった頃には、友達もぼくの身になにが起こったか知っていた。だけど、みんなほんとうはちゃんと理解していなかった。妹のアビーだけがぼくの身に起こったことと、なぜそうなったかを理解してくれていた。アビーは今もぼくの味方だ」

「カリフォルニアに住んでるっていう、あなたが歳を取らないのに歳を取ってく女性《ひと》？」

「ああ。六歳下の妹だったはずなんだけどね。もう結婚して子供が三人もいる――いちばん上は六歳だ。妹はまっとうな大人なのに、ぼくは――まだ十八歳のままみたいな感じがする」

「あたしの姉さんも、あたしが出てってから変わったわ」

「変わったのはきみのほうじゃないんだね？」

「そこなのよね」マットは、二度の転機を迎える前を知る人にとって、もはや自分が別人であることは承知していたが、この言葉にはそれ以上の意味があった。エドマンドの妹と同じように、マットの姉も自分と遠くかけ離れた、違う生きものになっていた。妻となり、家を持ち、安定した仕事につき、根を深く下ろして。「精霊は、家族のところへ帰れって言わないの？」

「今のところは言われたことないな。ぼくはそのときの気分によって、アビーのところへは一年に一度か、それ以上会いに行くこともある。子供たちも可愛いしね。あの子たちのことをわかりたい。でもアビーたちと一緒にいるときは、そこでなにかをしろと精霊が語りかけてくることはないんだ」

「ここにいることについて、精霊はなにか言ってる?」

エドマンドは目を閉じた。その顔が穏やかになった。マットは精霊の声に耳を傾ける彼を見つめた。そうしていると心地よさそうだった。まるで彫像のように、静謐をたたえ、なにかを待っていた。

きっと精霊は、ものたちがマットに話しかけてくるのと同じやりかたでエドマンドに語りかけてくるのだろう。彼女も目を閉じ、耳をすませてみた。

感じられたのはだんだん寒くなってきたことと、手のなかのコーヒーカップが発泡ポリスチレン製で、手のひらにあたたかいということだけだった。

「進め」エドマンドが言った。

「え?」マットは目を開けた。

「精霊がそう言ったんだ。進めって」

「進め? ああ、その幽霊屋敷にでしょ?」

エドマンドはマットに笑顔を向けた。彼はよく笑顔を見せたが、声をあげて笑うことはめったになかった。微笑《わら》い返すべきだろうかとマットはときおり思ったが、まずそうすることはなかったし、エドマンドも気にしていないようだった。

彼はマットの空いたほうの手に自分の手を伸ばした。ふたりは北に向かって歩きながら、閉まっているガソリンスタンドや、開いているレンタルビデオ店の前を通り、真っ暗な銀行や、まだクリスマス気分で屋根沿いに赤や緑の電球を点《つ》けている明るい食料品店を通り過ぎた。やがて目につくものもなくなって、あるのは風に曲がった松の木々と、潮に洗われたフェンスの奥でひしめき合う家並みだけになると、エドマンドは海に面した小道へ下りていった。マットの目に、ほんの数ブロック下でたゆたう海水が映った。夜の闇にぼんやりと浮かび、休みなく永遠《とこしえ》のリズムを刻んで、もやのなかを遠くへ行くほどかすんでいる。潮の湿っぽい匂いがした。ふたりの歩いている場所に街灯の明かりは届かなかった。もやが明かりを取りこみ、ふたりから遠ざけていた。

　エドマンドは右に曲がり、リー・ストリートという、松の木々が大きく影を落とす細い道に入った。道の両脇には黒々とした背の低い茂みがあり、それがとぎれるのは、闇にまぎれてどこへつづくともわからない私道がたまに交わるときだけだった。先ほどよりも暗く、道も悪くなった。マットは地面の穴につまずいた。「懐中電灯持ってくればよかった」マットはつぶやいた。懐中電灯はほかの私物と一緒に、パン屋のそばの道路に停めたエドマンドの車のなかに置いてきてしまった。

「きみには暗い？」

「そりゃそうよ」マットはついつっけんどんな言いかたになったが、そのときふと思い当たった。彼は魔法使いなのだから、他人にできないことができて当たり前だ。ただ自分でそのことを失念しているだけなのかも。

「ぼくがなんとかできるかな」エドマンドは道の真ん中で立ち止まった。人も車もまったく通らなかった。マットの耳に届くのは、目隠しとなった松の木々の向こうから聞こえる、寄せては返す波の音だけだった。

エドマンドは残ったコーヒーを飲みほし、飲み終わったカップをコートのポケットに押しこむと左手を持ち上げた。彼はよく聞こえない低い声でなにごとかつぶやくと、指をひらめかせた。やがて、その手が白っぽい灰色に光りだした。

「うわ」マットは言った。それは死んだものが放つ光とよく似ているような気がした。腐敗していくものが放つ光だ。

エドマンドがそのまましばらく待っていると、光はやがて明るさを増した。エドマンドの顔がさらにはっきり見えるようになった。穏やかで、真剣な表情だった。光は灰色のままで、炎やランプの明かりのようなあたたかみのある黄色い光とは似ても似つかなかったが、それでもふたりの行く手を照らしてくれた。

「それなんなの？」

「星明かりだ」エドマンドは手を前に持ってきた。光に照らされて、マットにはまわりの景色が充分見わたせた。「心の準備はいい？」

「たぶんね」

曲がりくねった暗い道のつきあたりに出ると、つつじの植えこみよりも背の高い、伸び放題のブラックベリーの枝が、風雨にさらされて色あせた垣根の向こう側でからみ合っていた。垣根の縦板はところどころなくなっていたり、かしいだりしていた。入口の門は蝶番《ちょうつがい》がはずれ、扉のいっぽうの角が、誰の足跡もない泥のなかにめりこんでいた。

マットはつないでいたエドマンドの手を離し、腕を伸ばして門にふれた。〈あのう?〉マットはそっと門に語りかけた。

〈おや! あなたは誰?〉門が答えた。てきぱきとした、元気のよい、興奮した声だった。

〈ええと、マットよ〉彼女は相手の力強さに驚いた。ものに話しかけると、たいてい最初は眠そうな返事ばかりだったからだ。

〈こんばんは! 一緒の人は誰? なかに入る?〉

〈入ってもだいじょうぶ? ここ、ぜんぜん人気《ひとけ》がないわよ!〉

〈まあ、幽霊屋敷ってそういうものだから、それらしくしておかないと〉門はいかにもそれらしい、きしんだ音を響かせて開いた。

「おみごと」エドマンドが言った。

ブラックベリーの藪のなかに、細い小径が通っていた。「先に行ってよ」マットは言った。

「わかった」エドマンドはマットの足もとが見えるように、光っているほうの手を後ろにかざしながら門を通り抜けた。枝をかき分けねばならないだろうと思いきや、藪はひとりでに分かれてマットに道を空けてくれた。

〈あなたはどういう道?〉マットは靴の下の地面にそっと訊ねた。

〈合わせてる。来た人によってね。手を光らせてるその人は誰?〉

〈知らないの？　しょっちゅうここに来てた人よ〉

〈知ってるような、知らないような。いったい誰？〉

「自分で訊いてみたら」マットは声に出して言った。

「誰になにを訊くって？」エドマンドが言った。

「ここの道が、あなたが誰だか知りたいって」

　彼は立ち止まり、振り返った。その表情にマットは胸がつまった。一歩踏み出して彼を抱きしめた。違う人生が始まった場所にようやくこうして戻ってきたのに、誰もこの人を憶えていないなんて。どこへ行ってもよそ者。あたしと同じ。

　エドマンドはしばらくマットを抱いていたが、やがて離れると小径に膝をつき、光っているほうとそうでないほうの、両方の手のひらを地面に押し当てた。

　ささやき声が嵐のようにマットの耳を駆け抜けた。ほんの一瞬のあいだに、小径が自問自答し、ああでもないこうでもないと葛藤した。〈エドマンド？　エドマンド？　エドマンドなんだね？〉

「エドマンド？」驚きと喜びのハーモニーをたたえた、きれいなアルトの声がした。エドマンドは声のしたほうに振り向き、嬉しそうに顔を輝かせた。

「いったいきみはどうしてしまったんだ？」小径の先で、少年が訊いた。見たところ十代なかばの、奇妙な服装をした少年だった。白っぽいワイシャツにズボン吊り、膝下に留め金のついた半ズボン、黒っぽい長靴下、足首の上までボタンのかかった黒い靴。彼は内側から灰色に光っていた。その身体は透けていた。

「ネイサン！」エドマンドは立ち上がった。「ああ、ネイサン！」両手を差しのべ、幽霊に近づいたが、そのまま彼を通り抜けてしまい、驚いた顔で振り返った。

「痛っ！　なにか忘れてやしないか？」

「ごめん！」エドマンドはゆっくりと手を伸ばし、古めかしい少年の姿にそっとふれようとしたが、じっさいに手でふれられるものはなにもなかった。

「ほんとに痛かったの？」マットは訊いた。

「いや、そうじゃないけど。なかへどうぞ、マット、エドマンド」

〈どうしてあの子、あたしの名前を知ってるの？〉エドマンドと幽霊のあとをついていきながら、マットは小径に訊ねた。

〈門には云ったけど〉

〈教えてくれたじゃない〉小径が云った。

〈門も、小径も、藪も、屋敷も――どれもみんなぼく、ネイサンなんだ〉

〈それって……なんだかよくわからない〉

〈かまわないよ。じつはもうすこし混み入ってるんだ。つまり、わたしは屋敷で、ネイサンはわたしの一部といったところなんだけれど、あの子には自分の意志があるし、思い出も、自分の考えも、ある程度の独立心もある。わたしはちっぽけなここの土だよ。いらっしゃい〉

〈ありがと。ほんとに、なにがなにやらわからないわ。ふだん土とはしゃべれないんだけど〉

〈わたしにはおぞましい死の跡がしみついている。だからほかの土よりも目覚めているんだ〉

〈ええっ！〉

〈今はともかく、あのときはなんて恐ろしいことだろうと思った。最近じゃもっとひどいことが起こっても、地面にはあまり跡が残らない。まったく不思議なことだ〉

藪の向こうに屋敷があらわれた。小ぶりで、かつてはこぎれいだったに違いない、三階建てのヴィクトリア朝ふうの建物だった。鎧戸ははずれて曲がっていたし、ペンキはほとんどはげていた。下の階の窓はガラスがはずれて明かりもなく、ただこちらを向いて口を開けていた。うろこ屋根の瓦は、まるで歯が抜けたようにところどころこぼれていた。家はただそこに建っているというだけではなかった。のしかかるように立ちはだかっていた。

「うわあ！」マットは声をあげた。

「なにしろ、幽霊屋敷だからね」ネイサンが言った。

「ああ、そうよね。忘れてた。エドマンドに直してもらうといいんじゃない。ものを直すのが好きだから」

「直しちゃまずいと思うよ」エドマンドは言った。「おどろおどろしく見せておかないとね。そうしないと、誰かが引っ越して来かねない。だいいち、なかはものすごく素敵なんだよ」

「ふうん」

「入ってその目で確かめてごらん」ネイサンが言った。玄関の扉がまた、誰かのうめき声のようなきしんだ音をたてて開いた。

「どうすればあんな音が出せるの？」マットが訊いた。

「練習したんだ」

「へえ」入口の階段が一段抜け落ちていた。そこをまたいでポーチを横切ると床がきしんだ。そのあとをエドマンドがついてきた。扉の奥は真っ暗だった。マットはふと足を踏み入れるのをためらったが、やがて思い直した。この素敵な家も、幽霊の男の子もあたしに話しかけてくれたし、エドマンドだってそばにいる。なにか起こるなんてまずありえない。彼女はなかに入っていった。

「明かりを」ネイサンが言った。土台に鏡の破片でできたモザイク飾りのついた電灯が壁づたいに並んでいたが、そこに、ふだんマットが目にするものよりもほの暗い、黄色い明かりがともった。玄関ホールがあり、左側の部屋は、上部に細い柱の並んだ低い壁の陰になっていた。右側にある両開きのドアの向こうには、広い部屋があった。どれもこれもすすけていて、朽ち果てた雰囲気だった。からみ合ったくもの巣が天井から垂れ下がり、汚いレースのように壁に掛かっていた。

マットはもっとひどい場所を寝床にしたこともあった。「たしかに、ものすごく素敵だわ」ほんのすこしからかうように言った。

「まあ、そういうことだ。階上《うえ》はなかなかだよ」エドマンドが言った。「久しぶり、屋敷さん！」

「こんばんは、坊や」家が言った。ほんとうに声が響いたのだ。深みのある、女性の声だった。

マットがものに話しかけても、ほんとうに声がしたことは今までなかった。機械音声やコンピュータ音声が組みこまれていたことはあったが、たとえそのときでも、ものが自分たちの声や自分たちの言葉で話したりはしなかった。うなじの毛が逆立った。

「家具を」ネイサンが言った。

細長いペルシャ絨毯がマットの足の下にせり上がってきた。右に左に家具が次々と姿をあらわした。右手には、背もたれにコートを掛けるフックと鏡がついた、背の高い木彫りの椅子。左側の部屋には、座り心地のよさそうな安楽椅子や足載せ台、こまごました飾りものが並んだ棚、金色のグランドハープ、譜面台にポピュラー音楽の楽譜が雑然と載っているずんぐりした四角いピアノ。赤と青の色あざやかな絨毯。ちいさなテーブルにはクロッカスの鉢植えや、花器に生けた花が飾られていた。壁に掛かった絵は、天井の下の飾り縁に並んでいる、薔薇の形の丸い留め金からひもで下がっていた。暖炉の上には緑色のドレスを着た女性の肖像画があり、炉棚の上にはろうそく立てや東洋ふうの扇子が載っていた。右側の部屋には食卓と椅子がととのい、脚はどれも、豪華な模様が彫刻されていた。テーブルは八人用だった。椅子の背もたれは高く、まるで玉座のようだった。テーブルの真ん中には、複雑なねじれた形の大きな銀器があり、その隣に凝ったつくりの銀の燭台が並んでいた。

「わあ」マットは声をあげた。

「すごい！」エドマンドが言った。「そうだった。スーザンがいなくてもできるようになったのかい？」

「ああ」

「座っても平気？」マットが訊いた。

「どうかな。階上《うえ》のものはちゃんとさわれるほんものだから消えたりしないけど。この魔法はずいぶん長いこと使ってなかったからなあ」

マットは廊下にある椅子のそばに行き、コート掛けのフックにふれた。しっかりと堅い感触がした。雨ざらしでよれよれのアーミージャケットを掛けると、椅子をかるくたたいた。「ありがと。ほんとにすごいわ」

「気に入ってもらえて嬉しいよ」ネイサンが言った。「この屋敷へようこそ」

「ほんとにありがと。なんて素敵なおうち」

「言ったとおりだろ」エドマンドが言った。

「エドマンド？」

「なんだい、ネイサン」

「きみはなんだか、すごくへんだ」

「どこが？」エドマンドは下を向いて自分の身体を見ると、両手をひろげ、手のひらを上に向けた。左手がまだ光っていた。「ありがとう」彼は小声で言い、その手を振った。明かりはすっと消えた。

「はっきりこうだ、とは言えない。見た目はまったく変わらないのに、きみはまるで別人みたいだ」

「きみのせいさ」

「どういうことだ？」

「憶えてるだろ。ハロウィンの日。きみがぼくに呪いをかけたんだ」

「あなたが？」マットはネイサンに訊ねた。「親友に呪いをかけられたの？」エドマンドにも訊いた。

「ああ」エドマンドが答えた。「呪いをかけられる前のぼくはふつうの人間だった。呪いをかけられて、力が宿った。自分でも持て余してしまう能力《ちから》が」

「ああ、そのことか。喜んでくれたと思ってたんだけど。言ってくれれば呪いを解いたのに」

「わかってる」

「できるの？」マットはネイサンに訊いた。「人に力を与えるなんてことが？」

「やったのはあのとき一回だけだ。ぼくはエドマンドとひと組のふたごを魔法使いに変えた。どうしてそんなことになったのか、ぼくにもわからない。ぼくにああいう力が宿るのは一年のうちのきまった夜だけだし、そのときでも力を使うことはまずない。あのときはどうしようもなかったんだ」

「エドマンドの人生はひっくり返っちゃったのよ」マットは言った。

「どうしてそれを？」エドマンドが訊いた。

「こういうこと」マットは両手を前に出し、手と手を握り合わせた。「こっちが今のあなた」彼女は片方の手を動かした。「こっちが昔のあなた」今度はもう片方の手を動かすと、両手を離し、腕を左右いっぱいに伸ばした。

「マットとは三日前に会ったばかりなんだ」エドマンドはネイサンに言った。「どうしてぼくのことがそんなふうにわかるんだろう」

ネイサンは片眉を上げた。〈エドマンドは、三日前に会ったばかりのきみをここに連れてきたのか？　何年も戻ってこなかったのに。ぼくが知らない人間をどう扱うか知りもしないで〉

〈帰るっていうエドマンドをひとりで行かせたくなかったの。ほんとに混乱してたから〉

〈前庭で抱き合ってたね。安心させてあげるため？〉

〈うん。エドマンドはずっとさすらいつづけてた。精霊の導きにしたがって、あてもなく、腰を落ちつけることもできずに、ただするべきだと思ったことだけをして、また旅のくり返し。あたしも同じなの、精霊の導きはないけどね。だけど、あたしたちはそこでばったり出会った。エドマンドは、自分はどこへ向かっているんだろう、そもそもどこから来たんだろう、って考えてた。生きてきた道をたどり直してる、とでも言うのかな。ついてってあげなくちゃって思った。だって、万が一あたたかく迎えてもらえなかったら？〉

〈きみは、自分の生きてきた道をもうたどり直したの？〉

〈ひとつの場所は、いくら探してももう見つからないの。記憶を呼びさましてふっ切らなきゃならないことがあったから、もうひとつの場所には戻ったんだ。あたたかく迎えてくれる人はいなかった。そのときはひとりぼっちで、そうしなきゃならなかったから仕方なかったけど、ひとりじゃつらかった〉マットは肩をすくめた。〈あたしは今でも根なし草。とどまる日が来

るのかどうかもわからない〉

〈それで幸せ？〉

〈ときどきはね。しんまで冷え切らない程度には〉どんなに寒い夜でも、あたたかな想いの数々にくるまればそれでよかった。〈目の前には、いつでも目新しくて素敵なことが待っているもの。この家だってそうよ。幽霊に会ったのも生まれてはじめて〉

〈へえ！　それなのにぼくと話ができるんだね？〉

〈そうみたい。たいていは家と話すことが多いけど〉

〈それに門や小径か。なるほど〉

「なあ」マットからネイサンに視線を移しつつ、エドマンドが言った。

「とんだ失礼をしちゃったね？」ネイサンが言った。「さあ、客間にどうぞ。食べものや飲みものを出せればいいんだけど、あいにく今は、キッチンになにか置いといてくれるような生きてる人間の友達がひとりもいないんだ」彼はふたりを連れて居間に入っていき、椅子をすすめた。

　マットは青いビロード張りの安楽椅子に腰を下ろした。ちいさな足載せ台がマットの足もとにすうっと寄ってきた。「ありがと。ドーナツあるんだ」けれどもドーナツは上着のポケットに入っていて、その上着は廊下に掛けてきてしまった。

　エドマンドはマットの左側にある赤い椅子に腰かけた。「座ろうって意味で声をかけたんじゃないよ。きみたちはどうしてひとことも話さずにただ見つめ合ってたんだ？」

「話してたの」マットは言った。

「え？　塀と話すみたいに、ネイサンとも話せるのかい？」

「うん」

「どうやればいいか教えてもらえるかな？」

「無理だと思う。どうしてそうなるのかあたしにもわからない。生まれつきってわけでもないし。あたしはさんざんドラッグをやったわ。お酒も浴びるほど飲んだ。憶えてないこともいっぱい。ある朝、目が覚めたらこうなってたの。ものが話しかけてきた。たぶん脳がいかれちゃったんだわ。あたしにも、あなたがどうやって精霊の言葉を聞いてるのかわからないもの。あなたが精霊の言葉を聞いてたとき、耳を傾けてみたけど、あたしにはなにも聞こえなかった」

「ネイサンは？」

幽霊は首を振った。「マットがなぜあんなふうにぼくと話せるのか、ぼくにも説明できない。生きてる人間で、ほかにそんなことのできる人にお目にかかったことはなかった」ネイサンは、マットの右側にある茶色の椅子に腰を下ろした。

エドマンドはコートのポケットに手を入れ、マットが前から、あれは彼の携帯用まじない道具入れなんだろうな、と思っていた入れものを取り出した。生地は中国製の絹布で、くるくると丸めて赤いひもで結わえる形になっており、外側には、夜空《ミッドナイト・ブルー》の色の地に緑の葉と枝の模様が織りこまれていた。ひろげると、なかの白い絹地と、ファスナーのついたたくさんのちいさなポケットが見える。エドマンドが夜明けや黄昏どき、それにときおりそのあいだの時間にも、この入れものをひろげているのをマットは目にした。ポケットのなかのしろものがなんなのかはわからなかった。見たところ、入っているのは種々雑多な色とりどりの粉で、どれも独特の香りがした。彼は粉をつまみ取ってかぐこともあれば、指先ですりつぶしてあたりにまいたり、手のひらのあいだにすりこんだり、息を吹きかけてさまざまな方角に飛ばすこともあった。水に溶かして飲んでいたこともあった。火をつけることさえあった。彼は粉とたわむれているとき、いつもなにごとかつぶやいていた。

「で、ぼくに聞こえないところでなにを話してたんだ？」

「きみのことさ」ネイサンが言った。

「それはそれは」エドマンドは機嫌を損ねたようで、マットの知っている彼は、けっしてそんな言いかたはしなかった。出会ってからというもの、たとえ道路でいやな目にあおうが、店の応対が悪かろうが、食事がおいしくなかろうが、とにかくまわりでどんな不愉快なことが起こっても、彼はけっしていらついたりしなかった。あまりにのほほんとしているので拍子抜けしてしまったほどだ。

マットは言った。「そんなんじゃないわ、あなたの話だけしてたわけじゃないのよ、エドマンド。あたしのことも話してたの。そういえば、ネイサンのことはあんまり聞いてなかったね。そうだ、おぞましい死の跡ってなんのこと？」

「そんなことを話したのか？」エドマンドはさらにむっとしたようすだった。

「ぼくじゃない。屋敷が話したんだ」ネイサンは首を振った。「きみにその話はしたくないんだ、マット。ご想像におまかせするよ」

「わかった」マットは昔聞いた怪談を思い浮かべ、幽霊となった人々の死にざまを思いだしてみた——たとえば、はねられた首を脇の下にかかえているアン・ブリン（ヘンリー八世の二番目の妃。不貞の罪で処刑された）。けれども、どれも参考にはなりそうになかった。ネイサンはすこし透きとおっていて、変わった服装をしているという以外、これといって見た目におかしなところはなかった。

エドマンドは道具入れのポケットをひとつ開けると、なかの粉をひとつまみ取った。声をかけがたい顔だった。彼は粉を手のひらに載せ、両手でこすり合わせると、空中にふうっと吹いた。粉は金色にきらめいて舞い下りた。きらめく粉は三人の身体にまとわりつくと、輝きを失った。

「いったいなんのまねだい？」ネイサンが訊いた。

「魔法だ」

「そんな魔法は見たこともないよ」

「ぼくのオリジナルなのさ」

「どんな効果が？」

「導いてくれる」

「へえ？　それでなんて？」

エドマンドはため息をついた。「ここがぼくのいるべき場所だそうだ」

「違うと思ってたのか？　きみを歓迎しないわけがないじゃないか」

「不安なんだ」

「なるほど。深く考えすぎだよ。疲れてるんじゃないか?」

「ああ」

「マットは?」

「そうね、くたくたかも」

「階上《うえ》に客間があって、ベッドもあるし、必要なものはだいたいそろってる。熱いお風呂も用意できると思うよ」

「ほんと?」マットが今までに訪れた空き家はたいてい、雨風をしのぐ場所を与えてくれただけだった。「電気代は誰が払ってるの?」

「請求書なんか来ないよ。地図にもまず載ってない。この屋敷は過去とつながっているんだ」

ネイサンは鏡細工の土台がついた電灯のひとつに目をやった。「かつてここにあったものならば、そう……」

「すごおい」マットはちいさくつぶやいた。

「それでも泊まる?」

「うん、もちろん」

エドマンドは両手を組んで親指であごを支え、人差し指を口に当てていた。

「なにか気になることでも?」ネイサンが訊いた。

「ぼくはただ——とても——なんて言ったらいいんだろう」

マットは立ち上がった。「ほら。あなたの粉はここでいいって言ったんでしょ。ね？」

エドマンドはマットを見た。その目からはじめて穏やかさが消えた。瞳にはいらだちがにじんでいた。どういうことだろう？　まわりに存在する万有の力と通じ合うことができるこの不思議な友人が、この場所に着いてからというもの、不愉快そうなのはなんのせいだろう？

たしかに、マットはネイサンとないしょ話をしていた。エドマンドについて、ひょっとしたら本人にもわかっていないことが、マットにはわかってしまった。それがいけなかったのだろうか？

それともネイサンの態度が期待どおりではなかったとか？

見落としてるのはなに？

マットはエドマンドに歩み寄って彼の目をのぞきこんだ。「ねえ。あなたが話してくれなきゃあたしたちにはわからないわ。どうしたっていうの？」

エドマンドは胸に手を当てた。「ここでなにかが争ってる。もう思いだせないほど昔からずっと静まりかえっていたのに。葛藤してる。ぼくはいったい何者なんだ？」

マットは心の目を開いてエドマンドの心の風景をのぞきこんだ。

ふたりでいるときにこの力を使うことはあまりなかった。彼が話したいと思う以上のことを知ろうとは思わなかった。警戒する必要はなかったし、彼が困っているようすも見受けられなかった。

エドマンドにはじめて会ったとき、その心のなかをのぞきこんだマットの目に映ったのは森だった。今度は三人の人物が見えた。自転車に手をそえたひとりの少年が、真っ赤に輝く年上の少年を見ている。その赤い少年の後ろに、まるで影かしみのように、夜空《ミッドナイト・ブルー》の色をした男が立っていた。三人ともいっさい言葉を交わしていなかった。十代後半とおぼしき赤い少年はかっと見開いた目に怒りをたたえ、年下の少年をにらみつけていた。その身体からは火花が散り、四方八方へ飛んでいた。火花のひとつが、後ろにいる影のような男めがけて飛んでいき、その顔を照らしだした。男はエドマンドの顔をしており、ひどく悲しそうだった。

「エド！」マットは声をあげて、エドマンドの両手をつかんだ。「あの赤い男の子は誰？」

「え？」

「あなたの人生は、今のあなたと昔のあなたのふたつだと思ってた。でもそのあいだにもうひとつある。なにがあったの？」

「いったいなんのことだ？」

〈いったいなんのこと？〉屋敷が訊いた。

「赤い男の子が火花を散らしてる。その子があなたをひどく悲しませてるのに、あなたはなにもしようとしてない」

エドマンドは二度まばたきをした。心のなかの風景がいくすじもの色に溶け、渦を巻いてふたたび形をなした。隣り合ったふたつの部屋があらわれた。片方の部屋にはパステルブルーの壁紙。床にはヒーローものの人形やら、ミニカーやら、漫画本やら、ルーズリーフ用紙やらが散らかっていた。ルーズリーフには鉛筆で、紙の外側にまで爆弾を山ほど落としている飛行機や、オートバイ、潜水艦と海に棲む怪物の絵などが落書きされていた。奥の壁には三人の人影と、もうひとり、人の形に青白く光っている姿があった。エドマンドの友達とネイサンの姿だろうか？　もういっぽうの部屋の壁は北極の氷の色をしていた。滝と、木々に囲まれた湿原があり、のぼり坂になった山の斜面では、鹿が草をはみ、天気雨が降っていた。部屋の奥は遠くにかすみ、どこまでもつづいているように見えた。

ふたつの部屋のあいだには赤い壁があり、まるで煮えたぎる溶岩のように熱をおびて脈打っていた。

マットは両手を左右いっぱいに伸ばしたときのことを思いだした。片方が昔のエドマンド、反対側が今のエドマンド、あいだには自分の身体があった。赤い壁は、あのとき両手をさえぎっていた身体と同じようにどっかりと立ちふさがり、ふたつの部屋を隔てていた。

「あんな火のなかを、どうやって昔の自分にたどり着こうっていうの？」

「わからない」

「あなたが目をそらすのも無理ないわ。なにがあったの？」

「マット、きみはなにをしてるんだ？」エドマンドは眉根を寄せた。「いったいなにが、どんなふうに見えるんだ？」

「あたしは、その、あなたの心のなかをのぞいてるだけ」

「だけ？」エドマンドはうすく微笑《わら》った。

「そうよ。それがあたしの能力《ちから》なの。あなたがその粉をいじるのと似たようなものよ。年がら年じゅうそうしてるわけじゃないわ。そのほうがいいかな、と思ったときだけ」

「エドマンドの心のなかに赤い男の子がいるのか?」ネイサンが訊いた。

「昔の人生と今の人生のあいだに赤い壁があるの。火の壁には扉がないわ。精霊の言葉に導かれるまま放浪するようになった直前に、なにがあったの?」

エドマンドの心の風景は真っ赤に染まっていた。あかあかと燃える光がマットの心の目を灼き、痛くて見ていられなかった。彼女は心の目を閉じた。

「わからない。憶えてないんだ」

マットはおもちゃだらけの部屋と、壁に映った人影を思い起こした。彼女は腰を下ろした。

「逆からたどってみましょう。あなたが最初の人生に別れを告げたのは……ネイサンに呪いをかけられた夜?」

「もうすこしあとだった、なにしろ自分の身になにが起こったのか、まるでわからなかったから。あの夜は来るなってネイサンに言われてたのに、ぼくは言いつけを守らなかった。それでネイサンに呪いをかけられて、家に帰った。冗談だと思ったんだ。すると、まわりでいろんなことが起こりはじめた。指を鳴らすとものがこわれる。いきなりものがあらわれる。違うものに変わってしまう。コントロールもきかないし、なにがどうなっているのか見当もつかなかった。この力を手なずけることができたのは妹のアビーのおかげだった。そばで見ていたアビーのほうがぼくよりも早く要点をのみこんでいたし、ちいさかったから、ぼくがどんなありえないことをしでかしても受け入れてくれた。

「しゃべるたび、みんなにじろじろ見られた。それがなぜなのかわからなかったのはフリオのおかげだった。呪いとしては素晴らしかったよ。ぼくはとても困ったからね」

ネイサンは言った。「声のことはすっかり忘れてたよ。偶然起こった副作用だったんだ。今はあの声じゃないね。なにがあったんだい？」

「歯止めがあまりにもきかなかった。だから声を抑えることにしたんだ」

「呪いのせいで、声がどうかしたの？」マットが訊いた。

「ぼく自身には聞こえない。でも、みんなにはきれいな声だと言われた。なんでもいいから、とにかくしゃべってくれって言うんだ。ぼくの声は音楽に聞こえるんだってフリオが教えてくれた。あの声ではどんなに頑張っても、まるで会話ができなかった。みんな耳を傾けてはくれるけど、肝心の言葉を聞いてくれない。まるで言葉を持たずに、ただ音を奏でているだけという気分だった」

「それはいい声だったんだよ、マット。天使の飾りがくるくるとまわる、クリスマスチャイムのような声だった」

「ふうん。今でもその声を使うことはある？」

エドマンドはかぶりを振った。

「出そうと思えば出せる？」

「わからない」

マットは自分の身体を抱きしめ、思った。せっかくの才能が捨て置かれたり、授かった能力《ちから》が見向きもされなくなったり、かずかずの可能性が背を向けられてしまうこともあるのだ。マットは自分の能力《ちから》を、生涯つき合っていくものとしてつきつめて考えたことはなかった。生き延びるためのほかに、力を限界まで使うことなどなかった。だが、封印したこともなかった。

マットは気持ちを切り替えて、声の話になる前に、なんの話をしようとしていたかを思いだした。「でも、ネイサンが呪いをかける前からあなたたちは知り合いだったんでしょ？　だって、幽霊の友達がいる子供なんてそうそういないもの。第一の人生の段階で、もうふつうとは違ってたんじゃない？」

「ネイサンとは、魔法使いにされる二、三年前から知り合いだった」エドマンドは言った。

「そろってここにやってきたんだ」ネイサンが言った。

「そろって？」

「エドマンド、フリオ、スーザン、ディアドリ」

「あなたの友達？」マットはエドマンドに訊ねた。

「ああ。ぼくの親友だ。ディアドリとフリオは三年生のときからの友達だった。フリオはその頃からスーザンを知ってたはずだ――フリオの母さんがスーザンの家で家政婦をしてたから――スーザンは私立の学校に行ってた。四人がそろったのは中学二年のときだ。ほんとうに仲が良くて、なにをするにも一緒だった。はじめてここにやってきたとき、ぼくらはこの家にしのびこんだ、するとネイサンがぼくらをおどかしたものだから……」

「それが幽霊の仕事なんだよ」

「逃げだそうとして頭を打って気絶したところを、ネイサンに介抱してもらった。ぼくらはそうやって出会ったんだ」

「ふうん」マットは言った。今までにいくつの空き家にしのびこみ、夜露をしのいだだろう？　もう思いだせないほどだ。雨もりを友とした夜も、街の喧騒を友とした夜もあったし、家から夜どおし、引っ越していった人々や死んでいった人々の話をおしまいまで聞かされた夜もあった。今まで幽霊には会ったことがなかった。人間以外に怖いものなどなかった。そういえば、自然もすこし怖い。もし自分がこの屋敷に来て、ネイサンに呪いをかけられたとしたら、どんな気分だっただろう。

〈あたしがひとりでここに来ていたら、呪いをかけた？〉

〈いいや〉ネイサンは云った。〈きみは近づく前に声をかけてくれた。幽霊と勘違いするところだったよ〉

〈ふうん。幽霊どうしって挨拶するものなの？〉

〈この世界には基本的な決まりがある。幽霊はたいがい出歩いたりしないものだけど、そうじゃない幽霊もたまにいる〉

〈幽霊に会ったことはなかったの、けっこうあちこち転々としてるんだけど〉

ネイサンはにっと笑った。〈きっと幽霊のほうが逃げだしたのさ〉

〈やだ。あたしは怖がらせたりなんてしてないわ〉

〈さあどうだろうね。とにかく、あの子たちに会って幽霊人生ががらりと変わったんだ。あの

子たちがなにもかも変えてくれた〉

　エドマンドを横目で見ると、彼はまたふたりをじっと見て、取り残されたような顔をしていた。〈声に出して言って〉

「エドマンドたちに会って幽霊人生ががらりと変わったんだ」ネイサンは言った。「みんなが来るまで長いことずっと寂しかった。相手をおどかしてやろうと思わなくなって、自分がここにいる意味を見つけたと思った。ほっとしたよ、なにしろもうしばらくはこの姿でいなければならないからね。エドマンドたちはこの家に生命を吹きこんで、ぼくにもそのおすそわけをくれたんだ」

「素敵だったよ」エドマンドが言った。「最高の隠れ家だった。放課後になるとここに集まったものさ。上の階にはひとりひとりが好きにできる部屋があったし、おまけに親はぜったいに入ってこない。幽霊もいてくれる。みんなで一緒になにかをすることもあったし、ばらばらのときもあった」

「きみたちが来ているととても楽しかった。だから今ではお客が来ると、すこしようすを見て、目的がなんなのか確かめてから、音をたてたり暴れたりすることにしているんだ」

　必要とあらば逃げこめるこんな場所があの頃の自分にもあったなら、人生は違うものになっていただろうか、とマットは考えた。その場所に腰を落ちつけて、根を下ろしていただろうか？　でも、エドマンドにはこの場所があったけれど、根を下ろさなかった。なぜだろう？

「素敵ね。でもなにがあったの？　呪いをかけたのはどうして？　そのあとどうなったの？」

「エドマンドはいつも魔法に関心を持っていた。はじめてここへ来たときも、魔法のことをあれこれ知りたがった。その手の本を何冊も読んでたよ。ほんものの魔法使いに会うことなどなかったからね」

「魔法を使えるようになりたかったの？　どうして？」マットはエドマンドに訊いた。

「六年生のとき、先生がクラスに手品師を連れてきて、マジックショーを見せてくれたんだ。ものが消えたり、帽子から兎が出てきたり、牛乳と卵を流しこんだらクッキーが出てきたりした。なんにでも興味があったから、学校ではそれなりに楽しくやっていたんだけど、そのショーを見てからというもの、ぼくは夜も眠れなくなってしまった。すっかり夢中だった」

「なるほどね、でも手品には仕掛けがあるわ」

「もちろんそうだ。ぼくは模型やなにかを売ってる店に行って手品セットとトランプ手品の本を買い、練習して、いくつかはかなり上手になった。だけど、ほかのことが気になりだしたんだ。種も仕掛けもない魔法のことが。手品師がほんとうに魔法みたいなことをしたときの、あのどきどき、わくわくする気持ちを味わいたかった。ネイサンに会って、ほんものの魔法はぜったいにあるという思いがさらに強まった。ネイサンは糸も鏡も使わずに、ものを浮き上がらせることができた。姿を消したり、壁をすり抜けたりすることもできた。ぼくの読んでいた魔法の本にはそういうことは書かれていなかったけど、きっとなにか方法があるはずだとずっと思ってた」

「それで、呪いはどうして？」

「ハロウィンはぼくにとって特別な夜なんだ」ネイサンが言った。「決まりごとのたががゆるみ、力がみなぎる。屋敷を離れて世界じゅうをまわることができるんだ。夜になっているところならばね」

「ふうん」

「フリオを一緒に連れていった年もあった。スーザンと一緒のときもあった。ある年ぼくはひとりで行こうと思って、みんなには来るなと言っておいた」

「そうしないとひどい目にあうぞってね。ぼくも来るつもりはなかったんだ」エドマンドは言った。「でも自転車でここを通り過ぎようとしたら、例の見慣れない女の子たちがこの家に向かっていたんだ」

「自転車で通り過ぎようとした？」マットには信じがたかった。「ほんとうにどこかへ行く途中だったの？」ここはどう見ても行き止まりだった。

「森のなかに抜け道があって、北のはずれにある食料品店へ行く道路に出られるんだ。すこし近道になるんだよ」

「ネイサンの言いつけをやぶってしまおうかなって思いながら、このあたりをうろうろしてたわけじゃないのね？」マットは訊いた。

「ぜったいに違うとは言い切れないな」エドマンドは微笑《わら》って肩をすくめた。「ぼくは垣根のなかに足を踏み入れるつもりはなかった、でもあの子たちはポーチに入ろうとしていた。その頃はまだ、ネイサンにとってのハロウィンがどんなものなのかあまり知らなかったけれど、危険なんじゃないかと思った。だからあの子たちに教えてやろうと思ったんだ。たいして聞いてはもらえなかったけどね」

「言い合いになってた」ネイサンが言った。

「ぼくはあとをつけていって、連れ戻そうとしたんだ」

「でもあの子たちはとても強情で、気づいたときにはもう遅かった」ネイサンは眉をひそめ、首を振った。「あんなことをしたのはあとにも先にもあのときだけだ。自分のものとは思えないような力が、ふだんのぼくにはない感情とともに噴きだした。怒りがこみ上げて、なにがどうなろうとかまわない気分だった。自分が自分じゃないみたいだった。ぼくは三人に呪いをかけ、世にも恐ろしい笑い声をあげながら、その場を去ったんだ」

「精霊のせいじゃないかな」

「からかってるのか？」幽霊が訊いた。「とんでもない。きっと、きみは精霊の声を聞いていたのに、自分で気づかなかったんだ」

エドマンドが両眉を上げた。

「そんなことがありうるかな？　いいかい、ここに棲みついてるかぎり、ぼくにできることなんてたかが知れてる。身動きはほとんど取れないんだ。その点では、決まりごとには腹が立つけれど、怖がらせる以外の方法で、誰かの人生を変えるなんてことがぼくにできるとは思いもしなかった。『その三人を魔法使いに変えてしまえ』なんて声が天から聞こえてきたわけでもない。ただ途方もない怒りをかかえたぼくがいただけだ」

エドマンドは肩をすくめた。

「あの怒りは自分のものとは思えなかったし」ネイサンはかみしめるように言った。「あんなに抑え切れない自分も、ぼく自身とは思えなかった……」〈屋敷、きみはどう思う?〉

〈そのことについては答えられないわ〉屋敷が云った。

「ぞっとするわ」マットは言った。「誰かのあやつり人形にされてる気分だもの。やだな」

「ぼくもいやだ」ネイサンは言った。

「あやつり糸を引っぱられるまで待つ、というのがさしずめぼくの生きかただな」エドマンドは言った。「だけど、その糸から逃れようとは思わない。こちらから探すんだ」

「手っ取り早く糸を引っぱれる人に、自分の人生を委ねてしまうの?」マットは訊いた。「それがいい人かどうかもわからないのに?」

「ぼくがしたがうのはたったひとつだけだ。精霊だよ」

「ほんとにそうなの?」

エドマンドがふとマットを見つめた。彼は両目を見開いた。ふいに身体じゅうの力が抜けたように、彼は椅子のなかにがくりとくずおれた。あごが胸に落ちた。まぶたが震えた。「いやだ」彼はつぶやいた。「いやだ。そうはさせない。やめろ」

「どうしたの?」マットが訊いた。

エドマンドは両手で顔を覆い、苦しそうな声をあげた。

「エド。ねえ、エド」マットは立ち上がり、エドマンドの肩に手を置いた。手のひらの下で筋肉がこわばった。その身の縮めかたは、つい近頃まで虐待を受けていたがために、傷つけようとしてふれるのではない手があることを知らない者のものだった。彼女は手を離した。ついさっきとはなにもかもが違っていた。先ほどまでのエドマンドは、マットにとって貴重な、ふれられても身がすくむことがなく、こちらからも気がねなくふれられる、身体を預けることのできる人だったのに。

目の前のものがあっという間に豹変する。それが人間《ひと》の怖いところだとマットは思っていた。あの赤い少年。

マットは言った。「エド、戻ってきて。今のあなたに戻って」

エドマンドはほんのすこし顔を上げてマットを見た。その目に宿るのは見慣れない光だった。瞳の奥にはめらめらと炎が揺らめいていた。「その名前で呼ぶな。ぼくにさわるな。指図するな」

「わかった。わかったわ」マットはネイサンを横目で見て、後ろにさがり、椅子の横に立った。ふたりはエドマンドをじっと見つめ、待った。

「なにを見てるんだ?」エドマンドは言った。マットには聞きおぼえのない声だった。いつしか耳に慣れた、あたたかみのある穏やかな声ではなく、とげとげしく、思わず聞き入らずにはいられないような銀色の響きをたたえていた。「なにが望みだ?」

「なにも。あなたの望みは?」

「ぼくにかまわないでくれ」

「わかったわ」マットはネイサンと視線を交わした。〈これが昔のエドマンド？〉〈違う。でも、きみと一緒にやってきたときのエドマンドも、ぼくの知ってるエドマンドじゃなかった〉

「やめろ」エドマンドは目を細め眉をひそめた。片手を上げ、親指を中指に強く押し当てている。その仕草がなにを意味するのかマットは知らなかったが、それがおどしであることはわかった。

「エドマンド」ネイサンは立ち上がり、マットの前に立ちふさがった。「きみはこの家の客だ。ぼくの気持ちを踏みにじらないでくれ」

エドマンドはゆっくりと手を下ろした。「まるでぼくがここにいないみたいな話しかたはやめろ」

「わかった」

エドマンドは両手をひろげて膝に置いた。ため息をついたが、その息には熱がこもっていた。

「あたしたちの話、聞こえたの？」ネイサンの肩ごしにエドマンドを見ながら、マットは訊いた。

「当たり前だ」

「前は聞こえてなかったわ」

「前ってなんの前だ？　それより、きみは誰だ？」

「マットよ。三日前からあなたと一緒に旅をしてる」

エドマンドは頭を振った。彼は背中を丸めて肩を落とし、顔を上げてマットを見た。「憶えてない。でも、そうなんだな？　そういう口ぶりだ」

「そうよ」マットは眉をひそめた。「そう言っていいと思う。つまりね、あなたとは一緒に来たけど、そのときのあなたは違う人だった」

エドマンドは下唇をかんだ。瞳のなかの炎は鎮まりつつあった。「ネイサン、いったい——なんだかよくわからない」

「きみは何歳《いくつ》だ？」

「なんのことだ？」

「きみの年齢《とし》だよ。いくつだ？」

「十八さ」エドマンドは顔をそむけると、両手に視線を落とし、やがて顔を上げてネイサンを見た。

「もうここへ来るつもりはないんだね？」

「寂しいのかい？」その声にはまだ違和感があった。若く、耳慣れない、美しい声だった。

「ぼくが寂しいかどうかなんてどうでもいいんだ。きみの人生に潮の満ち引きがあることはわかってる。その波がぼくのことや、きみがここでしたことすべてをあとに残して、きみをさらっていくことだってあるだろう。きみはどんどん先へ行く。そして去っていく。歳を取る。当然だ。ぼくはただ背を向けているきみが、たった今どの地点にいるのかを知りたいだけなんだ」

「なにに背を向けてるって?」

「未来さ」

エドマンドは問いかけるような目でマットを見た。めらめらと燃え上がる炎はもうなかった。おどすような気配もなかった。ただ困惑の色が見えるばかりだ。

「あたしにもよくわからない」マットは言った。「そう簡単に説明できそうもないけど、あたしが会ったのは三十歳過ぎのあなただった。ただ訊いちゃいけないことを訊いてしまったの、そうしたら若いほうのあなたになっちゃったのよ」

エドマンドは目を細めてマットを見た。「訊いちゃいけないことって?」

「裏で糸を引いてるのが誰なのか、ほんとうにわかってるの?」

エドマンドが両目を大きく見開いた。炎がふたたび燃え上がった。「やめろ!」

「エドマンド」ネイサンの声は氷のような冷たさにみちていた。マットは身震いをした。「そういうつもりはない。ぼくたちふたりともだ。わかるかい？」

「なにが？」エドマンドは首を振り、目をまばたいた。「胸がむかむかする」

「そうね、無理もないわ」マットは言った。「心のなかで自分が暴れまわっているんだもの。さっきまで話してたこと憶えてる？　あたしが誰だかわかる？」

「わからない。待てよ。マットだ」エドマンドはまた首を振り、すっかり混乱したようすで顔をしかめた。「痛《いた》！」

「エドマンド、ポケットに手を入れてみて」

エドマンドはコートのポケットをいくつかたたき、まじない道具入れの入ったポケットに手を差しこむと、その入れものを取り出した。「これはなんだろう？」

「それもあなたの魔法よ」

「まほう」

「そう。あなたは魔法使いなの、わかる？　そのことくらいは憶えてる？」

エドマンドはまばたきをした。「なんとなく」

「開けてみて」

彼はひもをほどいて巻いた絹布をひろげ、いくつもあるちいさなポケットをぼんやりと見つめた。

〈道具入れさん〉マットは彼をじっと見つめていたが、やがてネイサンの前にまわりこみ、エドマンドに近づいた。「これにさわるけど、いい?」膝の上にある絹の入れものを指さした。

「さわる?　話をするのか?」

「そうよ。あなたを傷つけるつもりはないわ。助けたいだけ。これにさわっても気を悪くしない?」

「ああ」

マットはエドマンドの前に膝をつき、白い絹布にふれた。〈道具入れさん?　ちょっと手伝ってほしいんだけど〉

〈なあに〉道具入れが云った。

〈手伝ってもらえる?〉

〈いいよ〉

〈どのポケットの粉?　この人にどうしてもらえばいい?〉

ポケットのひとつについたファスナーがかすかに動いた。エドマンドは目をまるくして見つめた。

道具入れがちいさく、ささやくように、それでいてはっきりとした声で云った。〈これをそ

の人の手のひらにすこし載せて、吸いこんでもらって〉

「わかった?」マットは訊いた。

「なにが?」

「その入れものが云ったことよ?」

「きみが問いかけてるのは聞こえたけど、返事は聞こえなかった」

「ほんとにへんなの」マットはエドマンドに、道具入れが教えてくれたことを話して聞かせた。

エドマンドはそのポケットを開け、灰色の粉をひとつまみ取った。「これはなんだろう?」

「さあ。あなたはここに入ってるものをみんな使いこなしてたけど、あたしはやりかたもなにも知らない。とにかくすこし手に取ってかいでみて、いい?」

「それでどうなるんだ?」

「道具入れはなにも云ってなかった。助けてくれることはたしかよ」

「この入れものがぼくを助けたいと思ってる?」

「あたしたちみんなそう思ってるわ」

エドマンドはためらうようにマットを見ると、粉をひとつまみ手のひらに取り、かいだ。

「墓地の匂いがする」かすれた声で言った。「死んでしまった夢と、失われた希望の匂いだ」

マットは座りこんだ。

「ほんとうにこれでいいのか?」

「道具入れはそう云ってたわ。あなたのものだもの。あなたを傷つけようとするはずなんかない」

エドマンドは姿勢を正した。彼はマットを見つめると、ネイサンに視線を移し、部屋のなかを見わたした。やがてマットの耳に届くのはふたりの呼吸音だけとなり、エドマンドは顔に手を近づけて、挫折の匂いのする粉を吸いこんだ。

まぶたが落ちていき、彼はぐったりと椅子の背に寄りかかった。やがて目を開けた。はじめて出会ったときと同じ、優しいエドマンドがマットを見返した。彼は笑みを浮かべ、それから眉をしかめた。

死んでしまった夢と、失われた希望？

「ここ三十分くらいのことを憶えてるかい、エドマンド？」マットのすぐ後ろでネイサンが訊いた。

「ああ、なんてこった」エドマンドは道具入れのしわを伸ばすともとどおりに巻いた。ひもを結び、ポケットにするりと戻すと、彼は手を伸ばしてマットの頭に手を置いた。あたたかな、親愛の情にあふれた、安心できる温もりだった。「怖がらせてごめん。そんなつもりはぜんぜんなかったんだ」

「わかってる」マットはとまどった。「あなたの夢はみんな死んでしまったの？」

「精霊がいてくれるから平気さ」

「そんなのってないわよ」マットはそっと手を伸ばし、エドマンドの手を静かに自分の頭からどけて立ち上がった。「それじゃまるで死人だわ。そんなのってよくない」

「死んでなんかいないよ。生きて前に進んでるじゃないか」

「振り返って、そこにあるものに目を向けなきゃだめ。なにか大きなもののせいで、昔のあなたはうずくまって死んでしまい、あの赤い少年になってしまった。そのあとにあらわれたのが現在《いま》のあなた。あなたは悪い人じゃないもの。ほんとうにいい人だわ。あたしにはわかってる。だけど死んでしまった子はどうなるの？　あのままお墓のなかに眠らせてしまうつもり？　あの子にだって、起きて歩きまわる権利があると思わない？」

「マット……」彼の顔がゆがみ、苦悩の色があらわれた。

マットはエドマンドの手を握った。彼の手はぴくりとも動かなかった。「あたしは間違ってるかもしれないわ、エドマンド。なにを言ってるのか自分でわかってないのかも。でもあたしが出会ったのはあなただし、あたしはあなたが気に入ってる。好き、って言ってもいいくらい。あなたはあたしを気遣ってくれた。あたしはふだん、ほかの人にそんなこと許したりしないの。誰かについて行ったりなんてぜったいにしないあたしが、ここに来たのはあなたと一緒だったからよ」

「精霊が」エドマンドはつぶやいた。

「違うの！」マットは言った。反発する思いにのどの奥が熱くなった。自分には見えず、話しかけることもできないものに邪魔されたくなかった。

マットはしばらくのあいだ立ちつくしていた。エドマンドを導き、その一挙一動を指ししめし、語りかけてきたこの精霊は、彼にとってまぎれもない真実であり、何年ものあいだ、ともにあった居場所だった。では彼女はどうだろう？　ものに語りかけ、友となり、その温もりにあずかりながら世のなかを渡り歩いてきたけれど、ほかの人たちにとってはどれももの言わぬ、生命を持たないものだった。この人が間違っているなんてどうして言えるだろう？　たいていの人はみな、彼女にとっての真実をまともにとらえようとはしなかった。「たしかに精霊なのかもしれないけど！　あたしにはわかんない！　あなたが今ここにいるのは正しいって精霊は言うけど、見てよ！　赤い少年が目覚めようとしてるじゃない」

「赤い少年、って」

「あなたの心のなかにいる赤い少年よ。あなたになり代わっていたのは若い頃の、精霊にしたがうようになる前のあなただった。ついさっきまでここにいたの。あらわれたのは一度じゃなかった。まったく正気じゃなかったわ。誰にも指一本ふれさせようとしないし、誰の指図も受け入れようとしないの。十八歳って言ってた。誰かがあの子を傷つけたんだわ」

「それは憶えてる？　エドマンド」ネイサンが訊ねた。

エドマンドは眉根を寄せた。「ぼくのなかでなにかがまっぷたつに引き裂かれてた。巨大な手に肺を握りつぶされているような感じだ。息ができなくて、苦しかった。きみたちとなにか受け答えしていたのは憶えてるけど、まるで対岸の出来事のようだった。息もできないのになぜ話ができるのか、まったくわけがわからなかった」話しているあいだにもエドマンドの声が揺れ、若い声が混ざり合ったり、消えたりした。言葉のはしばしにいらだちがうかがえた。

「頭のなかが焼きつくされたような気分だった」

「きっと赤い少年の死の苦しみなんだわ。あの子を殺したのは誰？」

エドマンドはかぶりを振った。マットはこんな、頑として意志を曲げそうにない彼を見るのはじめてだった。「もうすっかり消えてしまったよ」エドマンドはため息をついた。

マットがちらりと見やると、ネイサンは眉をつり上げた。

マットは上唇をなめた。「消えたままにしてしまっていいの？」

「もちろん」エドマンドが言った。

「精霊に訊いてみて。訊いてみてよ」

「なにを？」

「このまま過去を追いやってしまっていいのかって」

エドマンドは一瞬目をすがめてマットを見たが、やがてにこりと笑った。「もう寝よう」

「ここでなにかが起こってるのよ。これがいつもの使命だったら最後までやりとげるでしょ？あたしのときは、ほっといてって言ってもついてきたじゃない」

「今日はもういいじゃないか。くたびれただろう？」

マットはエドマンドを見つめ、やがて目をそらした。「あたしに知られたくないようなことなら、終わるまで席をはずしてるわ。だから逃げないで」

彼は唇をかんだ。「きみに知られたいとか知られたくないとか、そういうことじゃない」

「それじゃ、なんなの？」

「つまり——ぼく自身が知りたくないんだ。苦しくて死んでしまいそうだ」

マットはかがみこんでエドマンドの膝に手を置いた。「ねえ。最初のときは耐え抜いたんでしょ。それから何年もたって、あなたは精霊のつかさどる仕事を山ほどこなしてきた。今のあなたは昔のあなたとは違う、強くて優しい人よ。あなたには能力《ちから》があるし、それをどう使えばいいのかも心得てる。あなたにそんな仕打ちをしたのが誰だろうと、今ここにはいないわ、そうよね？　ネイサンだったわけじゃないでしょ？」

〈なにがあったのか、あなたは知らないのよね？〉マットはふと思いついてネイサンに訊いた。

〈ここで起こったことじゃない、そうでなければ屋敷が憶えているはずだ〉ネイサンがマットの心のなかに語りかけてきた。

〈屋敷さん、どう？〉マットは訊いた。

〈どこかほかの場所で起こったことね。そのあとからエドマンドはここへ来なくなった。ぱったりと姿を見せなくなったのは十八歳のときだったわ〉

「ネイサンは関係ないと思う」エドマンドが言った。

〈あの赤い少年にはあたしたちの話が聞こえたのに、今ここにいるエドマンドには聞こえないの？〉マットは訊いた。

〈不思議だね〉ネイサンが云った。

マットはしばらく考えこんでいたが、気持ちを整理すると、やがて口を開いた。「こうすればいいわ。自分の強さをしっかりと見すえて。精霊に護られたあなたの魂は強いんだ、って信じるの。精霊にも頼んで。そばにいて力を与え、護ってくださいって。あたしたちもついてるわ、友達だもの。あなたを傷つける人はここにはいない。今あなたがいるのは未来で、あれは今起こってることじゃない。あれは何年も昔のこと。もう振り返ってもだいじょうぶ。思いだしても平気よ。あのときだってそのせいで死んだりしなかった。今度だって死んだりしないわ」

「前にもやったことがあるの?」エドマンドが訊いた。

「うん。途中でやめたくなったらいつでもやめていいのよ。そのほうがよければ、ほんのすこしずつだってかまわない」マットは上目づかいにエドマンドを見た。「わかってもらえた?」

「どうだろう」エドマンドはちらりとネイサンを見た。

「ぼくもよくわかっていないかもしれない」幽霊が言った。「だけどできるかぎりの手助けはするよ」

「つまりね」マットは説明をもう一度くり返し、ひとつ言うごとに言葉を切っては、疑問点がないかとエドマンドに確かめた。「それともほんとに、今夜はもうへとへとで無理そう? ひと眠りして、朝始めることにしてもいいのよ」なにを言っているんだろう? そもそもエドマンドは、自分の来た道をたどり直したいなんてひとことも言っていない。マットが勝手に思っているだけだ。エドマンドは一度ならず、はっきりいやだと言っていた。こんなことは間違っているのかもしれない。

けれども、これは使命に思えた。

エドマンドはため息をついて道具入れをもう一度取り出すと、先ほどとは違うポケットを開け、粉をひとつまみ取り、五本の指でほぐして空中にふうっと吹いた。粉はぱっとひろがって青いきらめきの粒となり、らせんを描いてまわりながらしだいに大きな弧を描き、やがて壁にふれては消えていった。

「どういうこと?」ネイサンが訊いた。

「わからない。こんなのははじめてだ」

「もしかしたらほうっておけってことなのかもしれない。あなたしだいよ。このまま忘れてしまったっていいんだもの」マットは腰を下ろし、青いビロード張りの椅子に背中を預けた。身体じゅうの筋肉がだるくなり、腕と脚が重くなった。すぐにでも寝入ってしまいそうだった。

「あたしがうるさいからって無理にやろうとしないで。あたしだって、過去をたどる旅に出るまでにそうとう時間がかかったわ。自分がやろうと思ってからでなくちゃだめ」

エドマンドは道具入れに手を載せたまま、マットを見てため息をついた。やがて彼は姿勢を正した。「始めよう。ほんのすこしでも」

「いいよ。どこから始めたらいい?」マットは訊ねた。裏であやつっているのは誰なのか、という質問をまたくり返したくはなかった。心のなかの風景をのぞいても、エドマンドはいやがらないだろうか。もう無断で彼の心のなかをのぞきこんだりしたくなかった。

「ほんのすこしなら憶えてる」エドマンドはかすれた声で言った。ふと壁を見つめ、やがて口を開いた。「スーザンの母親が亡くなったんだ」彼はネイサンを見た。「憶えてるかい?」

「ああ」ネイサンはかみしめるように言った。「きみが姿を見せなくなった頃、スーザンもここへは来なくなった。きみと同じくさよならも言わずに。スーザンはサンフランシスコの伯母夫婦の家に越したとフリオが教えてくれた。母親が亡くなって、父親にもなにかあったそうだ」

マットはネイサンの声に、悲しみが秘められているのを感じた。もし友人がふたり、別れの言葉も言わずに自分のもとを去ってしまったら、と考えてみた。そんなとき、幽霊も生きた人間と同じように感じるのだろうか？　ネイサンを見るかぎりそのようだった。

「スーザンの母親が亡くなったんだ」エドマンドは言った。

ネイサンが彼をじっと見つめた。

〈待ってあげて〉マットは心のなかから語りかけた。

しばらくして、エドマンドはようやく話しはじめた。「ぼくにはこの能力《ちから》があった。だいぶコントロールがきくようになって、自分の力のことがわかりはじめてきた。指を鳴らすと気のきいたことも起こせるようになっていた。ガソリン切れの車を何マイルか走らせつづけたこともあった。ものを空中へ飛ばしたり、明かりをつけたり消したり、部屋の向こう側からものを移動させたりすることもわけなかった。ものにふれてその声を聞くこともできた。木。椅子。動物。呪いをかけられる前に学んだことや、魔術の本で読んだことが、まるで違う意味を持ちはじめた。それまでただ見よう見まねでかけていただけの呪文が、ほんとうにかかるようになったんだ。ばかばかしいことに力を使ったこともあったよ。たとえば紙飛行機をものすごく遠くまで飛ばしてみたり、三列前の席にいる女の子にこっそり手紙を送ってみたり。ぼくにはそうしたことを起こす能力《ちから》があった」

「うん」マットはかすかな声で言った。

「スーザンの母親が亡くなったんだ。そのときのことはフリオから聞いてるかい？」

ネイサンはかぶりを振った。「そのことは話してくれなかった」

「ディアドリからは？」

「いいや。しばらくはきみたちの誰もここへは来なかった。フリオはすこししてまた来るようになった。ディアドリはその二、三年あとに、結婚したいと思う恋人を連れてここへやってきた。彼女なりに思い切ったんだね。ここに連れてきて、幽霊に会ったらどんな反応を見せるか試そうとしていたんだろうけれど、いざここへ来たときには、ディアドリ自身がもうぼくの存在をあまり信じなくなっていた。ひと目見ただけではわからないほどディアドリは変わっていた。ほんとうにぼくに会いたがっていたのかどうかもあやしいところさ」ネイサンはふと視線をはずした。「なんとか話をすることはできたよ。あまり話ははずまなかったけど、ディアドリは幸せそうだった」

「今でも誰かに会うことはあるのかい？」

ネイサンの視線はからっぽの暖炉にそそがれていた。「たまに……今のフリオに会うことはある。そのあとに知り合った人と会うこともある。先月、道を行ったところの家に新しい家族が越してきた。そこの子がふたり、こっそりしのび寄ってきては、だんだん屋敷の近くまで来るようになった。そのうち会うことになるだろうね」ネイサンはふと言葉を切った。「あれから、きみにもスーザンにも会うことはなかった。今の今まで」その声は穏やかで、どこか不思議な静けさがただよっていた。

エドマンドは、ネイサンがふたたび視線を合わせるまでじっと見守っていた。やがて言った。「高校のときだ。スーザンは二年の頃からスコットってやつとつき合ってた。ある日の午後もそいつと一緒だった。その日は帰りがいつもより三十分遅くなった。知ってのとおり、スーザンの父親はとにかく厳格で、これでもかというほどスーザンをがんじがらめにしていた。でも五時までは事務所にいることになっていた。いつもはそれでうまくやってたんだ。

「それでその日、スーザンはいつもより三十分遅れて家に着いた。すると母親が頭を殴られ、虫の息でキッチンに倒れていた。スーザンは救急車を呼んだけれど、手のほどこしようがなかった」

「スーザンの父親がやったのか？」ネイサンが訊いた。

「ぼくらはそう思ってた。間違いないと」エドマンドはマットをちらりと見た。「会ったばかりのとき、スーザンは自分の家で起こっていることをぼくらに打ち明けてはくれなかった。誰にもなにも言ってはならない、と教えられてきたんだ。ずっと前からスーザンを知っていたフリオでさえ、ほんとうのことは知らなかった——家には来るなと言われてたんだ。

「でも、ついにスーザンはぼくらのことを信頼してくれるようになった。自分が父親の気に入らないことをすると、かならず母親が痛めつけられるんだと言っていた。スーザンの父親にとっては気に入らないことばかりだった。あいつのしていたことをはじめて知ったとき、ぼくらが警官を呼んで、あいつは逮捕された。これでもうだいじょうぶだと思ったけれど、そうじゃなかった。証拠はなにもかも消え失せて、あいつは釈放され、ぼくらと親しかったあの警察官は馘《くび》になって、二度と職につけなくなった。スーザンの母親は誰かに訴えようとも、自分を守る手だてをとろうともしなかった。スーザンはまた、いっさい口をつぐんでしまった。

「これはぼくが魔法使いになる前のことだ。ぼくらはほんの子供だった。あいつが逮捕されてもだめなんだと知ったときは、どうしていいのかわからなかった。スーザンの父親は町でもかなり名の知れた弁護士で、このあたりのお偉いさんは、みんななにかしら弱味を握られていた。ぼくらにできるのはスーザンを元気づけることくらいで、あいつには手も足も出ないという気がしていた。

「どうしたらあいつを止められるのかぼくらにはわからなかった」エドマンドはいつしかかすれ声になっていた。

「なんてこと」マットが言った。

「思いだすだけでぞっとする」若いほうのエドマンドの声がした。痛々しい響きだった。「最悪だった。こうなってしまっては、しばらくは考えるのもいやだった」

「わかるわ」

「そのあとぼくは魔法が使えるようになったけど、スーザンの家のことはまるで頭になかった。そういうものだともうみんなが思っていて、いつ終わるともしれず、変えようもなかった。スーザンのためになにかしてやれるかもしれないなんて、ちらりとも思わなかった。能力《ちから》を自在にあやつれるようになっていたなら、そう思ったかもしれない。その頃はまだ試行錯誤をくり返していて、使うたびに、能力がちゃんと思いどおりにいくかどうか気にかけてばかりいた。

「それでともかく、その日家に帰ったスーザンは、母親が瀕死の状態で倒れているのを目の当たりにしても、それほど驚きはしなかった」エドマンドは手のひらを両目に当てるようにして、頭をかかえた。「自分のせいでもある、ってスーザンは思ってた。男の子と一緒にいて遅くなったせいだと。いつのまにか事件はもみ消されて、取り調べも行われず、新聞では、母親は心臓麻痺で亡くなったことにされていて、スーザンはそれまでどおり父親と家で暮らすことになったんだ」

しばらくみな無言だった。

やがてエドマンドが顔を上げた。

「ここへ来てくれたらよかったのに」ネイサンの声には悲しげな響きがあった。

「みんなでここへ来ればよかった。きみになにもかも話して、助けてくれと言えばよかった。でもそうはならなかった。その頃にはみんなばらばらになりはじめていたんだ。フリオとぼくはまだ仲良くしていたけれど、スーザンとディアドリはもう違う道を歩んでいた。みんなでお葬式に行った。お葬式が終わるとスーザンがぼくを脇へ連れだして、こう訊いたんだ……」

沈痛な面持ちだった。

ネイサンとマットはじっと待った。

「ふたりきりで、死者を呼びだす儀式をやってくれないかって。スーザンは母親と話をしたかったんだ」

「どうしてここへ来てくれなかった?」ネイサンがかすれた声で言った。

「スーザンにはわかってたんだ、きみがぼくらを止めるだろうって。ぼくもなんとか説得しようとした。彼女は聞く耳を持たなかった。どうしてもほんとうのことを知らなければならないんだと言い張った」エドマンドは首を振った。「ぜったいに疑わしいという口ぶりだった。でもあのとき、またしても事実という事実が闇に葬られ、誰もがあれは自然死だと思いこんでいるようすで、なんとも背筋が寒くなった……なにがほんとうで、なにがそうでないのか、まるで見分けがつかなかった。スーザンはなんとしてもほんとうのことを知りたがった。母親は自分を責めているのか、つぐないのために自分にできることはあるのか。母親は今までよりも安心して暮らせるようになったんだろうか、それをどうしても確かめたかったんだよ」

「死ぬと、それまでより安心して暮らせるようになるの?」マットはネイサンにつぶやいた。

「たいていはそうだよ。それでどうしたんだ、エドマンド? 降霊の儀式をやったのか?」

「死者の呼びだしかたをちゃんと勉強したことはなかったけど、降霊会に行ったことは何回かあったんだ」

「ほんと?」マットは言った。

「ああ。ぼくは霊とか術とかいうものにはなんにでも興味があった。魔法を使えるようになる前も、そのあともね。ぼくが十代の頃、このあたりには霊媒師がふたりいて、そのうちのひとりが死者の呼びだしをやっていた。ほんものの霊媒師かどうか確かめるために、ネイサンを呼びだしてもらった。まさしくほんものだった。その女性《ひと》がネイサンを呼びだしたから、ぼくは結界を破って、ネイサンがひと晩家から離れられるようにした。そのときの旅には一緒に連れていってもらった」

「霊媒師なんてどうやって見つけたの？」そんなものどこで探すんだろう？　電話帳？「いいの、気にしないで。ちょっと訊いてみただけだから」

エドマンドはマットを見て顔をほころばせた。やがて笑顔は消え、彼はふたたび過去に目を向けた。「それでスーザンの母親が亡くなった三日後、ぼくたちは昼休みに学校を抜けだして、スーザンの家に行った。父親は五時まで職場にいるはずだったし、家政婦さんも来ない日だった。ぼくらはそれぞれろうそくを手に屋根裏部屋にのぼると、ほこりだらけのトランクやこわれた家具のあいだに場所をつくって床に座り、スーザンの母親を呼んだ」

「来たの？」

「来たよ」エドマンドはふと目を閉じ、また開けるとマットを見た。「とてもきれいな人だった。じっさいに話をしたことはなかった。フリオの母親はあそこの家政婦だったけれど、ぼくらはまったくスーザンの家では歓迎されなかった。スーザンの母親が生きてるとき、二回ほど見かけたことがあったけれど、二度ともキッチンに座って、クロスワードパズルをやっていた。最初のときは頭にスカーフを巻いて、サングラスをかけていた。次のときは化粧も髪形もきちんと整っていて、非のうちどころがなかった。金髪で、はなやかで。スーザンそっくりだった。だけどまるで心はそこにないようだった。まったく生気がなかったんだ。

「幽霊になってからのほうがずっと生き生きしていた。幸せそうで、晴れやかな顔をしていて、なにかにおびえてもいなかった。どれほどあなたを愛しているか、ってスーザンに言っていた。わたしが死んだのはあなたのせいじゃない、とも。死んだときのことをスーザンが訊こうとするとこう言った。『もういいの。もうあの人には、わたしを楯に取ってあなたをおどすことはできない、それだけで充分よ。できるだけ早くこの家を出なさい、わたしの可愛いスーザン』

「スーザンはどこへ行けばいいのかって訊――」

「ここへ来ればよかったんだ。いつでも迎え入れたのに」ネイサンは言った。

エドマンドはネイサンを見た。「ぼくらの考えはそこへは至らなかった。たとえ思いついたとしても、それがよかったかどうかわからない。ここは近すぎたんだ、ネイサン」

「スーザンの父親に一歩たりとも敷居をまたがせたりはしなかった」

「それではスーザンはこの家に閉じこめられてしまう。なかにいれば安全だけど、外へは一歩も出られない」

「でも――」

「ネイサン、エドマンドは仮定の話をしてるんじゃないのよ。今はその話はおいといて。じっさいにあったことを話してもらわなくちゃ」

「ああ」ネイサンはマットの顔をまじまじと見つめ、エドマンドに向かってうなずいた。「ごめん。つづけて」

「スーザンの母親は、『サンフランシスコにいるわたしの姉のところへ行きなさい』って言った。自分はもうだいじょうぶだし、スーザンが無事幸せに暮らしていけることさえわかれば、もう心残りもなく、満足だと。ふたりがお別れを済ませたあと、ぼくは母親の魂を帰した。

「そのあとぼくらは荷づくりをするために階下《した》へ下りた」

エドマンドは腕を前で組んで両手を脇の下にはさみ、背をまるめた。その身体が震えだした。

「そうしたらスーザンの父親が帰ってきたんだ」エドマンドは震えながら、声にならない声で言った。

そのまましばしのときが過ぎ、やがてマットが口を開いた。「なにか手伝う?」

「え?」

「あなたが思いだしたことを、あたしが見て、説明するの」エドマンドがこの闇のなかを無事に抜けるために、この方法が手助けとなるのか妨げとなるのか、マットにはわからなかった。できれば自分の言葉でその炎と傷について語らせ、マットとネイサンが耳を傾けることで炎を鎮め、傷を癒してあげたほうがいいのかもしれない。

「もう――ぼくは――これ以上やれるかどうか自信がない」

「やめてもいいのよ」

「すこしだけ待ってくれ」歯の根が合っていなかった。エドマンドはしばらくのあいだ震えながら椅子に座っていた。やがて何度かゆっくりと深呼吸をすると、震えがおさまり、落ちつきを取り戻したようだった。彼は腕を下ろし、つぶやいた。「精霊よ、ぼくとともにいてくれ。精霊よ、ぼくをみたしてくれ。精霊よ、ぼくを包んでくれ。精霊よ、護ってくれ。精霊よ、どうかぼくに力を」と、何度かくり返した。やがて穏やかな目でマットを見た。「いいよ。きみのやりかたでやってみよう」

マットは心の目を開いた。三人が座っているヴィクトリア朝ふうの居間に重なるように、ピンクと白の砂糖菓子でできたような、女の子の寝室があらわれた。色白のほっそりした女の子が立っていた。プラチナブロンドの長いストレートヘア、大きな青い瞳はひたすら部屋のドアにそそがれていた。前髪を上げ、不思議の国のアリスのような水色のリボンを結んで、首から膝までを覆うパウダーブルーのワンピースを着ていた。両手いっぱいに洋服をかかえている。ベッドの反対側に立っている影のような人物も、やはり洋服をかかえてドアをにらんでいた。エドマンドの頭のなかにある彼自身のイメージだろうか？　あのとき部屋にいたことはたしかだけれど、そこに自分自身の姿をはっきりと描く必要はない。エドマンド本人は自分自身のなかからその光景を見ていたのだから。

「あれがスーザン？」マットは訊ねた。

〈スーザンが見えるのか？〉ネイサンが訊いた。〈どうやって？　きみの目を借りられる？〉

〈さあ。そんなことできるの？〉

ひやりとした感触がマットの右手を覆った。心の目を閉じ、見るとネイサンの手が自分の手のなかに入りこんでいた。「なに？」さっと手を引っこめると、ネイサンの手だけがその場に残った。

〈きみの身体のなかにぼくが入れば……〉

〈いや！　断りもなく、身体のなかになんて入ってこないで！　ぜったいにいや。もうぜったいにいや〉

ネイサンはマットから顔をそむけた。「ごめん」

マットは震えていた。エドマンドが驚いたように彼女に目をむけ、ネイサンを見やった。

震えがおさまってきた。これは自分が恐れているものとは違う。未知のものだというだけで、ネイサンのことは気に入っているし、信頼していると言ってもいい。〈教えて〉マットは心のなかで語りかけた。〈なにをしようとしたの？〉

〈ぼくがきみに乗り移って、きみの感覚を使わせてもらえば、きみの見てるものがぼくにも見えるかもしれない。以前フリオの身体に入ったことがある。フリオはいやがってなかったよ〉

〈取り憑くってこと？〉マットの心は揺れた。その言葉は大嫌いだった。他人に支配されると思うだけで虫酸が走った。

〈ぼくもフリオもそんなふうには思わなかったな。友達ふたりできゅうくつな場所にはまりこんでるみたいな感じだった〉

〈頼んだらすぐに出てくれる？〉

〈ああ、いいよ〉

〈約束して？〉

ネイサンは心のなかで指切りをした。

〈いいわ。それじゃもう一度やってみましょ。もしあたしが声をあげたら、身体から出てね、

いい？〉

〈わかった〉

「今度はなんの話だい？」エドマンドが訊いた。

「ネイサンがあたしに乗り移って、あたしの目をとおして見たいんだって」

「ああ。フリオとやったみたいにだね？」エドマンドがネイサンに訊いた。

「そうだ」

「やってはみるけど、あたしがいやだって言ったら、離れてもらうことになってるの。とりあえず、ネイサンはそうしてくれるって。信じていいよね、エドマンド？」

「もちろんさ。ネイサンはまず、他人のいやがることを無理やりしたりしない。怖がらせようってときは別だけどね。そもそもここへ来るのはたいがい、怖い思いをしたくて来る人たちばかりだ」

「あなたは、いやがってたのに無理やり魔法使いにされちゃったじゃない」

「どうだったのかな。なにしろ、魔法使いになるのは夢だったんだ。それにネイサンには来るなって何度も釘を刺されていたんだし」

マットはエドマンドを見て眉を寄せたが、やがて頭をひと振りするとネイサンに向き直った。

「いいわよ」

ネイサンはくるりと向きを変えてマットの膝に腰かけたが、その身体は膝のところでは止まらなかった。正面から背中のほうへ寒気が走った。見守っていると、ネイサンの両腕がふわりと下りてきて、腕にすっと重なった。うっすらと透ける身体が、生身の身体に吸いこまれていく。ネイサンの姿が見えなくなった瞬間、背筋がぞくりとし、マットは身をこわばらせた。やがてなにも感じなくなった。両手を天井に向けて伸ばし、両脚を前に出して、コンバットブーツを履いた足を床から浮かせ、伸びをした。〈ネイサン、いるの?〉彼の存在はまるで感じられなかった。

〈いるよ〉

〈見える?〉

〈ああ。どうやらぼくの家の居間のようだね〉

マットは心の目を開いてエドマンドを見た。森が彼を取り囲んでいた。

〈うわあ!〉ネイサンが云った。

〈木が見える? それなら上出来〉「あなたは森のなかにいるの」

「ああ。なるほど」エドマンドが言った。「瞑想するときはいつも森へ行くんだ」

「スーザンの部屋に戻れる?」

エドマンドはため息をついた。木々の姿が消え、スーザンの部屋がふたたびあらわれた。燃えつきることのないろうそくのようにスーザンの姿が浮かび上がった。腕に山ほど洋服をかかえ、緊張した面持ちで、ドアを見つめていた。

「わあ」ネイサンがちいさな声で言った。

マットは自分がスーザンをひたすら見つめていることに気づいた。彼女のなかに入りこんだネイサンの想いは強く、奇妙な感じだった。性的なものではなく、好意というにはもうすこし確固たる想い。手の届かないものに焦がれる気持ちだ。〈やめて〉マットは心のなかで云った。〈ああ！　ごめん。ごめんね〉ネイサンはマットの心の目を勝手に使うのをやめた。

マットはぐるりと見まわしてエドマンドの影を探し当てると、スーザンの部屋を眺めわたした。痛々しいほどきちんとかたづけられ、なにもかもが弱々しく見えた。家具についた華奢な脚。棚に飾られた、フリルのドレスを着た繊細な磁器人形。

「あなたとスーザンがいるのはそこよ。ふたりともドアをじっと見て立ってる」この光景はエドマンドが考えていることなのだから彼には当然わかっているのだし、もうネイサンの目にも見えているのだから、説明しなくてもいいのではないだろうかと思ったが、なんとなく口にした。

ドアがばたんと開き、背の高い、淡い色の髪をしたスーツ姿の男が闇の色をまとって立っていた。口を大きく開けてなにか言っている。どす黒い炎が揺らめき、男の身体から黒煙となって立ちのぼっていた。口から銀色の矢が何本も放たれ、スーザンとエドマンドの虚像を貫いた。

エドマンドが息をのみ、幻はかき消えた。真っ赤な炎が彼を包んで燃え上がり、過去の光景も居間もその陰に隠れてしまった。目のくらむようなまぶしさとそのあまりの大きさに、マットは自分の眉が焦げたのではないかと思った。身体じゅうでパニックの嵐が起こりかけ、筋肉がこわばった。彼女は両手で椅子のひじ掛けにしがみついた。

〈熱くない〉ネイサンが云った。〈屋敷は無事だ〉

マットは深く息を吸いこんだ。空気はひんやりとして、焦げた匂いはまったくしなかった。炎は形を変え、しだいにちいさな黒いかたまりとなった。炎はなりをひそめ、やがて木々に姿を変えた。そしてふたたびエドマンドのまわりに、一面緑の涼しげな森があらわれた。マットとネイサンはその森に見入った。一本一本の木にエドマンドの怒りがちりばめられ、それぞれが内に炎を抱いていた。たくさんの木があり、なかには背が高く、てっぺんが上空のもやのかなたに見えなくなっているものもあった。

「だめだ」エドマンドはかすれた声で言った。「今はたどり着けない。思いだせないんだ」

「いいのよ」マットは言った。ようやく呼吸が整った。あのあとなにがあったんだろう？　なにかとてつもなく大きなものが、エドマンドを別人に変えてしまったのだ。彼女は唇をしめらせた。炎の幻影のせいでのどがからからだった。「今あの赤い少年のところへ行くのは無理だわ」あの火！　エドマンドの過去に、あんなに広く焼け落ちた場所があるなんて。あの場所を捨て置いて、エドマンドはエドマンドとして生きていけるのだろうか？　そうは思えなかった。欠けた部分をおぎなう必要はひょっとしたらないのかもしれない。エドマンドは今のままでも平気そうだ。

死んでしまった夢と、失われた希望……

この人はあたしのものじゃない。エドマンドはエドマンド。何になりたいのかは自分で決めるはず。

マットは共同墓地でエドマンドがあらわれたときのことを思い浮かべた。精霊に導かれたのだと――自分を動かすのはいつも精霊なのだと言っていた。精霊。壁のなかに吸いこまれていった青いきらめきの渦。エドマンドはエドマンドだけど、今あたしはこの人と一緒にいる。無理じいはできない。しようとも思わない。だけど、言ってあげることはできる。

マットはおそるおそる口を開いた。「もうひとりの子ならどう？　もっと若いほうの、昔のあなたのところにだったら行ける？　あの子だってずっと忘れられてた。火のなかをくぐり抜けなくても行けるんじゃないかしら。まわり道をすれば」

「どういうこと？」エドマンドが訊いた。

マットはふとためらって、空《くう》を見つめ、自分の感じたことを筋道を立てて考えてみた。赤い少年になる前の、もっと若いほうの少年だったときのことならエドマンドは思いだせる。あの子の夢も見ていたし、その頃のことをふつうの声で話してもいた。焼け落ちた場所に橋をかけ、あの子のところへ渡ることができれば、それがきっかけになるかもしれない。

「あのね、言うだけ言ってはみるけど、あたしの話が気に入らなかったらそれでもいいのよ。あたしが勝手に考えたことだから。正しいかどうかもわかんないし」

エドマンドはふっと笑ってマットの手にふれた。「話してくれ」

「あなたは自分自身を三つに切り離してしまったようなものよね。ひとつの部分はすっかり焼け落ちてしまった」マットは眉間にしわを寄せ、じっと考えた。火は衰えを知らず、容赦なくすべてを焼きつくすかに思われた。だが、灰のなかから飛び立つ鳥もいる。それにマットは赤い少年をたしかに見た。ほんとうはエドマンドは彼を殺してしまったのではなく、ただ木々の合間に眠らせているだけだ。

「もうひとつが現在《いま》のあなた。最後のひとつは炎が燃え上がる前の子供のあなたで、これといって問題はなさそうだった」マットはさらにつづけた。「この子となら、もう一度手を取り合えるかもしれないわ」

エドマンドはしばらく彼女を見つめていた。マットは肩から力を抜いた。どうかしてる、と思っているのだろうか。〈あなたはあたしの言いたいこと、わかる？〉マットはネイサンに訊いた。

〈よくわからない〉ネイサンがマットのなかで答えた。〈でも、奥深いところでなにかが動きだしてる〉

エドマンドが言った。「どうやって？」

マットは唇をしめらせた。〈屋敷さん、手伝ってくれる？〉

〈どうしたいの？〉

〈ネイサンの目と、あたしの目をとおして、スーザンの姿とスーザンの部屋は見えた？　今エドマンドのまわりを取り囲んでる森は見える？〉

〈ええ。すごいわねえ、素晴らしいわ〉

〈さっきまでここにはなかったこの家具は、みんなあなたが持ってきたのよね、どこかから……〉

〈過去から〉

マットは眉をひそめた。〈時間旅行のできる家具なの？〉

〈以前ここにあったもの、わたしの一部だったものだから形は憶えてる。それを再現するの〉

〈あたしがほかのものの形を見せたら、ここに再現できる？　ほんものみたいに見せることができる？〉

〈どうかしら〉家が答えた。

〈それは面白い！〉ネイサンが云った。

〈あたしには、エドマンドが心に描いた風景も見えたし、子供の頃の姿も見えた。だからもし、あなたがそのエドマンドを――あたしたちに見えるようにできればって思ったの。だって、エドマンドもここにいたことがあったんでしょう？〉

マットは、足もとで低いうなりが起こり、それがしだいに大きくなるのを感じた。まるで春の息吹を感じて冬眠から目覚めた蜜蜂のようだった。屋敷は興奮していた。

〈その姿なら憶えてる〉ネイサンが念じると、暖炉の前に少年の姿があらわれた。エドマンドよりも若かったが、やはり背が高く、やせていて不器用そうだった。足首まであるテニスシューズにジーンズ、クリーム色の厚手のフィッシャーマンセーターといういでたちで、ほんのすこし笑顔を浮かべ、両手をポケットに深くつっこんでいて、猫背だった。頭はおさまりの悪い茶色の巻き毛に覆われていた。

〈エドマンドにこの子を見せられる？〉

〈そうか！〉ネイサンは云った。〈そういう手もあったのか！　これまでに会った人の幽霊を

つくりだすこともできるのかな？　生きてる人でも？　ぼくが自分で考えた人は？　動物はどうだろう？〉

〈その子を見せるのはわけないわ〉家が云った。〈さわれるようにするのはすこし大変だけど。見えるようにするだけなら毎日のようにやっているもの〉

まわりの空気が張りつめ、少年の姿が揺らいだ。ふいにその姿が存在感を増した。壁から突きでた電灯のはなつ光が、まるでほんものの人間に当たったときのように少年の身体でさえぎられ、その光を受けた少年の身体に影の部分ができ、立体感がそなわった。足もとには影が落ちていた。

ほんもののエドマンドは目をまるくして、口をぽかんと開けていた。

「あなたの一部よ」マットは言った。「というか、あなたの一部の姿。もうふれられる？」

エドマンドは開いた片手を心臓の上あたりに当て、少年の自分の姿を凝視したまま、浅く呼吸をしていた。

「あたしの言ってる意味、わかる？」

「いや」エドマンドはかすれた声で言った。

「この子はここにいるわ。あとはあなたがこの子を受け入れてあげて」

エドマンドは暖炉の前の少年を見つめた。「ああ、どうすればいいんだ」風が、彼を囲む木々の葉を揺らし、心の外側まで冷たく吹いてきて、マットの顔をかすめた。

〈どうなってるんだ？〉ネイサンはマットの片手を持ち上げて、風に指をふれさせた。

〈エドマンドは魔法使いだもの〉マットは云った。ネイサンが勝手に自分の腕を動かすのが気に障った。マットはこぶしをぎゅっと握りしめ、手を身体の脇に下ろした。

〈ごめん〉

「あなたが決めて」マットは青のビロード張りの安楽椅子に背中を預けた。だるさが戻ってきた。「ともかく、この子はここにいるわ。あなたがいやだと言うならこのまま消してしまってもいいのよ」

「そいつはあんまりだよ」少年のエドマンドが言った。その声は若々しく、はっきりしていたが、どこか悲しげだった。「ぼくの人生をなかったものにしちゃうのかい？」

〈誰の力なんだ？〉ネイサンが問いかけた。

「いったいなにがいけないのさ？　夏の夜に海岸でキャンプファイアを焚いたことや、アビーにチェッカー（チェスに似たゲーム）を教えてやったこと、屋根の端っこを歩いてみろってフリオにけしかけたこと、みんななかったことにしちゃうつもり？　岩場の潮だまり、スライドを見せてもらったこと、林間学校に花火、朝ごはんにスクランブルエッグをつくったこと、夕ごはんにもまたスクランブルエッグをつくったこと、チョークの粉におたまじゃくし、サンショウウオに自転車、それもみんな？　もうテレビもスパイダーマンもピザも、あんたにはくだらないってこと？」

〈どうやって——いったいきみは——ねえ……〉ネイサンはマットの身体から飛びだすと、少年のエドマンドに歩み寄り、その姿に見入った。

「さあさお立ち会い！　見なきゃ損だよ！」エドマンド少年はぴかぴかの大きな金属の輪を六つ取り出した。「お代は見てのお帰りだ……」彼は六つの輪をひとつずつ振ってみせてから、カシャンと重ね、伸ばした両腕をひろげた。輪はつながって鎖になっていた。

「どうやったんだ？」ネイサンは驚いて、嬉しそうに声をうわずらせた。

「魔法《マジック》さ」エドマンド少年はにっと笑って眉を上下させた。「イカすだろ、どうだい？」

「その言葉は気に入らないな」

「ごめん。そうだった」

「とても下品な言葉だ」

「きみは考えかたが古いよ」

「そりゃそうだよ」

少年のエドマンドが笑い声をあげて輪から手を離すと、輪はまたばらばらになって、音をたてて床に落ち、まわったり傾いたりしながら遠くへ転がった。「ねえ、そこの兄さん！」彼は椅子に座っているエドマンドに呼びかけた。「あんたはこんなマジック、やったことあるかい？　ぱっとやってみせればかっこいいし、女の子にもてもてだよ？」

「いいや」年上のエドマンドが言った。

「教えてあげようか」

「そうかい？」エドマンドはちいさな声で言った。彼は立ち上がり、暖炉の、もうひとりの自分のいるほうへ、一歩、また一歩と近づいた。

「いいよ。手を出して」

エドマンドが両手を差し出すと少年のエドマンドも手を伸ばしたが、少年の身体はその手を通り抜けてエドマンドの胸に吸いこまれ、やがてほんもののエドマンドのなかにすっと吸いこまれた。エドマンドは息をのみ、みぞおちを押さえて顔を上げたが、血の気は失せ、目は大きく見開かれていた。エドマンドはみぞおちを押さえたまま、あとずさって椅子に倒れこんだ。

〈マット！〉ネイサンが云った。〈ぼくは姿を与えただけだ。あいつのなかにいたのは誰だ？いったいどこからやってきたんだ？〉

〈わからない。あなたと、屋敷と、そしてたぶんエドマンドの力だわ〉「だいじょうぶ？」マットはエドマンドに訊いた。

「わからない」ひとつひとつの音が違う高さで響いた。エドマンドは咳きこんで、みぞおちから手を離し、髪をかきまわした。彼は笑い声をあげた。「はは、やれやれ。なにがなんだかわけがわからないや」エドマンドがこぶしを三度振ると、その手のなかに色とりどりの羽根でできた花束があらわれた。「マット？」

「なに？」

「どうぞ」

マットはエドマンドから花束を受け取った。ひな鳥のやわらかな羽根を染めたものでできていた。緑色の羽根を葉に、赤やオレンジや黄色の羽根を花びらに見たてた、ふわふわの花束だった。ほおずりすると、優しい肌ざわりのなかに薔薇の香りがした。「ありがと」マットはぽつりと言った。不思議な気持ちだった。これまで花をくれた人などいなかった。花束をもらうなんて、まるで女の子のような気分だった。こんな気持ちになったことは、これまでまずなかった。彼女はエドマンドを見つめ、ここにいるのはどのエドマンドなんだろうと考えた。一風変わった友人？　熱に浮かされた少年？

そのまなざしはあたたかかった。出会ったときの彼とは違う感じがしたが、警戒心を抱かせるような雰囲気はなかった。どこかよそよそしく、整った、表情のとぼしかった顔が、今は生き生きとしていた。

「ただの手品さ」

「そうなの？」

「お望みなら消すこともできるよ」

マットは花束をなでた。やわらかなその感触はまるで、雲か、人の想いにふれているような感じがした。「まだ消さないで」エドマンドが若い頃の自分と共存していけるのなら、自分だって、この妙な、もやもやした気持ちに折り合いをつけることができるかもしれない。「だいじょうぶ？」マットはもう一度訊いた。

「たぶん……うん。だいじょうぶだと思う」エドマンドは顔をしかめた。今度は笑みを浮かべた。彼は頭を振った。「ああ、なんてこった！　ほんとにへんな感じだ」

マットはあくびをして、思わず自分でも驚いた。またひとつあくびが出た。「失礼」

ネイサンは微笑むと姿を消し、すぐにまたあらわれた。「客間の準備ができたよ。エドマンド、さしあたり必要なことはある？」
「とりあえず寝ることにしようか」エドマンドは言った。その声はまだ揺らいでいた。

マットは目覚めたとき自分がどこにいるのかわからなかったが、それはいつものことだった。手を伸ばして、いちばん近くにあった木製のテーブルにさわった。〈おはよう。ここはどこかしら？〉

〈おはよう、マット。ここはオレゴン。ガスリー。リー・ストリート。わたしのなか〉

〈屋敷さん！　とってもよく眠れたわ。ほんとにいろいろとありがと〉

〈どういたしまして。大歓迎よ〉

マットはシーツと羽根ぶとんを腰にからみつかせたまま起き上がった。オリーブグリーンのワッフル織りの長袖シャツにズボン下という格好だった。もうひとつのベッドを見やると、エドマンドはまだふとんのなかで眠っていた。休まらない顔をしていた。

マットはベッドからするりと抜けだした。残りの服は近くの椅子にたたんで置いてあった。服をわしづかみにして部屋を出ようとすると、ドアが音もなく開いて彼女を通し、閉まった。

〈洗面所はこっちよ〉廊下のつきあたりのドアが開いた。

〈ありがと〉水もちゃんと出た。なんてぜいたくだろう。マットは顔を洗い、服を着ると、階段を下りていった。

家具はぜんぶ消えていた。マットはほこりだらけのかびくさい居間に座りこむと、エドマンドがくれた羽根の花束を拾い上げた。〈あなたはどこから来たの？〉羽根の花びらに唇をすり寄せ、訊いた。

〈真っ暗な場所ばかりだったの〉花束が答えた。〈最後にいたのは魔法の杖のなか。いつもいきなり引っぱりだされるの。外に出て身体を伸ばしていられるって気持ちいいな〉

マットは花束に笑顔を向けると、それを持って廊下に出て、床に落ちている上着のところに行った。マットはくしゃくしゃになったドーナツの袋を探りだすと、上着と花束とドーナツを持って階上《うえ》に行った。

寝室に戻ったマットはなるべく音をたてないように、寝ていたベッドを整えた。花束をクリーム色の羽根ぶとんの上に置いてから腰を下ろし、眠っているエドマンドを見つめた。朝もやを透かす朝の光がレースのカーテンごしにそっと射しこみ、エドマンドの寝ている場所をすこしずつ照らしていった。

ほらごらんなさい。エドマンドの過去を掘り起こし、分身を引っぱりだして、目の前に見せつけ、受け入れさせるなんて。これでこの先には、まだ解明されていない残りの過去、炎にのみこまれた過去が待っていることになる。もうそれを捨てて置くことはできない、とマットの感覚が告げていた。こんな気がかりが生まれたせいで、エドマンドの心の平安が打ち砕かれてしまったのだとしたら？　それまでの彼はいつも穏やかで、不安とは無縁に思えた。自分は彼の人生をだいなしにしてしまったんだろうか？　使命というのがそんなものなら、もうこれ以上はたくさんだ。聞いてる、エドマンドの精霊さん？

エドマンドが目を開けて伸びをした。彼はマットを見て微笑んだ。「なんて夢だ」

「なあに？　いい夢？」

「すごく素敵な夢だった」

「ドーナツいる？」

エドマンドは起き上がり、うなずいた。マットは袋のなかからチョコレートがけのドーナツを取り出し、ほうり投げた。ドーナツは空中でスピードをゆるめ、エドマンドの伸ばした両手のなかにおさまった。「おみごと」

エドマンドはこちらを見て眉を上下させ、にっと笑った。

マットは微笑み返した。心配することはないかもしれない。白い砂糖衣とカラースプレーのついたドーナツを取り出した。ひと口食べてみる。昨日よりもそれほど味は落ちていなかった。古くなったものでも別に平気だった。

エドマンドは大きな口を開けてドーナツにかぶりつき、ほとんどかまずに飲みこんだ。「みんなと夜の湖で泳いでる夢をみた。あたたかい日だったけれど、とにかく火を焚いたんだ。夜に燃やす火の色は大好きだ。みんなでフランクフルトを焼いた。怪談話もしたよ。今考えるとおかしいけどね」

「素敵だわ」

「でも、そんなことは一度もしてないんだ。スーザンは水に入っちゃいけないって言われてたし、暗くなってからの外出も禁じられてた。夢のなかではスーザンも一緒に泳いでいた……」

スーザン。マットは考えた。あの夜、彼女はなにを見たのだろう？

エドマンドは半分になったドーナツをベッド脇のテーブルに置いた。その目はどこか遠くを見つめていた。「あの夢では」エドマンドは重そうに口を開いた。「なにもかもが当たり前で、素晴らしかった。だけどゆうべ……」

「ゆうべ、なに？」マットは沈黙を破った。

「怖いなんて思いをしなくなってから、いったいどのくらいの月日がたってると思う？　何年もだ。どこへ行こうと精霊がついていてくれるから、怖いなんて思ったことはなかった。ゆうべぼくは、怖くて行くことのできない場所があると知ってしまった」

「行かなくてもいいのよ。無理に行く必要なんてないわ。あなたが決めることよ」

「うん」エドマンドはため息をついた。「ほんとうは行きたいんだ。だけどなにか導いてくれるものがなければ、まだひとりで行く自信がない。スーザンはあの場にいた。彼女なら、なにが起こったのか知ってる。スーザンは口が重いけれど、もしかしたら話してくれるかもしれない」エドマンドは膝に置いた両手に視線を落とした。「それに、ぼくがそのことで恐ろしい思いをしたというなら、いったいスーザンはどうしたんだろう？　きまってる。そのまま口を固く閉ざしてしまったはずだ。スーザンが心配だ。マット、ぼくは彼女を捜しに行く。一緒に来てくれるかい？」

「うん」

第四章

「マット？」

マットは寝室のドアの脇にある柱から手を離した。手をふれていたところには、黒檀のちいさな菱形の木片がはめこまれていた――この屋敷にはしゃれてるところがいっぱい！――彼女は顔を上げた。

近くの壁のなかで、水が水道管を通っていく音がした。エドマンドが浴室を使っているのだ。はるか昔からやってきた水を使ってるってこと？　いまひとつよくわからなかった。先ほど顔を洗ったときには、たしかに洗面台の蛇口から熱いお湯が出てきたけれど。

ネイサンは両手を後ろに組み、ドアの向こう側の廊下にたたずんでいた。その姿は影よりもはっきりしていたが、やはりふれることはできなかった。

マットは背筋を伸ばし、彼と目が合うと、にこりと笑った。

「来てくれてほんとうに嬉しかったよ。いろいろなことをぼくと共有してくれてありがとう」

「あたしこそ」マットは心からそう思っていた。この少年が自分のなかに入るのを許したが、彼のほうでも立ち入る限度をわきまえてくれた。「いさせてくれてありがと」ついまた笑みがこぼれた。こんなふうに、形式ばってはいるけれども心のこもった会話を最後に誰かと交わしたのはいつのことだったか、憶えてもいなかった。「ほんとに素敵なおうち」

「うん」

〈でもネイサンは寂しいの〉屋敷が云った。

ネイサンはふとまぶたを閉じ、また開くと微笑んだ。「それは言わないつもりだった」

「わかってる」屋敷が助け船を出そうとしただけだとわかっていたが、ネイサンはばつの悪い思いをすることになってしまった。〈あたし、ひとつの場所に長くとどまったりすることなんてありえないの〉マットは屋敷に云った。

〈戻ってくる？〉

〈戻ることもありえないわ〉マットは云ってしまってから思い直した。〈でもエドマンドに会って、あたしにとってありえないことが、そうでなくなっちゃった。だからもうぜったいなんて言えないの〉ふたたびドアの横の柱に手を当て、なめらかな感触と力強さを手のひらに感じながら、それほど遠くない昔、この屋敷はエドマンドやその友人たちにとってほんとうに素敵な逃げ場所だったんだろうな、としみじみ思った。〈今まで出会ったなかで、あなたは最高の隠れ家よ〉

〈いつでも来て。好きなだけいていいのよ〉

マットは柱に額を当てて寄りかかり、故郷《いえ》を思った。かつては自分にも帰る家があった。幼い頃、まだ母親が生きていたときのことだ。その場所はとうになく、マットはもうどこへ行っても我が家のようにくつろぐことができるようになったが、あれほど心から安らぐことのできる場所に出会うことはなかった。

マットはネイサンを見やり、彼を自分のなかに受け入れたときのことを思いだしていた。あのとき彼はたしかに自分の一部になった。だからってわけじゃない、でも……

「ここを故郷《いえ》だと思っていいの？」

ネイサンの表情がすこしずつゆるんでいき、やがて顔じゅうに笑みがひろがった。「ぜひそうしてよ」

「ありがと」マットは長いあいだじっとネイサンの姿を見つめ、屋敷の感じているすべてのものが、自分のなかでふくらんでいくにまかせた。その骨組み、なかに抱《いだ》かれたいくつもの部屋、部屋から部屋へ流れていく空気。地下室ではゆるやかな鼓動がえんえんと響き、屋敷全体に魔法の力を送りこんでいた。屋敷に宿る魂は地面深くにもぐりこみ、庭や植物はもちろん、歩道の途中までひろがっていた。力は空からも地面からも押し寄せ、町なかゆえの活気もこの屋敷に力を与えていた。屋敷はすでに人の手で建てられただけのものとは違い、生命を持ち、世界を内に秘めていた。力強く、はっきりと目覚めていた。まるで屋敷が手のひらを押し返しているかのように、マットの手の下で木材が熱をおびた。

「ひとまわりしてみる？」ネイサンが訊いた。

ぼうっとしていたマットははっと我に返った。「うん」

ネイサンは敷居をまたぎ、マットとエドマンドがひと晩寝ていた寝室を見わたした。「この部屋は、ぼくのふたごの叔母さんたちが使っていたんだ。ふたりがいなくなってからは客間になった」

「とっても昔のことなんでしょ？」

「たしか、一九一〇年だった」

「その頃のことは無理に話してくれなくていいのよ。もっと最近の話でいいよ。エドマンドが前に来ていた頃はどんなふうだったの？」

ネイサンは眉根を寄せ、部屋をさっと見まわした。「ひとりがひと部屋ずつ使ってた。ここはフリオの部屋で――」彼は目をすがめ、ふたつあるベッドをじっと見た。「そのベッドのうちのひとつを、昔ぼくの部屋だったところに移して、スーザンが使っていた。それで――」屋敷にみなぎるエネルギーが揺らぎ、部屋の光景が変わった。ベッドがひとつあり、鏡台にはマンドリンが載っていて、譜面台にはポピュラー音楽の楽譜が立てられていた。窓の下の壁ぎわには、ほかにも楽器が立てかけられていた――ギターが一台と、マットにはなじみのない、ちいさなずんぐりした形の弦楽器だった。

「へえ。それでフリオってどんな感じ？」

「は？」ネイサンは目をまるくして、マットをぽかんと見つめた。「ああ、そうか。そういうこともできたんだ。忘れてたよ」ネイサンはにこりと笑った。部屋の中心に影が集まり、低い柱を形づくった。影が濃くなって、その表面に色彩の渦が生まれ、それぞれの色があるべき場所におさまると、やがて幻がはっきりと姿をあらわした。背の低い、ほっそりした、キャラメル色の肌をした少年だった。赤いシャツを着て、両手の親指をジーンズのベルト通しに引っかけている。黒い髪は横を短く、てっぺんを長くして前に垂らし、その奥に黒い、きらきらした瞳が見え隠れしていた。やんちゃそうな笑みを満面に浮かべていた。

もちろん相手はただの幻だったけれど、マットは思わず微笑み返さずにいられなかった。

「すごいわ」

「今はもうこういう姿じゃないけどね」

マットはさらに訊きたいことが増え、ネイサンを振り返ったが、そのときドアが開いてエドマンドが入ってきた。「やあ」彼は大股に近づいてくると、手を差しのべた。「フリオじゃないか！」

・エドマンドの身体はフリオを通り抜け、幻はすうっと薄くなった。かつての部屋の光景がかき消え、部屋は今朝マットと彼が目覚めたとおりの姿に戻った。彼はくるりと向き直り、わけがわからなさそうにきょとんとした。「あれ？」

「ごめん。マットに昔のことをちょっと見せてあげてたんだ」ネイサンは言った。

「ああ」すこし間をおいて、エドマンドはつづけた。「この幻ってやつは、なかなかいいね」

「ぼくも気に入った。もうひとりもやってみよう」

ネイサンはドアを出て廊下を歩き、階段を通り過ぎて別の寝室に入った。「ここがディアドリの部屋だった」マットとエドマンドがあとから入っていくと、彼は言った。奥の壁ぎわにはベッドがあり、頭板と足板が木製で、縁に凝った彫刻がほどこされていた。近くにはベッドに似合う家具が置いてあった。右の窓ぎわの本棚には革装の本がぎっしりつまっていて、金箔のはがれかけた題名がかすかに光をはね返していた。鏡台と椅子は左側の壁ぎわに押しやられていた。

ネイサンはふたりに背中を向けたまま、身体から離した両手をぐっと両脇で握りしめた。マットは力が押し寄せてくるのを感じた。

少女の姿があらわれた。オーバーオールに黄色のTシャツという格好で、床にしっかりと立ち、両手を腰に当てている。茶色の髪を後ろでふたつに分けてきっちりと三つ編みにし、量の多い、まっすぐに切りそろえられた前髪が卵形の顔にかかっていた。真っ黒な濃い眉の下にあるぎょろっとした茶色の瞳がこちらをにらみすえていた。

ネイサンは目くばせをして、肩ごしにエドマンドを見やった。

「似てる似てる」エドマンドが言った。

「はじめて会ったときはこんな感じだった」ネイサンがマットに言った。「最後に会ったときは……」

幻は暗くなり、ひろがって、ふたたび形をなした。先ほどよりも背の高い、二十歳前後の女性の姿が浮かび上がった。あごで切りそろえられた髪は今ふうで、口紅をさした唇はすこし笑っていた。黄色のブラウスに薄い青のデニムのスカート、足には黒のパンプスを履いていた。両手はスカートのポケットに入れていた。

「うわ」エドマンドが言った。「ぜんぜん面影がないな。いったいどうしちゃったんだ?」

「うん」成長したディアドリの隣に男の幻があらわれた。姿かたちはあまりはっきりしていなかったが、背が高く、たくましそうな男だった。「彼のことはあまりよく見ていなかった」どうしても細かい部分が思いだせず、ネイサンは言った。「名前がアンドルーだったことくらいしか憶えてない」

「ディアドリが連れてきたのか?」

「あのときは困ったよ。フリオをのぞいて、きみたちとは二年ほどまったく会ってなかった。この屋敷に来たときのディアドリは、まるではじめて来た人のようだった。最初、彼女だとはわからなかった。見おぼえのないふたりは玄関の扉をノックした。屋敷が扉を開けてやったときは、どうしてだろうって思ったよ。もう日が暮れていた。ふたりとも懐中電灯を持っていた。なかに入ってくると、女のほうが口を開いた。『ここで過ごした時間はほんとに素敵だったわ』男はほこりだらけの室内を見まわすとこう言った。『どういうことさ。ここのどこが面白いんだ?』すると彼女が言ったんだ。『このお屋敷にはお化けがいるのよ。ネイサン?』って。

「ぼくはどうしていいかわからなかった。化けてでてやるか、それともちゃんと姿をあらわすべきか? 仕方ないからその中間をとることにした」

「化けてでるのと、姿をあらわすことの中間ってなあに?」マットが訊いた。

ネイサンはマットのほうに身体を向けた。ほんものの人間のように見えていたその姿が透けはじめ、輪郭が白っぽい緑色にぼうっと光った。

「なるほどね」

エドマンドはディアドリの幻に近づいた。「ぼくのよく知ってた、子供の頃の彼女とは似ても似つかないな」彼は幻のまわりを歩きながら、姿のはっきりしない隣の男にもときおりちらっと目をやった。「ディアドリがこんなふうになるとは夢にも思わなかったよ」

「どんなふうになると思ってたんだい？」ネイサンが訊いた。

ディアドリの幻は振り向いてエドマンドの目を見つめた。彼は思わず一歩あとずさった。

「あんまり真面目に考えたことはないけど、ローラースケートか泥レスリングの選手にでもなるんじゃないかと思ってた。それよりスパイかな」

ディアドリの幻はふわりと笑ってエドマンドに背を向けた。

「アンドルーとは大学で知り合ったそうだよ。ディアドリは獣医学を学んでいた。彼の専門は化学工学だった。ディアドリは、科学でも証明できないものがあるってことを彼に知ってほしかったんだ」ネイサンが自分の手をじっと見おろしていると、その透明さがしだいに失われていき、ふたたび血が通《かよ》っているように見えた。「彼が納得してくれたかどうかはわからないけれど、話を聞こうとはしてくれていた。ふたりはせっかく来てくれたのだけれど、やっぱり違和感をおぼえずにはいられなかった。ディアドリは……すっかり大人になっていた。もう彼女自身、ぼくの存在をあまり信じていなかったんだ」彼は苦い顔をした。「ぼくのことを、大人になったら卒業するべきものとでも思っているみたいだった。つまり、それが本音だったんだろうな」

マットは首をかしげた。「大人になるといろんなものを卒業するものだけど、いつだってそれが正しいとはかぎらないわ」彼女の脳裏にエドマンドの子供時代の部屋が浮かんだ。ヒーローものの人形、ミニカー、漫画本。これまでにのぞいた大人の心象風景のなかには、仕事に睡眠、テレビ、炊事洗濯といったものしか映っていないこともあった。人はいつでも魔法に背を向けてしまう。世間にもまれたせいで、魔法は身体からすっかりしぼりだされ、雑踏のなかに踏みしだかれてしまうので、みな、それがいつしか身体から抜け落ちていることにも気づかず、その場に置き去りにしていくものなのだ、と思いこんでいる。けれどもそれはまわりのせいなどではない。マットが目をこらし、耳をすませば、かならず魔法は目に、耳に応えてくれた。ものを見る人間の目のほうが変わったのだ。

マットはディアドリの幻に向かって顔をしかめ、ネイサンに言った。「友達だったんでしょ。なのに、あなたを動物園の動物か、古いお城かなにかみたいに扱うなんて」

「来る者は拒まない主義なんだ」彼は肩をすくめた。ディアドリとその恋人の姿がすうっと消えた。

ネイサンは壁を通り抜けた。マットとエドマンドはドアから出て、廊下にいる彼と合流した。彼はふたりを連れて三番目の寝室に向かった。部屋には鏡台しかなかった。ネイサンは重そうに口を開いた。「ここはもともとぼくの部屋だった。そのあとスーザンが使うようになった」

エドマンドの記憶に映しだされたスーザンの姿を見たとき、ネイサンの胸にこみ上げた熱い想いが、マットのなかによみがえった。かつてのネイサンの部屋を、スーザンは使っていたのだ。

どれもこれも意味があるような気がしてならなかった。

マットは窓辺に行き、そこから見える松の木々や、鬱蒼と茂る藪、銀白色に立ちこめる朝の霧を見わたした。すこしでもなにか教えてもらえるかと窓枠に手をふれてみたが、家は押し黙ったままだった。たしかに、そんな手段をとる必要がどこにあるだろう？　そんなことをしなくても、屋敷とはもう通じ合うことができる。

ネイサンは、フリオとディアドリの姿をよみがえらせたように、スーザンの幻も呼び起こすつもりなんだろうか？　マットがじっと見つめると、ネイサンも彼女を見つめ返してきた。スーザンがどんな姿をしていたか、ともかくエドマンドの目にはどう映っていたか、マットにはもうわかっている。ネイサンももうあれで充分だと思っているのだろう。

ほかになにかある。

マットは部屋を横切り、壁の一点を見つめた。ここになにか関係がある……ちらりと見やると、ネイサンはにこりと笑った。彼女は壁に手を当てた。すると壁が内側に開き、その奥に闇がひろがっていた。

「秘密の壁さ」ネイサンが言った。

屋敷がマットの足もとで笑い声をあげた。

〈いったいどうなってるの？〉マットは訊ねた。〈こんなものがあるなんて教わってないのに、いつのまにかここに来ちゃった〉

〈あなたの直感にはたらきかけて、引き寄せたの〉屋敷が云った。

マットは頭を振り、暗闇に足を踏み入れた。

「待って」エドマンドが言った。

マットは自分が入ってきた、狭くて四角い穴を背にして、真っ暗な空間に踏みこんだ。だが、左側からかすかに風が吹いてくる。その方向に手を伸ばすと壁があり、さらにかがみこんで手探りしてみると、そこに腰ほどの高さの穴が開いていることがわかった。

「そこにはネイサンの遺体があるんだ」エドマンドが言った。「だめだ、マット」

マットは床に座りこみ、暗闇に手を伸ばした。ゆっくりと下ろした手にふれたのは、乾いた、すき間だらけの、人間のあばら骨だった。彼女はぎょっとして腕を跳ね上げた。

マットは、人の手でつくられたもの、人に使われたことがあるもの、人に形を変えられたものと言葉を交わすことができた――ごみ、道、車、家具、家、洋服、皿。すべてのものが、務めとして与えられた生命の陰に、もうひとつの生命を持っていた。なんのためにつくられ、じっさいにはどんなふうに使われたのか。そして最期のときには、どんな気持ちだったのか。

人がつくり、利用し、その手で形を変えたもの。人の骨。マットは心の目が開いてからも、たぶんそれ以前だって、人骨にさわったことなどなかった。

マットの手の下で、ネイサンの生が、そして死が、激流のように押し寄せ、ネイサンの過去が、ネイサンのとった選択が、憎しみが、好意が、愛情が、恐怖が、希望が、どっとあふれ出してきた。これにくらべたら、昨日ネイサンが身体のなかに入ったことなどまったく色あせて思えた。みずからの手で断ち切られた十四年の人生。追いつめられて、ほかにどうしようもなかった。そのあとから始まった、生きているとも死んでいるともつかない人生においては、知識と経験を積んで日々成長はするものの、けっして歳を取ることはない。どんなものにも興味はあるが、ふれることはできない。何度となく大人たちのすることを見せつけられてきたが、それがじっさいにどんなものなのかけっして知ることはなく、ただ想像にまかせるだけだった。

想像にまかせるだけ。そしてもうどうでもよくなってしまった。

マットは目を閉じ、どこまでも甘美で果てしないその悲しみにひたった。

目の前でネイサンが言った。「マット、やめてくれ」

マットは鼻をすすった。ぬれた頬をぬぐおうと手を上げたため、強烈に語りかけてくる骨との交流はとぎれた。「ごめん」マットは声をつまらせた。

「いいんだ」

「そんなつもりじゃなかったの」

「わかってる。気にしないで」

「最初に訊いておけばよかった、でも知らなかったんだもの――」

「そんなことより、お腹すいただろ」

はかったようにマットの腹がぐうっと鳴った。

「でも、出せるものがなにもないんだ」

「知ってるわ」生前のネイサンの心が自分のなかを駆け抜けていったとき、マットはあらためて気づかされた。彼の存在はこの屋敷と強く結びつき、屋敷のほうでも、かつて人間としての欲求を持っていた彼と深く関わり合うことによって、これほどまで人間の欲求を理解できるようになった。屋敷は、マットとエドマンドになにも出せなくて申しわけない、と心からすまながっていた。

屋敷が与えられるのは、魔法、風雨をしのぐ屋根、喜び、友情に不思議。心の故郷。素晴らしいものばかりだった。けれど、それだけを糧にして生きていくことはできない。

マットは急いで立ち上がり、後ろ歩きでエドマンドの待つ寝室へ戻った。ネイサンが一緒に出てくると、壁板は閉じた。

マットはネイサンをしばらくじっと見つめ、彼についてあらためて知ったことをその姿に重ね合わせた。エドマンドがすぐ後ろに来て、肩に手を置いた。静寂がひろがった。

ネイサンが話の矛先を変えた理由は理解できたが、だからといってどうしたらいいのかわからなかった。マットはエドマンドの顔を見上げた。彼の表情は硬く、そこからはなにも読めなかった。肩に置かれた手はあたたかかったが、目はどこか遠くを見つめていた。

「あたしたちはスーザンを見つけだして、彼女とお父さんになにがあったのか知る必要があるの」マットはネイサンに言った。「出かけたら、そんなにすぐには戻ってこられないわ」

「わかってる」

「そうよね」と言ってからマットは首を横に振った。「また――また来るから」ずっとずっと長いこと、誰にも言ったことのなかった台詞だった。

ネイサンは目を輝かせた。彼は片手を上げてマットの唇にふれた。軽くふれるだけの冷たいキスだった。そして彼の姿はかき消えた。

「どんな気分？」来た道を戻りつつ、車を停めた場所に向かって町のなかを歩きながら、マットはエドマンドに訊いた。霧は晴れて、青空がひろがり、くもの巣や葉の先についた霧の粒がダイヤモンドのようにきらめいていた。冬の空気は冷たかったが、澄み切っていた。

「不安で、落ちつかない。子供っぽい考えが心のなかを飛びまわってるんだ。ちっとも安まりゃしない」

マットはエドマンドを見上げた。エドマンドが一歩進むごとに、彼女には二歩必要だったが、今日の彼はそんなことにもおかまいなしだった。数日前に出会った、思いやりのある優しい男はどこかへ行ってしまった。それを手助けしたのは彼女自身だった。

マットはエドマンドの袖を引っぱった。「もうすこしゆっくり歩いて」

エドマンドははっとして、マットに目をとめ、立ち止まった。「ごめん」そう言ったとき、彼はもとのエドマンドに戻っていた。

「いいのよ」

エドマンドはふとためらった。「ずっとこんなことを考えてる。自分でもいやになるよ」

「どんなこと？」

エドマンドはとてもきれいな、穏やかなあの笑顔を見せ、首を振った。「恥ずかしくてとても言えないような、くだらない考えさ。参っちゃうよ」

マットはアーミージャケットの袖口に片手を引っこめ、腕の内側にすっぽりとおさまっている羽根の花束をいじった。マットにこの花束をくれた少年。エドマンドに不愉快な思いをさせているのはたぶんあの子だ。あの子のことは嫌いじゃなかった。「頭のなかが言うことを聞かないの?」

エドマンドはため息をついた。「そのとおりだ」

マットは通りの前方を見わたした。半ブロック先に〝ネモ船長のコーヒーショップ〟があった。珍しくもない、薄汚れた、くたびれた雰囲気の安レストランのようだった。マットにはそこが天国に思えた。胃袋が鳴った。

「あは」エドマンドが言った。

マットは唾をごくりと飲んで、ちらりとエドマンドを見た。

「いいよ。お金ならまだたくさんあるし。入ろう」

「やったぁ」マットは、金がなければないでなんとかやっていくことはできたが、ごみ箱をあさらなくてもいいレストランの食事というものが、じつはかなり気に入りはじめていた。

〝ネモ船長〟のマグカップは分厚い白の磁器製で、ボックス席には青緑色《ターコイズ》のビニール張りの椅子があり、白い樹脂パネル《フォーマイカ》のテーブルには細かい金のブーメラン柄が描かれていて、どのテーブルにも暇つぶし用の木製パズルが置いてあった。炒めたベーコンと、挽きたてのコーヒーと、かすかなクレゾールの匂い。マットは嬉しくて嬉しくてたまらなかった。

マットはコーヒーにクリームと砂糖をたっぷり入れ、すっかり甘くしてから、湯気の立つマグカップを両手に包みこんだ。もうすぐ熱々の卵と、ベーコンと、トーストが運ばれてくる。

「さてと。それでどんなことを考えてたの？」

エドマンドは水を飲むと、コップを置いてマットを見つめ、かすかに笑った。「じつはね、やきもちを焼いてたんだ。親友をきみに会わせたのに、ぼくよりきみのほうがあいつと仲良くなってしまった」

「あら」マットはコーヒーをひと口飲んで考えた。たしかにネイサンとは急接近した。エドマンドのほうが、ネイサンと互いを確認するまでに時間がかかったし、ネイサンはエドマンドと過去を共有していたにもかかわらず、マットとのほうが固い絆を結ぶことができた。「そんなこと言われても」

「きみが気にすることはないよ。昨日までのぼくだったら気にもしなかったはずだ。こんなこと、なんとも思わなかっただろう。もっと違う目でものを見て、理解して、判断していたはずだ。子供の頃じゃあるまいし！　落ちつかないったらないよ」ウエイトレスがハッシュポテトの大きな皿をエドマンドの前に置き、彼に微笑みかけた。エドマンドが無意識に、きれいな笑顔を返すのをマットは見ていた。ウエイトレスが目をまるくした。エドマンドの顔から笑みが消えた。彼は目をぱちくりさせた。「キャロル？」

「は？」ウエイトレスはあわてたように言うと、自分の胸の名札を見おろした。〝キャロル〟と書いてあった。

「キャロル・マドックスだろ？」

いなかった。

「どこかでお会いしたかしら？」ウエイトレスはもう一度名札に目をやった。苗字は書かれていなかった。

「憶えてないだろうね。でも、きみとは同じ高校だった」

「あら、お上手ね、でも思い違いじゃないかしら。あなたが見た目より年上なら別だけど……」キャロルは彼をじっと見た。「エドマンド？」

「そんなに変わったかい？」

キャロルは首をかしげ、穴が開くほどエドマンドを見つめた。「ええ」彼女は言いにくそうにした。「あなた……まるでちびっ子修行僧みたい。若いくせに、妙に真面目で、それでいてわけ知り顔で」

エドマンドは指を鳴らして、紙でできた赤い薔薇の花をぱっと出し、いたずらっぽく微笑《わら》った。薔薇の花を渡すとキャロルの瞳が輝いた。「ああ、そうそう！　今度こそほんとに思いだしたわ。今までどこにいたの？」

「んー……あちこち旅をしてまわってた」

「あたしもそうしてみたいなあって思ったものよ。でも夢ばっかりみてられなかった。どうしたら夢がかなうのかも結局わからずじまいだったわ」キャロルはふとマットに目をとめ、まばたきをした。「お料理持ってこなきゃ。ごめんなさい」彼女は厨房に姿を消し、しばらくすると、皿にぎっしりと盛られた朝食を持って戻ってきた。

「ありがと」マットも精一杯笑いかけた。

「あなたとはお会いしたことないわよね？」

「うん。マットっていうの」

「キャロルよ。よろしく」握手を交わしながら、キャロルは言った。厨房から呼ぶ声がして、彼女は振り向いた。「仕事に戻らなきゃ。帰るときにはぜったい声をかけてね、エドマンド」造花の薔薇を名札にさすと、足早に去っていった。

マットはかりかりのベーコンをかじり、満足してため息をついた。「朝ごはんって大好き！」

エドマンドはマットを見て顔をほころばせた。「ところで、さっきの話だけど」

「うん。話してくれてありがと。それはあの子が考えてることなんでしょ。気にしなくていいよ」

エドマンドは頭を振り、キャロルの姿を目で追った。「またこいつは、ろくでもないことばかり考えて」

マットはスクランブルエッグに塩と胡椒をかけた。「薔薇の花、気に入ったみたい」

「キャロルはぼくの手品を見ては笑ってたけど、いくらデートに誘っても、一度もうんと言ってくれなかった」

「もう一回誘ってみたら」

「でも――」エドマンドは顔をしかめた。「どうでもいいことだし、ぼくらには行かなきゃならないところがある」

「約束だけでもしておけば。あれから一歩進んだってところを、あの子に見せてあげなさいよ」

「そんなことわかってるさ」エドマンドが違う声で言った。「どうせ、なにかっていうとぼくが鼻をつっこんで、目を光らせてるって思ってるんだろ？」彼がテーブルにかがみこみ、顔を近づけたので、マットも前かがみになった。「この兄さん、なんて堅物だろう！　チャンスっていうチャンスを逃しちゃうんだから」エドマンドが小声で言った。

「あなたがそれを変えてあげられるかもしれないわ」マットも小声でささやき返した。

「どうかな。もしまた閉じこめられたら？」

マットは両の眉を寄せた。「そんなことするかしら？　エドマンドはいい人だもの。そんなふうには思えないな」

「ん――」エドマンドは舌なめずりをすると、マットの皿のベーコンに手を伸ばした。「これもらってもいい？」

「いいよ」

「いただきます」エドマンドはベーコンを持ち上げて口に運ぼうとし、はたと動きを止めた。

「だめだ」年上のエドマンドが言った。「ぼくは菜食主義者《ベジタリアン》なんだ」すると「でもいい匂いだ」そしてまた「なに言ってるんだ」

けれどもエドマンドはベーコンを離そうとしなかった。マットは姿勢を戻し、卵を食べながら彼を見ていた。もう声に出して自分自身と言い争ってはいなかったが、その表情がくるくると変わり、葛藤しているのが見てとれた。

「どんなものだってほかのものを食べるんだから、あなただってそれを食べてもいいんじゃない」マットは自分の皿のものをきれいにたいらげた。エドマンドの皿のハッシュポテトはすっかり冷めていた。

エドマンドはベーコンをひと口かじった。世にも幸せそうな顔で食べている。ふとその表情から血の気が引いた。目を閉じたまま、彼はしばらく身動きしなかった。

深く息を吸い、吐く。

エドマンドはマットを見て、ベーコンをもうひと口かじった。

「あったかいともっとおいしいんだけど」マットは言った。

「冷めててもおいしいよ」エドマンドは答えた。「きみはもし死んだあと、誰かに身体を食べられても平気？」

「平気よ、あなただってそうでしょ。それとこれとは話が別だわ。だってこのベーコンは食用に育てられたのよ」マットは肩をすくめた。「あたしには、お腹をみたしてくれる精霊なんていなかったもの。この数年間、食べるものは自分で見つけてきたし、自分の好物だってわかってる。友達になったものを食べることはまずないけど、そうなったらそれはそれで仕方がないわ。なにを食べずにいよう、なんて考えたこともない」

「なるほど」エドマンドはベーコンをたいらげると冷めたハッシュポテトに手をつけた。「どんな形であれ、あらゆるものはほかのものに生まれ変わる、ってことか」とひとりごとを言った。

「それよ。あのベーコンはあなたの一部になったかもしれないし、あたしの一部になったかもしれない、ごみになってしまったかもしれない。このお店の裏でごみ箱をあさる人がいたなら、その人の一部になったかもしれない。猫とか、犬とか、ネズミってこともある。微生物だったかも。いくらでも考えられるわ」

「ぼくにとっては、たとえば動物のような、かつてはものを考えてた存在を食べないでいることが、精神的な意味ですごく大事に思えたんだ」

「はじめて会ったとき、あたしがあげたハムサンド食べたじゃない」

「え」エドマンドは顔を上げ、しばらく眉間にしわを寄せていた。「ああ、そういえばそうだった。あのときは何ヶ月も食べものを口にしてなかったんだ。ものすごくおいしかったよ」

「何ヶ月も食べないなんてこと、どうしてできるの？」

「食事をしないものに姿を変えたときは……」エドマンドはからになった皿にフォークを置いた。「精霊が力を与えてくれた」

キャロルが戻ってきてテーブルに伝票を置き、ふたりに訊いた。「しばらくこの町にいるの？」

「残念だけど、すぐ出かけるんだ」エドマンドが言った。

「そう……会えて嬉しかったわ。あなたにも」彼女はマットにも言った。「また来てね」

「ありがとう」すこし面食らったように、エドマンドが少年の声で言った。

車は昨夕停めた場所、パン屋を一ブロック過ぎたところにあった。マットはポケットを探り、昨日のドーナツの袋を確かめた。あとふたつしかない。振り向いてパン屋をちらりと見た。エドマンドもそちらに目を向けた。「なにかほしい?」

「食糧は?」マットがドーナツの袋を持ち上げて振ると、まだすこし中身が残っている音がした。

「そうだね。でも、別に宇宙旅行に行くわけじゃないし」

「え?」

「食べものはどこでも手に入るよ」話しているのが少年のエドマンドなのか、年相応のほうなのか、マットには判断がつかなかったが、どうやらからかわれているようだった。

「でもこれおいしかったの」

エドマンドは車のてっぺんをなでた——お帰りなさい、という優しい声がマットの耳にも届いた——そして踵を返すと、彼女とともにパン屋に向かった。

カウンターに近づきながら、マットは奥にいる女性をじっと見た——昨夜のミセス・ダンヴァーズだった。大柄で、感じのよさそうな人だ。にこにこと笑顔をたやさず、十歳くらいの男の子に注文どおりチョコがけのチョコレートドーナツを渡してやり、バースデーケーキを頼んだ女性の注文を書きとめると、顔を上げた。エドマンドはケースの前で立ち止まり、なかを隅から隅まで眺めていた。

ミセス・ダンヴァーズの顔に驚きがひろがった。「エディ?」

よしよし、とマットは思った。エドマンドはまた面食らって、顔を上げた。

「エディ！　今までどうしてたんだい？」

「ああ、お久しぶりです、ダンヴァーズさん」彼はほんもののデイジーの花を彼女に一輪渡し、いろいろな種類のドーナツを六個注文すると、自分がずっと旅をしていたこと、妹はカリフォルニアに、両親はニューメキシコに住んでいることを話して聞かせた。

「あんたが町を出たのは、まさにちょうどあの――」ミセス・ダンヴァーズはかぶりを振った。

「その話はよしたほうがいいね」

「待ってください。なにかご存知なんですね？」エドマンドは勢いこんだ。

ミセス・ダンヴァーズは注文しようと待っている客たちに目をやった。彼女は愛想よく笑った。「なんでもないよ。元気そうでなによりだね、エディ。どうしてるんだろうってずっと思ってたんだよ」

エドマンドはケースの前からレジに向かい、もうひとりの店員に金を払った。歳のわりにやつれた印象の若い女性だった。この人は知らない人のようだ、とマットは思った。

エドマンドは窓に面した、低いカウンターに行った。客が座ってパンを食べたり、コーヒーを飲んだり、通り過ぎる観光客の姿を眺めたりできる場所だ。彼はただそこに座っていた。マットは隣に腰かけ、待った。ふいにこのパン屋を出たくてたまらなくなり、立ち上がった。エドマンドが腕にふれると、その気持ちはすっと消えてしまったが、ほかの客はみな次々とパン屋をあとにした。そのなかにはまだ買いものを済ませていない客もいた。レジ係の女性まで奥の部屋に姿を消してしまった。

なんてこと。エドマンドにこんなことができるなんて、マットは思ってもみなかった。

ふたりはふたたびカウンターに向かった。

「おかしいねえ」ミセス・ダンヴァーズがつぶやいた。「毎朝のお客さんたちはどこへ行っちゃったんだろう？」

「教えてください」エドマンドは言った。

女主人は彼に目をとめ、まばたきをした。「なにをだい？」

「ぼくが町を離れたときになにがあったんですか。ミスター・バックストロムは――」

ミセス・ダンヴァーズは大きく目を見開いた。「それは――そのことは――」

「彼は亡くなったんですか？」

「それならどんなにましだったろうかね、あんなふうに生き恥をさらすくらいなら」ミセス・ダンヴァーズは片手で口を覆った。店じゅうを見まわすと、ふたたびエドマンドに視線を戻した。「あたしになにを言わせたいんだい、エディ？　そんなことは口がさけても言えないよ。だいたい……でも、もうかまわないね。あいつはいなくなっちまったんだから。誰かをおどそうったってもうできないんだ、あの悪党には」

マットの心で不安がうずまいた。エドマンドに出会う前にも一度、魔法使いと知り合いになった。その娘のもっとも気に食わなかったところは、マットが話したくないにもかかわらず、無理やり口を割らせようとするやりかただった。

マットはカウンターに片手を載せた。〈こんにちは。今ここには魔法がかかってる?〉

「あなたまでおどされたんですか?」エドマンドがミセス・ダンヴァーズに訊いた。

〈魔法?〉カウンターが困ったように訊き返してきた。〈パン屋の魔法だね。寝ぼけてるただの粉が、火と水と魔法の力で目覚めるんだ。ドーナツさ!〉

ミセス・ダンヴァーズが言った。「あいつは相手がちょっかいを出そうが出すまいが、誰かれかまわずおどしてただろう? 毎朝仕事に行く途中にここへ寄っちゃ、オールドファッションド・ドーナツとブラックコーヒーを一杯注文して、口ぎたない言葉を吐いたり、ふてぶてしい笑みを浮かべてたりしていた。ああ、思いだしたくもない、あいつはほんとうにこの町の疫病神だった。あの気の毒な奥さんも、さぞつらかったろうねえ。ああ、もう、このおしゃべりな舌ったら、言わないほうがいいことをぺらぺらと」

〈話をさせようとする、そんな力を感じる?〉マットは訊いた。

〈いいや〉カウンターが云った。〈ずっと、ずっと、ずっとしゃべってるけど、ここにあるできたての、素敵なドーナツのことはぜんぜん話してくれない。早く早く、最高においしいうちにおあがり。時間がたてばたつほど、魔法は消えてっちゃうよ〉

カウンターが質問の意味をわかってくれたとはあまり思えなかった。マットはカウンターをぽんぽんとたたき、待った。その場にただよう〝自白〟の魔法をとらえようとしてみたが、そのような力は気配すら感じられなかった。

「申しわけないと思ってます」エドマンドが言った。「どうしても知らなければならないんです。彼は亡くなったんですか？　もし亡くなってないのなら、彼はどこに？」

「それを知ってどうするんだい？」ミセス・ダンヴァーズが訊いた。彼の問いかけに腹を立てたというよりも、ほんとうにその理由を知りたいという口ぶりだった。

ストレートな質問には答えずに、自分の訊きたいことが訊けるのだから、この女性は〝自白〟の魔法をかけられてはいない、とマットは思った。〝自白〟の魔法にかかれば、どうすることもできないまま、無理やり口を割らされてしまう。

「彼になにがあったんだとしても、ぼくは……ぼくはその場にいたはずなんです。だけど思いだせない」

ミセス・ダンヴァーズはしばらく黙ったまま、エドマンドをまじまじと見つめていた。「事故のようなものだったって話だよ」

「事故」エドマンドはおうむ返しに言い、自分の両手をじっと見おろした。

「あんたがその場にいたっていうのかい？　そんなことが思いだせないはずないだろう？　あの男をどうにかしちまったのは、事故だか、心臓発作だか、そんなものだった。あいつは話すこともできなくなっていた。あたしが言うのもどうかと思うけど、神さまのおぼし召しだったんだよ。もしまだ生きてるとしたら、セーレムの介護施設にいるはずだけどね」ミセス・ダンヴァーズはかみしめるように言った。「ブレスド・ハート病院じゃ、誰もあいつの手当なんかしちゃくれなかった。奥さんのレントゲン写真やカルテをさんざん見せられてきたからね。あ
あ、あたしったらまた口がすべって！」

エドマンドはカウンターに置かれた彼女の手にふれた。「だいじょうぶ。誰にも言いません」彼はそっとささやいた。

ミセス・ダンヴァーズの顔から緊張が消えた。

「スーザンは?」

「スーザンっていうと」ミセス・ダンヴァーズは口を重そうに開いた。「娘さんだね? あの子は南のほうへ行ったって聞いたよ。なんでもありがたいことに、サンフランシスコに——母方の親戚がいたとか。あの子のことはもう何年も忘れてたよ。あの娘さんも、ほんとに気の毒だったねえ」

ドアに取りつけられたベルが鳴り、店のなかにまたどっと客が入ってきた。「どうもありがとう」エドマンドがきっぱり言うと同時に、ミセス・ダンヴァーズはふたたび店の女主人に戻り、うなずいて、にっこり笑うと、次の客に視線を移した。

ドーナツの袋を握りしめたまま、エドマンドはマットを連れて店を出た。潮の香りのする、きらめく朝の光がふたりを包みこんだ。

「ふう」パン屋から半ブロックのところまで来ると、マットは言った。

「あんなことをするなんて、自分でも信じられない」エドマンドは身を震わせた。「あれは使うのをやめた能力《ちから》だった。とうに忘れていたやりかただったのに……とにかく思いだしてしまったんだ。刺激的ではあったけど、我ながらぞっとしたよ。他人にあんなことをするなんて。あの手の能力《ちから》を二度と使うつもりはない。自分が精霊からどんどん遠ざかっていくような気がする」

マットはなにも言わずに足を進めながら、パン屋でエドマンドを見ていたとき、自分の心にわき起こった不安な気持ちを思い起こした。「あの女性《ひと》に〝自白〟の魔法を使ったの？」

エドマンドは両の眉を上げた。「〝自白〟の魔法？　そんなことできるはずないだろう？　一度だって使ったことあるもんか。そんなんじゃない。ぼくは扉を開く糸をはなったんだ。ダンヴァーズさんはああいったことを口に出したくないと思っていたから」

「扉を開く？」

「すこしのあいだだけ、心の仮面をとてもはずしたくなる」

「はずしたくなる、でも無理やりはずさせるんじゃないのね？」

エドマンドは目をそむけてため息をついた。「はずしたくなるように仕向けたのさ」

マットは下唇をかみしめ、しばらく考えていた。「あの女性《ひと》を傷つけようと思って話を聞きだしたわけじゃないでしょ？」

「とんでもない」

マットは握りこぶしをエドマンドの腕にかるくぶつけた。「それじゃ、自分ばかりを責めるのはおよしなさいよ」

「痛いなあ！」エドマンドは腕をさすり、じっとマットを見つめていた。そのうち彼女は不安にかられた。いつのまにかある一線を越えてしまったんじゃないだろうか。せっかく築いた関係をだいなしにしてしまったんじゃないだろうか。「やめてくれよ」やがて少年の声のエドマンドが言った。震えているようだった。

「あたし、あなたにひどいこと言った?」

「いいや。まさか。ぼくはなんとも――」エドマンドは首を振り、マットの手をつかんだ。

「おいでよ。海岸に行こう」

「え?」

ふたりが車のところに着いたとき、窓のひとつが半分下りていた。エドマンドはそのなかにドーナツの袋をほうりこむと、ハイウェイを渡り、海のほうへマットを引っぱっていった。

エドマンドにしっかりと左手を握られ、マットは走るよりほかなかった。ハイウェイを走り抜けると、立ち並ぶビルは別荘やホテルに様変わりし、やがて海岸沿いに植えられた松並木が、黒々と、風にねじ曲がった姿をあちこちに見せはじめ、海と反対方向に枝を伸ばしていた。死んだ魚の臭いがかすかに鼻をついた。ふたりは海岸に下りる道にたどり着いた。砂に覆われたアスファルトの坂は両端が土手になっていて、エドマンドはそこも駆け下りた。

坂の下にはタイヤに踏み荒らされた砂浜がえんえんとひろがっていた。その向こうには寒々とした岩場が幾重にもかさなり、海へつづいていた。エドマンドはマットの手を放し、大きな流木に近づいた。エドマンドはその上に腰かけ、ハイキングブーツのひもをほどいて両足とも脱ぎ、まるめた靴下をそのなかに入れると、ピーコートをするりと脱ぎ捨てた。なにもかも流木のそばに脱ぎっぱなしだった。エドマンドはズボンのすそをまくり上げ、岩場に走っていってしまった。

マットは流木に腰を下ろしてエドマンドのコートにふれた。「どうしちゃったの？」すっかり困り果てて、彼女は訊いた。

〈なかがずたずたなの〉コートが答えた。〈引き裂かれて、縫い合わされて、また引き裂かれて〉

マットは立ち上がった。エドマンドはもう、てらてらと光る海草に覆われた岩の上にのぼっていた。エドマンドは岩から岩へ飛び移り、突端をめざしていた。妙な、いやな感じが胸にこみ上げてきた。まさか、このまま海に飛びこんで、岩にたたきつけられるがまま、波に身をまかせてしまおうとしているのでは。

あたしのせいなんだろうか？　静かにたゆたっていたエドマンドの心をかき乱してしまった。

あたしと出会うまで、彼には憂いなどみじんもなかったのに。

起こってしまったことを変える力はマットにはなかった。どんな人にもつきまとう、その人自身の影というものに思いをはせた。そうした影のひとつに彼を引き合わせたことを後悔してはいなかった。今できるのは、その分身とともに生きていかねばならないエドマンドに手を差しのべることだった。

〈待って〉コートが云った。

〈待って〉コートのなかからも声がした。

携帯用のまじない道具入れだった。

マットはコートに手を置いた。〈あたしがポケットから出してもかまわない？〉

〈そうして〉コートと道具入れが声をそろえて云った。

マットは右のポケットに手を入れ、中国製の絹布の入れものを出して自分のポケットにつっこみ、エドマンドのあとを追った。

マットは潮だまりを歩きまわったことがあまりなかったが、以前、南カリフォルニアの海洋生物学者のもとで夏の日々を過ごしたことがあり、なにかというと海の生物についてあれこれ聞かされた。魚や海草の種類などどうでもよかったが、海水タンクのご機嫌をよくしておくのは得意だったし、実験道具も大好きだった。とくに顕微鏡はお気に入りだった。

岩場はすべりやすくなっていた。岩の合間に潮だまりがいくつもあり、岩と岩のあいだの狭い溝には、そこにもここにも波が勢いよく押し寄せ、しぶきをたてていた。空気は潮の味がして、わずかに電気をおびたようにぴりっとしていた。岩べりには紫色の貝が固まってついており、岩のてっぺんには濃い赤紫色の海草が打ち上げられ、しなやかな葉やまるい浮き袋が玉虫色に光っていた。潮だまりには大きなイソギンチャクが花開いていた。ときおりオレンジ色や紫色のヒトデが水ぎわに沿って岩に張りついていたり、カニがはさみを上げて走り去っていくこともあった。フジツボがついた場所は岩の表面がぎざぎざしていて、コンバットブーツの靴底をしっかりととらえたので、ほかの場所よりもすべりにくかった。

マットはなかなか進むことができず、エドマンドはどうして裸足であんなに早く行くことができたんだろう、と不思議に思った。転んで、ごつごつした岩で手をすりむいた。ほかの場所ではすべって膝まで潮だまりにつかってしまい、ブーツとジーンズが水びたしになった。

エドマンドは波打ちぎわに立っていた。波が岩に砕けている。彼は海に向かい、うつむいていた。どこまでもつづく水平線、はるかな銀色のきらめきのなかでその水平線と出合う青空。その手前にいるエドマンドはすっと細く、影のように見えた。

マットはぶつぶつ言いながら、さらに岩の上を歩いていった。水が氷のように冷たい色をしているいかにも深そうな場所では、ぐるりと遠まわりしなければならなかったし、向こう側にすべりやすいものがないことを祈って、ままよ、と飛び越えなければならないことも一度ではなかった。

マットがたどり着くと、エドマンドはするりと腰を下ろしてあぐらをかいたところだった。彼は声をかけられるより先に振り向いて、マットを見た。彼女はエドマンドと膝がふれ合うほど近くに座った。ぬれたジーンズがふくらはぎに貼りつき、冷たいうえ、潮水でべたべたして気持ちが悪かった。ブーツのなかも水が入ってびちゃびちゃだった。

エドマンドは不安そうな顔をしていた。

「あんなつもりじゃ……」

「まさか飛びこんだりしないわよね？」

「なんだって？」エドマンドは海を見やり、それから目をまるくしてマットを見た。「そんな、まさか。とんでもない」彼は首を振った。「そんなんじゃないよ！　ぼくはただ……みなもとにふれる必要があったんだ」彼は両側のぬれた岩に手を載せた。「しばらくここに座って、できることならもう一度つながりを持ちたい。心を落ちつけて、自分自身を見つけたいんだ。もしできるのなら」

「できるにきまってるじゃない。精霊はどこにだっているわ。あなたがそう言ったのよ」

エドマンドは顔をほころばせた。

マットはまじない道具入れをポケットから引っぱりだした。「これがあなたのところに来たがってたの」

「へえ」エドマンドは驚いたようだった。

「かまわなかった？」

彼は道具入れを受け取るとマットを見やった。「なにが？」

「あなたのコートから勝手に持ってきたこと」

「ちっともかまわないよ」エドマンドは手を伸ばしてマットの頬にふれた。肌にふれた彼の指先はひんやりと冷たかった。「話してないことがまだこんなにあるなんてね。もしぼくの持ちものがきみになにかしてほしいと言って、きみもそうしたいと思ったのなら、ぜんぜんかまわないんだよ」

「ありがと。ふだんはあなたの持ちものに話しかけたりしないんだけど。他人《ひと》のものに話しかけるのはプライバシーの侵害だもの」

「それはありがとう」

「でも心配だったの」

「わかってる」

彼女はよいしょと立ち上がった。「それじゃ。あたしは砂浜で待ってるね」

「マット」

「なに?」

「まだ行かないでくれ」

マットはふたたび腰を下ろした。「いいの? ほんとはひとりのほうがいいんじゃない? ええと、精霊と話すときって」

「どうだろう。きみがいるうちにやってみようか」

マットは腰を落ちつけて待った。こういう場所では心を交わすことのできる相手はあまりいなかった——波によって形づくられ、砂によって削られた岩。そこに棲むものたちも天然の、人の手の加えられていないものばかりだった。風に身をまかせ、その日の天候を映しだす波も別世界の存在といってよかった。言葉を交わすことができるのは、自分の着ている服と、たぶんエドマンドの着ている服くらいだろう。

もちろん、ここにはエドマンドがいる。けれども彼は今、自分自身と向き合おうとしていた。マットは待った。風が吹いた。波が寄せては砕け散り、また引いていった。太陽の光が青い水の上できらめき、風に冷えた身体をあたためてくれた。カモメが上空で鳴いた。空気は湿っぽい潮の匂いがして、さわやかだった。身体のなかにあるすべてのものがすうっと静まっていくのを彼女は感じた。

ふと、空気でできた楽器の弦をはじくような不思議な音が聞こえた。マットははっとエドマンドを見た。彼は座ったまま目を閉じ、両手を岩の上に載せていて、動いた気配はまるでなかった。ただ彼の巻き毛だけが風に吹かれてなびいていた。その顔は無表情だったが、彼が心の底からみたされているのがわかった。

やがてエドマンドが目を開けると、緑色の瞳にはもう翳りはなかった。そしてマットを見てにこりと微笑んだ。

「もうだいじょうぶね」

「たとえぼくがどんなことをしようと、ぼくから離れていくことはない、と精霊は言っていた」エドマンドはつぶやくように言った。「離れていったとぼくが感じたなら、それはぼく自身が精霊に背を向けたときだ、と。戻る道はかならずぼくのなかにある、と言っていた」

「よかったね」

エドマンドは姿勢を正し、伸びをすると、膝の上の道具入れを手に取った。「さて、どこへ向かうか考えよう」

「スーザンはサンフランシスコにいるってネイサンが言ってた。ダンヴァーズさんも同じことを言ってたわ」

「それはうんと前のことだ。今もいるとはかぎらない」エドマンドはつま先をにらんで顔をしかめた。「セーレムのほうが近い。スーザンの父親がどうなったのか確かめに行ってもいいだろう」

マットは眉根を寄せた。エドマンドの膝の上の道具入れをちらりと見やり、それから彼の顔を見上げた。「次にどこへ行けばいいか、精霊に訊いてみて」

エドマンドはしばらくマットの顔をまじまじと見ていたが、やがて本気であることを見てとると、道具入れのまわりの赤いひもをほどいた。ふさになったひもの先がひらひらと風に舞った。彼はすこし迷ってから、ポケットをひとつ開けると、なにかをひとつまみ取り出した。

「精霊よ、ぼくたちに力を。ぼくらを導いてくれ」

ふと風がやんだ。海は凪ぎ、ときおり静かな波が打ち寄せるばかりとなった。エドマンドはつまんだものを手のひらに載せ、その手を上げた。

金色のきらめきが手から舞い上がり、すこしのあいだ空中をただよった。マットは前のめりになり、そのきらめきを見守りながら、この輝く粒が自分のこれからを決めるということに、不思議な、痛いほどの思いを感じていた。これまで自分自身はその選択を先送りにしてきたが、今度ばかりは今までのように行き当たりばったりとはいかなかった。

すがすがしい風が吹いた。きらめきはマットの肩口を通って南の方角へ運ばれていき、その行く手で波が砕け散ってしぶきを上げると、そのなかに消えた。振り返った彼女の目に砂浜が映った。片側は海、片側は立ち並ぶホテルの玄関口にはさまれてうねうねとつづき、果てはまぶしい太陽の光にかすんでいた。

「南だ」エドマンドが言った。「スーザンを捜しに」

第五章

　エドマンドは立ち上がると水ぎわに歩いていき、岩に膝をついてかがみこんだ。次の波で海面がせり上がると、泡立つ水に片手をひたした。「やあ。どうもありがとう」引く波がとどろいた。

　エドマンドは戻ってくると手を差し出した。マットはひんやりとぬれたその手を取り、助け起こされて立ち上がった。

「行こうか？」

「うん」

「一緒にいてくれてありがとう」

「当たり前じゃない」

　マットはエドマンドにつかまって岩の上を歩き、砂浜のほうへ戻った。「足痛くない？」先のとがったフジツボがびっしりとついた岩場に出くわすと、彼女は訊いた。

「え？」エドマンドは下を見た。マットもつられて下を見た。エドマンドはマットの肩につかまり、自分にも彼女にも足の裏が見えるように片足を上げた。ピンク色でつやつやした足の裏にはたこができていた。「ぜんぜん」彼はにっと笑った。「お日さまの光の上を歩いてるから平気さ」

マットがこぶしで腕をたたくと、エドマンドは笑い声をあげた。

町を離れ、南をめざして走る車のなかで、マットは後ろ髪を引かれる思いがした。ネイサンと屋敷——帰る家——はどんどん遠くなっていく。それにあの岩場でのひとときは、くつろぐことはできなかったけれど、気持ちがよかった。ここへはまた来たい、と彼女は思った。一度あとにした場所に戻ることも怖くはなかった。

マットは胸に手を当てた。どうかしてしまったんだろうか。

以前滞在していたオレゴン内陸部の土地のことを考えた。できれば二度と戻りたくない場所だった。エドマンドと出会う前に知り合った魔法使いは、テリー・デーンという名の少女だった。マットは彼女に〝自白〟の魔法をかけられるわ、〝束縛〟の術をかけられてふた月ものあいだ縛りつけられるわで、それ以来魔法使いと聞くと警戒せずにはいられなかった。魔法を解かれたあと、それでも友達だとテリーに言いはしたが、すぐにでも彼女に会いたいかと問われても、素直にはいとは言えなかった。

海岸沿いを走る車からは、マットがこれまで見たこともないような海や空や陸が見えた。ときおりエドマンドは路肩に車を停め、ただ立ちつくして遠くを見つめていた。岬では、南へ何マイルもつづく海岸をふたりで見おろした。海岸線はレース編みのような白い波頭に縁取られ、果てしない青空の下に、青い海がえんえんとひろがっていた。

道が内陸寄りとなり、海から遠くなることもあった。弓なりに曲がった黒々とした木々が道なりにつづき、ときどき背の高い木に視界をさえぎられた。遠くにひろがる砂丘、道沿いにひしめく潮灼けした家や店。マットはこの二、三日をのぞいて、オレゴン・コーストで過ごすのははじめてだった。ふたりが通り過ぎていくと、ときおり、止まって見ておいきなさいよ、と優しい声がした。それらのものがしだいにちいさくなっていくのを見ながら、マットは心のなかで語りかけた。いつかね。

車はリーズポートで内陸側に曲がった。「インターステート5に出たほうがずっと早い」エドマンドは言い、それからまた口を開いた。「なんでこんなことを言ってるんだろう。あの海岸線は大好きだし、通るのもずいぶん久しぶりだったのに――」

「なにかにせかされてる気がする？」

エドマンドは考えこんで、それからうなずいた。「まだそれほど強くはないけど、なんとなく感じるんだ」

「とにかく進みましょ」マットは地図をじっくりと眺めた。このまま行けば、州間高速道路《インターステート》に出るときには、テリーの住む町から南に百マイルは離れている。

昼をすこし過ぎた頃、エドマンドは休憩所に車を停めて電話を一本かけた。

マットは水飲み場で水のボトルをいっぱいにすると、屋外テーブルに腰かけ、芝生で犬とたわむれる子供たちを眺めていた。

エドマンドは電話を切り、ゆっくりと車に戻ってきた。

マットはエドマンドのあとを追った。「どうかした？」

「妹のアビーに電話して、今晩泊めてもらえないかって訊いたんだ。通り道だからね」

「それで？　妹さんはなんて？」

「かまわないって」

「ほかにもなにか言ってたんでしょ」そうでもなければ、こんなに浮かない顔をしているはずがない。

「誰かを連れていったことは一度もないんだ。ものすごく驚いてた」

マットはすこし考えこみ、それから水のボトルをクーラーボックスに入れた。「ちょっと待ってて」

彼女はトイレに入り、手洗い場にある曇ったステンレスの鏡に映る自分の姿を見つめた。エドマンドは妹になんて言ったんだろう？　あたしのことをどう紹介したのかしら？　向こうはあたしが女の子だって知ってるんだろうか？　そういえば、今朝のウエイトレス、キャロルはどうだったんだろう。最後に髪を切ったとき、マットは頭を丸坊主にしてしまった。茶色がかった金色の短い髪がまたちくちくと伸びてきて、いがぐり頭になっていたが、見た目よりも手ざわりはやわらかかった。男の子の髪形でも、女の子のでもない。美人でもないし、とりたてて不器量でもなければ、目鼻立ちが整っているわけでもない。映っているのはただの顔だった。マットは肉づきが薄く、たいていは男の子で通せたが、エドマンドのそばでは警戒心が薄れ、他人の目に自分がどう映るかにあまり気を配らなくなっていた。

エドマンドはあたしのことをなんだと思ってるんだろう？　彼の身体の上で寝たこともあったし、隣で寝たこともあった。手を握られたことも、抱きしめられたことも、肩に寄りかかられたこともあったが、それを振り払いはしなかった。

エドマンドはきれいだ、とマットは思っていた。彼の匂いが大好きだった。一緒にいると心が安らいだ。言葉だけでなく誰かの温もりがほしい、と思った自分に違和感をおぼえたが、彼女のなかのなにかが、たしかにそれを求めていた。

マットは袖口から羽根の花束を出してじっと見た。エドマンドの分身は、あたしが女の子だとわかってる。あたしにこの花束をくれたし、キャロルには薔薇の花を、ミセス・ダンヴァーズにはデイジーの花をあげていた。エドマンドには、あたしが女の子だとわかってるんだ。

そう思っても、不愉快な気分にはならなかった。しらふに戻ってからの日々は、男に言い寄られるといやな気分になることのほうが多かった。これまで知り合ったなかには、男にも女にも、エドマンドのような人はいなかった。マットは花にかるく唇を当てると、もとどおりに花束をしまった。

マットは手を洗い、外に出て車に戻った。

「もういいの?」マットが隣に乗りこむとエドマンドが訊いた。

「うん。妹さんに、あたしのことなんて言ったの?」

「友達のマット、って」

「ふうん」なるほどね。

「会えるのをとても楽しみにしてたよ。きみに訊かずに電話してしまったけど、アビーの家に泊まることにしてもかまわないかな？」

「もちろん」

「アビーは、ぼくには友達なんてひとりもいないって思ってるみたいだ」車を発進させながら、エドマンドが言った。

「妹さんはあなたが魔法使いだって知ってるんでしょ」

「ああ。魔法のしくみに気づいたのは妹のほうが先だった。魔法に関してはアビーに頭が上がらなかったよ。まだちいさかったのに、相談にも乗ってくれて、ぼくはすごく気が楽になった。もちろんフリオに相談することもできたし、スーザンにだって――ディアドリにだって相談できないことはなかったけど、ディアドリは頭が固かった。でもアビーだけは、なにも言わずにぼくの話に耳を傾けてくれた」

「あなたがどういうふうに暮らしてるかは知ってるの？」

「自分の生きかたについて、ちゃんと説明できた相手はきみくらいだ」

マットは笑みを浮かべた。「あたしの姉さんもきっと、あたしには友達なんてひとりもいないって思ってるわ」

「ほんとうはいるの？」

「友達になった相手なら山ほどいる。ただ二度と会わないだけ」

「ぼくもだ」

ふたりはしばらく黙ったまま車を走らせた。マットは言った。「すごく落ちこんじゃうんだ、そのことを考えると」

「でも寂しくはない、そうだろ？」

「うん。いつだって話し相手はいるし、話してみるとみんな素敵だもの」マットはダッシュボードにふれた。彼女はエドマンドの車がほんとうに好きだった。これまでに言葉を交わした車はみなたいてい感じがよかったが、そのなかでもこの車は最高だった。

「そのとおりだ」

けれども、エドマンドは車に話しかけたりしない。「精霊もそうなんでしょ」マットは言ってみた。

「ああ」

「あたしたちってへんに見えるだろうね」マットはすこし間をおいて、言った。それからにっと笑った。「ねえ、自分の頭がへんなんじゃないかって思うことない？」

「ないよ」エドマンドは微笑《わら》った。

「ふうん。あたしはたまに思うな」

「どうして？」

「だって、そう思われるのに慣れちゃったんだもの。みんながあたしを見たとたん、頭がおかしいんだろうって決めつける。しばらくはその理由《わけ》もぜんぜんわからなかった」

「今はもうわかったの？　なぜだったんだい？」

「ほかの人には声が聞こえないのよ」マットは背もたれに寄りかかり、ため息をついた。「頭がどうかしてる人間の言いそうなことでしょ？　うろうろしながら、ただのものに向かって話しかけてたりしたら、まずそう思われるわ。まさにそれがあたし」彼女は胸をかるくたたいた。「いろんなものがあたしに話しかけてくれた。あたしも返事をした。でもほかの人にはあたしの声しか聞こえてなかった」おせっかいな人につかまって入院させられたことも二、三度あった。一度は、親切なドアに頼んで逃がしてもらう前に、わざとしばらくお世話になっておいた。ベッドがあって、毎回食事が出てきて、シャワーが使えるのはよかったけれど、他人が自分を言いなりにさせようとしたり、なにもかも決めてしまったりするのが気に食わなかった。薬を飲まされるのがいちばんいやだった。万が一薬が効いてしまったら？　薬が効いて、心の目が閉ざされ、ものたちの声も聞こえなくなってしまったら？　なにも聞こえない、なにも見えない自分には戻りたくなかった。

「でも、もうそんなことは起こらないだろ」エドマンドはなかば問いかけるように言った。

「うん。あれからいろいろわかったもの。声に出して話しかけてこないものには、声に出して返事しなくていいの。ほかの人には聞こえないところでおしゃべりができるのよ。素敵でしょ」マットはダッシュボードをなでた。「それに、あたしがものに話しかけてるのを見た人が、ほんとだって信じてくれるようになった。というか、信じてくれてたんだと思う。姉さんはわけがわからないようだったけど、あたしになんらかの能力《ちから》があるってことはわかったみたい。あたしが皿洗い機と掃除機を直してあげたら、自分と一緒に暮らして、そういう修理の仕事についたらどうかって言われたわ」マットはにっと笑った。「車も何台か直したことがあるんだ。ちょうどあなたと、あの墓地の塀みたいなものね。いろんなものだって、うまく動けるようになれば気分がいいのよ」

「するときみは、そういう仕事をしたいの？」

マットは窓の外を流れていく木々を見つめ、考えてみた。「きまった仕事についたりしたら、どこかに住まなきゃならないわ」

エドマンドは口を開かず、ふたりのあいだに沈黙がただよった。

「ひと月か、ひと月半くらいなら一ヶ所にいられないことはないけど」やがてマットは言った。「でもだめなの、どこかにとどまるなんてできない」考えただけで胸が騒ぎ、背筋が寒くなった。

「なぜ？」

「あなたは平気？」

ふたりの目が合った。エドマンドの目にはマットと同じ不安が映しだされていた。「まだだめだ。精霊に導かれれば、一ヶ所に長くとどまることもあったよ。半年か、それ以上ということもあった、そのとき与えられた務めによってね。それは平気だった。いずれその場所を離れることになるとわかってたから」

「もっといいものを見つけに行くんだって思えるときもあるわ。でもそこにあるものがどんなに素敵だったとしても、それでもあたしは出ていく。その場所にじっとしてなんかいられない。

むずむずしてくるの」

「まさか魔法をかけられてるんじゃないだろうね」

「え？」マットはテリー・デーンのかけた魔法を思いだし、座席の両端を握りしめた。その檻からなんとか逃れようと七転八倒したあのとき。最悪だった。「誰が？　なぜそんなことを？」旅を始めたのはテリーと出会うずっと前のことだったし、自分の足がどこへ向かうのかしっかりと意識するようになったのも、放浪するようになってしばらくしてからのことだった。

「わからない。でももしそうなら、見つけてあげることはできる」

ふたりはオレゴン南部にあるローグ川渓谷の休憩所に車を乗り入れた。そこは森に囲まれた駐車場だった。エドマンドは道具入れをつかむとマットを連れ、休憩所の建物から離れた場所に行き、芝生の上に座りこんだ。

「苦しいかな？」エドマンドが赤いひもをほどいているとき、マットは冗談めかして訊いた。

「だいじょうぶ。ぜったいそんなことはない」エドマンドは白い絹布のポケットに目をそそいでいた。「ほんとにいいんだね？」

「いいよ」マットは背中をまるめた。

「それじゃ両手を出して、手のひらを上に」

マットは手のひらを上にして、両手を膝に置いた。エドマンドは道具入れからなにかを取り出し、自分の左の手のひらに載せると、マットには聞きとれないなにごとかをつぶやいて、両手をこすり合わせた。黒っぽく細かい粉が彼女の手のひらに降りそそいだ。一瞬、青いダイヤモンドのような光の粒が、両の手のひらの中心でぱっときらめいた。マットは息をのみ、顔を上げて彼を見た。

「ふう。精霊よ、感謝します。どうぞ自由に」エドマンドは手のひらを合わせたまま二度ほどこすり合わせた。

「なんだったの？　魔法なの？」マットは彼に両手を差し出した。「解けるの？」解いてほしいのかどうか自分でもわからなかった。彼女は今の生活が気に入っていた。万が一このことが心の目や、ものと話す能力《ちから》に関わっているとしたら？　いやだ。たとえなにが起ころうと、この力を失いたくはなかった。

「わからない。あんなのははじめて見た。魔法がかかってるようには思えなかった。足の上で調べてみたほうがよかったのかもしれないな」

マットは塩の吹いたコンバットブーツをじっと見つめ、それからもう一度エドマンドを見た。

「だけどぼくは、そのままなにもせずにおいたほうがいいような気がする。ドーナツ食べる？」

「うん、そうしよ」

ふたりは車のなかでドーナツを食べ、南に向かった。

＊　＊　＊

夕陽が海岸山脈の向こうに沈み、遠くに見えるシエラネバダ山脈の奥から宵闇がせまってきた頃、ふたりの車はハイウェイ505を降り、エドマンドの妹の住むサマーズというちいさな町に向かった。その町はサンフランシスコ湾の東端から三十マイルと、さらに山並みをひとつ越えたところにあった。

マットの手のひらに汗がにじんできた。

サマーズに入ると、まずハイウェイの近くにガソリンスタンドが二軒と、ちいさな食料品店が一軒あり、もうすこし車を進めると、やがて町並みが見えてきた。駐車スペースのある幅の広い通りがいくつもあり、二階か三階建て以上の建物はまず見当たらず、百年以上はたっているると思われるものばかりで、まさにどこかほっとする、温もりに包まれたちいさな町という風情だった。

エドマンドは車のスピードをゆるめ、マットはきょろきょろと周囲を見まわした。ひとつのブロックに映画館がふたつあり、入口にはしゃれたひさしがついていた。一九三〇年代くらいのものだろうか。居酒屋やレストランがオレンジ色の街灯の下に並び、一階がカフェになったちいさなホテルの前の歩道には、椅子やテーブルが無造作に置かれていた。冬の冷たい風にコートを着こんだりスカーフを巻いたりした人々が行きかい、言葉を交わしていた。

エドマンドは右に折れて細い道に入った。車は公園を通り越し、百年を過ぎてさらに年を重ねようという古い家並みを通り越し、そのまま町を抜けた。なにもない真っ暗な畑のあいだを一マイルほど走る。柵に張られた鉄条網がときおり道の先で光った。そして舗装されていない私道を進んでいくと、やがて黒い板ぶき屋根の家が姿をあらわした。まるで家のあちこちから、ちいさなものがたくさん飛びだしているような形をしている。屋根と柱がぶつかる部分には、木彫りの、凝った扇形の飾りがひとつずつついていて、マットのいる側からも、家のまわりをぐるりと取り巻いているポーチが見えた。扉の横にある玄関灯がポーチに黄色い明かりを投げかけ、一階のどの部屋からもカーテンごしに明かりがもれていた。

犬が鳴き声をあげて車のほうに走ってきた。エドマンドは白いワゴン車の隣に車を停めると、降りて犬たちをかまってやった。「こら、こら、こら」ジャーマンシェパードに顔をなめられてエドマンドが言った。「おまえたち、あいかわらずだなあ」ちいさいほうの、左右の目の色が異なるオーストラリアンシェパードは、お座りをして低くうなり声をあげた。

マットにとって、犬にはいい思い出もいやな思い出もあった。知らない犬にはめったなことで気を許すことはなかったが、誰かがあいだに立ってくれれば、うまくつき合えないこともなかった。彼女はそっと車から降りた。

「待て」エドマンドはジャーマンシェパードに言った。犬は前足を下ろした。「いいかいおまえたち、この人はマットだ」

マットは車の反対側にまわって片手を差し出した。オーストラリアンシェパードが最初に近づいてきて、彼女の指先から手首までの匂いをかぐと、お座りをして口を開け、舌をぺろりと出して笑っているような顔をした。「こっちはヘリオトロープ」エドマンドが言った。「こっちがポックス」マットはジャーマンシェパードのポックスにも手の匂いをかがせてやった。

玄関のドアが開いて、人が次々と出てきた。「いらっしゃい!」女性の声がしたかと思うと、

「おじちゃん！　エドマンドおじちゃん！　わあい！」と子供たちの声がした。

「やあ」エドマンドは飛びついてきた男の子と女の子を抱き上げた。三人目の女の子は脚にしがみついていた。「二、三ヶ月前に会ったばかりだと思ったのになあ。どうしてこんなに大きくなっちゃったんだ？」

「夏以来ね」女性は子供たちごとエドマンドを抱きしめた。黒っぽい髪のがっしりとした男がポーチに立って、にこにことこちらを見ていた。

女性はエドマンドから離れるとマットを振り向いた。「いらっしゃい」と片手を差し出した。

「アビーよ」アビーはマットよりもすこし背が高く、肩にかかるやわらかそうな茶色の巻き毛と、はしばみ色の瞳をして、にこやかに笑っていた。たしかにエドマンドより年上に見えた。

「マットって呼んで。ほんとはマチルダだけど」マットはアビーの手を握り返した。他人にはめったに言わないことだったが、エドマンドの妹には、最初から下手な隠しだてをしたくなかった。

「あら」アビーは笑顔を向けた。「会えて嬉しいわ。あそこにいるのが夫のトニーよ」

トニーはポーチの階段を下りるとゆっくりこちらに歩いてきた。引き締まった身体つきで、髪を短くかり上げていた。三十代半ばとみえ、優しそうだった。「いらっしゃい」トニーは握ったマットの手を上下に振り動かした。「騒ぎがおさまるまで待とうと思ってね。やあ、エドマンド」

「やあ、トニー」エドマンドは身体に貼りついている子供たちを引きはがすと、自分の足で立たせた。「マット、この子たちはぼくの甥っ子と姪っ子だ。いちばん上からキース、アイリス、それからサラ」

「こんばんは」マットはひとりずつちいさな手と握手をし、しかつめらしく視線を交わした。三人とも明るい色の髪に、大きな黒っぽい瞳をしていた。マットはあまり子供に接したことがなかったので、見ただけでは歳がわからなかったが、たしかいちばん上が六歳だと言っていた。アイリスは髪をおさげに、サラは短い巻き毛をしていた。三人ともオーバーオールを着ていた。

「お腹すいてる？　こんろにあつあつのシチューがかけてあるし、あたしたちも、あなたたちが来るまでデザートをおあずけにしておいたの」アビーが言った。

「ぺこぺこだよ」エドマンドが言った。「なんのシチュー？」

「ビーフシチューよ」アビーはそう言ってから、はたと気がついた。「ああ、そうよ、忘れてた！　兄さんはお肉食べないのよね。でも焼きたてのパンがいっぱいあるし、すごくおいしいチーズもあるわ」

「うまそうだ」エドマンドが言った。アビーが鋭い視線を投げかけた。言ったのは少年のエドマンドだった。

キースはエドマンドの手を握りしめ、引っぱった。「はやく」エドマンドは笑い声をあげて引っぱられるまま家のなかに入り、アビーとアイリスとサラがそのあとにつづいた。

「なにか車から持ってきたいものはある？」トニーが訊いた。

マットはさびついたボルボをちらと振り返った。「あとでいいわ」

「それじゃ、どうぞ」トニーに連れられて、マットは階段を三段上がり、ポーチを通って玄関に入った。床にはちぐはぐな玄関マットが敷きつめられ、靴やブーツが大きいのやらちいさいのやら、壁ぎわにぎっしりと寄せられていた。洋服掛けには大きなコートやちいさなコートがずらりと掛かっていた。枝の張りだした木を模した金属のオブジェがあり、枝の部分には黒の医者かばんやら、ぴかぴか光る持ち手がついたラメ入りの紫色のなわとびやら、さまざまなものがきちんとぶら下がっていた。枝が上向きに弧を描いているさまはなんとも言えず優美だった。だがそれでいて、あらゆるものをたわわに実らせる木だということを木自身が喜んでいるような、不思議な印象を与えた。

そのそばの低いテーブルには、開封した手紙が山と積まれたコカ・コーラ柄のトレイと、銀のトレイが置いてあった。銀のトレイの上には鍵が三束と、男性用と女性用のペアの腕時計、鼈甲《べっこう》縁の眼鏡がふたつ、それに指輪とブローチがいくつか置いてあった。

小部屋のつきあたりに煉瓦でできた暖炉があった。暖炉の両側にアーチ形の入口があり、それぞれ違う部屋へつづいていた。

「そうだな」マットがきょろきょろしているとトニーが言った。「ここは言うなれば、世間の風にさらされる前の身支度をする我が家のエアロックってところだ」

マットは顔をほころばせた。エドマンドとアビーと子供たちはすでにアーチ形の通路に姿を消していた——彼らがどちらの部屋に入ったのかはわからなかった。

「コート掛けるかい?」トニーが金属の木の枝先を指さした。

マットは羽根の花束を袖口から出し、いちばん深いポケットに入れると、オリーブグリーンのアーミージャケットを脱いで木に掛けた。マットは金属の枝にふれた。〈こんばんは。ここは気に入ってる?〉

〈ここで生まれたの。ここには生きがいがあるわ。一生ここにいるつもりよ〉なめらかで光沢のある、自信にみちた声がした。

〈コートを掛けさせてくれてありがと〉

〈ものを掛けるのって大好き!〉

〈それはよかったわ〉マットは云った。運命の女神はこの木に微笑んだようだ。

「女房の傑作のひとつさ」トニーが言った。マットにはなんのことだかしばらくわからなかったが、トニーにちらりと目をやり、金属の木を見てにこにこしている彼を見て、ようやく合点がいった。この木をつくったのはアビーなのだ。

なんてこと!

トニーはマットをしたがえて階段の下側のアーチを抜け、キッチンに入った。奥の壁ぎわには大きなこんろがあり、右手の窓からは街の光におびやかされていない夜の闇が見えた。壁ぎわには食器棚が雑然と並び、本棚もひとつあって、本がまっすぐ立っていたり斜めに傾いていたりしている。長方形のテーブルには淡いラベンダー色のテーブルクロスが掛かっていて、それが部屋の真ん中を占めていた。焼きたてのパンと、ぐつぐつ煮えるシチューの匂いが鼻をくすぐった。

「あまいもの！　ねえ、ママ、はやくう！」キースが声をあげながら、母親のまわりを跳ねまわっていた。アビーはこんろのそばで、鍋のなかをかき混ぜていた。エドマンドは黄色の深皿と平皿を食器棚から出し、テーブルに並べた。サラとアイリスはもう席についていた。

「マット、シチューは召し上がる？」アビーが訊ねた。眉根を寄せ、気がかりなようすだった。

「いただくわ。すごくいい匂い」

エドマンドが深皿をふたつこんろのそばに持っていった。アビーは眉を上げ、深皿とエドマンドの顔を見くらべた。「なんなの？　いったいどうしちゃったの？」

「わからない」少年の声でエドマンドが言った。

アビーはおたまを置いて腕を伸ばし、手の甲をエドマンドの額に当てた。「具合でも悪いの？」

「ぼくが病気したことなんかあるかい？」少年のエドマンドが強がり半分、からかい半分の口調で言った。

「兄さん！」アビーはエドマンドの両肩をつかんだ。「いったいなんなの？」

末っ子のサラが席を立ち、駆け寄ってエドマンドの左脚にしがみついた。彼は深皿をアビーに渡すとかがみこみ、サラを抱き上げた。「わからないんだ」エドマンドはくり返した。「いや、わかってるのかも。たぶん、ふたりの自分がせめぎ合ってるみたいなものだ。ほんとにいい匂いだと思うし、ものすごく食べたいって思ってる自分が心のどこかにいる」

サラはエドマンドの首のつけ根に顔をうずめ、胸もとでちいさくつぶやいた。「おほしさま」

マットはためらいつつテーブルとこんろのあいだに歩み寄った。エドマンドは助けを必要としているのだろうか、もしそうなら、なにをすればいいんだろう。彼はどう見ても張りつめた顔をしていたし、声にも混乱があらわれていた。

彼女は心の目を開いた。家のなかは金色の息吹にみちあふれ、光り輝いていた。ネイサンの家のようにはっきりと目覚めてはいなかったが、深い眠りに落ちてもいなかった。アビーの両手も金色の光に包まれていた。光はこの家に住む人々の身体にうっすらとまといつき、マットの両脚にも糸となって何本もからみついていた。光はエドマンドのまわりでくっきりと輪を描いていた。

アビーの心の風景のなかには、ずっと若い彼女の姿があった。十一歳くらいの少女が兄の腕を引っぱり、答えてくれとせまっていた。夢のなかのエドマンドは、マットの目に映る現在の彼とまったく変わらなかった。エドマンドは言っていた。「助けてくれ！　いったいぼくはどうなってしまったんだ⁉」

サラは夢のなかで、エドマンドの膝にすっぽりおさまっていた。夢のなかの彼が片手を開くと、きらめく星々が手のひらから飛びだした。星はサラの部屋を飛びまわり、天井やぬいぐるみにとまると、彼女に光を投げかけた。

キースは食べもののことを考えていた。桃のパイらしきものの上に、とろけるバニラアイスクリームが載っている。

アイリスはふわふわとまどろみのなかで、青い犬と一緒にいる夢をみていた。ぬいぐるみだが、生きて動いていた。アイリスはあくびをし、頭をテーブルにもたれさせた。

トニーの心の風景は、嘘発見器か、地震計か、脳波計の記録のように見えた。巻物のような長い白い紙に、小刻みに震える波線でえんえんとグラフが描かれていたかと思うと、ふいに針が激しく揺れ動き、ペンというペンが紙の上を縦横無尽に走りだした。彼はため息をついた。

エドマンドの心象風景には三つのものが映っていた。葉がいっぱいに生い茂る神さびた木があり、ひろがる枝の下にふたりの男がいた。少年のエドマンドと静かなるエドマンドがじっと互いをにらみすえ、張りつめた空気がふたりのあいだにただよっていた。赤い少年の気配はまったくなかった。

糸口はどこにも見つからなかった。マットは心の目を閉じてこんろのそばに行った。

アビーはふたつの深皿にビーフシチューを盛り、マットに手渡した。彼女は皿をテーブルに運んだ。横目でちらりとテーブルを見やり、ふだん誰がどの席に座っているのかを確かめた。それは椅子に訊くか、心の目を向けるかすればわかることだった。アビーがこちら側の端、トニーが向こう側の端、子供たちの席は今座っているところ。ああ、椅子がふたつ足してある。マットは来客用の椅子の前に皿を置いてそこに座った。

エドマンドはスプーンを持ってくると、サラをトニーの隣のいつもの席に座らせ、マットとアビーのあいだの椅子に腰を下ろした。アビーがほかの食べものを運んできた。耐熱ガラス皿に入った桃のパイ、アイスクリームサーバーがささった高級バニラアイスクリームの箱。パン切り台の上にはきつね色にこんがりと焼けたパンがまるまる一個載っており、薄い黄色をしたチーズのかたまりには、外側のへりにまだ蠟がついていた。トニーがデザート皿とフォーク類、それにパン切りナイフを持ってきた。

「いただきます」マットはシチューをひと口食べた。すこし変わっているが心地よいハーブの香りが舌にひろがった。「わあ!」さらにもうひと口食べた。やっぱりおいしい。

エドマンドは皿の上に手をかざし、しばらく眉をひそめたままシチューを見おろしていた。アビーの目は彼に吸い寄せられていた。トニーがそっとパイ皿とスプーンをアビーの手から取り上げ、子供たちのためにデザートを取り分けはじめた。

やがて、エドマンドはスプーンを手に取り、シチューをすくった。そして口に入れると目を閉じた。苦しげな表情が、そのあとに至福の表情がその顔をよぎった。

エドマンドは目を開けてマットをじっと見つめた。

「すっごくおいしい」マットは言った。「ね? おいしいでしょ」

「うん」エドマンドは弱々しい声で言い、もうひと口食べた。

「いったいどうしちゃったっていうの?」アビーがわめいた。

「いいじゃないか、アビー」トニーが言った。「なにを食べようとエドマンドの勝手だ。キース、アイスクリームは?」

「うん、いっぱいね、パパ」

トニーはアイスクリームをたっぷりすくってパイの上に載せ、その皿をキースに渡した。娘たちにもデザートを取りわけた。

「まさか、あなたなにか関係あるの？」ふいにアビーがマットに訊いた。

「うん、まあ」

「なんなの？　いったい兄さんになにがあったの？　言わないとただじゃおかないわよ！」

「やめろ、アビー」エドマンドの声は穏やかだが、きっぱりとしていた。「ちょっと自分を変えてみてるだけだ。いろいろ試してる。それだけなんだ」

アビーはエドマンドの手にふれた。「だいじょうぶ？　ほんとにだいじょうぶなの？」

「ああ。おまえはほんとに料理が上手だね」

「ええ、それはそうだけど」エドマンドがさらにシチューを口に運ぶのをアビーはじっと見ていた。彼女は目を見開いて、ふたたびマットを見た。

マットのシチューが怒りでみるみる辛くなった。彼女はスプーンを置き、ため息をついた。

「エドマンドは大人よ。完全には大人じゃないかもしれないけど、自分の面倒くらい自分でみられるわ」

「そのとおりだ」トニーがうなずいた。彼はアイリスの肩をそっと揺すった。「おちびさん？　デザートはどうするんだい、ワンちゃんたちにやっちゃうぞ？」

「くたびれちゃった、パパ」アイリスはもごもご言いながら顔をふせてしまった。

「あなたは口を出さないで、トニー」アビーが言った。

トニーは背筋を伸ばし、妻を見つめた。彼のにこやかな顔から表情が消えた。やがてかがみこみ、眠ってしまったアイリスを抱き上げると、背を向けて部屋を出ていった。

キースはスプーンを口に運ぼうとしたまま、じっと座っていた。その目はひたすら母親にそそがれていた。アイスクリームがスプーンから溶けてこぼれ落ちていた。

サラは食べかけのデザートをほうりだしてテーブルをまわってくると、エドマンドの膝によじのぼった。

「こんなに早く嫌われちゃったの、はじめて」マットはテーブルをぽんぽんとたたくと、立ち上がり、椅子を後ろに押しのけた。「車のなかで寝ることにするわ」

第六章

エドマンドの指がマットの手首をつかんだ。「待ってくれ、マット。座ってくれ」

マットは息をつき、ふうっと吐きだすと、もう一度エドマンドの隣に腰を下ろした。心の目を開き、家にみなぎるエネルギーに神経を傾けた。もし家がアビーと同じようにひどく怒りをおぼえているのなら、そのなかで夜を過ごす気はなかった。

金色のエネルギーは家じゅうのものに覆いかぶさっていたが、感情のほとばしりはみられなかった。金色の糸はさらにマットのズボンの上まではい上がってきたが、やはりエドマンドには近寄ろうとしなかった。彼女は片手の指の腹と腹をこすり合わせて手を伸ばし、いちばん近くの糸に人差し指をひたした。

〈シィス・ディース・ディース・ディース?〉かろやかで人なつっこく、好奇心にみちた声がした。だが、その意味はわからなかった。

〈こんばんは?　あたしの言葉がわかる?〉マットは心のなかで語りかけた。

〈ストロォス・ストロォス・ストロォス・ストロォス〉金色の糸は太さを増し、ひろがって、マットの手を包みこんだ。重さのまるでない、室温と同じ温度の、肌のような感触だった。袖の下で鳥肌がたち、それが腕をのぼっていく感じがした――腕をつたい、肩を通り過ぎてうなじにやってくると、つかの間、まるで熱が出たときのように、髪がばっと逆立つ感覚に襲われた。一瞬、頭が燃えるように熱くなったが、気のせいかと思うほどあっという間のことだった。するとかろやかな声が云った。〈あぁぁ？　はぁぁい？　あなたは？〉〈あたし？　あなたはいったいなにもの？〉それが断りもなくふれてくるのはけっして気分よくはなかったが、害意はみられなかったし、怒りを抱いてもいないようだった。出ていけ、という思いはまるで感じられなかった。

〈き、っ、か、け〉それは心のなかに語りかけてきた。

「アビー」エドマンドが言った。彼はサラの髪をなでた。「この家で起こることならなんでも、トニーには口を出す権利がある。ぼくとマットのあいだでなにが起ころうと、それはぼくらの問題だ。ぼくらは今、そのことに取りかかってる最中なんだ。ぼくの友達からぼくを守ろうなんてしてくれなくていい。たとえぼくになにが起ころうと……」

「だってあたしの兄さんだもの」

「それに、マットが言うように、ぼくはもう自分で自分の面倒をみられる歳だ。もう何年もそうしてきた。ほんとうに困ったとき、おまえは何度も助けてくれた。大事な妹だよ。ぼくに起こることが、もしかしたらおまえに迷惑をかけるかもしれないし、ぼくらの関係だって変わってしまうかもしれない。それでも、これはぼくの問題なんだ。ぼくが自分でなんとかしなきゃならない。もしおまえがマットにいてほしくないというなら、ぼくらは今すぐ出ていくよ。おまえはどうしたいんだ？」

〈なんのきっかけ?〉マットは訊いた。

〈その女性《ひと》呼んだ、わたしたち来た。来た。来た。その女性《ひと》呼んだ、わたしたち来た、わたしたち待った、待った。その女性《ひと》呼んだ。わたしたち来た。その女性《ひと》、わたしたちを象《かたど》らない〉

〈象る、ね。どうすればあなたを象れるの?〉

〈頼んでみて、たのんでみて、みてみてみて〉

「いてほしいわ」アビーは鼻をすすり、目をこすった。「兄さんに変わってほしくないのよ」

「ほんとに?」

「どういう意味?」

「もう長いつき合いじゃないか。変わってほしくないなら、なぜビーフシチューなんだ? おまえはなんだってつくれるのに」エドマンドはもうひと口食べてアビーに笑顔を向けた。アビーは目をそらした。その目がキースにとまった。キースはぴくりとも動かずアイスクリームが溶けてしまったことにも気づかないまま、母親をじっと見つめていた。

「どうしたの」アビーが息子にそっと声をかけた。

「けんかしないでよ」キースは顔を曇らせた。「パパにいじわるしないで」キースはぱっと立ち上がると、走ってキッチンを出ていってしまった。

〈どんな形になれるの?〉マットは問いかけた。

〈き、っ、か、け、を〉金色の光がささやきかけた。〈頼んでみて。象って!〉

なにになれと言えばいいのかわからなかった。マットが考えをまとめるより早く、テーブルの向こう側に形があらわれはじめた。金色の男だった。エネルギーは嬉々として、するすると輪郭を形づくると、そのなかにもぎっしりと流れこみ、細かい部分をつくりあげた。マットは心の目を閉じた状態で見てみた。それでも金色の男は見えていた。男の表面を色彩が走ってはちらつき、やがてあるべき場所に落ちついた。その姿はもう金色ではなく、外側はトニーとまったく同じだった。ベージュのスラックス、白のシャツにズボン吊り、日灼けした肌はほんのり金色をおびていた。

「もう一度やってみよう」テーブルの向こうに立ったトニーの幻が言った。

あたしがああなれって頼んだとでもいうの？　どういうこと？　その姿はまさにトニーそのもので、マット自身憶えているとは思わなかった細かいところまでよくできていた。話しかたまでそっくりだった。

エドマンドとアビーはその姿をぽかんと見つめていた。

「な――？」アビーがつぶやいた。「どうして――？」

「もう一度やってみよう。エドマンドは大人だとマットは言った。そのとおりだとぼくは言った。アビー、おまえは？」

「あなた、どこから来たの？」アビーはエドマンドのほうを向いた。「いったいどういうこと？」

エドマンドは目をまるくしたまま、かぶりを振った。

「おまえはどうなんだい、アビー？」トニーが訊いた。

「あたし……あたしは、そうね、そのとおりだわ。兄さんはご立派な大人でしょうよ、そんなことわかってるわ」アビーはゆっくりと口を開いた。皮肉っぽい調子と狼狽しているようすが言葉のはしばしにあらわれていた。

トニーはにこりと笑った。「そのほうがいい。口を出すななんて言うよりずっといい」

「パパ？ パパとはちがうの？」サラはエドマンドの膝から下りるとテーブルの向こう側に行った。サラはトニーを見上げた。「パパみたいなもの？」

「どんな姿になってほしい、お姫さま？」トニーは膝をつき、サラの額に指を二本当てた。

「ちょっと」マットが言った。

「いや、わかってきたぞ。熊さんだね？ 大きな、大きな熊さんでいいんだね？」トニーの輪郭がぼやけて金色になり、らせんを描いて、より大きなものに形を変えはじめた。

「ちょっと待ってよ！」マットは声をあげ、まわりを見まわした。手はまだ金色の霞に包まれていて、うなじもちくちくしていた。「だめ！」彼女は金色になった手を握りしめ、思いきり引いた。サラの頭のなかにあった熊の形になろうとらせんを描いていた金色の糸はすっと引っこみ、マットをすっぽり包みこんだ。

〈言葉を教えてくれてありがとう〉金色の糸がマットにキスをした。

「やめてよ！」彼女は手で口をぬぐい、払いのけた。

「マット、なにしてるんだ？」エドマンドが訊いた。その声は少年のもので、面白がっているようでもあった。

「そこらじゅう、この金色のものでいっぱいなの」マットは金色の糸を振り払おうとした。くっついて離れない。けらけらと笑い声までたてている。「家じゅうよ。あたしはネイサンの屋敷と同じようなものだと思ってた。家の魂だろうって」

「うん？」

「でも違うの。正体がなんなのかあたしには見当もつかないんだけど、これはアビーが呼び寄せたものだわ。呼び寄せておいて命令をくだしてくれないからって、ものすごくうずうずしてる」

「あたしが、なんですって？　あたしが——え？」アビーは立ち上がっていた。

「とにかく、あなたに象《かたど》ってもらいたがってるわ」金色の糸がまたキスしようとするのを押しとどめ、マットは言った。「あなたが象ってやらないと、誰かれかまわず決めさせようとするのよ。おまけにせっかちだし。もう、やめてったら！」

「それじゃきみがトニーを？」

「わかんない！　あたしの首にくっついて、あたしより先に考えを読んじゃうんだもの。エドマンド、取ってくれない？」

「どうやって？」

「あなた魔法使いでしょ、なんとかしてよ！　これ、あなたのこと避けてるんだけど、理由《わけ》はまだ教えてくれないの。ひょっとしてあなたがつかまえれば……」

エドマンドは立ち上がり、金色のかたまりに手を伸ばした。それはひゅっと遠のき、彼の両手が通り過ぎるともとに戻った。つかむことはできなかった。「逃げ足が速いな」

「もとはといえばあなたのものよ」マットはアビーに言った。「あなたがなんとかして」

「いったいどうして、あたしのものなんてことになるの？」アビーが子供っぽい、情けない声をあげた。

「あなたが呼んだんだもの。なにかになれって言ってやって。お願い」

アビーはうなずいた。「東洋ふうの絨毯になれ」

金色の霞はしばらくマットの頭を包みこんだまま、視界をさえぎっていた。息がつまるような気がしたが、すっぽり包まれていても息はできた。霞は実体のない指を彼女の額に押し当て、頭のなかをさらった。

やがて金色の霞はマットのそばを離れ、三センチほどの厚さの絨毯に姿を変えた。赤の地に、のたくったような白と黒と青の模様がついている。キッチンの床にあらわれた絨毯はサラを上に乗せていた。サラはきゃっきゃと笑い声をあげた。

「なにこれ？」アビーが訊いた。

「あたしに訊いたって、東洋ふうの絨毯なんてどんなものだか知らないのに。ねえ、そこのおばかさん、アビーに訊いてみたら？」

絨毯の端がほどけて金色の糸になり、らせんを描きながらアビーをめざしてそのうなじにくるくると近づいていった。アビーは悲鳴をあげてあとずさったが、金の糸は目にもとまらぬ素早さで動いた。金色の糸は彼女のうなじでぱっとひろがり、頭を包みこむと、額にまで伸びていき、アビーがちいさな悲鳴をあげつづけるあいだもぴったりとくっついて離れなかった。

紙毯が形を変えた。だんだん薄くなってキッチンの床を完全に覆いつくすまでにひろがり、マットとエドマンドとアビーの足の下にもそろそろと入りこんできた。濃い赤の地に絵柄がひとりでに浮かび上がった。枝をいっぱいにひろげた木があり、どの枝先にもあざやかな色の鳥がとまっていて、まるで後光が射したようにびっしりと葉がついている。さらに細かな模様が浮かび上がり、木の幹には渦巻きの年輪が、鳥の身体には羽根の一枚一枚が、葉の上には葉脈があらわれた。

やがて絨毯の変化が止まった。

サラは絨毯の上をはいまわり、鳥から鳥に手をふれ、指さすたびに言った。「わ」

マットは不思議な気分で絨毯を見つめた。なんとも胸おどる、目を見はるような気持ちだった。それがひとりでにできあがっていくのをたしかに見た。アビーはどうしてこんなにはっきり描くことができたのだろう？　今までずっと頭のなかにあって、形をなす機会を待ちつづけていたんだろうか？　きっとそうだ、さっきのようすを見れば一目瞭然でしょう？　驚きだわ！

マットがアビーをちらりと見ると、彼女は鼻をすすり、手の甲で頰の涙をぬぐっていた。

「なにが起こったの？」アビーは床に描かれた木を見つめた。

「すごいわ」マットは膝をつき、木と鳥たちに目を近づけた。「わあ！」

「いったいなにが起こったの？　教えて」アビーの声は震えていた。

〈これであの女性《ひと》と話ができる〉絨毯が手のひらをとおしてマットにささやきかけた。〈ありがとう〉

〈どういたしまして、でいいのかな。ねえ。ぜったいに人を傷つけちゃだめよ、わかった？〉

サラがどんな熊を思い浮かべていたのか、マットには知るよしもなかった。たぶんおとぎ話の熊には違いないだろうが、でも……万が一人食い熊だったりしたら？　おとぎ話のなかにも、人間を食べる動物はいる。赤ずきんに出てくる狼だってそうでしょう？　このしろものはなにをしだすかわからなかった。

〈象《かたど》る人しだい〉絨毯がマットの心のなかに語りかけた。

〈象るのはアビーでしょ？　子供たちじゃないわ〉

〈象る人しだい〉ささやき声はしだいにちいさくなっていった。

エドマンドが肩にふれた。「マット」

マットは顔を上げた。そうだ、この金色のものも、ここにいる人たちも自分とは直接関係ないけれど、エドマンドにとってこの人たちは家族だ。どうすればこの金色のものとうまくつき合えるようにしてやれるだろう？　教えられるほど自分もわかっているのかどうか、あまり自信がなかった。

アビーはマットをじっと見た。「お願い。教えて。これはどこから来たの？　いったいなんなの？　なにが起こったっていうの？」

「うん……あたし、見えるんだ」マットはむずかしい顔で正座した。「ふつうほかの人には見えないものがね。それと、ものの言葉がわかるの」

「あなたも魔法使いなの？」

「ううん。あたしはものと話ができるだけ」マットは下唇をかみしめ、あたりを見まわしてから、もう一度アビーと視線を合わせた。「この家に入ってきたら、あたり一面金色のもので覆われてた。そんなもの見たことなかったし、いったいなんなのかもわからなかった。床の上にも、家具の上にも、あなたたち家族の上にもうっすらかかってるけど、エドマンドにはまったく近づこうとしないの。あなたの両手のまわりにもたくさんあるわ、アビー。夕食のときにはあたしのズボンをはい上がってきた。だからさわってみたら、それが、こう――」ぱんとうなじに片手を当てた。「――首に飛び乗ってきて、あたしの頭のなかをひっかきまわしはじめたの。どうやらそれまで、あたしたちの言葉がわからなかったらしくて、自分がどうしてほしいか伝えることも、あなたたちの希望を訊くことも、なにもできなかった。ふつうの人には見えもしないんだと思う。でもどうすればいいか、すぐにわかってくれた。頭がいいわ」

マットは首を振った。「自分は〝きっかけ〟なんだって言ってた。あなたが呼んだから来たのに、どうすればいいかあなたは教えてくれなかったって。象ってくれなかったって。だから、どうすれば象れる？　って訊いてみたの。そうしたら、ただ頼んでくれればいいって言ったわ。そしてあたしに象らせようとしたんだけど、あたしはなにも言わなかったの。そんな暇さえなかった。向こうが勝手にトニーの姿になっちゃったのよ。あたしはそうしろなんて言ってない。ほんとよ」

「でもあれはトニーだったわ」アビーが言った。「話しかたもトニーそのものだった。まるっきりトニーだったもの」

マットは絨毯を通じて家に語りかけた。〈家さん？　起きてる？〉

〈起きてるとも。見ているよ。わけがわからない。ずっと長いこと、うとうとと心地よくていい気持ちだったし、この新しい色彩が身体じゅうにあふれてますます眠気が増していたのに、すっかり目が覚めてしまった。恐ろしい。わたしのことも、わたしのなかの住人のことも傷つけられるのはいやだ〉

〈大きな家も、話をする？〉絨毯が意外そうに云った。

〈もちろんよ〉マットは云った。

〈大きな家も、象《かたど》ってくれる？〉

マットは家の意識がびくりと跳ね上がるのを感じた。家はこれまであまりものを考えたりせず、人々が自分のなかに暮らし、いとおしんでくれるのを感じながら、ずっと長いあいだ陰の存在として安んじてきた。気に入った家族もそうでない家族もあった。今住んでいる一家はここに来てまだ三年だった。この家族のことは気に入っていたが、この一家とともに積もり積もっていくこの不思議なエネルギーがいったいなんなのか、よくわかっていなかった。

家は、このエネルギーと――それだけでなくほかのものとも――言葉を交わすことができると知って驚きを隠せなかった。しかもこのエネルギーは、家である自分にその使い道を決めさせてくれるという……

家の意識がさらにはっきりと目覚めた。

エドマンドがふたたび肩にふれた。「マット？」

「ちょっと待って」

「あれはトニーじゃなかったの？」アビーが訊いた。

マットはこのやりとりを始めたそもそもの目的を思いだした。〈家さん、トニーはどこ？〉

〈子供部屋で、子供たちに本を読んでやってるよ〉

「トニーなら、階上《うえ》でキースとアイリスに本を読んであげてるわ。あれはにせもののトニーよ」

「話しかたもトニーそのものだった」アビーがもう一度ぽつりと言った。「謝らなきゃ」彼女はドアのほうをじっと見つめた。

「そいつは熊の姿にもなれるのか？」エドマンドが訊いた。

アビーは目をぱちくりさせた。「そう、そうだったわ」サラに目をやった。サラはまだ絨毯の上をはいずりまわり、鳥の模様を手でたたいては、そのたびに「わ！」とちいさな声をあげていた。

「なれるはずよ。ほんとに頭がいいもの。だって、考えたり、人に話しかけたりするのはそう簡単なことじゃないのに、それをあっという間にやってみせた。こんなきれいな絨毯、生まれてはじめて見たわ。ただ……問題は、ものの道理をわきまえてくれてるかどうかなのよね。今それを訊いてたところなの」

アビーが思わず目を見開いた。彼女はサラのところに飛んでいった。「おちびさん？」

「みて、ママ」サラが鳥の模様をたたくと、鳥はくちばしを開いてさえずった。

「素敵」アビーがつぶやいた。

「でておいで！」絨毯に描かれた鳥の背をなでながら、サラが言った。金色と赤と黒が一瞬きらめいたかと思うと、鳥は翼をはばたかせ、三次元の世界に飛びこんできた。鳥は歌いながら部屋じゅうを飛びまわり、やがて肩にとまった。サラは声をたてて笑った。両手で受け皿をつくると、鳥はそのなかでまるくなった。きらめく目はじっとサラの顔を見上げていた。

「ブージャ」サラは言った。「ってなまえにしたの、ママ。かってもいい？」

アビーは色を失い、目をむいてマットを見た。

マットは胸のなかがひやりとした。熊。鳥。次はなに？　かみつくもの？　人の生命を奪うもの？　この家に来るべきじゃなかった。この金色のものにふれるべきじゃなかった。でも知らなかったのだ――出会ってもいないのに、それがなにかなんてわかるはずがないでしょう？

彼女は手を伸ばして言った。「ブージャ、ちょっとこっちに来て」

鳥はさえずると飛んできて、指にとまった。〈ずっときまった形でいられる？〉マットは鳥に訊ねた。

〈わかんない〉それはちいさな金色のかけらにすぎなかったので、本体ほど危険をはらんでいる感じも、有無を言わさぬ雰囲気もなかった。それほど賢そうでもなかった。〈なにもかもはじめてなんだもん。そんなのわかんない〉

〈その形のまま、ずっと変わらずにいることはできる？　その形のものらしくふるまっていられる？　長いあいだでも平気？〉

〈たぶん。〝焼きつけ〟の言葉を言ってもらえば〉

「〝焼きつけ〟の言葉？」マットはつぶやいた。

〈焼きつけの言葉。定めの言葉〉鳥は短かく声を震わせた。〈決定の言葉〉

〈なんて言葉？〉マットは心の声をひそめて訊いた。獲物が驚いて逃げてしまわないように、そっと。

〈シィストロォストラァス〉鳥がさえずった。

「ブージャ」マットは鳥を手のなかに囲った。「シィストロォストラァス」

鳥の身体を熱が駆け抜けた。鳥は流れる炎のような歌をさえずった。つつかれてマットは両手を開いた。「痛《いた》！」鳥は飛んでいき、サラの肩にとまって悲しげな歌をさえずった。サラは鳥を優しくなでた。

「どうなったんだ？」エドマンドが訊ねた。

マットは唇をしめらせてアビーを見た。「きまった形にさせるための言葉があるって言ってた。さっきあたしが言った言葉よ。たぶん、あれでよかったはずだけど。もうだいじょうぶだと思う。その子はずっと鳥のままのはずよ。なんにせよもう変わることはしないわ」

アビーはふうっと大きく息をついた。肩から力が抜けた。「そう、よかった。その言葉、絨毯にも効くかしら？」

絨毯が足もとでうごめいた。マットは両の手のひらを絨毯に当てた。

〈いやだ。やめて。言っちゃやだ。もっといろんな形になってみたい〉

〈人を傷つけるような形にも？〉

〈象《かたど》る人しだい〉絨毯が云った。

〈誰にでも象れるわけ？〉

〈どう頼めばいいか知ってる人なら〉

〈サラが頼みかたを知ってたっていうの？〉

〈あの子にふれて、あの子を知り、あの子が望んでいるものを感じとった〉

マットは手のひらを離して座りこんだ。ふれて、知って、感じとっただなんて。もし、夢をみている人にふれたら？　悪夢をみている人にふれたらどうなる？　先ほどマットの漠然とした願いを読みとってトニーの姿をつくりあげてしまったように、誰かが願いを心に決めるより早く、その人にふれ、知り、望みを感じとってしまったら？　その人が腹黒い願いを抱いていたら？　望みはまずおもてに出ることはないから、いちいち中身を気にする人などいない。たとえば子供みたいに、あとのことなど考えない人にふれてしまったとしたら？　でも、すべての結果を見通すことのできる人なんてそもそもいるはずがない。

やってみよう。このままではいけない。

マットはエドマンドのジーンズを引っぱった。「手伝って」もし先の先を見通すことのできる人がいるとすれば、それはきっと彼に違いない。

エドマンドはマットの隣に腰を下ろした。

「わからないな」エドマンドが片手を下ろすと、絨毯に穴が開き、手が堅い木の床にふれた。「どうしてぼくを避けるんだろう?」

アビーがサラを抱き上げた。鳥はまだサラの肩にとまっていた。「階上《うえ》に行って、この子を彼に預けてくる」アビーは言った。「あたしが戻るまでなにもしないでね」

「わかった」マットは言った。

アビーは急ぎ足で部屋を出ていった。

〈きみの一部をわたしにくれないか〉家が絨毯に云った。

〈どうして?〉

〈きみを役立てることができる。屋根に穴が開いたり、窓が割れたり、木の部分をかじられたりしたときに。どんなものにでもなれるんだろう? パイプのもれをふさぐこともできる。水に強い屋根板にだってなれるし、ネズミも歯が立たない堅い木にもなれるだろう。わたしの皮膚となり、目となり、神経となり、骨となり、内臓となってほしい。だめだろうか?〉

〈いいよ〉絨毯が云った。

〈わたしの一部になってくれ。足りない部分をうめてほしい〉家が云った。

〈わかった〉絨毯の半分がすうっと消えた。

「うわ!」エドマンドが声をあげた。「いったいどうしたんだ?」

マットは微笑んだ。「いいことよ。家が象るんだって」

「家が？」エドマンドは指先で床をなでた。

「ほんとによかった。家は、自分のこわれた部分を直すのにこの力が役立つって思ったの。だからすこし取りこんでおいたのね。それとも今すぐ取りかかるの？」マットは首をかしげてあたりを見まわした。

〈すぐにやったほうがいい箇所もある。この家族はきちんと手入れをしてくれてる。まだ気づいてもらえないところが、すこし具合が悪い〉

「家が目覚めてる」エドマンドは横目でマットを見た。

「家はこの金色のものに驚いて、目を覚ましたのよ」

「この家はいつだって心地よかったけれど、これほど生き生きしていたことはまずなかった。ここに念が集まっていると感じたことも一度もなかった」エドマンドが手を伸ばすと、絨毯は逃げた。「精霊はこのことをなにも教えてくれなかった。いったいいつからこうなっていたんだろう？」

「精霊は、これはあなたが手をくだすべきことじゃないって思ったのかも」それでは、これは自分が手をくだすべきことなんだろうか。それとも自分はただ事をかき乱しているだけなんだろうか？

「これはアビーがつくりだしたものなのか？」

「アビーがつくったってことじゃないと思う。呼ばれたって云ってた」

「どこから来て、いつ頃からここに集まってきたのか訊いてみてくれないか」

〈あなたたちはどこから来たの？　いつからここにいるの？〉
〈あの女性《ひと》に、呼んでくれたあの人についてきた、あの人が――手にわざを持ち、創る人となり、母親となったときから。あの女性《ひと》が呼んでくれたそのときから。すこしずつやってきた。行ってしまうものもあった。死んでしまうものもあった。またすこしやってきた。あの女性《ひと》は呼んでくれたけど、象《かたど》ってくれなかった、今の今まで。ありがとう、言葉をあやつる人。ありがとう〉それは絨毯の形のままマットの腕にはい上がってくると、その手をぎゅっと握りしめた。

マットは自分が根づいてしまったような、囚われた感覚に襲われた。〈わかったわ。どういたしまして。ちょっとそれ、やめてくれない？〉
〈でも――〉絨毯の形が変わりマットを取り囲んだ。けっして窮屈ではなかったが、まるでテントのように包みこまれてしまった。なかから見るとステンドグラスのようだった。鳥や、木や、葉の模様を透かした色とりどりの光が射し、腕や脚に絨毯の柄が映った。きれいだった。気味が悪かった。とてもちいさな聖堂のなかにいるような気がした。
「そう。わかった。そうね、わかったってば。やめて」マットは両手を上げてまわりの絨毯を押した。もう絨毯の手触りはしなかった。もっとしなやかで、そのなめらかさは液体のようであり、強靭で、ふれるとあたたかかった。押す手には抗わなかったが、押すのをやめたとたん、するりと戻ってきた。たたくとこぶしを包みこんだ。「やめてよ！」マットはパニックを起こしかけて、わめいた。

エドマンドの両手が絨毯のあいだからあらわれ、なかに囚われたマットの身体を引っぱりだした。彼は立ち上がっていた。マットはしがみつき、両手両脚を彼の身体に巻きつけ、顔を胸に押し当てて、自分の身体がけっして床の絨毯にふれないようにした。「ああ、びっくりした。ありがと」エドマンドにしっかり抱きついているのに、左腕のあたりでなにかがうごめく感触がした。彼にもそれがわかったようだった。彼は振り返り、自分の背中をしめつけているマットの腕を見ようとしたが、そこまで首がまわらず、どうなっているのかわからずにいた。〈きみがくれた生命と力のおかげで、ずっとしたいと思ってきたことができるようになった〉〈でもお礼がしたいんだ〉金色のものが腕を通じてマットに語りかけてきた。

「相手を傷つけたり、縛ったり、断りもなく事を起こしたりするのは、とてもお礼とは言えないよ」マットは言った。どっと疲れが押し寄せてきた。一日じゅう車に揺られ、はじめての訪問先で緊張を強いられ、食事もまともにできないまま、正体もろくにわからないものとややこしい話をえんえんとさせられるはめになった。彼女はエドマンドにつかまっていた手をすこしずつゆるめ、床に足をつけた。エドマンドは両手で肩を抱き、下りるのを手伝ってくれた。

ふたりの目がマットの左腕にそそがれた。右腕と同様、マットの左腕は肩から手首まですっぽりとオリーブグリーンのワッフル織りの袖、つまりシャツに覆われていた。変わったところはなかった。

マットは乱暴に袖をまくり上げ、息をのんだ。きめ細かくしなやかな黄金が、ひじから手首を覆っていた。「なんのつもり？」

〈お礼〉マットの腕の金色が云った。かたまりから切り離されたちいさなかけらなので、声もちいさかった。〈あなたの望むもの、なんにでもなってあげる。あなたに必要なもの、なんにでもなってあげる。あなたをぜったい傷つけたりしない〉

マットは指先で腕の黄金にふれた。つるつるとなめらかだった。それが腕にふれている感触はほとんどなかった。袖を下ろしてふと立ちつくし、感触があるかどうか神経を傾けてみた。やはりほとんど感じない。自分のなかにもこの金色のものがある、と思うとそれほど悪い気はしなかった。家みたいに、こわれたところを修理してもらったらどうだろう。便利かもしれない。包帯のかわりになるだろうか？　もしだめでも、腕のこの部分はあたたかいだろう。「わかった」マットはぶっきらぼうに言った。「だけどこれでおしまいよ！　これ以上はだめだからね！」彼女は絨毯の上で足を踏みならした。絨毯は笑い声をあげた。

アビーがキッチンに入ってきて、そのあとからトニーもあらわれた。「あら！」アビーが声をあげた。「残りはどこに行っちゃったの？」

「おお、きれいだなあ！」トニーは膝をついてじっと眺めた。絨毯の模様はちゃんと、ちいさくなった寸法に見合ったものになっていた。鳥と葉の模様はあいかわらず凝っていて豪華だったが、数が減っていた。マットが争った跡はどこにも残っていなかった。「おまえのデザインだね、アビー。はなやかだなあ。でも――まだほかにあるって？」

「半分は、家に象《かたど》ってもらうことになったんだ」エドマンドが言った。

「家？」

「家が、こわれたところを自分で直したがってる」

「家が、直したがってる」トニーはかみしめるように言い、眉間にしわを寄せた。「家がなにかをしたがってる、だって？」

「家が」アビーがささやくように言うと、壁ぎわに手をふれた。「家が！　すごいわ。素敵！　家の心配はもうしなくていいのね？」

「ほんとにいい家だわ」マットは言った。「あなたたちのことを気にかけてる。なにも心配いらないと思うよ」

「家が」トニーは天井を見上げた。「家がぼくたちを気にかけてるって？　まあ、お化けが出るよりはいいがな」

「はるかにいいわ」アビーが言った。

「素晴らしい絨毯だ」トニーは立ち上がり膝のほこりを払った。「でもまだよくわからない。絨毯がぼくだったって？　どうもぴんとこないな。それにしてもエドマンド、きみはもう何年もこうして我が家を訪ねてきているが、今日ほど奇妙きてれつな訪問はなかったよ」

エドマンドがマットの頭に手を置き、微笑みかけた。彼女はため息をついた。

「どうすれば言うことを聞くの？」アビーは膝をついて絨毯に手のひらを当てた。「ただ願えばいいの？」

「頼んでって言ってた。声に出して頼まなくてもいいんだと思う。言葉にしなくても、サラの望みはちゃんとわかってたわ」

アビーは鼻を鳴らし、絨毯から両手を離した。「あなたがやって。もう一度トニーの姿になってもらえないかしら？　トニーにも見られるように。あなたほどそっくりにこしらえる自信がないのよ、マット」

「ぼくとはもう何年も一緒にいるじゃないか、アビー」

「だからなのよ。知りすぎてて、もう見た目どおりになんて見られなくなってるもの。あたしにとってのあなたには、今まであたしの見てきたあなたがぜんぶつまってるから、それがこんがらかって邪魔しちゃうと思う」

「もう一度トニーの姿にさせるのがいいことかどうかわからない」マットは言った。

「なにがいけないの？」

「よくわからないんだけど」マットはエドマンドの手の下から抜けだして、すこし歩きまわった。「望みをなんでもかなえてあげるって言いながら、違うことをしたりするんだもの」左腕を掻いた。金色で覆われた部分には爪の当たる感触はしなかった。「ほんとにすごい絨毯になったわ。そのままでいてもらってもいいじゃない」

「でも本気で言ったんじゃないわ。思いつきで言ったことだもの」

「トニーの姿なんて思いつき以前よ」

「マット、そいつはぼくの質問に答えてくれたのか？」エドマンドが訊いた。

「え？　ああ、どこから来て、いつからいるのかってことね？　ええと……ちょっとややこしいんだ。アビーのそばにいるのは、アビーに呼ばれたときからだとか、アビーがお母さんになったときからだとか、そんなようなことを言ってた。どこから来たのかは言わなかったわ」

「ぼくがそいつと話ができるようにならないかな」エドマンドが言いにくそうに口を開いた。

マットはため息をついた。彼女は絨毯の上にかがみこんだ。〈なってほしい形があるの〉心のなかで云った。

〈どこからでも聞こえるよ〉

〈わかってる〉

〈でもそうして話しかけてくれると嬉しい〉絨毯の端がほどけ、くねくねと金色の帯が伸びてきて、マットのうなじに取りついた。

マットはかっとなった。顔がほてるのがわかった。〈そう。あくまでもそういう態度なのね。象《かたど》ってあげるわ。見てなさい。どんな形でもいいから、人を傷つけないものになりなさい!〉

「シィストロォストラァス」マットは怒鳴りつけた。

絨毯が哀れっぽい声をあげた。金色の帯はすこし輝きを失い、力が弱まったが、それでもマットの首を離そうとしなかった。

「これでいいんじゃなかったの?」マットはもどかしさでいっぱいだった。「〝焼きつけ〟の言葉よ?　鳥にしか効かないの?」

〈それでいいんだとも〉金色のものはすっかり意気消沈し、蚊の鳴くような声で云った。

「焼きつけちゃったの、マット?」寂しそうな声でアビーが訊いた。

「わかんない!」マットは言い、心のなかで叫んだ。〈離して!〉

〈きみを傷つけてないよ〉

マットは鼻息も荒く、首からそれを引きはがそうとした。するとその金色はマットの手にからみついた。だが言っていることはほんとうだった。マットを傷つけてはいなかった。たしかに身体の痛みはなかった。「もう、つかみにくいったら！」人を困らせるなと命令したほうがよかっただろうか、とマットは思ったが、それではあまりにも融通がきかなさすぎる。だからといって、最後にくだした指示ではあまりに融通がききすぎた。万が一、何時間も人を縛りつけたままにしたらどうする？　直接その人たちを傷つけることがなくても、いずれ飢え死にさせてしまうだろう。〈話のできる形になってほしいんだけど〉マットは云った。

〈喜んで〉絨毯はふたたびトニーの姿になると、マットの手を握った。トニーの幻が微笑んだ。「ぼくはこんなふうなのか？」もうひとりのトニーが言った。「うわあ。なんて不細工だろう！」

トニーの幻は背筋を伸ばし、マットの手を離した。幻のトニーは自分の身体を見おろして、両腕を前に出し、ひじを曲げたり伸ばしたりすると、にこりと笑った。

「なんてこった。ぼくはあんなことしてないよな。なんともおかしな気分だ」トニーはテーブル脇の椅子に腰を下ろし、頭を振った。

「〝焼きつけ〟の言葉を言ったのに、形が変わったの？」アビーが言った。もうしゃんとした声だった。

「どうなったのかぜんぜんわからない」マットは言った。「どんな形でもいいから、人を傷つけないものになりなさい、って言ってやったの。でも効いたのかどうか」

「それはまたむずかしいな」トニーが言った。

「名前はあるのか？」エドマンドが幻に問いかけた。

「ない」幻は言った。「黄金《ゴールド》、とでも呼んでよ」

「きみはどこから来たんだ、ゴールド？」

「わからない」

「いつからここにいる？」

ゴールドはアビーのそばまで歩いていくと、その両手を取った。マットが心の目で見ると、先ほどよりさらにたくさんの金の糸がアビーの両手からあふれだし、こぼれ落ちて床にひろがっていた。トニーの姿をしたゴールドは金色の流れのなかに指をすべらせたが、互いが溶け合うことはなかった。だが、金色の糸はゴールドの足もとに集まっていき、先ほどマットにしたように、ゴールドの脚をはい上がった。「ここにいたのはそれほど長いあいだじゃない。でもずっと、呼んでくれた人のそばにいた」ゴールドは両の親指をアビーの手のひらにこすりつけた。「ずっと前から」ゴールドはちらりとエドマンドを見た。「きみがいなくなってから、かもしれない。すくなくとも、ぼくの一部はそうだ」

「ぼくがいなくなってから、だって？」エドマンドは眉を上げ、胸をかるくたたいた。

「もしくはそのあと。きみが行ってしまったから、この女性《ひと》はぼくを呼んだ」

アビーが身をこわばらせ、目を見開いた。

そしてゴールドの姿が変わった。いっぺんにではないが、ゆっくりとでもなかった。背が伸び、髪が巻き毛になって量が増え、すらりとした背格好になった。服がトニーの着ている白シャツとスラックスから、エドマンドの着ている濃緑のシャツと黒のジーンズに変わった。顔が若々しくハンサムになり、かすかに微笑みを浮かべている。エドマンドがする、なんとも謎めいた微笑みだった。そのあいだも、彼は親指でアビーの手のひらをさすっていた。「うーん。こうかな。これでいい」声も変わっていた。

マットにはわかった。

少年のエドマンドだ。

アビーは握られていた両手をぱっと引っこめた。「気持ち悪いわ」彼女はあとずさり、そろそろと両手を頬に当てた。

トニーは眉間にしわを寄せて目をこらし、ゴールドの新しい姿をじっと見つめていた。

ゴールドは頭を振り、それから首をまわした。両肩を交互に持ち上げ、そのたびに首をそちら側に傾けた。両腕を振り、両脚をばたつかせた。「そんなはずない。これがあなたの望みだ。ずっと前から」ゴールドは大股に歩いていくとエドマンドの目の前に立った。「そうだよね？」ゴールドは手のひらを上にして片手を差し出した。

エドマンドが反対側の手を出し、ふたりは首をかしげてふたつの手を見くらべた。「あの女性《ひと》、これは憶えてた」ゴールドはエドマンドの親指のつけ根をかるくたたいた。「でもこれは知らない」手のひらにある感情線のカーブに指をすべらせた。「これも憶えてた」左目の脇にあるちいさな傷にさわった。「でもこれは知らない」上唇にある細く白い傷跡をかるくたたいた。

「その傷がついたのは、家を出たあとだ」エドマンドが言った。「もうぼくにさわれるんだな。ぼくがきみにさわってもかまわないか?」彼は人差し指でゴールドの唇にふれようとした。

ゴールドはたじろぎ、足は動かさずにすっと身体を引いた。

「なぜだめなんだ?」エドマンドは訊いた。

「わからない」エドマンドの声でゴールドが答えた。「きみが怖いんだ」

エドマンドは目をすがめた。その手が伸びてゴールドの手をつかんだ。ゴールドは叫び声をあげてふりほどこうとした。必死にもがいたが、その手はがっちりととらえられていた。ゴールドにふれられるように、彼が今度はなにか特別なことをしたに違いない、とマットは思った。

しばらくのあいだゴールドは引っぱったり、姿を揺らめかせたり、悲鳴をあげたりしていたが、やがて逃れるのをあきらめた。だが姿は変わらなかった。ゴールドは、震えてはいたがようやくおとなしくなり、エドマンドをじっと見つめた。額には汗が光っていた。

「なにを恐れてるんだ?」エドマンドが小声で言った。

ゴールドは目を閉じ顔をそむけた。

エドマンドはゴールドの頭に片手を載せた。「ああ」まもなく驚いたように言った。「そんなことを? それはありえない。心配しなくていい」彼はゴールドから手を離した。

ゴールドは袖で額の汗をぬぐってから、力なく微笑《わら》ってみせた。

「いったいなにが怖いんだ？」トニーが訊いた。「ぼくたちも知っておいたほうがいいだろう」

「ごめん。立ち入ったことだから言えないんだ。誰も傷つけるなっていうマットの教えはちゃんと守ると思うよ」

「ぜひそうしてもらいたいな」トニーはリズミカルに指でテーブルをたたいた。「つまりけっきょく、こいつはアビーのためにあらわれたってことなのか？　そしてアビーはこいつに、もうひとりのエドマンドになってほしがってると？　そういうことなのか？」

「そうじゃないわ」アビーが言った。「別に兄さんになってほしかったわけじゃないもの」

「じゃあなにがほしかったんだ？」トニーが訊いた。

アビーは自分で自分を抱きしめ、床を見つめていたが、やがて顔を上げた。「魔法よ」

「ああ」トニーはかみしめるように言った。「そうか。なるほど」彼はゴールドをつくづくと眺めた。ゴールドはにこりと笑った。「エドマンドの姿は、おまえにとって魔法を意味していたのか……ところでこの、ゴールドとやらは、どんな形にでもなれるのか？　ほかの人の望みでも聞いてくれるんだろうか？」

「決定の言葉を言うまではね」マットが言った。「〝焼きつけ〟の言葉を言うの。粘土を焼きつけるのと似たようなものよ。そうすればもう変わらなくなるわ」

「おい、おまえさん」トニーが言った。「耕耘機になれるか？」

ゴールドはかぶりを振って笑顔を浮かべた。

「ほんものを見せてやればどうだ？　それならできるか？」

「それにさわれる？」

「ああ」

「うん。たぶんできる」

「でもやってくれる気はあるかね？」

「それがあなたの望み？　ずっとそのままってことじゃないよね？」

トニーはうなずいた。「春になってからの、ほんのすこしのあいだだけだ。いつもは借りなきゃならないんだが」

「できると思う」

「やった！　〝焼きつけ〟の言葉なんか言うのはやめよう、いいな？　ほかにも山ほど思いついたぞ」トニーはなにやらぶつぶつ言っていた。「空飛ぶ絨毯はどうだ？　魔女のほうきは？　窓ふきの足場なんかもいいな？　ポニーはどうだ？」

「でも、トニー――」アビーが言った。

「ぼくらを傷つけることはないうえに、農作業の機械にもなれれば、素晴らしい敷物にもなれるんだ。彼の面倒はうちでみることにするぞ」トニーが言った。さらに声を低めてトニーはつづけた。「もっと階上《うえ》でいろいろ相談しよう」そして、全員に向かって言った。「子供たちがいい考えを思いつくかもしれない。もう寝るとするか？」

マットはテーブルに載ったままの食べものを見てため息をついた。ゴールドは歩いていき、マットのシチュー皿とスプーンを手に取ると、マットのところに持ってきた。

「ありがと」マットはちいさな声で言った。

「申しわけない。食事のことをきれいさっぱり忘れてたよ。参ったな。アイスクリームもすっかり溶けちまった。なんでも好きに食べてくれ。エドマンド、客室はどこだかわかってるよな。それじゃおやすみ」トニーはアビーの腕をつかんで引っぱっていった。

マットのシチュー皿からは湯気が立っていた。いったいゴールドはどうやったんだろう？　マットの左腕にゴールドが載せた皿は、ぴったりと腕にくっついていたが、熱さはまるで感じられなかった。マットはテーブルに戻り、腰を下ろした。ふと皿が揺らいで、腕から離れた。マットは皿をテーブルに置いた。

エドマンドもテーブルにつき、パンとチーズを薄く切って口に運んだ。「今日はまさしく、今まででいちばん奇妙な里帰りだよ」

ゴールドはふたりの向かい側に座り、チーズをひと切れ取った。「食べもの。食べるものだよね？」

「味見してごらん」エドマンドが言った。

ゴールドはチーズをほんのすこしかじった。しばらく口のなかで転がしていたが、じきに顔をしかめた。

「まあ、ぼくは好きなんだけどね」エドマンドが言った。「味の好みは違うのかな？」

「どこまでエドマンドと同じなの？」マットはシチューを口に運びながら訊いた。「見た目だけなの、それとも中身も？」

「わかんない」ゴールドはチーズをがぶりとかじった。「どうしてこんなもの好きになれるのさ。こんなの食べたことない。こんな味がするものなの？」

「シチューを熱くしてくれたよね」マットがエドマンドの皿をちらりと見ると、その表面には膜が張っていた。「あなた魔法使いなの？」

ゴールドはパンをひと口かじったが、むせて、パンくずをまき散らした。「うえええ！　これが食べもの？　ほこりみたいだ！」

「精霊とは語り合わないけど、魔法使いではあるね」エドマンドが言った。「ふたつの意味で。こいつはアビーの頭のなかにあった魔法使いのぼくでもあるし、もともと姿を変えるという能《ち》力《から》も持ってる。アビーはぼくの生活をまるで知らなかったから、そこのところですこし誤解が生じてるんだろうね。たぶんぼくにできないことができるんじゃないかな」

「ひどくぞっとする話ね」時間がたっても、シチューはとてもおいしかった。マットはシチューをたいらげ、チーズをすこし食べた。食べたことのない味だった。チェダーチーズでもなく、アメリカンチーズでもなく、スイスチーズでもなく、ジャックチーズでもない。薄い黄色で、なめらかでバターのような味がして、ちいさな穴が全面に開いていた。好きな味とは言いがたかった。

ゴールドは溶けたバニラアイスクリームを指ですくって味見をした。「うん！」ゴールドはアイスクリームに顔をうずめ、音をたててなめたり吸ったりしはじめた。

マットは見苦しいものならこれまでにも山ほど見てきたが、ここまでひどいのは久しぶりだった。マットはほんもののエドマンドをちらりと見て、アイスクリームに顔じゅうつっこんでいるのが本人ではないことを念のために確かめた。

エドマンドは肩をすくめた。「見ちゃいられないな」

ゴールドはアイスクリームの箱をきれいになめてしまった。「これはおいしかった。こういうのもっとある?」バニラアイスクリームが鼻からも、頬からも、あごからもしたたり落ちていた。

「パイを食べるといいよ」エドマンドが言った。

「アビーの見てるところでそんな食べかたしちゃだめよ。いやがられるわ」

ゴールドはマットを見て眉根を寄せ、すこし考えこんでいたが、やがてナプキンを手に取って顔をふいた。「人間らしくするの忘れてた。だけど口は大きいし、スプーンはちいさすぎるんだもの」ゴールドは片手を桃のパイの上にかざした。その手がすうっと溶けて金色に揺らめき、デザートのパイを半分ほど覆い隠した。ゴールドは目を閉じていた。そして満足そうなうなり声をあげた。「これもおいしいや」

マットは立ち上がり、皿やフォーク類を集めた。彼女とエドマンドがキッチンをかたづけているあいだに、ゴールドはパイをたいらげてしまった。

「今度はへんな感じがする」ゴールドは片手を胃のあたりに当てた。もう片方の手もふつうの外見に戻った。「もうなんにもいらない」

「お腹がいっぱいなのよ。じきに落ちつくわ」マットは教えてやった。

「はあ！」ゴールドはすこしふらつきつつ、立ち上がった。「ずっと見てたけど、人間も食べものもお行儀ってやつも、ぜんぜんわけがわからないや！　頭がぼんやりしてきちゃったよ！」

「もう寝なよ」エドマンドはゴールドの腕を自分の肩にかけさせ、脇腹に腕をまわすと、足もとのおぼつかないゴールドを支え、廊下に出て居間に行き、大きなソファに寝かせた。「とりあえずここで寝てくれ。おやすみ」

「寝る？」ゴールドは眠そうにつぶやいた。「寝たくなんかないよ。眠るなんてばかげてる」

「人間の身体には必要なんだ」

「やだなあ」やがて呼吸が静かになり、ゴールドは寝入ってしまった。

エドマンドは戸棚を開けて毛布を出し、ゴールドに掛けてやった。彼はしばらくその寝顔をじっと見つめていた。それからマットを見た。

「だいじょうぶ」マットはささやくように言った。「一から十まであなたにそっくりってわけじゃないわ。とくに今は。あなたはあんなふうに寝ないもの」

エドマンドはマットを見て微笑むと、その手を取って小走りに玄関のほうへ向かった。マットは引っぱられるまま外に出た。ポーチに寝そべった犬たちがぱたんと眠たげにしっぽを振ってふたりを迎えた。しんしんと冷える夜だった。幾千もの星々が、インクを流したような紺色の夜空にきらめいていた。空気は生い茂る雑草の匂いがした。遠くのほうでは、コヨーテがかん高い声で鳴き交わしていた。エドマンドは階段に腰を下ろし、マットもその隣に座った。

「まさか」すこし間をおいてエドマンドが言った。吐く息が白く見えた。「こういうことになるとはちょっと思ってなかった」

「あの金色のものが、あんなふうになるとは思ってなかったの。ごめんなさい」

「きみのせいじゃないよ。きみがものと話をするのは当然だろう？　それがきみの素晴らしいところのひとつじゃないか。おまけに今夜はほんとに目からうろこが落ちたよ。妹のことは大好きだ。甥っ子や姪っ子も可愛い。トニーのことも気に入ってる。年に一、二度ここに会いに来るけど、一緒にいると楽しくて——ぼくにとってこの家は、安らぎをえて元気を取り戻すための場所なんだ。この三時間に、今までの十五年間でわからなかった自分たちのことを、いろいろと知ることができた」

「あの人たちはだいじょうぶ？」

「だいじょうぶさ。慣れるまですこしかかるかもしれないけど。今夜のトニーには驚いたよ。トニーはずっとぼくの能力《ちから》に疑いを抱いていたし、いつも一歩退《ひ》いたところにいて、心から信じてはいなかった。ぼくも無理やりわからせようとか、そんなふうにしたことは一度もなかった。トニーがアビーのためにぼくを受け入れてくれるんだから、ぼくも精一杯、口うるさくない、いい客であろうとしてきた。今夜、あれだけへんてこなことが目の前で起こったのに、彼はまったくあわてたりしなかった。ぼくは彼を見くびってた……自分でも信じられないよ、ここへ来るようになって何年にもなるのに、あの金色のものにまったく気づかなかったなんて」

「あなたのこと避けてるんだもの。それに、アビーの力でどんどん増えてる。アビーの両手からあふれつづけてるのよ。なんであなたを避けるのかしら？」

「ぼくに知られたら消されてしまう、ってあいつは思ってた」

「どうしてそんなふうに思ったのかしら？　前にもあなたを見てたはずなのに。あなたはそんなことしないでしょ？」

エドマンドは夜の闇を見つめた。「もしあいつが危険なもので、手に負えないと感じていたら、ぼくはなにかしら手をくだしただろう。家族が心配だからってだけじゃない。ゴールドが生まれたのはぼくのせいだ。あいつがぼくに知られたくなかったのはそのことだった。そのこと自体には憶えがないけど、そう考えるとつじつまが合う。家を出るとき、ぼくはアビーにある魔法をかけた。なにがあろうと無事、幸せに暮らせるように、どんな望みもかなうように、と。ところがアビーが望んでいたのは——ぼくはぜんぜん知らなかった——それは、自分の思いどおりになる魔法だったんだ」

マットは座ったまま考えた。エドマンドはアビーの望みがかなうようにと願った。彼女が望んだのは魔法だった。魔法はやってきたが、アビーに話しかける方法も、その望みをかなえてやる方法も知らなかった。なんて切ないんだろう？

マットは自分の息が冷たい夜の空気のなかをのぼっていくのを見つめ、どうして寒く感じないんだろう、と思った。ジャケットは廊下の金属でできた木に掛けたきりだった。なにかが肌をすべる不思議な感触がして、マットはシャツをまくって自分の腹を見た。

黄金《ゴールド》、だった。マットの身体のちいさな金色のかけら。気づいてみると、両手と頭以外がすっぽり覆われている感じがした。ぱっと見にはわからないが、効果はてきめんだった。マットは袖をまくって金色の部分をさすり、手の甲までひろげようとした。黄金《ゴールド》はいちいち教えてやらなくても、マットの手のひらと指を、そしてもう片方の手を包みこみ、それから首を上がってきて、あごの真下で止まった。身体がむずむずした。だがとても心地よく、あたたかかった。

「最初にあらわれた黄金《ゴールド》はきみのおかげで人間の言うことを聞くようになったけど、でもまだあるべき姿を知らない黄金《ゴールド》がいるっていうんだね？」エドマンドが言った。

マットは心の目を開いて後ろの家を見た。「うっすらとだけど、家じゅうにただよってる」一階の、まだ入ったことのない部屋の窓にちらりと目をやった。そこからはこうこうと光がもれていた。マットは指さした。「大部分はあそこね」

「アビーのアトリエだ。ああ、するとアビーはついに使い道を見つけたんだな。そっちの新しいほうにも言葉はわかるんだろうか？」

もしわからないんだとしたら？　マットはポーチをうっすらと覆っている金色の霞に目をやった。同じことをもう一度やり直さなければならないとしたら？　また新しい黄金《ゴールド》に言葉を教え、またなれなれしくされていやな思いをしなければならないんだろうか？　向こうが暴れまわって、先走ったことをしないうちに言うことを聞かせなければならないとしたら……今夜はもうくたくたで、とてもできそうになかった。

それでも、マットはその金色の霞に指をひたしてみた。そして自分自身の指も黄金《ゴールド》に覆われていたことを思いだした。黄金《ゴールド》どうしが言葉を交わすのが感じられたが、なにを言っているのかはわからなかった。家じゅうにただよう金色の光がほんの一瞬、太陽のように輝いたかと思うと、しだいにもとのかすかな光に戻った。

「なんだったのかな」マットは言った。

「なにが？」

マットは目をぱちくりさせた。「あなたには見えないんだったわね。今、あの金色のものがなにかしたんだけど、くたくたでもう考えるのいやになっちゃった」黄金《ゴールド》がまた肌をすべる感触がして、形の変わる気配がしたが、あたたかさはつづいていた。すこし厚くなったのかもしれなかった。

「寝ようか。冷えちゃっただろ。荷物を取ってくるよ」エドマンドが立ち上がり、車の後ろ側に近づくと、ドアがひとりでに開いた。エドマンドは自分の巾着型バッグと、マットの黒いビニールのごみ袋を車から出した。「ありがとう、車さん」エドマンドはつぶやいた。ドアが静かに閉まった。

「寒くないの」エドマンドが戻ってくると、マットはよいしょと立ち上がった。あくびをし、金色の手で口もとを覆った。

「わあ！」エドマンドが言った。「どうしたんだい、それ？」

「あったかくしてくれてるのよ」マットは袋を受け取ると、エドマンドにつづいて家のなかに入り、階段をのぼった。いちばん上まで行くと狭い廊下があり、閉じたドアが並んでいた。彼が左側にあるドアのひとつに近づくと、ドアがゆっくりと開いた。「うわ」エドマンドはつぶやいた。「ああそうだ。家が目覚めてたんだね？　みんなが困ることにならないだろうか？」

「そんなことぜったい起きないわよ。とっても優しい家だもの」ドアを通り抜けると、なかは居心地のよさそうな寝室だった。ツインベッドがあり、ひだ飾りのついたカーテンが掛かっていて、使いこまれた木製の家具がいくつかあった。大きな水彩画が壁に掛かっていて、思わずマットは足を止めた。

荒涼とした美しい海の風景だった。海の上にはカモメが遊び、太陽が灰色とオレンジ色の雲のあいだから懸命に顔をのぞかせている。その下では灰緑色の波が砕け、なにかがきらめいていて、なじみのない生きもののひそんでいる気配がした——まさに一瞬をとらえた、今にも動きだしそうな絵だった。

もうひとつの壁には、夕暮れの森の絵が掛かっていた。なかには樹齢何千年とおぼしき木々が描かれていた。それを見て、なぜかマットはエドマンドの心の風景を思いだした。さらに近づいてみると、その木々は、キッチンにある魔法の絨毯に描かれた木にも通じるところがあった。この絵にも、動物の姿がはっきりと描かれているわけではないのに、不思議な生きものが森じゅうにひそんでいるような感じがした。

「アビーが描いたんだ」エドマンドがちいさくつぶやいた。「うまいだろ」

「すごいわ」

エドマンドは自分のバッグを下に置いた。「バスルームはあっちだ」エドマンドは小声で言い、廊下の向かい側にあるドアを指さした。「先にシャワー使う？」

「そのほうがいいかも、寝ちゃいそうだから。トイレ先に行く？」

「ああ。すぐ済むよ」エドマンドはバスルームのドアの向こうに姿を消した。

マットは袋を持ってベッドのひとつに行き、袋のなかをひっかきまわして、歯ブラシと歯磨き粉とデオドラント剤の入ったちいさなビニール袋を見つけた。寝巻き用のだぶだぶのTシャツを引っぱりだし、荷物を床に置いた。ベッドに腰かけ、ブーツを脱いだ。マットは白の厚手のソックスを脱ぎ捨てると、座ったまま、金色の両足をぼうっと見つめていた。

マットは両手を確かめた。肌色に戻っている。腹を見てみた。まだ金色だった。「そんなに身体じゅうびっしり覆わないでくれる？　あのね、あったかくしてくれてありがと。すごく気持ちよかった。もういいわ」マットは自分の腹をかるくたたいた。もしどいてくれなかったら、どうやって身体を洗えばいいだろう？

マットがぼんやりする頭をなんとかはたらかせようとしていると、身体を覆っていた黄金《ゴールド》がまるでブラインドカーテンのようにざっと一ヶ所に集約していった。身体じゅうがしびれるような感覚が走った。しびれを感じなかった両腕のひじから先の部分にマットは目をやった。今度は片腕だけではなく、両腕ともひじから先が金色になっていて、先ほどよりなんとなく勝手がよさそうに思えた。「あなた洗っても平気？　やってみればわかるね」

エドマンドが戻ってきた。彼はマットにバスタオルとフェイスタオルを渡した。「だいじょうぶ？」

マットはあくびをした。

「両腕とも金色になっちゃったのかい？」エドマンドは訊いた。マットはまだ両袖をまくったままだった。

「さっきよりましよ。身体じゅう金色だったんだもの。もし三十分たっても戻ってこなかったら、見に来てくれる？　シャワー浴びながら寝ちゃいそう」

「わかった」エドマンドは言った。

マットはふらふらと廊下を歩いていった。

マットはシャワーを浴びるために服を脱ぐと、鏡に映った自分を見た。そう。金色なのはもう両腕の先のほうだけだった。よかった。トイレにも行こうかどうしようか迷った。とりあえずいいことにした。

たたきつけるシャワーの下に入ると、黄金《ゴールド》は縮んで一インチほどの腕輪くらいの太さになったが、けっしてマットから離れようとしなかった。

どうにかシャワーを浴び終え、歯を磨いて寝室に戻ると、マットはことんと寝入ってしまった。

目が覚めると誰かが隣で寝ていた。ぎょっとしたし、気に入らなかった。ほんの一瞬エドマンドかとも思ったが、すぐにゴールドだと気づいた。ゴールドは目を開けていた。マットに向き合う格好で、両腕を彼女にまわしていた。「なにしてるのよ？」マットは怒りをこめて、ゴールドの胸を押し戻した。

「きみを傷つけてないよ」ゴールドはつぶやき、マットの肩ごしに反対側のベッドを見やった。マットもそちらを見た。ゴールドは彼女の向きを変えてくれた。エドマンドは眠っていて、窓に掛かった薄いギンガムチェックのカーテンに当たる光は、早朝なのかそれとも天気が悪いのか、とっさに見分けがつかなかった。マットは寝返りをうってゴールドと向き合った。彼の両腕は人間のものとは違っていた――骨の感触がまったくなく、妙に長い。それでも、その両腕は彼女をしっかりと抱きしめ、抗わずには逃れられそうになかったし、どうみても彼のほうが力が強そうだった。

「なんのつもり?」マットは声をひそめた。

「妹が学ばなきゃならない」ゴールドはつぶやいた。その手がマットのうなじをつかんだ。ふたつの感触が重なった。ゴールドの手と、もうひとつ別の、もっとあたたかい、やわらかなものの感触。心の目を開くと、マットとゴールドの上に、まだあるべき姿を知らない金色の霞がキルトのように覆いかぶさっていた。それは分厚く、光り輝いて、ぼんやりとかすみ、ふたりを包みこんでいた。

「どうしてあたしから学ばなきゃならないの？　あなたはもうちゃんと言葉がわかるでしょ。

あなたが教えれば？　アビーじゃだめなの？　エドマンドでもいいじゃない？　あなたたちはみんな一心同体じゃなかったの？」

「どうしてだかわからない」ゴールドはつぶやいた。空いたほうの手の指先がマットの頬をなで、あごの線をなぞり、鎖骨の上で止まった。彼はマットの額に唇を押し当てた。「きみにしかできないんだ」

「やんなっちゃう」マットがじっと横になっていると、ゴールドが彼女の顔をなで、そこからすうっと入ってきた。新しい黄金《ゴールド》が頭のなかをそっとつつきまわし、やがてその指が自分の心と直接つながるのを感じた。まるで、ぱんと割れた陶器《ピニャータ》の壺から光があふれだしたような、不思議な感覚だった。最初に出会った黄金《ゴールド》に心を読まれたとき感じた、一瞬の熱さとはまた別のものだった。

マットはため息をつき、身体の力を抜いて、怒るのをやめた。自分が教えたいかどうかにかかわらず、どっちにしろそうしなければならない。どうせやるならできるだけのことをしよう。あるべき姿を知らない黄金《ゴールド》が勝手に離れていかないうちに、と言葉を与えると、今までとは違うことが起こった。以前のように一方的ではなく、マットのほうもなにかを与えられている感じがした。とても言葉では言いあらわせない光のようでもあったし、ぱっと輝いては消える花束のようでもあった。

それは、もうひとつの言葉だった。話すことこそ、マットに与えられた能力《ちから》だった。その光を飲みほすと、なんとも言えない心ときめく味がした。

マットは横たわったままこの不思議なやりとりに身をまかせていた。それはとても長いあいだにも、一瞬にも、ひと呼吸ぶんにも、一生ぶんにも思えた。やがて流れがゆるやかになり、止まった。マットはなんとも妙な気分になった。身体のなかがからっぽになり、軽くなったような気がした。

形を持たない黄金《ゴールド》は狂喜乱舞していた。その感触は硬すぎることもやわらかすぎることもなく、マットを包みこみ、ゴールドを包みこむと、実体があるようなないようなくねくねした形になってベッドのなかを転げまわり、八本の腕を生やしてマットを抱きしめたかと思うと、雲のように軽い毛布に姿を変え、それから犬に姿を変え、やがて女の姿となった。

〈こんにちは〉マットは心のなかで語りかけた。

〈こんにちは!〉黄金《ゴールド》が答えた。

〈あなたを象《かたど》ってあげる〉

〈象って!〉すっかり舞い上がったような声だった。

〈今あたしから学んだことを、ほかの黄金《ゴールド》に教える役目となりなさい〉「シィストロォストラアス!」

黄金《ゴールド》はマットにくちづけた。熱く、甘く、優しいキスだった。こんなふうに、なにも考えずに誰かと近づきたいなどと思ったことは絶えて久しくなかった。怒りをおぼえてはっと我に返りそうになったとき、唇が離れた。暴れまわっていた黄金《ゴールド》はマットと額をつき合わせた。また心のなかをつつきまわされる感じがした。むさぼるように、けれど優しく。とろりと眠くなったが、そのあいだもふれる指は休むことなく、心のなかをかきまわしては、ひとつひとつを整理していった。ちくちくするような、それでいて心地よい感覚だった。なぜか妙に気持ちがよかった。マットはうとうとと眠くなった。

黄金《ゴールド》が離れたとき、ふいにびくりと目が覚めた。

いったいなにをされたんだろう？　知らないうちに傷つけられていたとしたら？　そうだ。そこのところを忘れていた。

マットは心のなかで云った。〈どんな形になってもいいから、人を傷つけないものになりなさい！〉「シィストロォストラァス！」

黄金《ゴールド》は笑い声をあげた。低くてあたたかい、どこか耳慣れた声だった。

「マット？」エドマンドが眠そうな声で訊いた。「だいじょうぶかい？　なにしてるんだ？」

マットはうーんとうなって身を起こした。ゴールドも起き上がった。二番目のゴールドも起き上がり、腕をマットの肩にまわして寄りかかった。その横顔を目の端でちらりと見たマットは、首をそちらに向けてその顔をのぞきこんだ。自分と同じ顔だった。短いいがぐり頭の、茶色がかった金髪。男とも女ともつかない細い顔に、張った頰骨と形のいいあご。深くくぼんだはしばみ色の目、その上の、細いけれどもはっきりとした黒い眉。

「やめてよ」マットは言った。

二番目のゴールドは丈夫そうな白い歯を見せてにんまりと笑った。ふっとめまいのするような一瞬、マットは思った。でもこの子可愛いわ。すごくいい感じ。マットはまばたきをして、その考えを追いやった。

「その娘《こ》は？」エドマンドはすっかり目を覚まして起き上がり、訊いた。腰のあたりにシーツや毛布が巻きついていた。

「たぶんゴールドが生まれたあと、アビーがつくりだした黄金《ゴールド》だと思う」マットは淡々と言った。「この家じゃおちおち眠ってもいられないわ」

二番目のゴールドは片手でマットのごわごわした頭をなでると、ベッドの上でひょいと立ち上がった。ご丁寧にもマットの寝巻きと同じ大判のTシャツまで着ていた。「だいじょうぶよ」マットと同じ声だった。「今度はあたしが言葉を教えてあげられる。もうあなたをわずらわせないよ」

「あたしの姿はやめてくれない？」マットは頼んだ。

「わかった」二番目のゴールドは言った。彼女はベッドから飛び下り、床に足がついたときには違う姿になっていた。

ある意味では。

少女は十二歳くらいとも、やせっぽちの十四歳くらいともとれた。ウェーブのかかった茶色の長い髪は腰まであり、まとったTシャツの下はバレリーナのように筋肉が張っていて、男の子だか女の子だかわからないような身体つきだった。顔はまだマットのままだったが、幼いためにすこし丸みをおびていた。両腕を伸ばし、つま先立ちでポーズを取った。「どう？」

「どうして――」

彼女は人差し指で自分の頭のてっぺんをつついた。「のぞいたの。そうしないと、あなたのやりかたがわからなかったから。かまわなかった？」

「いいけど」すこし間をおいてマットは言った。胸が苦しかった。ずっと昔、自分はこんな姿をしていた。あれは、人生が音をたててこわれていく前のことだった。

二番目のゴールドは踊りながら近づいてくると、ほっそりした長い両手の指でマットの顔にふれた。「よくなんかない。あなた傷ついてる。変わることにするね」

「いいってば」マットは声をつまらせた。

「あなたを傷つけちゃいけないの」

「たいして……つらい痛みじゃないわ」

「そんなの関係ない」二番目のゴールドがつま先でくるりとまわると、その姿がまた縮んだ。止まったときには、短い赤毛に、しょうが色のそばかす、そして茶色の瞳をした、八歳くらいの女の子になっていた。子供の頃に仲の良かったジニーとうりふたつだった。「これならどう？」

マットは鼻をすすり、指の関節で両目を押さえた。「すごく可愛いわ」

ジニーは笑うとえくぼができた。マットはなんとなくそのことを思いだした。目の前にいるジニーは、マットの記憶にある姿よりも細かいところまではっきりしていた。「いったいどこまで探りだしたの？」

ジニーは顔をそむけた。「あなたの決めてくれた先生ってものになるには、たくさん知っておかなきゃならなかったの」彼女はすっかりだぶだぶになってしまったTシャツを、指のあいだでもみくしゃにした。「なにもかも完璧ってわけにはいかないけど、人間を傷つけちゃいけないんだってことはわかった」

マットはすこしだけ両手をひろげた。ジニーは駆け寄り、彼女にぎゅっと抱きつくと、胸もとでつぶやいた。「人間ってひどいのね」

思わず笑いがこみ上げた。「みんながみんなってわけじゃないわ」

ジニーはため息をついてマットから離れた。「うん。そうだね。きっとそうじゃない人のほうが多いね」くるくると二度側転をした。「さてと、ちょっとほかのところに行ってくるわ」その姿がすっとかき消えた。

「な――いったい――」ゴールドは眉をひそめ、部屋じゅうを見まわした。彼はマットのベッドから出て、床をじっと見つめた。「いったいあの子はなにをしたの？」

マットも心の目を開いて床を見た。黄金《ゴールド》はかけらも残っていなかった。

「ずるい。ぼくよりあとに来たくせに、ぼくより人間らしいなんて。おまけに消えちゃった！」ゴールドは足を踏みならして部屋を出ていき、ドアをばたんと乱暴に閉めた。

「まったく。なかなか人間らしくなってきたんじゃない。いい怒りかたしてたもの」

「だいじょうぶ？」エドマンドが訊いた。

マットはあおむけに寝ころび、天井を見つめた。「あいつ、目が覚めたらあたしのベッドのなかにいたのよ。まるで子供だわ。ほんとにいらいらしちゃう！」

「もっと気に障らない形にしてしまえばよかったのに」

「うん。そうしとけばよかったかも」

「ぼくもできたらそうしたいよ。自分そっくりっていうのがどうも気に入らなくてね。なんとか自分をなだめようとしてるんだけど、でも心のなかで……」

「若いほうのあなたね」

「おまけにあいつ、あんまり出来もよくない」少年のエドマンドが言った。

「どうやったらあなたそのものになれるのかわからないのよ。外見を似せることしかできないんだわ。たぶんアビーはうろ覚えだったのね」

「あの娘《こ》はきみにそっくりだった」少年のエドマンドが言った。

「あたしそのものだったわ。あたしの記憶をもとにしたんだもの。中身からして、あたし以上にあたしらしかった」

「かまわないの？」

「うん。あの子のこと、とっても好きだもの」

「そりゃよかった」すこし間をおいて、少年のエドマンドはつづけた。「ぼくもゴールドを好きになれたらいいんだけど。ゆうべはもうすこしで好きになれそうだった。ねえ、もしゴールドを自分の好きな形にできるとしたら——もちろんできるだろうけど——きみならなんにする？」

　マットは手で顔をこすり、ちゃんと眠れていたんだろうか、と思った。どうもそんな気がしなかった。「ぱっとは思いつかないわ」

エドマンドもあおむけに寝ころがり、天井を見つめた。「ぼくだったら、コンクリートででてきた実物大の恐竜だな」少年のエドマンドが言った。「なかには階段と、てっぺんの頭の部分にちいさな部屋があって、子供たちの隠れ家になるんだ」

マットは思わず声をたてて笑い、そのことに自分でも驚いた。

「でなきゃ掃除機だ。ひたすらほこりを吸ってもらおう」

「ひどおい」

「耕耘機だって大差ないだろ？」

「耕耘機は大きな機械よ。男の子ってみんな大きな機械が好きでしょ。掃除機じゃちっちゃすぎてつまんないわ」

「ゴールドも大きな機械のほうが好きかな？」

「そうにきまってるわ。あなたもそう思わない？」

少年のエドマンドが声をたてて笑った。「そうかもしれない。軍用ディーゼル車《ヘムヴィー》でもいいな。ジープって手もある」

「乗る前に、本人に試運転させなくちゃ」

「うわ。おっそろしいな」ふたりが声をたてて笑っていると、ノックの音がした。

「どうぞ」エドマンドは起き上がった。それからマットをちらりと見た。彼女はうなずいた。

トニーがするりと入ってきた。トニーは赤のパイル地のローブをはおり、悩んだ顔をしていた。「ひと晩じゅうずっと寝ずに考えたんだ。あいつはほんとにどんな姿にでもなれるのか?」

「ぼくらにもわからない」

「もとはといえばあたしのせいだわ。ほんとにごめんなさい、トニー」

「きみのせい?」

「そうなの」

「ゆうべはアビーが関わってるらしいと思ったんだが」

「呼んだのはアビーだったけど、あたしが話しかけるまでは眠ってたの。どうやったら、ええと、本来の力を発揮することができるのかわからずにいたのよ」

「でもあいつはずっとここにいたんだ」トニーは肩を揺すった。「ぼくは感じてた。前の家にもいたんだろう? 前に住んでたサンフランシスコの家にも? あそこでは、真冬になるとよく背筋が寒くなった。いつもなにかが物陰で待ち構えてるような気がしたのに、そいつがなにを待ってるのかわからなかった。気味が悪くて仕方がなかった。子供たちのことも心配だった。そいつがもし怒れる幽霊だったとしたら? 死ぬほど怖い思いをさせられでもしたら? 悪魔祓いかなにかしてくれって、よっぽどエドマンドに頼もうかと思ってた」

「どうして言ってくれなかったんだ?」

トニーはきまり悪そうに微笑《わら》って肩をすくめた。「きみのことをなんと言うか、その、いかれたやつだと思ってたんだ」

「そうじゃないかって気がしてたよ」

「アビーはいつもきみの自慢をしてたけど、じっさいにきみがなにか起こすのを、ぼくは一度も見たことがなかった」

「きみがいやがると思ったんだ」

「なんだって？　ぼくに気を遣って、それでこそこそやってたっていうのか？　なんてこった！　きみがありえないことをするのを見てやろうと、虎視眈々と狙ってたんだ。つまりね、ぼくはアビーを愛してる。あいつが勘違いしてるなんて思いたくなかったのさ」

エドマンドは手のひらのつけ根で自分の額をぴしゃりとたたいた。

「今なにかできないか？」トニーが言った。「ゆうべはただ話をしただけだった。まだどうも信じられなくてね」

「これはほんのすこしの力でいいんだけど。でも今、精霊と交流してる状態になってないから」エドマンドはふわりと空中に浮き上がった。あぐらをかいて座った姿勢のまま、紺色のボクサーショーツ一枚で、しばらく宙に浮いていた。「いいぞ、もっと軽くなっちまえ、兄さん」少年のエドマンドがひとりごとを言った。エドマンドの身体がふいに浮き上がり、頭が思い切り天井にぶつかった。「いて！　そんなに軽くしなくていいよ！」

「その声はどうしたんだ？　ゆうべ言ってたとおり、ほんとにふたりの自分がせめぎ合ってるのか？」トニーが訊いた。

「うん」エドマンドは頭のてっぺんをなでながら、天井にぶつからないくらいの高さまで下りてきた。

「それでも宙に浮くことはできるんだな」

「ええまあ」

トニーは手をぱんとたたいて小躍りした。「ほんとによかった！　この家になにかいると思ってたぼくの頭がおかしいわけでも、きみを魔法使いだと思ってたアビーの頭がおかしいわけでもなかったんだ。ああほっとしたよ！　あとはただ、例のゴールドくんがあまりはめをはずさずにいてくれるといいんだが……」

「言うことを聞かせるのは大変だし、気に障るところもあるわ」マットは言った。

「人を傷つけちゃいけないって言い聞かせたんだろう」

「なんかね、身体のことだけって思いこんでるみたいなの。だから誰かをぶったり切りつけたりすることはぜったいにないわ。精神的なことをわからせるのにはひと苦労だけど」

「言ってみれば、あいつは赤ん坊みたいなものだ」エドマンドはふわりと下りてきて、ふたたびベッドの上に腰を落ちつけた。「あいつは興奮してるんだ。自分には、ひたすらただよいながらアビーが手をくだしてくれるのをただ待つばかりじゃなく、ほかにもできることがあったんだって。あいつはずっと退屈な時間を過ごしてきた。これまでは見てるだけで、けっしてふれることはできなかった」

「そうね」マットは言った。「たしかに赤ちゃんみたいだわ。ずいぶん利口で、超人的な赤ちゃんだけど」

「例の、固める言葉を教えてくれないか？」トニーが訊いた。「万が一あいつが暴れて、手がつけられなくなったりしたときのために」

「あんまり考えたくないな。たしかにゴールドにはいやなところもあるけど、相手を縛りつけることのほうがいや。そういうやりかたって大嫌い。でも、一応教えといたほうがいいね」マットは〝焼きつけ〟の言葉を口に出して言い、トニーはそのとおりにまねた。三回くり返すと、彼も覚えたようなのでマットは安心した。

「もうひとりのことも言っておいたほうがいいんじゃないか」エドマンドが言った。

トニーは姿勢を正し、眉を上げた。

「あの金色のものは、まだアビーからあふれつづけてるの」マットは言った。「それで今朝またひとりできあがったの。そのせいであたしは目が覚めたんだけど。ゴールドがあたしの脳みそをしぼりだそうとしたんだもの」

「うえぇ」トニーが言った。「痛かったかい？」

「ううん、ぜんぜん。それにあたしは、ふたりめのほうがだんぜん気に入ったわ」

「あの子はアビーの頭のなかにあったぼくじゃなくて、マット自身を参考にしたんだ」エドマンドが言った。「ずっと完璧だし、思いやりもある」

「会わせてもらえるか？」トニーが訊いた。「その子はここに住むのか？　いったい何人になるんだ？　なにしろ、ぼくは医者といっても、こんなちいさな町でのことだし、軍隊を養えるほど大金持ちじゃない。まさか毎日ひとりずつ増えていくのか？」

「あの子どこに行ったんだろ」

「トニーの言うとおりだ。アビーからあふれてるほうはたぶんぼくがなんとかできると思う」エドマンドの声がマットの声に重なった。「でもアビーは自分の作品にあの金色のものを使ってる」

「ああ、そうか」トニーが言った。「なるほど。あいつの絵にはいつもなにかがいるような気がしてたんだ。そういうことだったのか」

マットのベッドの近くで空気が揺らめいた。ジニーがぱっと姿をあらわした。両手を後ろに組んでいる。もうだぶだぶのTシャツ姿ではなく、若草色の、しなやかなニット地のワンピースを着ていた。「こんにちは」

トニーは目をぱちくりさせた。「やあ」

「食べなくっても平気なのよ」

「だいじょうぶ。きみのことぐらい養えるさ」トニーは近づいてジニーの前に膝をつき、視線が同じ高さになるようにした。彼は片手を差し出した。「ぼくはトニーだ」

ジニーはくすくす笑った。「知ってるわ。あたしはジニー」彼女はトニーと握手を交わした。

「ジニー？」

「うん、とりあえず今はね」

「きみも姿を変えられるのか？」

「うん」

「ぼくが頼めば、そのとおりになってくれるのかい？」

眉を上げた。

「たぶんね」

「どんなものでも？」

「あたしは先生なの。まずそれがいちばん大事な形ってきまってるんだ。マットがあたしをそう焼きつけたから。それと『人を傷つけないもの』でもあるわ。そのなかでなら、どんな形になるのも、ならないのも自分しだい。先生の役目が果たせないようなものだと……」ジニーは眉を上げた。

トニーはその場に座りこんだ。「『ベビーシッター』なんかはどうだい？」

ジニーはにっこりと笑った。「大好き！」

「見た目はどんなふうになるんだ？」

「このままじゃだめ？」彼女は両手をひろげ、自分の姿を見おろすと、またトニーをじっと見た。

「八歳くらいにしか見えないんだが」

「そうよ」

「それじゃ子供たちが言うことを聞いてくれないよ」

「すぐ慣れるわ。でも大きくもなれるわよ」

ジニーは目を閉じ、その姿がふと揺らいだ。八十センチほど背が高くなり、ワンピースも一緒に丈が伸びた。髪が長くなった。顔と身体つきが大人っぽくなったが、そばかすはそのままだ。十六歳になったジニーの姿だったが、マットはそんな彼女を見たことはなかった。ふたりは十歳のときに離ればなれになっていた。

十代半ばのジニーは、張りのある赤褐色の長い髪を後ろに払い、自分の姿を見おろした。先ほどの、バレリーナのようなマチルダほど筋肉質でも小柄でもなかった。身体ばかりが大きく、手足の長い少女で、腕にはそばかすがあった。膝もひじも、両手両足も骨ばっていて傷ひとつなく、どこか不格好だった。彼女はにこりと笑った。瞳は薄い琥珀色にきらめいていた。

トニーが立ち上がった。ジニーの背はもう彼と同じくらいあり、マットよりも高かった。

「すごい」トニーは言った。

「ありがと」

「女房に会ってもらえるかな？　子供たちにも？」

「もちろん」ジニーはトニーのあとから部屋を出ていった。

「頭だいじょうぶ？」マットは訊いた。

エドマンドは頭のてっぺんをもう一度だけさすった。「そのかいはあったよ。ああ、精霊よ、ぼくがトニーのことを知る必要があったときに、いったいどこへ行ってたんだ？」

「その答えなら簡単だわ」

「へえ？」

「今まで知る必要はなかったのよ」

「ひどいや！」少年のエドマンドが言った。「トニーともっと早くうちとけられたはずなのに」

「どうかしら。ついこないだまでのあなたは、冗談も通じなかったじゃない」

「ああ、そうだった。忘れてたよ」エドマンドは伸びをした。「起きる?」

マットは頭から毛布をかぶり、もう一度眠れるかどうか試してみた。しばらくそうしていたが、眠れそうになかった。毛布からそっと顔を出すと、エドマンドは濃い赤のセーターを頭からかぶって着ているところだった。彼はこちらを見ていなかったけれど、マットはベッドを出て、Tシャツの下で服を身につけ、自分の寝ていたベッドを整えた。もうひと晩ここで過ごすんだろうか? その答えがノーだったときのために、荷物をまとめておいた。

「黄金《ゴールド》の一件が起こるまでは、スーザンの手がかりを探しはじめるつもりだったんだ」ふたりで靴を履いていると、エドマンドが言った。「この家のどこか静かな場所で、探索を始めようと思ってた。サンフランシスコの地図もあるし」

「この家に、まだ静かなところなんて残ってるかしら」

「このあいだまでは、静かなところなら家じゅうにあると思ってたんだけどな。家はなんて言ってる?」

〈家さん?〉マットは心のなかで語りかけた。

〈地下室はどうだい〉家が答えた。

マットはエドマンドに伝えた。

「ああ、それがいい。ありがとう、家さん」エドマンドが言った。

マットはあたりを見まわした。ふとこの家が、ネイサンの家と同じように声に出して返事をしてくれるような気がした。

〈どういたしまして、と伝えておくれ〉と家が云ったので、マットはそのとおりにした。

「それよりまず朝食にしよう」エドマンドが言った。ふたりはキッチンに下りていった。

アイリスとサラとキースはテーブルについていた。サラとキースは色あざやかなシリアルを口に運んでいた。アイリスはパンケーキにシロップをかけて食べていた。

「なにか焼こうか?」トニーがこんろのそばから声をかけた。黒っぽいスラックスに、白のシャツを着て、紺色のネクタイを締めている。彼はフライ返しでパンケーキをひっくり返した。

「パンケーキ、いい匂い」マットは言った。

「パンケーキならつくれるよ。あと卵とソーセージなら。でも、ご注文はお早めに。二十分もしたら、キースとアイリスを学校へ送って、それから仕事に出かけなきゃならないんだ」

「パンケーキいただこうかな」

「ぼくも。みんなジニーには会ったかい?」エドマンドが訊いた。

子供たちは顔を上げ、にこにこしながらうなずいた。

「あのひとブージャとおはなししたのよ」サラが言った。鳥は彼女の肩にとまり、差し出された甘いシリアルの粒をついばんでいた。

キースは顔をしかめた。「ねえ! なんでサラにだけペットがいて、ぼくにはいないの?」

「あたしだってペットほしいもん」アイリスが言った。「ずるいわ」

たぶんゴールドがふたりにもペットを出してやれるだろう。でも彼はやってくれるだろうか? ジニーならやってくれるかもしれない。自分は口を出さないほうがいいだろう。マットはトニーをちらりと見やった。

「その相談は学校から帰ってきてからだ」トニーがきびしく言った。「これを言うのはもう三度目だぞ。いいな」

アイリスはむくれながらパンケーキを食べ終えた。キースはふくれっ面だった。どうやら根に持つタイプのようだ。

アビーが青白いやつれた顔をしてキッチンに入ってきた。うわべだけでふっと微笑むばかりだ。彼女が自分の席に座ると、トニーは訊きもせずにパンケーキの皿を置いた。彼はエドマンドとマットにもパンケーキを出すと、流し台に行ってふたりぶんの弁当をつくった。キッチンを動きまわっているトニーは見ていて気持ちがよかった。楽しそうだったし、手ぎわもよかった。ほどなく彼は、弁当をふたつのちいさなあざやかな色のリュックサックに入れて、自分用のコーヒーを魔法瓶につめ、アビーにキスをすると、上の子供ふたりを連れてキッチンを出た。

「それじゃあな。また今夜。もしなにかあったら電話してくれ」

トニーたちが出かけてしんと静まりかえったなか、エドマンドとマットはアビーが食べるのをじっと見ていた。サラは人差し指でブージャをなでていた。

「よく眠れなかったの」アビーがようやく口を開いた。彼女はシロップまみれの皿にフォークをかちゃりと置いた。「あれはほんとにあたしのせいなの？」

「ぼくのせいだ」エドマンドが言った。「あいつ自身が教えてくれた。ぼくは家を出るとき、おまえの望みがかなうように願いをかけた。おまえが望んだのは魔法と暮らすことだった。黄《ゴー》金《ルド》はそうしてやってきた魔法だったんだ。でもマットに教わるまで、おまえの思いを理解することができなかった。おまえは魔法を手に入れていたんだよ。使う術《すべ》を知らなかっただけだ。といっても、まあ、作品にはあらわれていたけど――」

「あたしの魔法。兄さんはあたしに魔法をくれておいて、なにも教えてくれなかったの？」アビーの頬が赤らんだ。

「自分がそうしたとは気づかなかったんだ。あれがここにあったことさえわからなかった。あいつはひたすらぼくから遠ざかってた。ぼくが来るたびに、見つからないようになりをひそめていたんだ」

アビーは唇をかんだ。その瞳が揺らいだ。「わかってたらよかったのに」

「もうわかったんだからいいじゃない」マットは言った。

アビーはしばらくのあいだマットをじっと見つめていた。「そうね。そういえば、あのひとはどこ？　あたしの夢のなかから出てきたひとは」

「ゴールド？」エドマンドがそっと呼んだ。「どこだい？」

ゴールドがキッチンの壁から歩み出た。すべるようにテーブルのそばまで来ると、トニーの席に座った。落ちついていて、マットがはじめて出会ったときのエドマンドと同じくらい物静かな雰囲気だった。そのようすが気にかかり、マットは心の目を開いて彼を見た。穏やかな金色の波がたゆたっているばかりだった。

「もう決めた？」ゴールドがアビーに訊いた。

「決めた、って？」

「今日はぼくをどんな形にするの？」

「みんなが落ちつかないみたいだから」アビーが訊いた。

「その姿じゃだめなの？」ゴールドは下を向いた。サラがすぐそばに立って、ゴールドの膝に両手を載せ、彼の顔を見上げていた。「どうしたの、お姫さま？」

「ブージャよ」サラが片手を肩に持ってくると、鳥はその手にとまった。サラは鳥をゴールドの膝にとまらせた。

「うん」彼は両手で鳥をすくい上げ、その目をのぞきこんだ。

「いままでいちばんすてきなたからものなの。だいすきなんだ。あたしとおはなししてくれるところがとってもすき」

「それはいいね」

「おにいちゃんとおねえちゃんにもブージャをつくってくれる？」

ゴールドは鳥の頭から背中へ指をすべらせた。鳥はさえずって手のなかにおさまった。

「できるよ、お父さんとお母さんがいいって言えばね」ゴールドはアビーを見た。

「ぜひお願い。ふたりとも、サラにだけペットがいて自分たちにはいないなんてずるい、って言いどおしだったの」

「あの……そのことは学校から帰ってきてから相談しようってトニーが言ってたわ」マットが言った。

「ああ、そう。それまで待ったほうがいいかしらね。気持ちだけでも嬉しいわ、ゴールド」

「あなたのためにここへ来た」ゴールドは鳥のとまった手を差し上げた。鳥はぱっと羽をひろげ、澄んだ音色でひと声鳴くと、サラの肩に舞い戻った。

「どういうこと?」アビーが訊いた。

ゴールドはマットを見て悲しそうな顔をした。彼女は胃のあたりが重くなった。そうか、ゴールドは壁を抜けることができる。壁そのものにだってなれるのだ。ドアをばたんと閉めて出ていったあとでも。あのあと自分とエドマンドは、彼のことをどんなふうに言っていた? 自分はゴールドのことを、子供みたいで、気に障るとまで言った。エドマンドはまるで赤ん坊だと言った。おまけに、彼をなにに変えようかなんてばかばかしい話までした。それを聞いて、傷ついたか、もしくは腹を立ててしまったんだろうか?

マットは上唇をなめ、ゴールドのそばのテーブルに片手を置いた。彼はためらってから、その手に自分の手を重ねた。〈どうしたの? だいじょうぶ?〉

〈ぼくは――〉すると映像が渦巻き、言葉をなさない情報が流れこんできた。だがその一部は、マットが今朝ジニーから学んだ言葉だった。

マットは息をのんだ。すさまじい流れが終わりを告げると、マットは椅子に背中を預け、もう一度頭のなかを整理しようとした。

ゴールドはひたすら考えていた。そのなかには人間と違う考えかたもあったが、そもそも彼は人間ではなかった。

そう。ゴールドはマットたちの話を聞いていた。そうなんだ。苦しかった。どうして苦しいんだろう？　苦しいなんて、そもそもなにかを感じているなんて、どうしてこの自分が思ったりするんだろう？　なんとも不思議だ（ぴんと張られた金色の布に、赤いしぶきが散っている）。

眠りって？（吹きつける極彩色の風）味って？（森のようにびっしりと生えたとげ）欲望って？（あらゆるものをさらっていく金色の津波）

ゴールドはジニーと語り合い、溶け合うことによって、ジニーの知るものを知り、自分の知識がどれほど彼女のものとかけ離れていたか、理解しようとした（黒ずんだ大地に走る亀裂からこうこうと光がもれ、かげろうが立ちのぼっている。その上にかがみこんだゴールドの髪が熱風にあおられた）。

ゴールドは多くを理解した。じつにたくさんのことを知った（どこからともなく流れてきた秘密の小川は、あたたかな、水ではないもののたゆたう、湖の底へ流れこんでいった）。

ゴールドは自分がここに来た理由《わけ》を知った。人間の姿に遊び、人としての欲望や、人ゆえの欠点を持ち合わせてはみたが、それは彼のあるべき姿ではなかった。だが、無為な日々から解放されたことにはしゃいで、つい足をとられてしまった。彼がここに来たのは不可能を可能とするためだった。誰かに命令されるとおりに象《かたど》られ、その願いをかなえ、能力《ちから》を役立てるためだった。とうとうそれがかなう日が来た。

あとは命令さえしてもらえればよかった。

ゴールドの瞳は穏やかだった。

〈ごめん〉マットは心のなかで云った。

〈なんで謝るの？〉ゴールドは微笑んだ。〈だって。ぼくはほんとに子供だったもの〉ゴールドは手をマットの手首まですべらせ、人差し指と中指で金色の帯にふれた。〈はずしてほしい？　あのときは、お礼したつもりでも相手を傷つけることがあるなんて、ぜんぜんわかってなかったんだ〉

〈ううん。どっちも気に入ってる〉

〈どっちも？〉ゴールドの眉が上がった。マットがもう片方の手を出すと、彼は袖をのぞきこんだ。「え？」反対側の手でもういっぽうの腕の輪にふれた。金色の輪が彼に語りかけた。彼が返事をしたのもわかった。

「見えなくすることもできるよ」ゴールドが声に出して言った。

アビーが歩いてきて、マットの向かい側の椅子にどさりと腰を下ろした。「あなたたち、なんの話をしてたの？　いつになったらあたしの質問に答えてくれるのよ？　それはいったいなんなの？」

ゴールドが両手を上げ、マットは袖をまくり上げて、両手首を取り巻く輪をアビーに見せた。「プレゼントみたいなものなんだけど、ゴールドが訊きもしないで勝手につけちゃったの。でもなかなかいいわよ」マットが指でなでると輪の片方は応え、手袋のように表面を金色に覆った。

「いいわね」アビーは金色をしたマットの手にふれた。

「ゆうべ外に出たら、全身をすっぽり覆ってくれたの。すごくあったかかった」マットがもう一度なでると、手袋は腕輪の形に戻った。

「あたしにもつけてくれる？」アビーが訊いた。

「もちろん」ゴールドはアビーの両手首を三秒ほど握りしめた。手を離すと、アビーの手首にもマットと同じような輪ができていた。

アビーが目をやると腕の輪は形を変えた。ギリシアふうの雷文《らいもん》模様がまわりを縫うように浮かび上がった。「まあ！」片方の手首をこすると、輪は腕のほうまでひろがった。彼女がその上で指を動かすと、抽象的な変わった図柄があらわれては消え、溶け合って、からみ合ういくつもの線となった。マットはそれを見て、ふと風を感じた。アビーが手に近いほうの端を引っぱると、金色の帯はひろがって、手の甲をすっぽり覆った。中指まで引っぱった。それは指輪の形となり、手首の輪と金色の鎖でつながっていた。「素敵」アビーは目をきらきらさせてゴールドを見た。「ありがとう！」

「どういたしまして」

アビーは腕の黄金《ゴールド》としばらくたわむれていた。とがった近未来ふうのアクセサリーをつくってまたもとに戻すと、金属の表面に親指の指紋を押しつけ、それをこすって消した。「こんなふうに、一部分がちぎれたりすると痛い？」しばらくして、彼女はゴールドに訊いた。

「いいや。ぼくがあるのはそのためだもの」

「そんなのってないわ。兄さん――」

エドマンドがマットの手にふれた。目が合った。ゴールドが今教えてくれたことをなにもかも彼に伝えるなんて無理だった。

「どういうことだい」エドマンドがマットに言った。

「だいじょうぶよ。ゴールドはちゃんとわかってる。彼はあなたが手に入れた魔法なのよ、アビー。あなたの望みをかなえることが彼の望みなの」

「ゴールドがあたしの?」アビーはゴールドの両手を握りしめた。「あたしのものなの? なのに象《かたど》るのは誰でもいいの?」

「それがいやなら、変えてくれていいんだよ」

「どういう意味?」

「ぼくの言ったこと? 言葉どおりの意味にきまってるじゃないか」ゴールドはもどかしそうだった。

アビーがマットを見た。

すこし考えこんでからマットは言った。「見た目をいろんな形にすることもできるけど、内面を象ることもできるのよ。あたしが象ったところは目には見えない。あたしは、外側はどんな形をとろうと人を傷つけちゃだめ、って言ったの。あなたが、どんな形になってもいいけど命じるのはあなただけで、ほかの誰にも変えられちゃいけない、ってゴールドに言えばきっとそうなるわ」

「あなたに言ってもらってもいいんでしょ」アビーが言った。

「でもあたしは言わない。ゴールドはあなたの魔法だもの。ただ、あなたがゴールドを象《かたど》っても、残りの黄金《ゴールド》を象ったことにはならないと思う」

「残り？」

「家がだいぶ持っていって――」話しているあいだにも、家が自分だけに象ることのできる、散らばった黄金《ゴールド》のかけらたちに向かって呼びかけているのがマットの耳に届いた。シィストロオストラァス。「手に入れた黄金《ゴールド》を自分のためだけに使えるようにした。それとジニーね。あの子もまだどう転ぶかわからない。それに……」マットは心の目をこらしてアビーの両手を見た。まだあるべき姿を知らない黄金《ゴールド》がさらに手からつたい落ちていた。「あなたがもっと呼び寄せてる」

「ジニーは黄金《ゴールド》なの？」アビーはゴールドの両手を離し、目をこすった。「今朝トニーがあの子を連れてきて紹介してくれたけど、あたしまだ寝ぼけてたの。たしか、新しいベビーシッターだって言ってたわ。近所の子だとばかり思ってた」

「違うの。あれもあなたの魔法よ。象ったのはあたしだけど」

「あの子にはなにをしたの？」

マットはオレンジジュースをごくりと飲んだ。話しどおしだった。ほんとうは聞き役のほうが好きだった。彼女はため息をついた。「あのね、ゴールドは、言葉を教えられるのがあたしだけだと思いこんでるのよ。それで今朝あたしのところに新しい黄金《ゴールド》を連れてきて、言葉を覚えさせようとしたの。ほら、あたしのうなじをつかんで、頭のなかを探るやりかたで。昨日、あなたの頭のなかをのぞいて、東洋ふうの絨毯になれたんだから、あたしでなきゃならない理由はないはずなんだけど、頑として聞かないのよ。とにかく、もううんざりしちゃった。あたしは新しい黄金《ゴールド》に、ほかの黄金《ゴールド》に言葉を教える役目となりなさい、って言ったの。そういうわけであの子は黄金《ゴールド》だし、進んであたしの言うとおりの形になってくれるけど、ほかの黄金《ゴールド》に言葉を教える役目となるには、どうしてもあたしの心のなかを読まなきゃならなかった。ゴールドよりもっとたくさんのことをね。あの子をそう象るまで、あんなことをするとは思ってなかった。ともかく、あの子にも人を傷つけないように言っておいた。それで全部よ」

「その子もこの家にいるの？　どこ？」

マットは心の目を開いてさっと見わたした。ジニーは、アビーからふたつ置いた椅子に腰かけ、眠ってしまったサラを膝の上であやしていた。まばたきをして心の目を閉じても、ジニーの姿はまだそこにあった。長い手足をして、躍動的で、どこから見ても十代の少女だった。

「ここよ」ジニーが言った。

アビーは驚いてそちらを向き、あやうく椅子から転げ落ちそうになった。「うわ！　いつからそこにいたの？」

「あなたがアクセサリーに熱中してたときから」ジニーはにっこりと笑った。

「あなたは誰に似せてるの？　すごくほんものっぽいわ」

「マットのちいさい頃の友達」

「トニーが――トニーが会わせてくれたのよね。あの人わかってるのかしら。あの人、あなたが黄金《ゴールド》だって知ってるの?」

「ええ」

「奇妙どころの話じゃないわ。あの人、今度のことでぜんぜん動じてないのよ! あたしより落ちついてるじゃない。あたしは――」アビーはちらりとゴールドを見た。「この願いをずっと心のなかにしまってたの。誰にも言ったことはなかった。いざ願いがかなってしまったら、あたし――」彼女はゴールドの片手を持ち上げ、じっと見た。「すこし……しりごみしてるの」

ゴールドはそっとアビーの手を裏返すと、その上に自分の手をかざした。金属的な音がした。

「さあ」ゴールドは手を上にどけた。

アビーはじっと見つめた。六つの大きな金色の円板が手のなかにおさまっていた。硬貨だろうか、とマットは思った。なんでも好きなものを買える魔法の硬貨。アビーは円板をそっとテーブルに置くと、両手で顔を覆った。やがて声もなく、肩を震わせて泣きだした。

エドマンドは立ち上がり、テーブルをまわってアビーのもとに行き、椅子を引いて腰を下ろすと彼女を抱きしめた。アビーはエドマンドの胸にすがりついて泣いた。

マットは流し台に行き、コーヒーメーカーに話しかけた。トニーが先ほどコーヒーを淹れていたが、ほとんど魔法瓶につめていってしまったようだった。コーヒーメーカーとその中身に教えてもらって、もう一度コーヒーを淹れるにはどうすればいいかがわかった。それからテーブルをきれいにして、皿をかたづけはじめた。最後のジュース用グラスを皿洗い機に入れた頃、アビーが泣きやんだ。マットは彼女に水を一杯持っていった。

「ごめんなさい」アビーが言った。

「なにが？」エドマンドが訊いた。

「取り乱したりして。ありがと」アビーはマットから水を受け取り、ひと口飲んだ。

「そのほうがいいんだよ」

「そうかしら？」アビーは身体を引いてエドマンドを上目づかいで見た。「兄さんは取り乱したりしたことないでしょ？」

「ぼく？」エドマンドは自分の胸を手のひらでたたいた。「そんなことしたら、おまえが驚くだろう」

「兄さんがそんなことしようものなら、あたしはびっくり仰天してきっと寝こんじゃうわ」

「ぼくは何年も前に取り乱したんだ。たぶんあまりよくないかたちでね。マットがぼくをもとに戻そうとしてくれてる」

「え？」アビーの視線が鋭くなった。「ほんとなの？」彼女はマットをちらりと見てから、エドマンドの顔にふれた。「なにかいつもと違うなって思ってたのよ」

「うん」エドマンドはアビーに向かって微笑んだ。

「急に年相応に見えたり、若く見えたりするの。それともただ、いつもと違うだけなのかしら」

「話せば長いんだ。これはなんなんだい？」エドマンドは円板のひとつにふれた。

アビーはぐっとつばを飲みこんで、いちばん上の円板を手に取った。「これはあたしが考えていたものなの」彼女はまだテーブルの反対側に座っているゴールドを見やった。彼はうなずいた。「この金色のものがあたしの思ったとおりになるのを見て――」アビーは手首の輪に視線を落とした。ふたつの輪は、丸みのある重そうな腕輪に形を変えていた。「――アクセサリーをつくれるかなって思ったの。なんてことかしら。溶接したり、型を取ったり、溶かしたり、不純物を取り除いたり、腐食させたりする手間をかけなくていいんだもの。ただこう――」円板をすこしちぎって手の甲に落とした。その断片はするりと中指に巻きつき、金色の太い輪になった。しばらく見つめていると、その上をいくつもの線が走り、幅の広いところと狭いところができあがった。アビーは幅の狭い部分を引っぱり、まるめて、端に玉をつくると、またぎゅっと押しつけた。「シィストロォストラァス」アビーはつぶやいた。

そしてその指輪を指からはずした。アビーが指輪をテーブルに落とすと、からんと音が響いた。もう硬くなっている。形は定められた。焼きつけられたのだ。不思議な、美しい形をしていた。

「ギャラリーのってならあるの」しんと静まりかえったところにアビーが言った。「しばらく前から絵とか彫刻を買ってもらってるから」

マットは指輪を持ち上げ、そうしてもよかったかどうかアビーをちらっと見た。彼女はうなずいた。マットはその指輪を見てふと海を思い浮かべたが、なぜそう思ったのか自分でもわからなかった。人差し指にはめてみた。日に灼けた肌に指輪がきらめいた。「ほんとに素敵だわ」マットは指輪をはずした。

「たくさんつくって、お店で売ってもらってもいいなって。ゴールドがいやじゃなければ」

「ぼくはあなたのものだ」

「そんな言いかたはやめて」アビーが声をあげた。

「どうして？」

「まるで――奴隷かなにかみたいだもの」

「ぼくは人間じゃない」

「そうは思えないわ」

「あなたに象《かたど》ってもらうためにある物質なんだ」

「そんなはずないでしょ？　今こうやって話もしてるのに！」

「もしそのほうがいいなら、話すのをやめるよ」ゴールドはテーブルの上にあがり、身体をまるめると、金色の円板の山に姿を変えた。

「やめて！」アビーが声をあげた。「もとに戻ってよ！　今すぐやめてったら！」

円板がひとつに溶け合って人の形に戻った。彼は起き上がった。今度はそれほどエドマンドそっくりではなかった。巻き毛は金色で、瞳は茶色をおびた琥珀色だった。さらに整った、ありふれた顔になっていた。「あなたのお望みのままに」

「あたしの望みは、とりあえず人間でいてってこと！　わかった？」

「わかった」彼は円板を二枚手に取って空中に投げ上げ、受けとめた。「ほら。まだたくさんあるよ。あなたがどんどん呼び寄せてる。ジニーがこいつらに、あなたの望みをどうやって知ればいいか教えてやれる。そういうふうにすればいい」彼は円板を一枚アビーの手のなかにおさめた。

アビーは唇をなめ、円板を引っぱった。円板はひろがり、真ん中に穴が開いた。アビーはそれを手でならして輪の形にすると、つまんでとがった部分をつくり、こすったり、なでたりしてから自分の頭に載せた。冠《ティアラ》だった。小ぶりで、上品で、どんな服装のときにも似合いそうだった。アビーはそれを頭からはずしてじっくり眺めた。「たとえば……」アビーがぽんぽんぽんと三ヶ所をたたくと、そこに虹色に輝く宝石があらわれた。「うわあ！」

アビーは冠をじっと見つめていたが、やがて顔を上げてマットとエドマンドを見た。「どうなっちゃってるのかしら？　こんなに簡単だなんて。芸術っていうのはふつう手間のかかるものなのに」

「おまえはもう基礎ができてるんだよ」エドマンドが言った。「何年も勉強してるんだ。とっくに自分のスタイルができあがってるのさ。ただ、いつもより材料が融通のきくものだってだけだ」

アビーは冠を裏返し、内側をなでると、小指を押しつけた。ちいさな四角い模様があらわれた。アビーは冠を持ち上げてそれをじっと見た。「あたしの印《いん》よ」彼女はちいさな声で言った。

アビーは立ち上がると冠をゴールドの頭に載せ、後ろにさがって出来ばえを見た。さらに三回ふれると、ちいさな銀色の突起があらわれた。アビーはゴールドの頭から冠を両手ではずすと、手に持った。「シィストロォストラァス」

「きれい」マットが言った。

「ほんとね。素晴らしいわ。かぶってみて」アビーが冠をほうり投げたので、マットは受けとめた。

冠をかぶってみろだなんて、これまでに言われたなかでもかなり妙ちきりんなたぐいのことだった。それでも、マットは冠を持ち上げて頭に載せてみた。腕の輪と同様、羽根のように軽かった。しばらくたってもかぶっている実感がなかった。「おかしい？」

アビーは金色の円板をもう一枚つかんで伸ばし、手でならして、銀色にした。やがてアビーの手のなかに鏡があらわれた。

マットは自分の姿を見た。おかしくはなかった。王子さまのようだった。冠のおかげで顔全体がりりしく、神々しく見えた。

「似合うわ」アビーが言った。

「そうかしら」マットは冠をはずした。「でも、かっこいいわ」

「重大な問題があるのよね。宝石屋に持っていったとして、向こうがなんて思うかしら？　いったいなんの金属？　この宝石はほんもの、それともにせもののキュービックジルコニア？この形はもつの、それとも買われたあと木の葉に変わっちゃうの？」

「つくったときのまま、なんでもあなたの思ったとおりになる。焼きつける直前の形に」ゴールドが言った。

「つまりこの家は宝の山ってこと？」アビーは急ごしらえの鏡を手でなぞり、銀色の鏡面のまわりに、金色の蔦の葉をぐるりとあしらった。

「いいじゃないか？」エドマンドが冠を手に取り、かぶってみた。大きさはぴったりだった。

「ちょうどいい」

「そう！　そうなってほしいって思ったの。誰がつけても合うようにって。それならほんとに気に入ってくれた人に、すぐ身につけてもらえるわ。だけど――」

エドマンドは冠をはずした。「実世界ではまずいだろうね。形が変わることに気づかれてしまうかもしれない」

「魔法の宝石ってことにしたら」マットが言った。「たねあかしは秘密ってことで」

「うまくいくかしら」

「でも、なかに魔法が残ったままだ。あとになってなにか起こらないともかぎらない」エドマンドが言った。

「まだまだすることがあるわ。じっくり計画を練って、あれもこれも考えなきゃ。だけどほんとにわくわくしちゃう！」アビーはエドマンドに飛びついた。「何年かごしになっちゃったけど、ありがとう。ありがとう。ありがとう！」それからゴールドにも抱きついた。「あなたもありがとう！」

「どういたしまして」

「ママ？」サラが目をこすりながらジニーの膝で起き上がった。

「お姫さまにも冠よ！」アビーは黄金をひとつかみして、飾り気のないちいさめの輪をつくると、サラの頭に載せた。「ジャジャーン！」

「ママ、ミルクのみたいの」

「それはまたむずかしいわね」アビーは円板を一枚取ってカップの形にすると、なかをかき混ぜた。泡立つ白い液体があらわれた。「わあ」アビーはそれをサラに差し出した。

「待てよ」エドマンドが言った。「焼きつけてないだろう。サラのお腹のなかでどうなるかわからないぞ」

アビーは思わず青くなって、カップを引っこめた。

「あたしがミルクあげるわね、おちびさん」ジニーは言うと、サラを抱いてキッチンの流し台に行き、サラをそこに座らせて冷蔵庫のなかを見まわした。

「魔法は便利だ。だからこそ慎重にやらないと」エドマンドが言った。

「うん」アビーは手のなかのカップを見つめた。「これがなんなのかもわからないのに」両手でカップを包みこむと、ぱしんとつぶして円板に戻した。「あたし――ちょっと座りたい」

「コーヒー飲む？」マットが訊いた。

「ええ、そうね。いただくわ」うつろな声だった。アビーはどさりと椅子に座りこんだ。

マットは淹れたてのコーヒーをマグカップにそそいだ。ジニーは訊きもせずそこにミルクと、砂糖をスプーンに二杯入れ、それからサラのためにミルクをカップにそそいだ。

「アビーはいつもそうするの？」マットはつぶやいた。

「そうよ」ジニーはコーヒーを人差し指でかき混ぜた。

「火傷するじゃない」マットは言った。

ジニーはにこりと笑って指をしゃぶった。「熱くなんかないよ」

マットはコーヒーをテーブルに持っていき、アビーに渡した。

「ああ、ありがと」アビーは一気に半分ほど飲んだ。「頭がくらくらしてる。夢のなかにいるみたい。いつになったら目が覚めるの？」

「覚めてほしい？」エドマンドが訊いた。

「んー……」アビーはキッチンを見わたした。その視線がまずジニーにとまった。流し台のところで、ミルクのカップをサラの口に当ててやっている。そしてゴールド。彼はキッチンテーブルにつき、今もアビーの隣に座っていた。「ううん。覚めてほしくなんかない」

エドマンドは手のひらをアビーの頬に当てた。アビーはとろんとした目でエドマンドを見て微笑んだ。「気が変わったら言うんだよ」エドマンドはつぶやいた。

「気なんか変わらないわ。訊きたいことはたぶんまだまだあるけど」

「なんでも訊いてくれ」エドマンドは立ち上がった。「ぼくとマットはしばらく地下室に行ってる。探索《ダウジング》をしなければならないんだ」

「地下室？　そう、わかった。それじゃ、あとでね」アビーはコーヒーを飲みほすと金色の円板をまたひとつ手に取った。

マットはエドマンドについてドアを出ると、階段を下りた。階段の先は暗く、柔軟仕上げ剤の匂いと、湿った、ほこりっぽい匂いがした。いちばん下まで行くと、エドマンドは電灯のスイッチを入れた。ふたりのまわりに空間が浮かび上がったが、端までは明かりが届かなかった。奥には乾燥機つき洗濯機が置いてあり、上に物干し綱が掛かっていた。たたんだ洗濯物の入ったかごが乾燥機の上に置いてあった。左手には家の基礎部分がひろがっていて、ところどころから柱がつきだし、さらに雑然としたその奥には大きなボイラーがあって、そこから暖房のパイプが四方に伸びていた。ぎっしりと中身のつまった貯蔵棚が乱雑に並んでおり、ジャムの瓶がいくつも載った缶詰置き場があった。床はコンクリートの打ちはなしだった。天井板はなく、パイプや、配線や、梁がむきだしになり、くもの巣が張っていて、一階の床板の裏側が見えていた。

〈ここがいい〉家が云った。ボイラーが明かりを跳ね返して光った。

エドマンドは、マットが家の言葉を伝えるより早くその場所に歩いていった。彼はポケットからなにかを出して床に座った。マットは彼と向かい合って腰を下ろした。

「ゆうべ、夢をみたんだ」エドマンドが静かな声で言った。

「どんな?」これまでのように、愉快な夢ではなさそうだった。

「両手を炎のなかにつっこむんだ。両手とも真っ黒になった」

「やだ。痛かった?」

エドマンドは肩をすくめた。「ものすごく痛かった。でもだんだん心地よくなってきたんだ、痛いはずなのに」

「不気味ね」

「恐ろしかった」

「みた夢がぜんぶ正夢になんかなったりしないわ、そうでしょ？」

「これまでにみた夢はならなかった。今のところはね」

マットは手を伸ばしてエドマンドの両手を取ると、ひっくり返して手のひらを上にし、見てみた。彼の両手はきれいで、指が長く、がっしりとしていた。心の目を開いたが、とくになにも変わらなかった。「なんともないわ」

エドマンドは手を裏返してマットの両手を握りしめた。彼女もその手を握り返し、彼の目をじっとのぞきこんだ。マットは思った。炎のなかになにがあろうと、あたしたちは越えていける。

ふたりは長いこと、ただ見つめ合ったまま座りこんでいた。やがてエドマンドが息をつき、マットの手を離した。「とりあえずやってしまおう」

「そうね」

エドマンドはカリフォルニアの地図をひろげ、裏返して、サンフランシスコからモンテレーにかけての拡大地図をおもてに出すと、あとの部分を折りたたんだ。彼はたいらな床に地図を置いた。そしてじっくり腰を落ちつけ、ゆっくりと息をした。マットもじっと座ったまま、ほんとのところ、エドマンドは自分にここにいてほしいんだろうか、もしそうなら、なにをすればいいんだろう、と考えていた。事前に知っておいたほうがいいことがあったのなら教えてくれたはずだ。マットは呼吸をゆるやかにし、目を閉じて、身体の力を抜こうとした。

ゴールドから見聞きしたことが心のなかにちらりと浮かんだ。湖の上に跳ね上がった魚は、ふたたび落ちてはこなかった。真上にある、ほかのものでできた湖に飛びこんだ。まばゆいばかりのエネルギーが電線を走り、端までやってくると、なにもない外側にほとばしり、消えた。内側から見た手のイメージがひろがった。手のひらのこまかい骨、張りめぐらされた神経、血管、筋肉。手のひらの中心の奥には吹きだまりがあり、呼ぶ声がした。おいで、ここへ、次はおまえだよ。用いられ、象《かたど》られて、世のなかに出ていくんだ。マットの手のひらにあらわれた青いダイヤモンド。あれはなに？　いったいなぜ？

エドマンドが身動きし、ジーンズの生地がコンクリートでこすれる音がした。マットは目を開けた。彼はそっとなにかを拾い上げ、人差し指と親指でつまんだ。その指からは釣り糸が垂れていた。傷だらけの、鉛でできたおもりが端についている。エドマンドは糸を地図の上にかざし、低く、歌うようになにごとかつぶやいた。おもりが地図の上で円を描いて揺れはじめた。マットはじっと見入って、その規則的な、ゆっくりとしたリズムに聞き入った。

やがておもりは動きを止め、釣り糸はやや傾きかげんにつっぱっていた。エドマンドはかがみこんで地図に目をこらした。「パロアルトかマウンテンビューのあたりだな」

おもりは反対まわりにまたゆっくりとまわりはじめ、しだいに弧をちいさくしながら、やがて動かなくなった。

「精霊よ、ありがとう」エドマンドは釣り糸を巻き取り、地図をたたんで、座り直した。

「今のが探索《ダウジング》?」

「厳密には違うけど、そんなようなものだね。スーザンの居場所を訊いたんだ。次はパロアルトとマウンテンビューの詳しい地図がいる。行けば手に入るだろう」

スーザンは答えを握っているんだろうか? エドマンドが直視できないほど恐ろしい出来事について、なにか憶えているんだろうか? これは吉と出るんだろうか、凶と出るんだろうか?「今日出かけるの?」

「そうだね――」エドマンドはさっとあたりを見まわし、耳をすませた。「ああ! すぐ出かけなきゃだめだ。なにか起ころうとしてる」

マットは表情をゆるめた。「いろんなことなら、ここでも起こってるわ」

「アビーはもう心配ないと思うんだ」

「そうね。でも、トニーはどうかしら? 子供たちは?」

エドマンドは肩の力を抜き、両の手のひらを床に当て、目を閉じた。

マットも肩の力を抜いて、彼を見守った。彼女はゴールドのことを考えた。彼はいろいろなかたちで、再三にわたり自分は人間ではないと言っていたが、どうしてもそうは思えなかった。なにもかも人間らしくみえた。マットと言葉を交わすものたちだって、ほとんど自由に動くことはできないし、どう使われようと文句も言えないけれど、だからといってまったく個性がないわけではなかった。

ゴールドは人間だ、と思うことにした。ただ彼は、誰かにこうしろと言われたことを素直に受け入れるだけだ。

とりあえず、受け入れてはいるようだ。その前は自分勝手なことばかりしていた。マットの首をつかんだり、ベッドにもぐりこんできたり。ノーという言葉の意味がわからなかったせいかもしれない。ともかく、ノーと言ったときのマットの気持ちを理解することはできなかった。自分自身を理解するまで、ゴールドはもっともっと自由だった。

そういえば、自分以外の者にゴールドが象《かたど》られることのないよう、アビーが定めの言葉を口にするのを聞いた憶えがなかった。念のため言っておいたほうがいいだろう。たぶん。

なぜ自分は、魔法が子供たちの手には負えないと思うのだろう？　ディズニー映画の見すぎだろうか？　今のところ、サラはちゃんとうまくやっている。熊の一件ではマットが止めに入らざるをえなかったけれど。

それならジニーは？　見るからに人間《ひと》だ。だがあのとき、マットはそうしようと思って彼女を象り、焼きつけたのではなかった。いいベビーシッターになるだろうとトニーは思いこんでいるが、よくわからない相手に大事な子供を預けていいんだろうか？　読んだのがマットの心だったからといって、ジニーが信用できるとはかぎらない。それとも信用していいんだろうか？　魔法がつくりあげた人間。それがどういうことなのか、まだよくわからなかった。

でも、こんなふうに妥協しなければならないことはよくある。あまりわかっていなくても、なんらかの道を選ばなければならないのだ。

エドマンドが息を吸いこみ、目を開いた。

もしかしたら、精霊がいつも正しい判断をくだしてくれるのかもしれない。だがマットにはそう思えなかった。

エドマンドが言った。「スーザンになにがあったとしても、今夜じゅうになら追いつける。精霊はそう言ってる。きみは、子供たちとトニーが帰ってくるまでここにいて、なにごともないか確認しておきたいかい？　ぎりぎりだけど間に合うかな。スーザンのいるあたりに行くだけでも車で三時間くらいかかるし、そのあとさらに居所を魔法で捜さなきゃならないからね」

「あなたはどうしたいの？」

エドマンドは巻き取った釣り糸とおもりを手のひらに載せ、指で押してくるくると転がした。

「ほかにも手はある。ほかの方法を使えば、もっと早く旅ができないことはないけど、ひどく体力を消耗するし、ほかの人と一緒にやったことはないから、うまくいくかどうかわからない。階上《うえ》には魔法があふれてる。もしアビーが許してくれれば、あれをすこしもらって車を流線形にするなり、レーダーにかからないようにするなり、なんとでもできるだろう。別行動してもいいよ。もしどうしても心配なら、きみはここに残って、ぼくだけ行ってもいい」

「それはいや。あなたといたいから一緒に来たのよ」

エドマンドは顔をほころばせた。「ありがとう。ほんとにありがとう。わかった。きみの質問に答えるよ。ぼくは、荷物をまとめてすぐに出発したい。この階上《うえ》に、山ほどのことが残っていてもだ。アビーと相談して、魔法に関して助言が必要なときにぼくとすぐに連絡が取れるようにしておこう」彼は思わずにっと笑った。「なんともへんな気分だ。ぼくの妹に、おまけにあの魔法」

「ジニーと話がしたいの。そうしたらいつでも出発できるわ」

「よし。決まりだ」エドマンドは地図を握りしめて立ち上がると、マットが立ち上がるのに手を貸した。マットはジーンズのほこりを払い、彼について階段を上がった。

ふたりが入っていくとキッチンには誰もいなかった。居間につづく、カーテンで仕切られた入口の向こうからかすかな話し声が聞こえてきた。ジニーとサラだった。〈アビーはどこ？ゴールドは？〉マットは家に訊ねた。

〈アトリエにいるよ〉家が答えた。マットはそれをエドマンドに伝えた。

「こっちだ」エドマンドが言った。マットがうなずくと、エドマンドは彼女を連れてキッチンをあとにし、階段下のドアの前に来るとノックをした。

「どうぞ」アビーの声がした。

油絵具の匂いと、鼻をつくテレビン油の匂い、テンペラ絵具の土っぽい匂い、削ったばかりの鉛筆くずの木の匂いがふたりを迎えた。マットはエドマンドを追い越して部屋に入り、立ち止まった。もう完成したキャンバスや、真っ白なままのキャンバスが何枚も壁に立てかけられていた。正しい向きのものもあれば、逆さのものも、横向きになっているものもあったが、どの絵もマットの目を釘づけにした。壁の上のほうには水彩画が何枚も鋲でとめてあったが、それぞれに主張があり、それぞれに喜びがあり、いくとおりもの形や色彩がそこに集まっていた。テーブルにはカッター台と、紙を切る道具が載っていた。画架《イーゼル》がいくつか置いてあった。仕切り棚があり、ちいさな仕切りにはこまごました絵の道具、細長い仕切りには紙の束が押しこんであった。もうひとつのテーブルには水の瓶に絵筆、それにマットも名前を知らないさまざまなものが載っていた。窓に近い部屋の隅には、とてつもなく大きな、綿がぱんぱんにつまった古いひじ掛け椅子があり、その上に絵具だらけの布が掛けてあった。

アビーは右手に絵筆を、左手にパレットを持ち、画架《イーゼル》のそばに立っていた。パレットにあるのは一色だけ。金色だった。

「見て」アビーが低い声で言った。彼女は絵筆の先に金色をつけると、紙に筆を走らせた。筆あとにあざやかな色彩があらわれた。アビーは日射しに照らされた一本の木を描き上げた。陰の部分は濃い緑色で、その合間から青空や黒っぽい枝がのぞいていたが、金色の光を受けるにつれて緑色がすこしずつ明るさを増し、やがて全面に光が当たるところは真っ白になっていた。

「考えただけでそのとおりになるの」と、ちいさな声でつぶやいた。「おまけに――」すでに描いた部分に手をふれると、色が変わり、明るくなった。ぱっとすみれ色があらわれた。アビーは絵筆で木のあちこちをかるくたたいた。ふれた場所に次々とすみれ色の花が咲いた。

「コンピュータでもこんなことができるらしいけど、でもあたしが考えていたのなんかより、ずっと――」アビーの身体がぐらりと傾いた。

エドマンドがとっさに身を乗りだし、彼女を抱きとめた。

「へとへとなの」アビーは彼にずっしりと寄りかかった。

「言い忘れてた」エドマンドは彼女を抱き上げて大きな椅子に運び、ゆったりと座らせると、前に膝をつき、手を握った。

「なあに？　なにを忘れてたの？」

「魔法はいろいろと便利だけれど、かわりに代償も求めてくる。おまえが魔法を使えば、魔法もおまえの力を奪う。今日のおまえがしたみたいに、長時間魔法を使えるようになるにはしばらく鍛練が必要なんだ。すっかり忘れてた。ごめんよ。自分でもずいぶん長いこと、そんな力の使いかたをしたことがなかったから」

「すごく眠いの」アビーは言った。「だからこんなに眠いの？　いつもよりずっとさえてるのよ。だけど、もう――」

「控えめにしたほうがいい。毎日ある程度でやめるんだ。慣れればすこしずつ長くやれるようになるけど、一日じゅう力を使ったりしちゃいけない。気をつけないと、筋肉の張りがなくなって、骨のカルシウムが奪われ、神経もすり減ってしまう」

「自分で魔法の薬をつくったらどうかしら？　力を使っても平気になるようなのを？」

エドマンドは立ち上がった。「それなりの代償を支払うはめになるよ」

マットは自分の身体を抱きしめ、考えた。自分も、心の目や、心で話す能力《ちから》に対してなにか代価を支払っているんだろうか？　そんな感覚はまるでなかった。エドマンドが能力《ちから》を使うのもこの目で見てきた。アビーのように疲れ切ったようすをしていたことは一度もなかった。それに、エドマンドがこれほど派手に力を使うこともまずなかった。精霊がつかさどるものと、魔法とは別のものなのかもしれない。

「それなりの代償？」アビーが眠そうな声で訊いた。「どんな？」

「わからない。おまえの創造性かもしれない。おまえの魔法に関係のあるなにかだろう。アビー、気をつけてくれるね？」

「眠くてしょうがないの。あたし――サラをみてくれる？」

「ああ。そのあと、ぼくとマットは出かけなきゃならない、アビー」

「行っちゃうの？　だめよ。いてくれなきゃ困るわ。まだ、わからないことだらけなのに」アビーの口調がしだいに重くなっていった。

エドマンドはアビーの頬にキスをした。「おまえならすぐ使いこなせるようになるよ」

「いや。行かないで」

「行かなきゃならないんだ。でも、ゴールドと相談して連絡がつくようにしておくから。いいね？」

「う……ん……」

エドマンドは膝をついてアビーの靴を脱がせ、袖がきつくならないように両腕を伸ばしてやり、座ったまま寝たせいで首が痛くならないように頭をそっと傾けてやった。

「アビーが寝ちゃったのに、出発なんてできるの？」マットは訊いた。「ちいさい子もいるし」

「そうはいかないだろうな」彼はため息をついた。「ゴールドと話をしなきゃ」

ゴールドがいきなり壁から姿をあらわした。壁を抜けるとき、水彩画がはらはらと舞い落ちた。彼はアビーのそばに行き、心配そうな顔で椅子の横に膝をついた。その姿はまた変わっていた。肌は日灼けしたような黄金色だった。髪はまっすぐになって長くなり、金色のたてがみのようだった。ホイペット犬のようにほっそりとした、頑丈そうな身体つきだった。エドマンドにはもうまったく似ていなかった。

「ぼくを使うと、この女性《ひと》は傷ついてしまうの？」彼はしばらくアビーの寝顔を見つめていたが、やがて訊いた。「そんなこと誰も教えてくれなかった。もっとゆっくりやれたのに」

「ごめん」エドマンドが言った。「ほんとうにごめん、ゴールド。すっかり忘れてたんだ」

「もう好きにさせてあげられないね」ゴールドはアビーの額にかかった髪をなでつけた。

「いやなのかい？」

「ぼくをあんなに心地よくしてくれるのに、やめろと言わなきゃならないの？」ゴールドは座りこみ、椅子のひじ掛けに頬を当てた。彼はアビーの指に自分の指をからめた。アビーは身じろぎもしなかった。「ずっとずっと待ちつづけてたんだ。やめたくなんかないよ」

「永久にやめろって言ってるんじゃない。いったんやめて、また始めて、またやめる。そしてまた始めるんだ。きみがアビーの力を使い果たしてしまったら、アビーは二度ときみを使えなくなる」

ゴールドは目を閉じてため息をついた。

「あなたを使えるのは自分だけだって、アビーは言ってた？」マットは訊いた。

「いいや」

「そうしておいたほうがいいと思うの」マットはエドマンドを見た。やがて、彼はうなずいた。

「ぼくをどうにかしても、生まれたばかりの黄金《ゴールド》には効かないよ」ゴールドは顔を上げ、マットに言った。

「わかってるわ。つまりこのことがアビーの気に入らなかったとしても、まだ自由になるぶんが残ってるってことね。最後にこれだけは決めさせてもらっていい？」

ゴールドは口を固く結び、目をそらした。「助けてくれ、マット」彼は身体を起こし、アビーの手を離した。

「どうすればいいの？」

「あの女性《ひと》に合わせて事をゆっくり運べるように、ってことも命じてくれ」

マットは床に座りこんでしばらく考えていたが、やがて両手をゴールドに差し出した。彼はその手を取った。「どんな形になってもいいわ、あなたとアビーが望むものなら。アビーの望む形となり、使いたいとおりのものとなりなさい、でもアビーが疲れはじめたらやめるのよ。やめたときでも、あなたはいやな気持ちになったりしない。アビーがすっかり元気になるまで、事を始めてはだめ。急を要して、どうしても、どうしてもアビーにとって必要なときじゃないかぎり」マットはエドマンドをちらりと見て、それからゴールドに目を向けた。これでいいだろうか？

やがて、ふたりともうなずいた。

「シィストロォストラァス」マットは言った。

ゴールドは身震いし、マットの手を握りしめ、また離した。「ありがとう」

「すると、ゴールドには逃げ道があるな」エドマンドが言った。

「え?」

「アビーが望んでもゴールドが望まないかぎり、そうする必要はないってことだ。その次の言葉で取り消しになるのなら別だけど」

「そのつもりで言ったんだもの。あたし間違ってた? どう直せばいいか、〝焼きつけ〟の言葉を言う前に教えてくれればよかったのに」

エドマンドはかぶりを振った。「わからない」

「前よりいいよ」ゴールドが言った。

「なあゴールド? もしアビーがきみを使ううえでなにか困ったことが起こって、ぼくかマットになら手助けができるってときのために、アビーがぼくらと連絡を取れるようにしておきたいんだ」

「うん?」

「電話ってわけにはいかないし、それに——」エドマンドは言葉を切り、ゴールドの怪訝そうな顔を見た。「きみがいつでもぼくに呼びかけられるようにしてくれないか?」

ゴールドの視線がエドマンドからマットへ移った。どうやってこれをゴールドに説明したらいいだろう(まばゆいばかりのエネルギーが電線を走り、端までやってくると、なにもない外側にほとばしり、消えた)。マットは口を開いた。「でも、だめよ、ゴールドにはできないわ。あたしたちはアビーじゃないもの。もうゴールドを象《かたど》ることはできない。携帯電話を手に入れる?」

「たぶんジニーなら——」

「そうね」ジニーなら、ともかくこれがどういうことだかわかるだろうし、まだアビーだけのものにもなっていなかった。そうしておいたほうがいいんだろうか、とマットは思った。「それとも、パロアルトだかマウンテンホームだかに着いたら電話して、なにごともないことを確認してもいいわ」

「うーん。ゴールド、アビーをちゃんと見ててくれるね?」

「もちろんさ」ゴールドはアビーの椅子の横で床にまるくなり、目を閉じた。

エドマンドはマットをうながしてアトリエを出た。

キッチンに入ると、ジニーとサラの話し声がまだ聞こえていた。エドマンドは立ち止まり、言った。「もうゴールドのことは悪く思ってない?」

マットはうなずいた。

「あいつと一緒で、アビーはほんとにだいじょうぶなんだろうか?」

「あたしだって百パーセントの自信はないわ。ぜったいなんてことありえないでしょ? だけどゴールドはアビーのことが好きだし、傷つけたくないと思ってるはずよ」

「そうだね」エドマンドはカーテンで仕切られた入口に向かい、マットもあとについていった。

ふたりは棚にものがぎっしりつまった収納室を通り抜け、居間に入った。居間はほどよく散らかっていて、いっぽうの隅には暖炉が、いっぽうの隅にはテレビが、もういっぽうの隅にはピアノがあった。色も形もばらばらのソファが部屋じゅうを占領しているなかに、来客用に置いたとみえる座り心地のよさそうな椅子がぽんとひとつあり、ちいさなテーブルがあちこちに置いてあった。サラとジニーはコーヒーテーブルの前に座りこんでいた。ふたりは木の積み木とレゴブロックでなにかをこしらえていた。

「倒れちゃうんじゃないかな」ジニーが言った。

「これくっつけて」サラはオレンジ色の大きな木の積み木を、レゴブロックを積んだ細い塔のてっぺんに載せた。

「そんなのずるくない？」

「いいの。くっつけて」サラは手で積み木を支えていた。ジニーが指先で積み木の下にかるくふれた。金色の光がぱっとひらめいた。サラがきゃっきゃと笑い声をあげて手を離すと、積み木は塔の上にぴたりと載った。「とりのくにのひとたちがすむおうちよ」サラはブージャを肩から手に移すと、オレンジ色の積み木の上に乗せた。鳥はさえずりながら、積み木の端から端まで歩いていった。

「ああ」ジニーがマットに目をとめた。

「楽しそうね」

「街をつくってるのよ」ジニーが言った。

「ブージャ・ルージャ」サラが言った。「ってなまえなの」

「すごいなあ」エドマンドは近くのソファに腰を下ろした。

「おほしさまがほしいの、エドマンドおじちゃん。ここにつけたいんだ」サラは青い積み木の横をたたいた。

エドマンドは手を握りしめると、しばらくしてその手を開いた。きらめく星が手のひらに載っていた。「わあぁい！」サラはそれを手に取った。星の光で指がピンク色に透け、骨のある部分は陰になってすこし暗くなっていた。サラは星を積み木に押しつけた。星は光を放ちながら、積み木にくっついた。「せかいいちのまちよ！」

「きっとそうだ」エドマンドが言った。

「ジニー、話があるんだけど」マットが声をかけた。

「なあに」

「エドマンドとあたしはもう行かなきゃならないの。アビーはアトリエで眠ってるわ。あなた、ほんとにベビーシッターができる？」

「ベビーシッターなら何度もやったでしょ？」ジニーは首をかしげて天井を見つめた。「中学二年のときはほとんど毎週末、ガンダーソンさん家《ち》に行ったじゃない。あの家の子たちは、えっと、サラよりずっと聞き分けがなかった。中学三年から高校二年のあいだには、金曜と土曜は毎週のように、町じゅうのベビーシッターをしたわね？　一軒一軒なんてとても憶えてないくらい。でもお金を貯めて中古車を買ったわ。そのために山ほど働いたでしょ、マット」

「そうだったっけ」マットは両手を握りしめた。「憶えてないわ」

「ほら、ここよ」

しばらくすると、マットの意識のなかに記憶が流れこんできた。ガンダーソン家には子供が四人いて、それぞれに性格の違う悪ガキばかりだった。はじめの数回は最悪だったが、かけひきの末、それからはうまくいくようになった。ガンダーソン家の人々は、マッティ以上にいいベビーシッターはいないと言っていた。そういえば、あの家のベビーシッターをやめてから一、二年後に、いちばん年上《うえ》のイングリッドとスーパーマーケットで出くわしたことがあった。会えなくなって寂しい、と彼女は言っていた。

けれどもマットは、子供がもっとちいさくて、もっと裕福な家のベビーシッターをするほうがよかった。気苦労もすくなく、給料もいい。予約表やらなにやらまでいるようになった。パムには、自分の電話を引くべきだとさんざん文句を言われた。山ほど電話がかかってくるのに、パムあてのものは一本もなかったからだ。

マットの車。くすんだ深緑色《フォレストグリーン》のフォルクスワーゲン・ラビットだった。ほんとうに気に入っていた。家を出たとき、なぜ置いてきてしまったんだろう？　あの車があれば仮の住まいにできたのに。ああ。そうだった。あの週末、車は修理に出ていて、自分では代金が払えなかったんだ。あの車はどうなっただろう。

それにいったいこの思い出のどこが、ジニーが生まれたての黄金《ゴールド》に言葉を教えることと関係があるのだろう？　きっとジニーにもわかっていないのだ。

「トニーが電話のところに仕事先の電話番号を置いといてくれたわ」ジニーが言った。「もしなにかあったら、トニーに電話する」

「きみがぼくらを呼びだす方法はあるかい？　こっちは電話がないんだ」エドマンドが言った。

「あなたたちを呼びだす？」ジニーはよくわからないという顔をした。

「なにか困ったことが起こって、ぼくらに戻ってきてほしいときのために」

ジニーはしばらく考えこんでいた。サラは赤と白のレゴブロックで新しい塔をつくっていた。

「マット、まだ腕の輪はある？」

「もちろん」

「さわってもいい？」

「いいわよ」マットはジニーの隣にすとんと腰を下ろし、両手首を出した。

「あのね。ここにあたしのかけらをすこし入れれば、遠くに行っても話ができるわ。それでいい？」

「最高よ」

「では」ジニーはマットの腕の輪にそれぞれ親指をなでつけた。さらに濃い金色のすじが輪の外側にすっと浮かび、マットの手首をぐるりと囲った。〈どう、聞こえる？〉

〈聞こえるわ。あなたも聞こえる？〉

「ええ、ばっちりよ」

「それじゃサラの面倒はちゃんとみられるのね？」

「まかせて。あの子ビンク並みだもの」ふたりは顔を見合わせてにっと笑った。ビンクはマットがベビーシッターをしたなかでいちばん聞き分けのいい子だった。なんにでも夢中になるけれど、だだをこねたりすることはけっしてなかった。マットはこの子の両親のことも、とても気に入っていた。

「ゴールドのことを、アビーだけに象《かたど》れるようにしたの――たぶんそうなったはず。それがいちばん安全だと思ったから。それにアビーだけど、ゴールドの力をいっぺんにたくさん使うと、具合が悪くなったり、そうでなくてもへとへとになっちゃうらしいの」

「えっ、大変！」ジニーが横目でサラを見た。「でも力を使ってるってわけじゃないし。一緒に遊んでるだけだもの」

「サラはあなたを象ってるの？」マットは声をひそめて訊いた。

「ううん」

「サラにそうさせないようにできる？」

ジニーは口ごもり、眉をひそめた。「わからない」

「これならどう？　子供たちがあなたを象れるのは、あなたがいいと思ったときだけ、子供たちが傷つくことはぜったいにないと思ったときだけにするの。もしこの子たちの両親がだめと言ったときは、子供たちには象らせない。いいって言われるまで」

「最初のほうだけでいいと思うわ。この子たちの両親が、子供にあたしを象らせたくないようなときは、あたしだってきっといいとは思わないもの。それにもう、あたしはこの子たちを傷つけないように定められてるし」

「なるほど、そうね」マットは顔をほころばせると、ちらりとエドマンドを見た。

「それでいいんじゃないかな」エドマンドは言った。

「よし。子供たちがあなたを象《かたど》れるのは、あなたがいいと思ったときだけ。シィストロォストラァス」

ジニーはひとたび身震いすると、にっこり笑った。「これでだいじょうぶ」

「そういうわけで、アビーはアトリエで眠ってるわ。力を使いすぎてすっかり消耗しちゃったの。ゴールドが彼女を見てる。あたしがどう感じてるか、あなたにはわかるんでしょ」

「ううん。今朝感じてたことならわかるけど。でも、朝ごはんからあとのことは知らない。あのひとに対する気持ち、変わったみたいね」

「うん、そうね。変わったわ。すこし」

「よかった。あたしたち話をしたの。あのひと、もうだいじょうぶだと思うわ」

「うん、そうね」マットの脳裏に、あのやりとりのめくるめく光景がよみがえった。ジニーと溶け合い、さらに多くを学んだのだと、ゴールドは教えてくれた。

「それじゃあたしたちは荷づくりして、すぐ出発できるね」

ジニーは背筋を伸ばすと、前かがみになってマットを抱きしめた。「あたし――行かないでほしいわ。寂しくなっちゃう」

マットは胸がつまる思いがした。ほんとうは存在しないこの友人を抱きしめた。ほんもののジニーは今どこにいるんだろう？　もうわからない。このジニーだって最高の友達だった。のどがつまり目頭が熱くなるのを感じながら、マットはジニーから離れた。「エドマンドの友達を見つけなきゃならないんだけど、すぐに行かないとなにか起こるらしいの。でもあたしには――」両腕を上げて手首の輪をしめした。

ジニーが笑顔を浮かべた。「そう、そうよね！」

サラがエドマンドの前に立ちつくした。「もういっちゃうの？ そんなのずるい」

「また来るよ」

サラはしかめっ面になった。「いっつもなかなかこないんだもん」彼女は足を踏みならして部屋を出ていってしまった。

「追いかけなくちゃ」ジニーはマットの頬にキスをして、勢いよく立ち上がった。彼女はソファに座っているエドマンドの横で立ち止まった。「それじゃあね、お兄さん。優しくしてくれてありがとう」通りがかりにエドマンドの髪をかきまわし、サラのあとを追った。

荷づくりはほんの数分で済み、ふたりは家の誰とも顔を合わせることなくそっと家の外に出た。マットは敷居をかるくたたいて、〈いろいろとありがとう〉と家に云った。

〈いや、お礼を言うのはわたしのほうだ〉家が云った。真鍮製のノッカーが玄関扉の真ん中にあらわれた。にっと笑った男の顔がマットを見た。彼女は息をのんだ。

エドマンドはしばらくノッカーをまじまじと見つめていたが、やがてその口にくわえられた取っ手の輪を扉にかるくたたきつけた。「すごいや。このままじゃ、そこらじゅう黄金《ゴールド》だらけになってしまう！」

ノッカーが口を開け、取っ手の輪がポーチの床に落ちた。「わたしは黄金《ゴールド》じゃない。まだ違う。そうなるのはもうすこしあとだ」

マットは取っ手の輪を拾ってノッカーの前に差し出した。「ありがとうよ」ノッカーは口を大きく開けた。マットは輪をそっと口にくわえさせてやった。

犬の姿は見当たらなかった。家のなかで活発にはたらく黄金《ゴールド》の気配に驚いて逃げだしてしまったのだろうか、とマットは考えた。

エドマンドはふたりぶんの荷物を車の後ろに積みこんだ。「行こうか」

「この出口だわ」三時間後、マットはバックミラーにぶらさげた鉛のおもりを見ながら言った。おもりははっきりと右を指していた。

エドマンドの車はUSハイウェイ101を大学通り出口で降りると、酒屋や、くたびれた雰囲気のバーや、かんぬきの下りた店先を何軒か通り過ぎた。おもりは右に左に振れ、ふたりはどんどんハイウェイから遠ざかっていった。車は、さらにこぎれいで高級な雰囲気の家々や、趣のある木々のあいだをくねくねと抜けていった。道の真ん中に木が生えていることもあった。

午後一時になろうとしていて、パロアルトの繁華街は車でごった返していた。BMWやベンツに乗った人々はエドマンドのおんぼろボルボに目をむいていた。

おもりが震え、ついにぴたりと止まった。エドマンドはいちばん近くの駐車場に車を停めた。彼はおもりをバックミラーからはずし、ふたりは車を降りた。

スーザンはもう近くにいた。

第八章

レストランの奥で、誰かがなにかを落とした――グラスの載った盆だろう、とスーキーは思った。たたきつけられ、すさまじい音をたてて粉々に砕け、かけらが散らばる、その音に突然心の平安をかき乱され、彼女は思わずメニューから顔を上げた。テーブルの向こうでは、ホットナウ・インダストリーズの同僚であるライルが、しきりに彼女の視線をとらえようとしていた。ヤマアラシのように逆立った、茶色がかった金髪をしていて、眼鏡の奥からは人のよさそうなグレーの瞳がのぞき、照れたような、だが人なつっこい笑顔の持ち主だった。もう慣れっこになっていたから、スーキーは彼と目を合わせないようメニューに視線を戻し、先ほどの割れる音のことはあとでゆっくり考えよう、と思った。

「お決まりですか？」黒髪の可愛らしいウエイトレスが伝票の上にペンを構えた。

「シーザーサラダ」スーキーはメニューを閉じてウエイトレスに渡した。

「いつもそれですね」ライルが言った。「ほかのものを頼んでみようとは思わないんですか？」

スーキーはようやく彼と視線を合わせ、せいぜい冷たい目をしてやった。ライルもはじめのうちは彼女のそうした態度にとまどっていたが、今ではもう、たいていにおいて、彼女が言わんとするところをなんなくわかってくれた。だが今日は違った。

「冒険してみたらどうです。辛いものを頼んでみるとか。ちゃんと食べものからたんぱく質をとらなきゃだめですよ」

スーキーはウエイトレスを見た。「この人にはフレンチディップ・サンドとコーヒー。ミルクをつけて」

ウエイトレスがちらりと目をやると、彼は肩をすくめてうなずいた。彼女はライルのメニューをひったくって伝票に注文を書きこむと、足早に去っていった。

「なるほど、ぼくも他人《ひと》のことは言えませんね」

「あら。先週はインスタントのレッド・オニオン入りハンバーガー食べてたじゃない。その前の火曜にはオヒョウ（カレイの一種）料理」

「よく憶えてますね！」

「それが仕事だもの」スーキーは氷水を飲んだ。まあ、そういうことにしておこう。別に、なんでもかんでも観察し、憶えておくのが仕事というわけではないが、その特技のおかげで仕事では得をしていた。ホットナウ社の製品を売りこむためのデータを集めて頭のなかにたたきこみ、世界じゅうの展示会で実物宣伝《デモンストレーション》をしたり商談をまとめたりするのに役立った。スーキーは相手に対する鋭い眼識を持っていたし、ほかの社員よりも人の心を読むのがうまかった。

ライルは広告のアイデアを練るのは得意だったが、人前で話すのは下手だった。「そのうちフレンチディップよりおいしいものとめぐり合ったら鞍替えしますよ。あなたもほかのものを試してみたらどうです？」

「なに食べたって同じ味だもの」スーキーはめったにこのことを他人に言わなかったが、ライルとは八ヶ月つき合って、彼がぺらぺら言いふらすタイプではないとわかっていた。こう言っておけば、うんざりするような食べものの話はここでおしまいにしてくれるだろう。

「あーあ、あなたをパリの展示会に出張させるなんてもったいない」

「まったくね。あなたが行くんならよかったのに」

ライルは顔をしかめた。「この出張に、名乗りさえあげてないっていうんですか？」

「ぜんぜん。わたしにとっては厄介以外のなんでもないわ。荷づくりって大嫌い。飛行機に長時間乗るのも大嫌い。税関にもうんざり。身体検査も不愉快だし。パスポートの写真も気に入らないし」

「ぼくなんてさんざん行かせてくれって頼んだのに！　ディーディーにカスタードケーキをまるまるひと箱あげてまで。オリヴァーなんてもっとすごいことをしたらしいですよ。ほんとになんにも根まわししてないんですか？」

「行きたいとも言ってないわ。向こうから話が転がりこんできたのよ」

「いやな人だなあ」ウエイトレスがマグカップに入ったコーヒーを持ってくると、ライルは二個ぶんのミルクを入れた。

「かわりに行ってよ。わたしは残ってスポードウォーの企画を進めるから、あなたが展示会で商品説明《プレゼンテーション》をして、おいしいフランス料理を堪能してくるといいわ。ばれやしないわよ」

「プレゼンテーションのあと、注文が一件も来なかったら会社にばれますって。それに、最近は搭乗のときに身分証明書の写真を確認するんですよ」

「運転免許証を取り換えましょ。あなたは金髪のかつらを用意するの、それで……」

ふたりは免許証を取り出して交換し、互いの写真をしげしげと眺めた。うまく入れ替わることができるだろうか、とスーキーは真剣に考えた。ライルとは背も同じくらいで、ふたりともやせ型だったが、身体つきが違った――適所にパッドを入れればなんとかなるだろう。どちらも金髪だったが、スーキーの髪のほうが色も薄く、量も多く、まっすぐで、十数センチほど長かった――それはかつらをかぶればいいことだ。ライルの瞳はグレーで、スーキーの瞳は真っ青だった。ふたりの顔はまったく似ていなかったが、空港職員はそれほどくわしく身分証明書を見るだろうか？　ライルが運転免許証とパスポートを同時に使うようなことさえなければ……

だめだ。ばかげてる。

「これが本名なんですか？」ライルが訊いた。「スーザン・エリソン・バックストロム？　なのにどうして『スーキー』なんです？」

スーキーは片方の肩をすくめた。「ニックネームよ」なにかを観察しては憶えておくといういつもの癖で、彼女はライルの誕生日を頭のなかにきざみこんだ。来月で二十四歳。若い。スーキーがうまくやっていける男というのはきまって同年代か年下だった。彼らとなら気が楽だった。相手が彼らなら身のすくむ思いをせずにすんだし、向こうと自分が同等だと考える必要もなかった。

「あなたと入れ替わるくらいの度胸があればと思うけど、やっぱり無理ですよ。あなたほど説明の上手な人はいません。文句を練り上げるのもすごくうまいし、あわてて舌がまわらなくなることもないし、言いかたを使い分けて相手をうまく誘導する方法も心得てる。ぼくは裏方ならいいんですけど、人前に出るとあがっちゃって。それに、あなただったら見た目もはなやかだけど、ぼくじゃぱっとしませんよ」ライルはスーキーに免許証を返した。

スーキーは自分の免許証をしまったが、ライルの免許証からはまだ目を離さなかった。もし他人と入れ替われるとしたら……自分自身の人生から抜けだし、別の人の人生を歩みはじめることができるなら……先ほどのガラスの割れる音で目覚めたなにかが、彼女のなかで身じろぎし、あたりを見まわした。今にもベッドを出て歩きだしそうだった。だがそれはため息をついて寝返りをうつと、電気を消した。

「スーザン?」

そのふたりが近づいてくるのは見えていたが、てっきりレストランの裏口に向かっているのだと思っていた。背が高く、すっきりした顔の青年と、もうすこし背の低い娘だった。どちらもカジュアルな服装をしているが、あまりこぎれいとは言えず、ホームレスよりはいくらかましという程度だった。いったん分類し、ファイルに綴じてから、心の向こうに追いやった。自分には関係ない。

それならなぜ、この青年は自分の名を知っているんだろう?

彼の声はどうしてこんなに――

スーキーはそろそろと視線を上げ、膝の汚れた黒のジーンズから、やわらかそうな赤のセーターをたどり、あごと、口もとが見えてきたとたんに視線を止めた。目はとても見られなかった。彼女はさっと顔をそむけた。

「失礼しまあす」ウエイトレスが青年を押しのけ、ライルとスーキーの前に料理の盛られた皿を置いた。

うなじの毛が逆立った。両腕に悪寒が走った。彼女のなかで眠っていたものが目を覚まし、飛び起きて、みずからをおびやかそうとするものを探して必死にあたりを見まわした。

「スーザン」その声は優しくて、あたたかく、聞きおぼえのある声だった。恐ろしかった。

青年はぱちんと指を鳴らした。夜空《ミッドナイト・ブルー》の色の花が鈴なりについたデルフィニウムの枝が一本、どこからともなくあらわれた。あの、長くて器用な指をした手が、彼女のナイフの横に花を置いた。

スーキーはぱっとナイフから手を離した。手で口を覆い、叫び声をあげそうになるのをぐっとこらえた。

「おい、あんた。なんのつもりだ?」怒りもあらわな、いらだちをにじませた声でライルが訊いた。彼は立ち上がった。「あっちに行けよ。この女性《ひと》はあんたと顔を合わせたくないんだ。わからないのか」

「スーザン」三たび、彼は言った。その声は木管楽器の響きのように、あたたかく迎え入れてくれる気がした。

いやだ。あの場所には戻るものか。あの地獄の淵からはい上がり、ひとつひとつ煉瓦を積み上げて壁をこしらえ、その壁の上に、この仕事人間という、はなやかで、平穏で、薄っぺらなしっくいを塗りつけ、過去へ通じるドアをいっさいなくしてしまうまで、一年近くかかったのだ。それ以来ずっと、この薄い皮だけをうわべにはおって、それなりに心地よく暮らしてきた。この壁をこわして、過去に置いてきたものと直面するなどごめんだった。それくらいなら死んだほうがましだった。

「失礼」スーキーは椅子を引き、彼の顔を見もせずに席を立った。「胸がむかむかするの」彼女は逃げるようにその場をあとにした。

＊　＊　＊

開けっぱなしにしてあるスーキーの執務室のドアをライルがノックした。「サラダ、包んでもらいましたよ」彼は白いポリスチレンの箱を彼女の机の、書類の山の上に置いた。

「ああ。ありがと」スーキーは箱に目をこらした。もう仕事のほうに気持ちを切り替えて、昼食のこともパニックを起こしていた自分もどこぞへ追いやっていた。あれから一時間もたっていなかったが、そのときの記憶を呼び起こすには努力が必要だった。「急に席を立ったりしてごめんなさい」机の下からハンドバッグを引っぱりだすとなかを探り、財布を出してライルに金を返そうとした。

「なにごとだったんです？　あなたが行ってしまったあと、あのふたりと話しましたけど、いい人たちみたいでしたよ。ここまでしつこく追いかけてくる連中でもなさそうですし」

スーキーはほんのすこし笑みを浮かべて彼に十二ドル渡した。この会社でいちばん害のない男だ、と半年ほど前から思うようになった。毎日昼食をともにしていたし、いかにも若者らしく、彼女に言い寄ろうとする男たちを遠ざけるため必死に頑張ってくれていた。昼食と、たまに残業後のカプチーノ（ビールで二日酔いになっているゆとりはなかった。なにしろ翌朝も早起きして、ばりばり仕事をしなければならない）をつき合うほかは、それ以上の関係はなかった。ライルもそれ以上を求めてくることはなかった。まあ、あったとしても、そうたびたびのことではなかった。

「あいつは誰です？」ライルがポケットに金を押しこみながら、訊いた。

「あいつって？」もう気持ちが切り替わり、頭のなかはライルがあらわれる前から取りかかっていた仕事のことでいっぱいだった。

「あなたをスーザンと呼んでた男ですよ」

スーキーはモニターに目を向けた。「誰でもないわ」

「ああ。そう。わかりました。そうですか。とにかく、おどかすつもりじゃなかった、申しわけない、って言ってましたよ。またあとで顔を出すって」

その頃には、自分はもうパリ行きの飛行機に乗っているはずだ。スーキーははじめてこの出張をありがたく思った。

スーキーが仕事を終え、旅支度のために伯母のキャロラインの家へ身のまわりのものを取りに行くと、あのふたりが玄関先で待っていた。

服はほとんど伯母の家の、昔使っていた部屋のクロゼットに置いてあった。スタンフォード大学を卒業したあともいていいと伯母は言ってくれたが、その頃にはもうひとり暮らしがしたかったし、うっとうしい伯母からとにかく逃げだしたかった。学校から帰るたびに抱きついてくる。やたらと気を遣い、どう思うかといちいち訊いてくる。ちょっとしたことでも、話し合いましょうとしつこくせまる。伯母が自分の妹、つまりスーキーの母親の話題を持ちだそうとしたときの、あのふとした気まずさ。キャロライン伯母さんは懸命に共通の接点を持とうとしていたが、そんなもの、スーキーはとっくに捨ててしまっていた。

そういったことに悩まされずにすむよう、スーキーは町なかのすこし離れた場所にアパートを見つけた。それ以来生活は順調になった。だがキャロライン伯母さんの家のクロゼットのほうが、やはりずっと広かった。スーキーがものを置きっぱなしにしていても、伯母は別にいやな顔をしなかった。

顔を合わせたくない人間がいるのと同じように、見るのもいやなものもあった。だがポーチに足をかけてはじめて、スーキーはふたりに気がついた。身体が震えた。ふいをつかれることなどふだんはなかった。こんなに近づいていてなぜ見えなかったんだろう？

青年の顔を見るつもりはぜったいになかった。女の子のほうが立ち上がった。「あの、すみません。バックストロムさん？」

「なにか用？」スーキーは目をそらしたまま、低く、とげとげしい声で言った。

「ちょっとお話ししたいんだけど」

「勘弁してよ」

「あなたが元気にやってるかどうか確かめたいの」

「余計なお世話だわ。あっち行って」

「ネイサンがあなたのこと心配してた」

スーキーはナイフで胸をえぐられたような気がした。目の前にいる娘の顔を隅から隅まで眺めた。まったく知らない顔だった。知り合いでもないのに、なぜそんなことを言うの？ ネイサンの名前を出すなんてどういうこと？ 怒りがかっと身体のなかを駆けめぐった。「うまいこと言って、わたしをだまそうったってそうはいかないわよ」

「だます？」その娘は驚いた声をあげた。「もう！ そんなことできるはずないじゃない。やだ。あたしそういうの嫌いなの。あなたにわかってもらうにはどうしたらいいかな？」

思わず笑い声をあげたスーキーは、その声に自分ながら驚き、怒りを忘れてしまった。「あなたは？」

「マット・ブラック。あなたと会うのははじめて。エドマンドの友達よ」

彼の名前。声に出されてしまったからには思いださざるをえなかった。スーキーは彼女の向こうを見やり、はじめてエドマンドと目を合わせた。

彼のどんな顔を予想していたのか自分でもわからなかったが、その表情は思っていたものとは違った。スーキーは昔のエドマンドを思いだした。壮絶なまでに怒りをたぎらせていたエドマンド（考えちゃだめ！）、それ以前の彼は優しい少年で、ときどきはふざけたりもしたが、妙に深刻になることもあった。そんなときもからかうとすぐいつもの彼に戻った。からかっていたのはたいていフリオだった――子供の頃のスーキーは、他人《ひと》のからかいかたなんて知らなかった。背が高く、温和な少年は彼女の力になってくれたし、フリオにそうしてくれと言われただけなのに、うわべだけの自分を受け入れ、好いてくれていたようだった。四人いた友達のうちのひとり、それが彼だった。

現在《いま》のスーキーを見返すその表情は静けさそのもので、なにかを問いかけているようでもあった。強いるのではなく、ただ問いかけるだけ。

それでもまだ、身体じゅうで警戒のランプがともっていた。エドマンドの存在は、彼女がつくりあげた壁をおびやかすものだった。

「なんの用？」スーキーはぼそりとマットに訊ねた。

マットはちらりとエドマンドを見た。彼がマットに笑いかけたとき、スーキーはその笑顔にも目を見はった。優しくて穏やかな、心あたたまる、わかり合った笑顔だった。友達って言ったっけ？　ふうん。

マットは深呼吸をするとスーキーを見た。「あなたがガスリーを出る直前に、なにがあったの？　エドマンドは憶えてないのよ、だから――」

スーキーはマットの前を通り過ぎて伯母の家に入り、ドアを閉めて鍵をかけた。よりによってあの頃のことなんか、けっして思いだしたくなかった。

「ただいま」彼女は呼びかけたが、家のなかががらっぽなのを感じとっていた。キャロライン伯母さんは家のどこにもいなかった。カーテンはみな閉まっており、夕暮れ空を覆い隠していた。キッチンの電気がついていて、廊下のつきあたりのドアから明かりがもれていた。スーキーは二歩前に出て、真っ暗なホールに足を踏み入れた。

鍵をかけたにもかかわらず、背中でドアが開いた。

「ほんとにひどい出来事だったってことはわかってるんだけど」マットは静かな声で言った。「蒸し返してほんとにごめんなさい、でも――」

「どうやって入ったの？」スーキーは振り返り、まさかマットは幽霊なのだろうかと思った。ドアを通り抜けてきたんだろうか？　だが違った。マットはエドマンドを外に残したまま、音をさせずにドアを閉めた。

マットは話しつづけていた。薄暗がりのなかに低くこもった声がした。「エドマンドは心のなかがこわれてしまったようなものなの。なにがあったのか突きとめないと、彼の一部は死んだままになってしまうわ。それってよくないと思うんだ」

「いったいなんの話？」スーキーは思いださないようにしていたが、内心ではわかっていた。エドマンドがいなかったら、そう、ひょっとしたら自分は死んでいたかもしれなかった。きっと恐ろしいことが起こっていた。恐ろしいことはじっさいに起こったが、それは彼女にではなかった。いやだ、そのことは考えたくない。

「なにがあったにしろ、それ以来エドマンドは別人になってしまった。あなたと同じようにね。

過去をばっさりと切り捨てて、新しい人生を歩み直したの」

「エドマンドが？　どうして——」スーキーは思いだすまいとした。

だが彼女は憶えていた。

枯れていく。彼女の父親が通り過ぎたあとは、どんなものも遅かれ早かれ枯れていった。生命の灯が消えるまでに時間がかかったものもあった。

あの夜……

そしてついに、あの家と父親から逃れることができた。ずっと心から夢みてきたことだった。しばらくは伯母夫婦の家で取り乱すばかりの日々がつづいたが、理由《わけ》を話すことも、なにが起こったのか打ち明けることもできなかった。だがそのあと、ある朝目が覚めて、なにか手を打たなければならないと悟った。自分自身をつくり直す必要があった。今度は、あんな恐ろしい思いをすることのないように。もうやたらと落ちこんだり、やたらと喜んだりすることのないように。

なによりも、誰かに虐げられなければ生きていけない人間にはなりたくなかった。それ以外の生きかたを彼女はそれまで知らなかった。新しく入った学校で、ある種の人とすれ違うと、いつしかそちらへ惹きつけられた。どこか凶暴性を秘めたタイプに魅力を感じ、そういう連中とつき合っていく方法もしっかりと心得ていたから、もう一度その楽な生きかたに戻ってしまいたいという誘惑はいつも感じていた。その気持ちを必死に遠ざけはしたが、生やさしいことではなかった。

だからスーキーは、自分のなりたい人間を心のなかに描き、その者になる努力を始めた。父親の家で暮らしたあいだに学んだことのうち、いくつかは消さずにおいた。完璧なうわべをまといつづける方法も、息をひそめてひたすら愛想よくしている方法も、目立たず、へまを見とがめられずにいる方法も彼女は心得ていた。物陰で耳をそばだて、家のささやきに耳を傾けて、なかで起こっていることを知るだけでなく、彼女に聞こえないと思ってしゃべっている人々の話を聞くこともできた。そうしたたわいのない話に聞き耳をたてておき、こちらが知っていることを相手に悟られずに、自分の運命を左右するかもしれない情報を手に入れる方法もわかっていた。感情をおもてに出さないやりかたも覚えた。

家事は家政婦と母親からひととおり習った。スーキーにその心得があり、進んで洗濯やアイロンがけ、皿洗いに寝具の取り替え、料理、ふき掃除に磨き掃除、雑草むしりと文句も言わずにやってくれるので、伯母はありがたがっていた。スーパーマーケットのクーポンを上手に利用することもできたし、ブランド品を買うべきときと、ノーブランドで充分なときの見きわめかたも心得ていた。彼女はなんでもすぐ処分した。ものをためておくことはなかった。なにかを動かしてもいいかとか、変えてもいいかと訊くようなことはけっしてなかった。客として、もしくは使用人としてなら申しぶんのない娘だった。察しがよく、もの静かで役に立ち、人の気に障るような性癖もなかった。

客として、もしくは使用人としてなら申しぶんなかったが、伯母夫婦は、スーキーを家族にしたいと思っていた。

「エドマンドはそれ以来放浪をつづけてるの」話にとぎれなどなかったかのように、マットはつづけた。「そういう生きかたも悪くないけど。なにか見えないものに追われてて、どうにも逃れられないってことじゃなければね」

「追われてる、って」スーキーにはよくわからなかった。彼のことを考えるのはいやだった。エドマンドは彼女にとって、壁の向こう側に置いてきたもののすべてだった。スーキーは眉をひそめた。この娘《こ》はいったいどういうつもり？　警察でも呼んで、連行してもらったほうがいいだろうか。とにかく、出ていけとだけでも言おうか。「せっかく来たんだから、なにか飲んでく？　キッチンにいらっしゃいよ。伯母が冷蔵庫になにか冷たいものを入れてるはずだわ、いつもそうだから」

「エドマンドは？」

「あの人とは関わりたくないの」

「わかった。すぐ戻るわ。先に行ってて」マットは玄関のドアからそっと外に出た。

話なんてしたくないのよ。荷づくりをして、飛行機に間に合うように出かけなきゃならないんだから。過去なんて振り返るつもりはないの。スーキーは鍵をかけたが、どうせ開けられてしまうだろうと思った。ドアチェーンに目をとめ、それをかけた。それからキッチンに行き、グラスをふたつとアイスティーの入ったピッチャーを出した。

マットはあっという間に戻ってきた。スーキーの耳に、鍵がまわされドアチェーンがはずれる音が届き、静かな足音が感じとれた。エドマンドがまだ玄関先の椅子に座っているのもわかった。こんなふうに、神経をとぎすまして家のささやきに耳を傾けたのは久しぶりだった。そんなことはずっと必要なかった。妙な気分だった。

「あなた泥棒なの？」マットがキッチンテーブルの向かい側に腰を下ろすと、スーキーが訊いた。

「ううん。ふつうはしない」

「鍵を開けるのがそうとうお得意みたいね」

「そうなの」マットはにっこり笑った。

「どうかと思うわ」

「生きてくためだもの。あなたの聴く力と同じよ」

「わたしの、なんですって？」

「家の声を聴く能力《ちから》。やりかたとしてはあたしも同じなんだけど、ただもうすこし耳をしっかり傾けるの」

スーキーは紅茶をそそいでマットの向かい側に腰を下ろした。「聴くだけでどうして鍵が開くの？」この話題ならまだ安心だった。

「というより、話しかけて、聴いて、って感じかな。たとえばあたしが家に、ねえ、入ってもいい？って訊くでしょ。すると家が、なかのものを傷つけるつもりかい？って訊いてくる。だから違うって答えると、いいよ、入っておいで、って家が言って、ドアを開けてくれるの。わかる？」

「わからないわ。見当もつかない」

「そういえば夢をみたわ」マットはアイスティーをひと口飲んだ。「幽霊屋敷に泊まったとき。今日あなたに会うまで忘れてた。あの屋敷はあなたのことがほんとに好きだった。あなたが壁に寄りかかって、したいことを思い浮かべると、屋敷はそのとおりにしたのよね。ドアを開けたり、閉めたり。鍵をかけたりもしたし、誰かを閉めだすこともあった。秘密の壁を開けたこともあった。家具を運んだりもした」彼女は笑顔を浮かべた。「あの屋敷はほんとに最高だわ」

スーキーはふいをつかれ、思わず深く座り直した。あんなに大好きだったのに、心の奥底にしまいこんだまま、すっかり忘れていた。マットが話しているのはもういない幼いスーザン、不憫な幼いスーザンのことだった。好きにふるまえたのは幽霊屋敷にいるときだけだったし、誰よりも心を通わせた相手は死んだ少年だった。スーキーは、幼いスーザンにだけはけっして戻りたくなかった。好きにふるまえる場所を増やして、誰とも心を通わせずにいるほうが安全だった。

「それであたしと会ったときのエドマンドは、半分だけで生きてるようなものだった。だけどあの人はそれで充分満足してたんだと思う、今の自分が昔の自分の影でしかなくてもね。あたしが首をつっこんで、めちゃくちゃにしちゃったようなものなの」

「わざとやったの？」話題がころころと変わるのにスーキーはとまどったが、とりあえずつき合ってやることにした。

「わかんない。他人《ひと》のことには首をつっこまないようにしてるのよ。でもエドマンドに会ってからは……参っちゃうなあ。エドマンドの妹さんを訪ねてきたばかりなんだけど、彼女の生活までひっかきまわしちゃった」

「へえ？　そういえば、アビーは元気？」

「芸術の腕はたいしたものよ。子供が三人と、素敵な旦那さんがいてね。魔法が家じゅうをただよってた」

「それがあなたのせいってこと？」

「ううん、魔法はその前からあったの。あたしはそれに言葉を教えて、アビーと話ができるようにしただけ」

「それがいけなかったの？」

マットは椅子の背にもたれて天井をあおいだ。「最初はとんでもない間違いを犯したと思ったけど、もうだいじょうぶだと思う。心配なのはエドマンドのほう」彼女の視線が下りてきて、ふたたびスーキーの顔にそそがれた。

「エドマンドがどうしたっていうの？」

「あなたそっくりよ。自分の殻に閉じこもってる。昔の自分を殺してしまったようなものなの、あなたと同じように。あたしがそのひとりを目覚めさせて、受け入れるように言ったせいで、エドマンドはすっかり混乱しちゃった」

「どうしてわたしのことを知ったように言うの？」スーキーはぼそっと言った。

マットはアイスティーを飲みほし、からのグラスをテーブルに置いた。「あなたのこと見てたの。悪いとは思ったんだけど、そうさせてもらったわ。エドマンドがあなたのこと心配してるし、あなたがだいじょうぶかどうか確かめるのに、ほかに方法を思いつかなかったから」

「見てた？」

「映ってるものを」

「映ってる？」スーキーはあいだにあるテーブルを見た。載っているのはピッチャーと、グラスがふたつと、ふたりのひじだけだった。「なにが映ってるっていうの？」

「ジグソーパズルの女の子とか」

スーキーはいきなり深い淵へ突き落とされたような感覚に襲われた。マットの言葉をたどくり返して説明を求めるばかりでは間が抜けている気がしたので、今度はじっと黙っていた。

「まず、あなたのお父さんに関係のある、ものすごく恐ろしいことがあった」マットは両腕をいっぱいに伸ばし、すとんと両手をテーブルに載せた。「そのあとアリスみたいなあなた、つまり、青いワンピースを着て頭にリボンを結んだ、長いまっすぐな髪の女の子の姿がばらばらに崩れて、ジグソーパズルのピースになってしまった。するとそのピースをあなたの幻が見ていて、そのうちのいくつかを拾って組み直そうとするの。うまく合うように新しいピースもこしらえてる。残ったぶんは捨ててしまう。でもなくなりはしないの。古いピースはあなたの心の奥底に散らばって、あなたに呼びかけつづけてる。あなたはそれが別の場所で起こっていることか、そもそもそんなものないかのようにふるまってるけど、自分で気づいていないときでもその声に耳を傾けてる」

スーキーは二度まばたきをした。時計を見た。「さてと、なかなか素敵なお話だけど、飛行機に間に合わなくなっちゃうから」

「そりゃあ人の生きかたなんてそれぞれだから、ピースがきちんとおさまってることもあるし、ばらばらになってることだってある。どっちがいいのかなんてほんとはあたしの決めることじゃないわ」マットは眉をひそめた。「でもときどき、どうしても考えちゃうの。気にかけてる人が相手だととくにね。そうなるとその人にすこしでも楽になってほしくて、つい首をつっこんじゃう。おしまいには助けてあげられると思うんだ。そうなるといいなって思ってる」

「それがわたしとなにか関係あるの？」

マットはうなずいた。「エドマンドはあなたのことが大好きだし、あたしもエドマンドが大好きなの。ネイサンもあなたのことが大好きだし、あたしもネイサンが大好きなの」

あまり感じたことのない怒りがスーキーの胸にわき上がった。あのひとたちはわたしのものなのに、なぜこんな見も知らない娘に奪われなければならないの？　わたしのもの、ですって。なんてこと。わたしったらなに考えてるんだろう。エドマンドとネイサンのふたりと出会うよりずっと前から、フリオはスーキーのものだった。はじめて会ったときはどちらも四歳くらいだった。キッチンで、家政婦のファニータにくっついていたちいさな黒髪の男の子。ふたりでテーブルの下にもぐり、彼女がジンジャーブレッド・クッキーをつくっているあいだ、一緒にレーズンをつまみ食いした。

過去の風景が渦を巻き、ふたたび結晶のように固まった。自分は彼らにとって、ほんとうに特別な存在だったんだろうか？　フリオとネイサンがそう思ってくれていたことはたしかだった。ふたりはスーザンを守るためならなんでもしてくれた。男の子たちにとって、男まさりのディアドリは仲間だったけれど、スーザンはお姫さまだった。

スーザンの殻の部分、おもてに見えている部分はすべて父親に支配されていた。スーザンはそのずっと奥に、もうひとりの自分と、男の子たち、そしてたったひとりの女友達の存在を隠していた。そのうちの誰も、父親というすさまじい嵐から彼女を守ることはできなかった。

いや違う。エドマンドはじっさいに手をくだしてくれた。

「フリオ」スーキーはそっと口を開いた。はじめてできた、これまでで最高の友達。長いこと、友達は彼ひとりだった。今どこにいるんだろう？　彼からは十年以上音沙汰がなかった。カリフォルニアに来るさいなにもかも捨ててきたが、フリオとはしばらく手紙のやりとりをしていた。ともかく、向こうは手紙をくれたし、自分も葉書に一行だけの返事を書いた。いつとぎれてしまったんだろう？　過去を遠くへ遠くへ置き去りにするうち、どこかで取りこぼしてしまったに違いない。

ディアドリはどうしているんだろう。彼女も友達をつくるのが下手で、とくに女の子の友達はすくなかった。あまりに気が強く、荒っぽい性格だったので、もの静かな人とはあまりうまくいかなかった。彼女の性格を理解することはできなかったものの、幼い頃のスーザンはそんな彼女に一目置いていた。

みんなはどうしてしまったんだろう？

エドマンドがポーチにいる。彼に訊いてもいい。けれど今まで築き上げてきたなにもかもが崩れ去るだろう。

スーキーはもう男の子にそばにいてもらう必要はなかったし、いてほしいとも思わなかった。ライルは別だったが、それもほかの男たちを手っ取り早く遠ざけておくためにすぎなかった。守ってくれる人など必要なかったし、ほしくもなかった。自分の面倒は自分でみられた。伯母夫婦の家に越してきた頃から、空手道場に通《かよ》っていた。自分の手足を頼みにすれば、襲いかかってきた相手から身を守れると思っていたし、そうでなくても相手に身のほどを思い知らせてやる自信はあった。母のように、殴られつづけても歯向かいさえしない、そんなふうになるつもりはなかった。

武道の練習もマットの前では役に立たなかった。この娘はただ話をしているだけだ。言葉。この世でいちばん、手も足も出なくなるわざ。

出ていって、とスーキーは思った。彼女は時計を見て立ち上がった。「行かなきゃ。あのひとたちには、わたしは元気そうだったって言っといて」

「いやよ。嘘はつけないわ」マットも立ち上がり、グラスを流し台に持っていった。「だけど、締めださないでくれてありがと」

「締めださないで?」スーキーは自分の手を借りることなく鍵が開いたことや、チェーンがはずれたことを思いだして、笑い声をあげた。

「家のことを言ってるんじゃないのよ」

「とにかく、あなた何者なの？　幽霊かと思ったわ。でもどっちかというと、レプラコーンかなにかみたいね？」

「レプラコーン？　シリアルの箱についてるみたいなやつ？　そうかなあ」マットは自分の姿を見おろし、着ていたワッフル織りのシャツを見た。たしかにレプラコーンと同じ緑色だった。

「あたしって、なんとも言いようがないのよね。人間、だとは思うんだけど」

スーキーはアイスティーのピッチャーを冷蔵庫に戻した。「ほんとに？」

「もちろんよ。ねえ、空港まで車で送る？」

まるで悪びれないもの言いにスーキーは驚いて、マットを見つめた。マットはにこりと笑った。「あなたには話しかけちゃだめってエドマンドに言っとくから。あなたがそうしてほしければ、たぶん黙って運転してくれるわ」

つまりふたりはどういう関係なんだろう。マットはエドマンドが自分の望みどおりにしてくれると自信まんまんのようだった。スーキーも、頼みごとをすればたいてい快い返事をもらえたが、けっしてそんなふうに自信は持てなかった。「こんなことが誰かの役に立つと思ってるの？」

「さあ。あなたに手を貸してほしいのはやまやまだけど、あなたにその気がないんじゃ仕方ないわ。でもたとえそうでも、あたしはただ――あなたを見捨てておけないの」

「どうして？　そもそもあなたとなんの関係があるっていうの？」

「さっき言ったじゃない。あたしの大好きな人たちがあなたを心配してるのよ」

「そう、じゃあ心配しなきゃいいわ。わたしはなんともないんだから」スーキーは値踏みしてくれと言わんばかりに両手をひろげてみせた。

マットがあまりにも長いことじっと見ているので、スーキーは眉を上げているのも面倒になった。「なんなのよ、小妖精《エルフ》さん」

「だけどあなたはなんともなくなんかないわ」マットは低い声で言った。「お母さんが亡くなったことが両肩にのしかかってて、そこにあざができてる。お母さんが受けた傷を自分も受けたように思ってる。心臓には大きな赤い傷跡、胃には切り傷がいくつも。それに光の輪みたいなものが頭を締めつけてる」

スーキーは背筋が凍った。身体のどこにもそんなものはなかった。だいたい、マットはそんなことを知っていったいどうするつもりなのだろう？

「服を取ってこなきゃ。わたしが下りてくるまでには出てってちょうだい、いいわね？」

マットはかぶりを振った。

「本気よ。ここから出てって」

マットは唇をかんでもう一度かぶりを振った。

「いやと言ったらいやなの」

マットは目をそらした。「悪いとは思ってるけど」とちいさな声で言った。

スーキーは怒りがなえたが、決心はゆるがなかった。「好きにすれば」と言い残して、昔使っていた部屋に上がっていった。

スーキーはクロゼットに山ほどある、すこし気どった会合のときのためのフォーマルな服をざっと眺めわたし、気のきいたイブニングドレスを二枚と、展示会でそれなりに映えそうなスーツを何着か引っぱりだした。それをしわが寄らないように、衣装バッグのなかにおさめた。

スーキーは時計を見た。飛行機の時間まで三時間半。スーツケースとノートパソコンを取りに自分のアパートに寄って、空港に着くまでに四十五分。国際線では、搭乗の二時間前にはターミナルに着いていなければならない。といっても、最初に乗るのは国内線だった。それでも、まだすこしだけゆとりがあった。

スーキーはベッドに腰を下ろし、家に神経をとぎすませた。

エドマンドはまだポーチに座っていたが、気配はちらりとしか感じられなかった。なぜか、彼がそこにいるとは思えなかった。あるのは殻だけで、ほんとうのエドマンドはどこかほかの場所にいるのかもしれなかった。だがそんなことがありうるのかどうかわからなかった。

マットはキッチンにいて、静かに、ほかをさまたげることなく、なにかをしていた。家がいやがっているようすはなかった。

どうして自分はマットを容《い》れてしまったんだろう？　いったいどうして話をしたりしたんだろう？　なにがどうなってるの？　空港まで送ると言われたとき、ほんとにそうしてもらいたくなったのはなぜ？　そんなことをしてもいいほうに向くはずがないのに。

スーキーは胸に手を押し当て、傷なんかあるのだろうかと考えた。身体にはなにも感じられなかった。胃のあたりにも手をふれた。ごくたまに、胃が痛くなることはあった。そのほかに心当たりはなかった。気分が悪くなったり、痛みを感じたりすることはなかった。ときおりうつかりけがをすることはあったが、そんなときも血を見て驚いた。けがをしていたことにいつも気づかなかった。

ひょっとしたらマットは超能力者《サイキック》かなにかなのだろう。たんに頭がへんで、なにもかもおかしなとらえかたをしているだけかもしれない。エドマンドがいろいろ吹きこんだのかもしれない。スーキーがけっして他人に知られたくないと思っているようなことを。スーキーの胸に苦いものがこみ上げた。誰もかれも、どこまで口を開いていいのかをまるで心得ていなかったし、どんなに強く願っても、他人の口に戸は立てられなかった。彼女の過去を知る人々がその話を持ちだしつづけるかぎり、過去を葬り去ることはできなかった。

エドマンドのために手を貸してほしい、とマットは言っていた。そんなのおかしい。あの一夜のことがあってから、彼にはもう他人の手など必要ないのだろうとスーキーは思っていた。あの夜に立ち返るのはいやだった。考えただけで、心のなかに積み上げた煉瓦がぐらついた。彼に手を貸したりすれば、自分はどれほどつらい思いをするはめになるだろう？　スーキーはふたたび胸に手を当て、傷跡を探し当てようとした。

まだ家に神経を傾けていたので、ガレージの扉が開き、車が入ってきてエンジンが切られ、鍵の音がしてキッチンのドアが開くのが、スーキーの感覚と耳との両方に伝わった。「スーザン？」伯母の声がした。「外に車があったから。どうし――あなたいったいどなた？」

スーザン、スーザンって、とスーキーは思った。パロアルトにやってきた頃、新しい名前をつけてくれたのはほかでもない伯母だったのに、今でもたいていスーザンと呼ばれた。スーキーはいい名前だった。過去を思いださせるところがまったくなかった。

「マット・ブラックっていいます。スーザンに会いに来たんです。勝手におじゃましてすみません」ふたりの声は二階にも届いてきた。

「スーザンの友達なら大歓迎よ、いつでもそう思ってるんだけど。わたしはキャロライン・フロスト、スーザンの伯母よ」

「はじめまして」握手が交わされるのをスーキーは感じた。

さあ、マットは話してしまうに違いない。スーキーはこれまでの経験上、ぜったいにそうだと思っていた。だが予想ははずれて、ただ沈黙がただよった。

「ところで、スーザンはどこ?」キャロライン伯母が訊いた。「いるんでしょ?」

「階上《うえ》へ荷物を取りに行ってます。今夜パリに発つそうです」

わたし、あの娘《こ》に行き先を言った? いいえ、言ってない。どこから話を聞いたっていうの? どうしてわかったんだろう?

魔法が存在することは知ってる。わたしは魔法に生命を救われた。自分はレプラコーンなんかじゃないってマットは言ったけれど、なにかそういうたぐいの、ものを見とおす能力《ちから》を持っているには違いない。遠ざけておいたほうが身のためだ。

パリにさえ行ってしまえば。

「スーザン?」キャロラインが階段の吹き抜けから呼びかけた。

スーキーはため息をつき、衣装バッグを持って階段を下りた。キャロラインとは階段の下で顔を合わせた。マットはまだキッチンにいた。「来る前に電話したけど、留守だったから。留守番電話にメッセージを残しておいたんだけど」

「いいのよ。今度はどのくらい行くの？」

「一週間くらい。商談のまとまり具合によるわ。いつも荷物置かせてくれてありがと」

「いつでも来てかまわないのよ」すこし声を低めて、伯母は言った。「あなたの連れてきた、あの男の子は誰？　家のなかに入れてだいじょうぶなの？」

「男の子？　男の子って？」スーキーは困ったように訊き返した。キャロラインは玄関にエドマンドがいるのを知っているんだろうか？　だがエドマンドの姿には、言葉どおりの意味以上に、どこか霞がかかっていたし、そもそもキャロラインが入ってきたのはガレージの扉からだった。

キャロラインがキッチンのほうにあごをしゃくった。

「男の子じゃないわ、キャロ伯母さん。マットよ。勝手に入ってきちゃったんだけど、わたしと一緒に出てくから」

キャロラインは目をぱちくりさせた。

「さ、マット。出かける時間よ」

マットはスーキーのハンドバッグを手に、キッチンから出てきた。「忘れもの」

「やだ！　ありがと。パスポートとチケットがなくちゃ、飛行機にも乗れないわ。ましてや、お財布なしでパリに行くなんて」スーキーは伯母の頰にキスをした。「それじゃね、キャロ伯母さん。行ってきます」

キャロラインがスーキーを抱きしめ、手を離すと、スーキーはマットをしたがえてそそくさと家をあとにした。

玄関を出るとスーキーは言った。「乗ったら、ちゃんとわたしの言うとおりの場所に向かうって約束してくれる？」

マットはエドマンドの目をじっと見た。やがてエドマンドは肩を揺らし、夢うつつの状態から目を覚ますと、背筋を伸ばした。「空港まで送ってあげることにしたんだ」マットがエドマンドに言った。「それと、この人がいいっていうまであなたは話しかけちゃだめなの。それでいい？」

エドマンドはうなずいた。彼は先に立って玄関の階段を下り、さびついた茶色のステーションワゴンの助手席のドアを開け、スーキーが乗りこむのを待った。

マットがまだ車の近くまで来ないうちに、後ろのドアが勢いよく開いた。「荷物載せる？」マットが訊いた。スーキーが荷物をマットに渡して車の前に乗りこむと、その座席には合成繊維でできた、虎縞模様のやわらかいカバーが掛かっていた。ドアが自動で開く車。お次はなに？　スーキーがちらりと後ろを見やると、後部座席はなく、あるのはクッション敷きの荷物《カーゴ》置き場《エリア》だけで、雑多な荷物が左側に寄せて置いてあった。マットは衣装バッグを平らになるようにそっと置いた。サービスしてくれるんだから、文句は言えないわね。スーキーはダッシュボードを眺めた。じつにさまざまなものが載っていた。石、枯れ葉、鳥の羽根、ヘビの抜け殻、いろいろな植物の種のさや、おまけにプラスチックの恐竜がふたつと、こんがらかったラメ糸のちいさなかたまりまであった。

エドマンドは運転席に乗りこむとスーキーを見た。彼女も見返した。昔と同じ真摯な緑色の瞳、やけにハンサムな顔——昔からこんな顔だっただろうか、それとも能力《ちから》を得てから変わったんだろうか？ 思いだせなかった——わずかにもつれたような、くせのある髪。笑い顔は昔と違っていた。なにもかも受け入れるようなその笑顔を見ていると、思わず彼を殴りつけたくなった。スーキーはしばらくエドマンドの顔を見つめたまま、あれこれと思いめぐらせていたが、やがて時計に目をやった。「ちょっと！ 行かなくちゃ。このポンコツ車、さっさと動かしてくれない？」

エドマンドは指一本動かしていないのに、車がエンジンをふかせた。

「そんな言いかたしなくてもいいじゃない」マットが後ろでつぶやいた。

「ごめんなさい」スーキーはダッシュボードの小物入れに手のひらを載せた。エンジン音のほかに、鈍く響く音が伝わってきた。「ごめんなさい！ あなたが聞いてるとは思わなかったの」

エドマンドがスーキーの腕にふれた。ふれられたとき、身体に稲妻のような衝撃が走った。彼女はさっと手を引っこめ、エドマンドを見つめたが、彼のほうも同じくらい驚いた顔をしていた。「なに！ なんなの？」

マットが前に身を乗りだした。「このへんの道はぜんぜん知らないの。あなたが道を教えてくれなきゃ。だけどエドマンドからは訊けないのよ、あなたに話しかけないように言ってあるから」

「なんなのよ、子供じゃあるまいし！　その角まで行ったら左に曲がって」スーキーはなかなか言うことを聞かないシートベルトを引っぱり、腰に渡して締めた。肩からかけるほうのベルトはなかった。「そしたら、大学の左手に入って。空港へ行く前にアパートに寄って、取ってこなくちゃならないものがあるの。エドマンド？」

エドマンドはちらりとスーキーを見て、微笑みを浮かべた。もうそれほど、なにもかも受け入れるような笑顔ではなくなっていた。前ほど当たり障りのない笑顔ではなく、もっと親しみにみちた、すこし悲しげな笑顔だった。

「どうだったかしら……思いだせないわ。わたし、あなたにちゃんとお礼言った？」

エドマンドはきょとんとしていた。

「ばかばかしいわ。もういいわよ、しゃべっても。わたしはただ、あなたの声がなんだか怖いの。わかる？」

「今取り組んでるところなんだ」エドマンドの声はふつうの人と変わりなく、魔法使いになる前の、昔の彼の声とそれほど違わなかった。

「あら！　でもレストランじゃ――」昔の名前を、三度、あんなにきれいな、心を惹く声で呼ばれたときには、思わず昔の自分に戻りそうになった。

「抑え切れなかったんだ。きみに会えてすごく嬉しかったから」

スーキーは片手を頬に当てた。エドマンドとは長いこと会っていなかった。彼とはほんとうに仲のいい友達だったし、生命を救ってもらった――とまでは言わなくても、耐えがたい状況から助けだしてくれたし、自殺を思いとどまらせてくれた。新しい自分になる前、頭のなかでは日を重ねるごとに「自殺」という文字が大きくなっていった――それなのに、久しぶりで投げかけた言葉は、胸がむかむかする、だった。

後悔がどっと襲ってきた。もう自分にはまともなことをするのも、それなりにこなすのも、まっとうな人間になるのもとうてい無理だというあの恐怖感が押し寄せてきた。

ああ、もうこんな思いはしなくてすむはずだったのに。

スーキーの頭のてっぺんをマットがかるくたたいた。「やめなよ。エドマンドはそんな意味で言ったんじゃないわ」

「え?」スーキーは泣きそうな声になった。彼女は振り向いてマットを見た。

「エドマンドは説明してるだけよ。責めてるわけじゃないわ。あのね――うわ、ちょっと!」見たこともない、きらめく金色のレース布のようなものがマットの手からするすると伸びてきて、スーキーの頭をすっぽりと覆った。向こう側は透けて見えた。金色の布は見る間に輝きを増し、針でつついたような、色とりどりの光の粒が全体にきらめいた。やがて布はぱちんと消えた。

絶望感も布と一緒に消えていた。「そこを左に曲がって」スーキーはしゃんとした、いつもどおりの、落ちついた声で言った。彼女は振り向いてマットを見た。「今のはいったいなんだったの?」

「さあ」マットは袖をすこしまくり、金色に覆われた手首に目をやった。金色の表面にちいさな光の粒が明滅するさまは、高台から見る都会の夜景のようだった。しばらくすると光の粒は輝きを失い、あとには鈍い金色の地だけが残った。「食べちゃったわ」

「だいじょうぶかい、スーザン?」エドマンドが訊いた。

「あのね。ひとつめ、わたしの今の名前はスーキー、いい? ふたつめ、ええ、なんともないわ。みっつめ、マット、いったいこれはなんなの? さっきのものは、わたしになにをしたの?」

「スーキー?」エドマンドが言い直した。

「そうよ」

マットは手首の輪に指をすべらせた。「これはアビーの魔法のかけらよ。その魔法があたしにこれをくれたの」

「え?」その魔法が、あたしに、これを、くれた。文法は合っているけど、意味は? まるでわからなかった。

「アビーの魔法が、自分のかけらをあたしによこしたの。どんなことをしてくれるのかあたしにもまだわからない。ただ——これが——あなたの心のもやもやを食べちゃったみたい」

スーキーはそのことをしばらく考えていた。気分は楽になっていた。痛む部分を探ってみた。エドマンドは自分に会えたことを喜んでくれたのに、自分は彼をつっぱねた。だいじょうぶ、たしかに起こってしまったことだけれど、もうその傷は癒えていた。「ああ。ふうん。そうなの。今うちのアパート通り過ぎちゃったわ」

車は速度を落としてUターンした。スーキーはアパートの建物を指さした。古いアールデコ調のアパートで、一九三〇年代後半に建てられて以来、頑固に保存がなされてきた。天井の高いひろびろとした部屋に、住人は家でのんびり過ごすことなどまずない独身貴族《ヤッピー》ばかりだった。車は私道に乗り入れた。スーキーはエドマンドに言って、自分の駐車場に車を停めさせた。スーキーの車はキャロライン伯母さんの家の前に停めっぱなしだったが、スーキーが出かけているあいだくらいは平気なはずだし、空港の駐車場に停めておくよりずっと安上がりだった。

「すぐ戻るわ」スーキーは車から降りた。

マットが後部座席の窓を開けた。「あがってもいい？　トイレに行きたいの」

スーキーはマットのまっすぐな瞳を見つめた。すこしひとりで考えたかったのだが、いやだと言えなかった。「どうぞ」とぶっきらぼうに言った。「だけどまわりのものは見ないでよ、いいわね？」

「わかった」

スーキーは助手席側の窓をのぞきこんでエドマンドを見た。「あなたも来る？」いらついた声で訊いた。

「いいよ」エドマンドはにっと笑った。「そこらへんで済ませるから」

まったく！　彼が近所の人に公然わいせつ罪で取り押さえられでもしたら、空港まで運転してくれる人がいなくなってしまう。マットが運転できるとか、この活気にみちたエドマンドの車を、スーキー自身で運転できるというなら話は別だが。「もう。来なさいよ！」このふたりに生活を見られたからといってなにがまずい？　部屋はきれいにかたづけてある、それだけは自信があった。部屋はいつでもかたづいていた。過去を思い起こさせるものがうっすらとでもたまりそうになると、スーキーはそのたびに掃除をした。思いだすのもいやなほど、そういうことはしょっちゅうあった。とにかく、ゆうべはとくに念入りに掃除しておいた。旅行前はいつもそうすることにしていたからだ。残滓のなかへ帰ってくるのはいやだった。「空港にだってトイレくらいあるでしょ」

「ぼくらは空港では降りないよ」エドマンドが車から降りながら、言った。「きみが一緒にいてほしいなら別だけど、さっきはとてもそう思えなかったし」

「ドアはロックした？　衣装バッグがあるのよ」狙われたら困るもののほかには、ぱんぱんにふくらんだ巾着型バッグと、中身がいっぱいつまっているが臭くはないビニールのごみ袋、クーラーボックス、毛布、クッション、それに食料品の入った袋がいくつかあった。

「その必要はないよ」

「このあたりには来たことないんでしょ。どうしてそんなことがわかるの？」

マットがスーキーの腕にふれた。「だいじょうぶだってば」

車がぽんと音をたてた。ロックボタンがすべて下りたのがわかった。

「ああ。そうだったわ。自動車なのよね」スーキーはふたりを連れて建物の前まで行き、正面玄関の鍵を開けながら、うっかり言ったことがしゃれに聞こえなければいいがと祈った。スーキーはしゃれが大嫌いだった。とりあえずふたりとも笑ってはいなかった。

三人は黙ったまま旧式のエレベーターに乗りこんだ。スーキーはまだ、自分のいやな気分を食べてしまった金色のベールのことを考えていた。もしあんな離れわざが手に入ったらどんな感じだろう？　近頃はいやな気分になることなどあまりなかった。自分の生活に雑多なものが入りこまないよう、スーキーはあれこれと予防線を張っていた。仕事帰りに誰かとなにかをすることなどなかった。ライルは別だったが、彼はほんとうは気に食わないにせよ、自分たちの関係がそれ以上にならないことを承知してくれていた。彼女は本を読んでいて胸をつき動かされそうになると、飛ばし読みするか、読むのをやめてしまった。ニュース番組やテレビのスペシャル番組も見ないようにしていた。無用に他人と親しくすることはなかったし、こんにちはとかこんばんはとかまた来週、などといった当たり障りのない挨拶以外は交わさないようにしていた。企画を選ぶときはいつでも、心に訴えるものより知性に訴えるものを選んだ。かなり面倒な状況におちいっても対応する手腕を持ち合わせていたので、たいていどんなことでもなんなくこなせた。

もし、金色のベールが自分のものになったら。新しいことに挑戦できるかもしれない。つらい思いをせずにすむよう、ベールが保険の役割をしてくれるだろう。変わりばえのしない毎日をきっと変えられる。こうして考えてみると、彼女の毎日は無難ではあったが、なんとも退屈だった。

エレベーターが着いて扉がちょうど開いたとき、スーキーの指にマットの指がからみついてきた。「なに?」スーキーはぎょっとして手を見おろした。

「ちょっと!」マットが声をあげた。金色のものが彼女の指を下りてきてスーキーの手を包みこんだ。「やめて! なにしてるのよ?」黄金は真ん中でふたつに分かれた。片方はマットの手をすっと駆けのぼると袖のなかに消え、片方はスーキーの手をのぼってきて輪の形になり、手首に巻きついた。スーキーは手を持ち上げて金色の輪を見つめた。平らな、飾りのないブレスレットのようだった。

「ごめんね、ごめんね」マットは言った。「どうしてこんなことしたんだろう。あたしが言わなきゃなにもするはずないのに……もしいやならなんとかはずしてみるわ」

スーキーは手を頭の上にかざした。下りてきて、もやもやを食べてくれるベールさん。心のなかで呼びかけたが、なにも起こらなかった。そりゃそうよね。今はあまりもやもやした気分じゃないもの。「ほしかったの」

「え?」マットははしばみ色の瞳をまるくした。

「これはわたしのいやな気持ちを食べてくれた。こういうのがほしかったのよ。ほんとに素敵」スーキーは精一杯冷ややかな、いやらしい笑い声をたててみせた。「このブレスレットさえあれば、世界はわたしの思うままだわ!」

「エレベーターを使いたい人がいるみたいだよ」エドマンドが静かに言った。彼はエレベーターの扉を押さえていた。

「ああ、そうよね」スーキーはエレベーターから出た。マットもすぐあとにつづいた。「もやもやを食べてくれるベールがあるからって、なにもかも思いどおりってわけにはいかないのね」スーキーは先に立って廊下を進み、自分の部屋の前まで来ると鍵を開け、ふたりを招き入れた。「トイレはそこのドアよ」右側を指さした。

「ありがと」マットは駆けこんでいった。

スーキーは居間に立ったままエドマンドを見た。彼の目は、白いソファとその上の白いクッション、白い敷物、金属製の脚がついたガラスのコーヒーテーブル、三脚ある背もたれのない白い布張りの椅子にそそがれていた。壁は涼やかな淡いグリーンだった。

エドマンドは眉を上げ、スーキーを振り向いた。

「家に帰ってくるとすごくほっとするわ」スーキーは言った。

エドマンドはうなずいた。

「なにかにわずらわされることもないし。いちいち思い出にも残らない」

「うん」

「ここだと居心地がいいの」なぜそんなことを言ったのか自分でも不思議だった。むきになっていると思われるにきまっていた。

「そう」

スーキーは数歩前に出てソファにどさりと腰を下ろした。どっぷりと絶望感にひたされていた。これが自分の生活。帰ってくるのはなにもない場所。仕事に行けば行ったで、あらゆるものとの関わりを避けている。なのに幸せだなんて言い張って。

できたばかりのブレスレットが手首でうごめいた。

うちひしがれた気持ちで、スーキーは手を頭の上にかざした。鈍く光る金色のベールが下りてきた。光の粒がベール全体にきらめいて輝きを増した。やがてひゅっ！　とベールはブレスレットの形に戻り、スーキーの気分も晴れていた。

「な――」エドマンドはスーキーの前に椅子を引いてきて、膝と膝がぶつかりそうなほど近くに座った。「なんだ？」

「すごいわ」スーキーはブレスレットをもう片方の手で包みこんだ。ブレスレットはあたたかく、熱いと言ってもいいほどで、先ほどよりもすこし大きさを増していた。スーキーがのぞきこむと、ちいさな光の粒が彼女を照らして一瞬またたいてから消えた。「ありがとう！」スーキーはブレスレットにキスをした。不思議な感触がキスを返してきた。あわてて手首を口から離すと、金色の表面には唇の跡がついていた。やがてそれも消えた。このブレスレットには用心したほうがいいんだろうか。

「まさにこういうのがほしかったの」気分は晴れていたが、スーキーの声はすこし震えていた。エドマンドの目を見上げると、その目は彼女を一心に見つめていた。「エドマンド……」スーキーは両手をひろげて前かがみになり、彼を抱きしめた。エドマンドも抱き返した。

伯父のヘンリーは一年前に亡くなった。もう何年も、伯父と伯母以外の誰かを抱きしめたことなどなかった。それとは違う感じがしたが、怖くはなかった。エドマンドはセージのような匂いと、キャンプファイアの煙のような匂いと、人の匂いがした。抱きしめる腕は力強いがきつくはなく、その身体はほっとするあたたかさだった。なぜか、彼は自分を傷つけたりしない、とはっきりわかった。彼女はエドマンドの胸に耳を押し当て、彼の鼓動に耳をすませた。

やがてスーキーはちいさな声で言った。「あなたがあらわれてからずっと、いやな態度をとってごめんなさい」

「いいんだ」エドマンドはささやいた。

「やっぱりまだ、怖いものがたくさんあるみたいだわ」

「きみには楽じゃなかったね」

「でもずっと楽だったの、あのときあなたが――ううん、ここへ越してきてからは。ただ忘れるだけのことなのに、どうしてできないのかしら？」

「人生はそういうものじゃないんだ」

「終わりにしたいだけなのに。とっくに過ぎたことなのよ。わたしはもう違う人間だわ。なのにまだ昔のことがわたしを苦しめるの」

エドマンドはなにも言わなかった。なす術《すべ》もないのだろうかとスーキーは思った。ブレスレットが手首で動くのを感じ、スーキーは心のなかで呼びかけた。〈やめて。今はいや〉今感じている気持ちがなんなのかスーキー自身にもわからなかったが、それがなんであるにせよ、まだ消えてほしくなかった。ブレスレットはぴたりと動かなくなった。

逃げている。自分は逃げている、見えないなにかに追われて。井戸の底に沈んだジグソーパズルのピース。もし逃げるのをやめてあらためて目を向けてみたら、なにかが変わるだろうか？　さらに傷つくだけだろうか？

スーキーはため息をつくとようやくエドマンドから離れ、彼も腕をほどいた。ふたりは身体を引いて互いの顔をまじまじと見つめた。「あなたは逃げたんだ、ってマットが言ってた」しばらくしてスーキーは言った。「そして、それ以来ずっと逃げつづけてるって。そんな感じのことを」

エドマンドは眉をひそめた。「ぼくはずっと放浪しながら、やるべき仕事が向こうから呼びかけてくるのを待ってたんだ——人助けとか、もの助けとか。逃げているというより、流されている気分だった。それも悪くなかった。だけど、今は——」彼は顔をそむけたが、やがて笑みを浮かべた。「マットに会って、そんな生きかたが変わった。彼女の言うとおりだ。ぼくはあの夜から逃げてる。思いだすことさえできない。あの記憶を取り戻さないかぎり……」

「それをわたしに手伝えと？」スーキーは訊いた。心の壁を塗り固めるしっくいがさらに必要だった。もっとしっくいを塗りこめ、煉瓦を積み上げなければ。「できないわ。できるはずないじゃない」

「無理にとは言わないよ」

マットが戻ってきてふたりのそばにある敷物の上に座った。「エドマンドの心のなかには、大きな火傷の跡があるようなものなの。自分ではつらくて見られないのよ」

スーキーは胃を押さえた。ここ何年もなかった、あの刺すような痛みが戻ってきて、苦しげな声をあげた。意識が横にそれた。彼女は時計を見た。「出張！」自室に駆けこむと、大急ぎで旅行用の服に着がえた——楽な黒のスラックスにゆったりしたピンクのブラウス、いかにも仕事らしい格好に見えるグレーの軽いブレザー、かかとの低い黒の靴と靴下というでたちだった——そしてスーツケースとノートパソコンをあわててひっつかんだ。「行かなきゃ！」

「ちょっと待った」エドマンドはトイレに姿を消した。

「あなたにも見ることができないの？」マットが訊いた。

スーキーは白い敷物の上を行きつ戻りつした。「つらくて仕方がないのよ、マット。胸がむかむかしてくるの」

「わかった」マットはため息をついた。「いいわ。やめましょ。ほかの方法を探してみる。あなたにつらい思いをさせるつもりはなかったの」彼女は立ち上がった。にこりと笑って、もうその話は終わりにした。「荷物運ぶの手伝うわ」マットがスーツケースに手を伸ばした。ノートパソコンのほうを渡そうかとも思ったが、こわされてもいやだった。だがスーツケースは重いし、マットは自分よりも小柄だ。スーキーは肩をすくめ、素直にスーツケースを渡した。

「黄金《ゴールド》があああなったのは」マットはスーツケースにしがみついて言った。「あなたが望んだからだったの？」

「そうよ。だけど、あなたから盗ってしまったようなものでしょ？」

「かまわないわ。まだあるもの。ただ、どうしてあなたの望みがわかったんだろう？　とにかくわかったのよね、きっと。あなた、あれがどういうものだかわかってる？」

「もやもやを食べてくれるベールでしょ」

「違う。魔法よ」

「そりゃ魔法には違いないわ。それ以外にある?」

「そうじゃなくて――つまり、たとえば棒の形をしててもバターはバターでしょ? それとおんなじ、これは魔法のかたまりなの。どんなことをしてくれるのか、なにができるのかあたしにもまだわからないんだけど、いろんなことができるのよ」マットは下唇をかみ、金色に覆われた手首をスーツケースの取っ手に押し当てると、やがて手を離した。スーツケースが宙に浮き、取っ手の上でこまかい金色の粒がきらめいた。「使いすぎるとくたくたになっちゃうけど」

「すごいわ」スーキーは息をのんだ。商談を盛り上げるためのアイデアが次から次に浮かんできた。ものを浮かせることができたら、相手の興味を惹いて、いずれは契約にもつながるはずだ。

「それと、使うと減るのかどうかも謎。使い果たすとなくなっちゃうのかもしれない」

エドマンドが戻ってきた。彼は浮いているスーツケースをじっと見た。

「とすると、やっぱりあなたから盗っちゃったことになるわ」スーキーが言った。

「まあね、でもほら」マットが両袖をまくり上げると、手首から前腕の真ん中あたりにかけ、金色の帯で覆われていた。どちらの腕にも、帯のなかほどに、さらに濃い金色のすじが一本通っていた。「やだ。前より大きくなってる。厚くなってるし。うわ。どうして――ま、とにかく、スーキー、いっぱいあるからだいじょうぶ」

「それじゃ、ありがと、マット。これ——まだ二度使っただけだけど、ものすごく助けになってくれそう」胃痛も治してくれるだろうか。だが、考えるにはおよばなかった。過去のことから頭が離れたら、胃痛はどこかに行ってしまった。

「よかった」マットが玄関に向かって歩きだすと、スーツケースがあとをついていった。スーキーとエドマンドはそのあとにつづいた。外の廊下で、年配の女性がちいさな白い犬を連れてほかのドアから出てきた。女性は青緑色《ターコイズ》のトレーニングウェアを着ていた。プードルのほうは、飾りのない革の首輪をしているだけだった。ひとりと一匹は細い鎖でつながれていた。

マットはとっさにスーツケースの取っ手をつかんだ。「それともうひとつ」三人が外に出て、スーキーがドアに鍵をかけていると、マットが言った。「魔法を使うときは時と場所を考えないと、頭がへんだと思われるわ」

「トンプキンズさんは、スーツケースが浮いてるのなんか見たら、わたしの頭がへんだと思うより、自分のほうがどうかしてるって思うんじゃない？」

「そうともかぎらないわ。人《ひと》の脳って、考えを曲げなくてすむように身をかわすことができるの。スーツケースが宙に浮いてるのをあの女性が見たとしても、目は素通りしてて、二度と思いだしたりしないかもしれない。あたしたちがいたずらかなにかしたと思うかもしれない。人って、どんなに無理そうなことでも、いたずらってことで片がつくと思ってる。でなければ、スーツケースが宙に浮いてると思ってるのはあたしだけで、あたしの頭がへんなんだってことにしちゃうのよ」三人は廊下を歩いていった。

ミセス・トンプキンズはエレベーターの扉を押さえていてくれた。全員がエレベーターに乗りこんだとたん、プードルが鎖を引っぱりつつ、エドマンドの脚に飛びついた。

エドマンドは膝をついて犬をなでてやった。犬が顔をなめた。「あらあら」ミセス・トンプキンズが言った。「フーはめったに知らない人になつかないのに。まあ、スーキー、こちらはお友達?」

「エドマンドとマットです。エドマンド、マット、こちらはミセス・トンプキンズ。トンプキンズさん、もしスーツケースが宙に浮いてるのをごらんになったら、なんだと思われます?」

「特殊効果? 映画のセットにでも入りこんじゃったってこと? 『どっきりカメラ』? あらまあ、どうして? 正しい答えはなあに?」

「魔法です」スーキーは重々しく言った。

「ああ。そう、なるほどね。それじゃ、そう思うことにするわ」ミセス・トンプキンズはにこりと笑った。「あなたは魔法使いかしら?」彼女はエドマンドに訊いた。

彼は顔を上げて彼女に笑いかけた。フーは静かに息をたてながら、まだエドマンドの腕に前足をかけていたが、振り向いて自分の主人を見た。

「この子がよその人にこんなになつくことなんて、まずないのよ、それにこのエレベーター、魔法の匂いがぷんぷんしてるわ」

エドマンドは立ち上がり、フーを左腕に抱いて、右手を差し出した。ミセス・トンプキンズはその手を握って満面の笑顔を浮かべた。「このことがスーキーにとっていいほうに向かうといいわね。あまりにもひっそりと暮らしてるんだもの」

「これからパリに行くんです」スーキーは言った。「それでもひっそりとしてるかしら？」

「お友達もご一緒に？」

「いいえ。出張なんです」

「それじゃやっぱりひっそりしすぎよ。しばらくこのかたちと過ごすといいわ、スーキー。信じないのなら、星占いを見てごらんなさい」エレベーターの扉が一階で開き、ミセス・トンプキンズはエドマンドからフーを受け取ると、やがて姿を消した。

「一年前から顔見知りなんだけど、あの人のことなんて気にもかけてなかったわ」

「それも大事なことのひとつ。意外な人が意外なことをするものよ」マットはエレベーターを降りた。

「あの人、魔法使いだった？」あとにつづきながらスーキーは言った。

「見れば、たぶんわかったと思う。でも見てなかったの、まわりのものを見るなってあなたに言われてたから」

「ふうん」なるほどね、とスーキーは思った。「いつもずうっと見てるの？　そうじゃないんでしょ」

「うん。あたしは心の目って呼んでるんだけど、開いたり閉じたりできるの。以前《まえ》はずっと開けっぱなしにしてた。今はそんなに警戒しなくていいから、あんまり使ってない」

「心の目、ね」スーキーはつぶやいた。エドマンドが前に出て玄関のドアを押さえ、三人は冷たい夜の空気のなかを連れだって車に向かった。三人が近づくと、車の後ろ側のドアが開いた。「ジグソーパズルの女の子、か」スーキーはノートパソコンをそっと車のなかに置いた。「それにしても、どうしてパリへ行くってわかったの？　どうやって知ったの？」

「パリ？」マットはスーツケースを車に載せた。眉間にしわを寄せた。「パリ？　ああ、チケットよ」

スーキーは、キッチンにハンドバッグを置いてきてしまい、マットがそれを持って出てきたことを思いだした。「バッグの中身を見たの？」かっと頭に血がのぼった。またしても土足で踏みこんでくるなんて。

「ううん。見てない。チケットが言ってたの」

「え？」

エドマンドは車の後ろのドアを閉め、ふたりとともに車の前に向かった。マットとスーキーは車に乗りこみ、スーキーはまた前の席に座った。

「だって、チケットが大騒ぎしてたんだもの。パリ、パリって。ひたすら叫んでたわ」

「聴く力、ね」そういえばマットは先ほどそんな話もしていた。耳をすませ、どういうふうに鍵のかかった家に入るか。「気味が悪いわ」スーキーはつぶやいた。

車の後ろからは沈黙が返ってきた。スーキーがちらりと振り返ると、マットはクッションの上に長々と寝ころがり、車の屋根を見つめ、両足を伸ばして窓の上に載せていた。

エドマンドは車をバックさせて駐車場から通りに出た。フリーウェイに入って北に向かうようスーキーは言った。虎縞模様の座席カバーに背中を預け、魔法のブレスレットを無意識になでていた。金属の感触が指の下で熱くなった。

　自分がマットだとしたらどんな気持ちだろう？　スーキーは相当なエネルギーをそそいで、恐ろしい外からの刺激に心を乱されることがないよう、必死で遮断してきた。マットは他人よりも多くのものを目にし、多くのやりとりを聞かされている。どうやってそれらにフィルターをかけるのだろう？　外から入ってくるもののすべてを、どうやってより分けているんだろう？　それでなぜ平気でいられるんだろう？　マットが望む望まないにかかわらず、それらは目と耳に勝手に押し寄せてくるんだろうか？　いや、あの特殊な目は閉じることもできるんだとマットは言っていた。他人の意図が見えるってこと？　マットは人の悪だくみを事前に見抜くことができるんだろうか？　未然に防ぐこともできるんだろうか？

できないのだとしたら？

　知ってしまったものをいつ、いかに役立てるか、彼女はどうやって決めるんだろう？　どこまで目をふせ、耳をふさぎ、忘れることができるんだろう？

　タイヤは優しい音をたてて道を走った。三人を乗せた車は、明るい街灯をひとつ、またひとつと過ぎた。えんえんとつづく街灯はフリーウェイの前方を照らし、左右にはきらびやかな明るいビルや、夜景を映しだした大きな看板がつらなっていた。もう遅い時間だったので、道はそれほど混んでいなかった。ここがわたしの住処《すみか》、とスーキーは思った。美しいものも、腹立たしいものも、醜いものもみんなひっくるめて、ここがわたしの故郷《いえ》。

わたしの家。スーキーはアパートを思い起こした。鉢植えを置いたり、絵を掛けたりしたことは一度もなかった。トイレのそばに置いてある白い籐製の洗濯かごの上にはインテリア雑誌が積んであり、名前と私書箱番号を記した定期購読者用のラベルが貼りついたままになっていた。読んだあとはすぐごみ箱行きだ。なにかが根づこうとしても、それは短い生命だった。

伯母の家のほうにある部屋にはもうすこし個性があったが、それは与えられた個性だった。平原を走る野生馬の群れのポスター、ピンクのバレエシューズのポスター、焼きものの、ちいさな丸々としたコマドリのひな。どれもみな、スーキーがすこしでもくつろげるようにと、前もって伯母夫婦が置いたものだった。互いのことはあまりよく知らなかった。スーキーの父親は家族を旅行に連れていったことなどなかったし、伯母夫婦のほうも、彼女が十歳くらいの頃に一度訪ねてきただけだった。部屋の飾り棚にはガラス細工の馬が数頭と、母親のコレクションだった、一度も遊んだ憶えのない人形と、磁器製のバレリーナの像が載っていた。馬とバレリーナは父親からの誕生日プレゼントだった。どれもみな、スーキーとなった自分にはまったく関わりのないものだった。

伯母の家の壁に貼ってあった野生馬とバレエシューズはしだいに見慣れた。馬がだんだん気に入りさえした。だがやはり彼女には関わりのないものだった。だからといってポスターをはがしたり、もっと気に入ったものを貼ろうとまではしなかった。それもまた、自分の力など及ぶはずのない、たくさんのもののうちのひとつにすぎなかった。「壁になんて、なにを貼ったらいいのよ」スーキーは声に出して言った。ネイサンの家にあった自分の部屋にさえ、飾りつけなどしたことはなかった。

いや、していただろうか？　そういえば幽霊屋敷の一階を歩きまわりながら、過去から家具を呼びだしたことはあった。そのうちのいくつかを選び、残りを消してしまうこともできたが、かつてあの場所に存在していたものが、どれも好きで好きでたまらなかった。身体を包みこんでくれるやわらかいビロード張りの椅子。こまごまとした宝物だらけの散らかったテーブル。暖炉の上の古い肖像画に描かれたネイサンの母親は、美人で、若々しかった。

「パリには素敵な美術館がいくつもあるじゃないか」まるでスーキーの思いをたどったかのように、エドマンドが言った。「もし気に入ったのがあれば、複製を買えるはずだよ」

「行ったことあるの？」

「いいや、しばらく図書館に住みこんでたことがあって、そこで写真集を毎晩見てたんだ」

フリーウェイの右手に、空港近くのホテル群が見えた。やがて飛行場が見えてきた。巨大な飛行機が、機体の着陸灯と地上灯に照らされて姿を浮かび上がらせ、轟音をあげながら滑走路を動いていくさまは、いっとき地に縛られた恐竜のようだった。その向こうにはサンフランシスコ湾の、夜の灰色の海がひろがっていた。

「図書館でなにをしてたの？」

「問題をかたづけてた」

「え？」スーキーはかすかに笑った。

「以前《まえ》にも言ったけど、ガスリーを離れてからはそういう暮らしをしてたんだ。風の向くままあちらこちらへさすらって、こうしてくれ、となにかが呼びかけてくるのを待つ。ものが直ろうとする力に手を貸してやれると充実感がわくよ。破壊という毒を消すことができるからね」

スーキーはエドマンドの横顔をまじまじと見つめた。若々しく、たくましくて、思いやりにあふれて見えた。話を聞くかぎり、充実した人生を送っているように思えた。「どんな問題？」

「たいていは骨組みの問題だね。きしんでる棚だとか、すりへった床だとか、背表紙のこわれた本だとか、ぼろぼろの水道管だとか」

「あなた大工さんだったの？」

「そういうわけじゃなくて」エドマンドは微笑んだ。「魔法使いのやりかたで直したんだ。強くて頑丈なもとどおりの自分に戻りたいと思っている、弱ってしまったものを見つけだす。強くなろうとするエネルギーを呼び起こして、そそぎこんでやる。すぐには直らないけど、そのときはほかに行くべき場所もなかったから。そして夜になって、誰もいなくなると、図書館は自慢のものばかりを見せてくれた。世界じゅうを旅することができたよ」

スーキーは首をかしげた。「ほうきに乗って飛んだことはある？」

エドマンドは思わずにっと笑った。「ないな」

「どうして？」

「することがほかに山ほどあったんだ」エドマンドは空港出口でフリーウェイを降りた。

スーキーは時計を見た。午後十時のフライトまでにはまだ二時間あった。充分間に合うだろう。

「どのゾーン？」エドマンドがつぶやいた。複車線になった降車ゾーンが三、四本あった。

「右側へ行って、そのまま出口のほうに向かって。国際線のターミナルは真ん中へんよ」胸のなかが押しつぶされるような妙な感じがした。エドマンドと話している自分は、まるで何年ものあいだ、他人《ひと》と言葉を交わさずにいた者のようだった。降車ゾーン変更のことだけでなく、きわめて大事な話のときも、無駄話のときもそうだった。エドマンドは逃げ隠れする必要のない相手だった。スーキーの最悪の部分をほとんど知っているのだから。さらに奇妙なことに、彼女はエドマンドの重大な秘密を握っていた。そしていつしかマットとも親しくなるはめになった。マットはスーキーの心をその目に映し、言葉にされない思いを読み解くことができた。腹立たしい反面、スーキーは心のどこかでそれを求めていた。いちいち説明する必要のない相手、殻に閉じこもった心に話しかけてくれる相手を。だが十五分か、スムーズに行けば十分ほどで、このふたりとは別れて見知らぬ人だらけの街へ飛ぶ。着いたら仮面をつけ、異国の言葉で、自分にとってはどうでもいい商品を相手にすすめるのだ。

「ほうき」スーキーはつぶやいた。ブレスレットに指をすべらせ、見おろしながら思った。もしこのブレスレットをほうきに当てたら、かけらが飛びだして、さっきのスーツケースのように浮かせることができるだろうか？　自分もほうきに乗れるだろうか？

ちいさな金色の蔓がブレスレットからほどけてスーキーのほうに伸びてきた。蔓の先が右往左往した。驚きに胸をはずませ、スーキーがそれを指でなでると、蔓はくるりと指先にからみついた。魔法のかたまり。彼女の頼みをすべて聞き入れたがっている。しゃれた縦型の掃除機のほうが座りやすいかもしれない。でなければ絨毯。操縦はどうやるんだろう？

車は国際線ターミナル前の車寄せに停まった。航空会社の制服を着た黒ずくめの男たちが入口の壁ぎわに立ち、荷物検査のために待機していた。「ユナイテッド？」エドマンドが訊いた。

スーキーは目をぱちくりさせた。金色の蔓をブレスレットの本体に戻し、ぼんやりとガラスの玄関の建物を見つめた。「え？　ああ、そうよ」彼女は座ったまま身じろぎもしなかった。目の焦点がぼやけはじめ、なにもかもがにじんで見えた。

ずっと長いあいだ、ひたすら斜面をすべり下りているようなものだった。この出張もそのひとつにすぎず、すべり下りるのが磨き上げられた表面からワックスのかかった表面に変わるだけのことだった。機上では眠るか、分厚いミステリの本を開いておくかして、近くの席の人が誰も話しかけてこないことを願いつつ、ニューヨークで乗り継ぎをし、オルリーまで飛ぶ。かずかずの出来事も、仕事も、うわべだけの笑顔も、あっという間にぼやけて通り過ぎていくだけで、目を惹くことはない。そしてふたたびここへ戻ってきて、またひたすらすべりつづける毎日が始まる。売り上げが伸びればボーナスが出る。お金はしっかり貯めておかなきゃ、将来の雲行きがいいはずなんかないのだから。

「スーキー？」エドマンドが彼女の頰にふれた。いつのまにか頰を伝っていた涙の跡を、その指先がなぞった。

スーキーは顔をそむけ、窓の外を見た。

空港警察官が大股にこちらへ向かってきた。そういえば、車寄せにあまり長く車を停めていると注意されるのだ。しばらく前、ここでスーキーを降ろしたキャロライン伯母さんが別れをおしんでいたところ、厄介なことになった。

「ここから出ましょう」スーキーは低い声で言った。

「いいの？」

スーキーはじっと待った。とうとう警察官が近づいてきて窓をたたいた。ほんとうにいいの？ 降車ゾーンのロータリーをひとまわりするだけなら、ほんのすこし遅れるだけですむ。スーキーは窓を下ろした。

「降りる人がいるか、降ろす荷物があるのかね？ ここは駐車禁止だ」警察官が言った。「これ以上停まっていると、署まで来てもらって車も没収することになるぞ」

「今出ます」スーキーはエドマンドを見た。

エドマンドは前後を確認した。彼は車寄せから車を出した。

「どこへ？」しだいに空港が遠ざかるなか、エドマンドが訊いた。

「どこでもいいわ」スーキーはやがて口を開いた。「北へ」

スーキーが一緒に来てくれた。マットはほっと胸をなでおろした。彼女は前部座席の後ろに横向きに寝ころがり、膝を曲げて、ブーツのつま先を片方のドアに、頭を反対側のドアに寄りかからせ、緊張がほぐれていくのを感じていた。スーキーがどのような力になってくれるかわからなかったが、まったく力を借りられないよりはるかによかった。

だがそれで思いだした。両袖をまくり上げて手首の輪を見ると、一部を彼女に分け与えてしまったにもかかわらず、黄金《ゴールド》はひじの近くまでひろがっていた。〈どうして大きくなってるの?〉

〈あなたが栄養を与えてくれる〉

栄養ね。ふうん。なにを食べるんだろう? スーキーのもやもやした気分、というのがそのうちのひとつであることはわかったけれど、ほかには? 自分もなにか吸い取られているんだろうか? いったいどこまで大きくなるんだろう? この黄金《ゴールド》も、人を傷つけないように象《かたど》っておいたっけ? いや、していない。マットは、アビーとトニーの家で過ごしたときのあわただしい記憶を思い返した。ゴールドがいちばん最初に手首の輪をつけてくれたのは、マットが人を傷つけるなと命じる前のことだった。けれども、輪の一部はジニーから来たものだし、そのジニーは人に害を与えないよう、きちんと象られていた……〈あなた、誰も傷つけないように象られてる?〉マットは手首の輪に問いかけた。

〈あなたの望みにしたがうように象られてる〉

あたしの望みね。ふうん。〈スーキーの願いをかなえてるのはどうして?〉

〈あなたはだめって言わなかった〉

なるほど。またややこしくなった。この黄金《ゴールド》も、自分の言うことだけを聞くように象っておいたほうがいいだろうか? でもスーキーは嬉しそうだ。もしかしたら、彼女に今いちばん必要なのは魔法なのかもしれない。

マットの腹が鳴った。起き上がって食料品の袋をかきまわした。「スナック菓子食べる?」

スーキーが目をまるくして振り向き、うなずいた。

「エドマンドは?」

「ベーグル投げて」

マットはけしの実のついたベーグルを見つけて投げた。ベーグルは彼に近づくとスピードを落とし、手のなかにすとんとおさまった。「ありがとう」マットはコーンチップスの袋と、クーラーボックスから出した水のボトルを二本つかみ、また前に進んでいった。コーンチップスの袋を開け、スーキーの横にあるサイドブレーキの上に置いて、彼女に水のボトルを渡した。

「ありがと」スーキーはコーンチップスをひとつかみ口に入れ、かんで、飲みこんだ。「そういえばお昼からずいぶんたってるのよね。考えてみたら、お昼だってひと口も食べてないわ。

やだ。机の上に置いたままにしてきちゃった。誰も執務室を掃除してくれなかったら、帰ってきたときひどいありさまになっちゃう」

「帰るつもりなの？」

「なんですって？」スーキーは目をぱちくりさせた。

「仕事をつづけたいんだったら、今回のパリ行きをけとばしちゃったの、まずかったんじゃないかな。あたしが勝手にそう思うだけなんだけど。高校のときにベビーシッターのアルバイトをしたくらいで、ちゃんとした仕事についたことなんかないし――あとはたいてい皿洗いとか、食べものと引き換えに頼まれごとをいろいろやったくらいかな。だけど――」

「あなたの言うとおりだわ」スーキーは重そうに口を開いた。「わからない。すごくへんな気分。わたし、すべてを捨ててきちゃったのよね」

「まだ間に合うよ」エドマンドが言った。「乗るはずだったパリ行きの飛行機にはもう間に合わないかもしれないけど、戻って仕事をつづけたいなら、まだ引き返せる」

スーキーはしばらくじっと黙ったままだった。「わたし……戻らないわ。とにかくもう後戻りはしない。パロアルトに帰ってきたとしても、ぜんぶ一からやり直すわ。もうものごとを変えるべきときだと思ったから、あなたたちについてきたんだもの」

しばらく誰も口を開かなかった。

スーキーがふいに沈黙をやぶった。「会社に電話して、パリの展示会には行けそうにないから、企画を練り直してって言わなくちゃ」

「そのうち車をどこかに停めるから、そのときに電話するといい」

「この時間じゃもう誰も会社にはいないわ。まあ、ひょっとしたらまだ頑張ってる人がいるかもしれないけど。留守番電話にメッセージを残しておけばいいわ。でなきゃ明日まで待って、直接上司《ボス》に話してもいいし。いやがられるでしょうけど。機械相手のほうがまだましね。ライルにも電話してと。それできっとなんとかなるわ」

マットはコーンチップスを食べた。水のボトルのふたを開け、エドマンドに差し出した。彼は水をひと口飲んで、ボトルを返した。「ところで、どこへ向かってるの？　アビーの家に戻るつもり？」マットが言った。

「どう思う？」エドマンドが訊いた。「着くのはたぶん夜中の十一時半か十二時頃になってしまうし、向こうも来るとは思ってないだろう」

「訊いてみればいいわ」マットは片方の手で、反対側の手首を取り巻いている黄金《ゴールド》を握りしめた。ここからジニーと直接話をすることができる。回線を開いてみようか？「あたしは居間のソファで寝たっていいし。気持ちよさそうだったもの。車のなかに泊まったっていいわ」

「いざとなればみんなで車のなかに泊まればいいさ。さっき別れたばかりなのに、アビーがまたぼくらの顔を見たいかどうかわからないしね。ようすを訊いてくれるかい？」

「いいよ」マットは腕の輪の、金色の濃い部分に指先を当てた。〈ジニー？　ジニー、聞こえる？〉

「車のなかに泊まるですって？」スーキーが言った。「なにも車に泊まらなくたっていいじゃない。なんなら、わたしクレジットカード持ってるわ。ホテルに泊まりましょうよ」

「車のほうがホテルより居心地いいよ」エドマンドが言った。

「車にシャワーがあるっていうの？」

「うーん。なるほど」エドマンドが言ったそのとき、マットの指の下で黄金《ゴールド》がぴりっと震え、ジニーの声がした。

〈マット？　そっちはどう？〉

〈エドマンドの友達を見つけて、また北へ向かってるところ。その人も一緒よ。みんなどうしてる？〉

〈こっちはなかなか刺激的よ〉ジニーが笑みを浮かべるのが目に見えるようだった。〈アビーとトニーには怒鳴られっぱなしだけど、別に本気で怒ってないみたい。ふたりとも、あたしの正体なんかとっくに忘れちゃってる。もう、あたしのことベビーシッターだとしか思ってないわ〉

〈いいんじゃない？〉

〈あたしはだいじょうぶよ。今のところ文句は思いつかない。ふたりとも、まだゴールドのことではもめてるけど〉

〈ふうん〉マットは、ふたりがなにをもめているのか訊くべきかとも思ったが、なんとかしてくれと誰かに言われないかぎり、自分が口を出すことではないと思い至った。〈ほかの子たちもペットをもらった？〉

〈ええ。キースは猫、アイリスは犬。ほんものの動物ならよかったのに、ってトニーは思ってるみたいだけど。どうしたってふつうの動物とは違うもの。だけど、すっごく可愛いよ〉

マットは顔をほころばせ、ジニーに訊いてわかるだろうか、と思った。〈ねえ、今からあたしたちがそっちへ戻っても平気かどうか、エドマンドが訊いてくれっていうの。あんまり都合よくなさそう？〉

〈うーん……〉ジニーの思考がめまぐるしく動き、そのなかに困惑が混じるのをマットは感じた。〈たくさんのことがいっぺんに起こって、なんとか慣れようとしてるところなのよね〉

〈できれば行かないほうがいい？〉

〈はっきりとはわからないけど。でもそんな気がする。えっ？〉ジニーがはっと驚いて、意識をそらしたのがわかった。

〈こっちはなんとかなるわ〉マットは心のなかで語りかけた。さらにジニーの心に寄りそってみると、ジニーの肩をたたくトニーの姿が見えた。彼女がふいに黙ってしまったのを不思議に思ったのだろう。〈あとでまた連絡するわ〉

〈わかった〉会話はそこでとぎれた。

「今のはなんだったの？」スーキーが訊いた。

「今のって？」

「ジニーって誰？」彼女は金色の帯がついた手首を握りしめた。「トニーっていうのは？　キースって？　それにアイリスって？」

「ええっ？　聞こえてたの？」マットは話の内容をすべて思い返してみた。スーキーにはいろいろとわずらわしさを感じていた。ちらりとでもそのことをジニーに話しただろうか？　どこからともなくあらわれた相手がいきなり最高の友達になってしまうなんて、ふつうはありえないことだ。ジニーは、鏡に映ったもうひとりの自分だった。だから、思わずなんでも話してしまいそうだった。話があれだけ短くて幸いした。スーキーをとくに怒らせるようなことは言っていないはずだ。

「最初はほんのかすかだったけど、だんだんはっきり聞こえてきたの」

「あなたの黄金《ゴールド》、もとはあたしのだもんね」マットは手首の輪にふれた。「きっとジニーのぶんもすこし入ったんだわ」

「ジニーって誰？　ほかの人たちは？　知ってる名前はアビーだけだった」

マットは答えようとして口を開きかけたが、エドマンドが割りこんだ。「ジニーはなんだって？」

「みんな、ただでさえたくさんのことが起こって、なんとか慣れようとしてるところだから、今はできれば来ないほうがいいかもって」マットはそのとおりに伝えた。

「そうか。それなら、もうすこししたら行き先を決めなきゃならないな。行くあては？　このまま北へ？　峡谷のほうに向かってインターステート5に出る？　それとも別のところへ？」

しばらくのあいだ誰も答えなかった。

「そろそろ助けを借りてもいいんじゃない」マットは言った。

「助けを借りる？」スーキーが振り向き、前部座席のあいだからマットをじっと見た。

「エドマンドはこういうとき、精霊に話しかけて、方角を定めるのを手助けしてもらうの。あなたのこともそうやって見つけたのよ」

「ふうん」スーキーはちらりとエドマンドを見た。「なんだか雲をつかむような話ね」

「まわりの意見はとり入れることにしてるんだ」

スーキーはすこし考えこんでいたが、やがて肩をすくめた。「これはあなたの旅でしょう？」

「ああ」エドマンドはゆっくりと口を開いた。「そうだね。訊いてみることにしよう」

マットはまた食料品の袋をひっかきまわして、おいしそうな赤いりんごが入った袋を見つけた。りんごを三個出して自分のシャツで磨くと、二個を前に差し出した。

エドマンドが言った。「ハンドルを頼むよ」彼はりんごをかじって口にくわえると、ハンドルから手を離してズボンのポケットに両手をつっこんだ。

スーキーが飛び上がって悲鳴をあげ、急いでハンドルを握りしめたが、ハンドルはしっかりと自分で固定していた。「自動ってこと？」

「うん」エドマンドは釣り糸のついた鉛のおもりを取り出した。彼はりんごをダッシュボードに置き、おもりに唇を当てると、それを両手で包みこみ、なにごとかささやきかけた。やがてエドマンドはおもりをバックミラーに結びつけ、ふたたびハンドルを握った。

おもりはかすかに前方に振れた。

「よし。どこかで車を停められればもっと詳しく調べられるけど、こういう街なかの道路はいちいち出口が面倒だからね。一度降りたら二度ともとに戻れなくなりそうだ」車はライトアップされた大きな看板をいくつも過ぎた。ラスベガスのホテルやナイトクラブの出しもの、最新の超大作映画などの広告がでかでかと描かれていた。さらに左手には、これぞサンフランシスコ、というダウンタウンのビル群がそびえていた。

北へのびるUSハイウェイ101と、湾を渡って東に向かうインターステート80の交差するインターチェンジに差しかかると、おもりが右に傾いた。三人はベイブリッジを渡り、東に向かった。

マットは光あふれる街をいつまでも見ていたが、やがてそれも遠ざかると、ごろりと横になった。こんな大都市に来たのはずいぶん久しぶりだった。街がなにか言っているだろうか、と耳をすませてみた。街は数え切れないほどの、夜特有の声にあふれていた。橋は、湾の底の岩盤深くにつま先をひたし、サンフランシスコの海岸線からイェルバブエナ島を通って、オークランドの海岸線まで、あいだにトンネルをはさみ、縫うように走っていた。その土台は水に抱かれ、吊りケーブルのあいだを風が歌うように吹き抜けていた。道は、走っていくさまざまなタイヤや吐きだされる排気ガスに対する感想を述べたり、さまざまな乗りものの大きさや重さのこと、ひっきりなしに通るそうした乗りものが自分をもみほぐしていくさま、風が自分を揺らすさま、ときおりうごめく足もとの地面、優しく包んでくれる霧、身体をあたためてくれる日射し、そういったことをしきりに語っていた。ケーブルは、自分がたえまなくぴんと張りつめていること、そしてたえまなく反対側に引っぱられていることを、歌うように話していた。

すれ違いざまに、ほかの車がささやきかけてきた。どの車も、ガレージやガソリンスタンドを夢みていた。ときおり、車の底に小石の当たる砂利道を思っている車もあれば、昔衝突したことや、急ブレーキをかけたことをふいに思いだしている車もあったし、なかの人間に深い親近感を抱いている車もあれば、機械は機械と完全に割り切っている車もあった。

マットは静かに横たわったまま、街の口ずさむ歌に耳をすませていた。今はこれ以上もこれ以下も望んでいなかった。夜のなかを、いつくしんでくれる車に乗り、この車がふれるものや、この車と関わりのある相手がふれたものとつながりを持っていたかった。ものたちの意識が、心配ごとや腹立たしいこと、喜びや瞬間瞬間の出来事について語りながら、まわりを取り囲み、さらにひろがっていくようすに耳を傾けていたかった。

こんなふうに内の世界にこもるのはずいぶん久しぶりのことだった。ひとりでいるとき、とくにはじめて来た土地で、人間の知り合いがまだいないときにはよくそうした。

街の歌声がマットを眠りにさそい、鋼鉄とコンクリートの夢にいざなったが、ふいにスーキーに肩を揺さぶられて目が覚めた。「いったいなにしてるの?」

「んー」マットは眠そうに言った。

「ねえ。あなたのたててるそのやかましい音、頭が痛くなるんだけど」

「音? 音って? 頭のなかに入ってこないで」

「あたま?」

「聞くのやめて。失礼よ」マットはもごもごと言った。

「わたしは――」スーキーが顔をそらした。「エドマンド？」

「マットは音なんかたててないよ。波長を合わせてるだけだ」

「え？」

マットはあくびをすると、それぞれの手で反対側の手首をつかんだ。〈黄金《ゴールド》さん？〉

〈なんでしょう〉

〈スーキーの黄金《ゴールド》に話しかけるの、やめてくれる？　自分がそうしようと思ってないのに、ひとりでに話しかけちゃうのは困るの〉

〈わかりました〉

マットは頭のなかでなにかが切り替わるのを感じた。これで自分ひとりの意識に戻ったんだろうか？〈離れたままにしましょ。シィストロォストラァス〉

「波長？　痛っ」スーキーは頭を押さえた。「今のはなに？」

マットはため息をついた。「あなたの黄金《ゴールド》はもうあなただけのものよ。あなたの好きにして。あたしはただ、聞き耳をたてられるのがいやだっただけ」

「わかった」スーキーの声はすこし震えていた。やがて彼女が片手を持ち上げると、スカーフのようなものが頭のまわりに下りてきた。つまり、またいやな気分に見舞われたということだ。だが今度はその中身がどんなものか、マットにはわからなかった。スカーフのようなものはいつもどおりにもやもやを吸い取ると、ブレスレットの形に戻った。

声を聞くことができたのは向こうだけではなかったんだ、とマットはふいに気づいた。スーキーのところに黄金《ゴールド》が行く前からそうだった。スーキーの気分や考えていることがやけにわかった。キャロラインの家で話し合っていたときも、いちばん最初に金色のスカーフが下りてきて、スーキーのもやもやを食べてしまったときも、ずっとそうだった。

黄金《ゴールド》は、スーキーがじっさいに口に出したことではなく、彼女の本音と話ができるようにマットを手助けしてくれていたのだ。建物や車と言葉を交わすときと同じような感じだった。相手の表情の陰でなにが起こっているのかろくに知らないうちから、なぜか自分でも意識しなかったようなことまでわかった。人はたいてい本音を率直に話したりしない。相手がほんとうはどういうつもりなのか、心の目で見ないことにはわからないときもあった。だが先ほどは、スーキーもかなりひねくれた話しかたをしていたのに、そんなことはまるでなかった。

いったいどうやって？

マットの手首の輪が袖の下でうねった。

〈あなたなの？〉マットは問いかけた。

〈言葉として聞こえるようにしました。あなたの能力《ちから》を後押しして〉黄金《ゴールド》が答えた。

〈どうして？〉

〈あなたがそれを必要として、そうしたいと望んでいたから〉

たいていの場合、マットにはまわりの人よりも多くのことがわかったが、相手のこういった個人的なことまで知りたいかどうか、自分でもよくわからなかった。スーキーに心の声を聞かれて、自分がいやな気持ちになったのなら、それまで自分に聞かれていた彼女のほうはいったいどう感じていたんだろう？

　マットは起き上がって前にかがみこんだ。「ねえ、スーキー、あたしに心の声を聞かれるのはうっとうしい？」

「すこしはね」スーキーは冷静な声に戻っていた。彼女は振り向き、のぞきこむようにマットを見た。三日月形の目に青白い光が反射した。

「自分がそんなことしてたなんて知らなかったの。黄金《ゴールド》がしてくれてたことだったんだけど、あたしは気づきもしなかった。もうしてないから」

「いいのよ」スーキーはしばらく黙りこんでいたが、やがて口を開いた。「うっとうしくもあったけど、すこし心地よくもあったの。だってずっと長いこと、そんなことする人はいなかったし、真っ正面から目を向けてくれる人もいなかった。わたしは壁を築いてるの。たいていはそれが役に立つわ。壁のこっち側は誰にも見えないから、うちとけて話をすることなんてぜったいにない。そうすれば安全だもの。徹底的に孤独でもあるけれど」

「そんな」

「でもとりあえず、今は壁を立ててないわ。どっちみち、あなたたち相手じゃ役に立たないもの」

　橋はまっすぐに湾を渡り切ると、陸に下り、二股に分かれた。エドマンドはおもりに指示をあおぎ、左側の道を選んで、インターステート８０をそのまま進んだ。

　スーキーはようやくりんごを口に運んだ。マットは後ろに寄りかかり、両脚をかかえこんで、あごを膝に載せ、どうして自分は他人のことにすぐ首をつっこんでしまうんだろう、と考えこんだ。エドマンドとネイサンのことが大好きなんだ、とスーキーには言ったけれど、エドマンドのほうはどう思っているのかわからなかったし、こんな気持ち、自分でもどうしていいのかわからなかった。ネイサンが好いてくれているのはわかっていた。それだけでいいの？ そうはいかない。二度と会わないのならそれでもいいけれど。

スーキーが訊いた。「波長を合わせるってどういうこと？」

「波長？」マットは訊き返した。ラジオのダイヤルをまわすイメージ。

「マットはものと波長を合わせるんだ」エドマンドが言った。

「ああ。例の話す力と聴く力ね。パリ行きのチケット。自動車」スーキーは、サイドブレーキの上にあるコーンチップスの横にバッグを置いた。「チケットはまだ大騒ぎしてる？」

マットはしばらく耳を傾けていた。「ううん」バッグのやわらかな茶色の革に片手を当てた。ハンドバッグは幸せそうだった。スーキーの持ちものをしっかりと包みこみ、彼女の行くところにはどこへでもついていく、という役割をきちんと果たせているからだ。バッグのなかではさまざまなものが、さまざまな思いを抱いていた。「チケットは悲しがってるわ。しょんぼりしてる。海の向こうには行けないんだってわかって」

「どうしてチケットがそんなこと気にするの？ 目がついてるとでもいうの？ 外国に着いたかどうかなんてわかるはずないでしょ？」

「だってそのために生まれたんだもの。チケットは、自分たちがそのためにあるんだって知ってるのよ」

スーキーはバッグを開けてキーホルダーを取り出した。「これはどう?」

マットは片手を出した。そのものにふれずとも言葉を交わすことはできたが、ふれればさらにはっきりと伝わってきた。スーキーは鍵の束をマットに渡した。

鍵のほとんどはアパートにある扉のものだったが、車の鍵もあったし、会社の鍵もひとかたまり、それに自転車のちいさな鍵もあった。自転車の鍵は長いこと使われていないので眠そうだった。会社の鍵は、スーキーが働いている場所のイメージをマットに見せてくれた。そこには窓がほとんどなく、たくさんの人と、たくさんのコンピュータと、よどんだ空気がひしめき合っていた。扉の鍵や車の鍵は使われるのを心待ちにしていた。鍵たちにとって、鍵穴のなかだけが唯一生きがいを感じられる場所だった。「これもみんな悲しがってる。しばらく使ってもらえないってわかってるのね」マットは鍵の束を差し出した。

スーキーは鍵を受け取り、優しく両手で包みこんだ。「かわいそう。わたしのまわりは悲しいものだらけ。幸せにしてあげられたらいいのに」

スーキーの手首の黄金《ゴールド》が手のひらまでくねくねと伸びてきて、鍵のとがった先端に集まった。

「わあ」マットは言った。鍵の気分ががらりと変わった。黄金《ゴールド》がなにをしたのかはよくわからなかったが、鍵はもうすっかり上機嫌になっていた。「あなたの願い、かなったわよ」

「ちょっと」スーキーは手のなかのかたまりを持ち上げ、上下からじっくりと眺めた。「願いだなんて」とちいさな声で言った。「これからは軽々しく話せないわね。黄金《ゴールド》さん?」スーキーが指を走らせると、かたまりはするりとブレスレットの形に戻った。鍵は鈴のような音をたてて手のひらに落ちてきた。「まだ幸せなのかしら？」

「というより眠そう」マットは鍵の束にふれた。「どんなものにもそのときの気分があるの。ずっと機嫌を取ってるわけにはいかないわ。まあ、できないことはないと思うけど、あなた自身が消耗しちゃうし、やめたとたん、機嫌も逆戻りしちゃうはずよ」

スーキーは鍵の束をぽんぽんとたたいてバッグにしまった。「機嫌、ね。さっき、頭のなかでやかましい音をたてながら、なにをしてたの？」

「街の声に耳を傾けてただけ。街の気分を変えるんじゃなくて、いろんなものが話すのをただ聞いてたの。そうやってじっと聞いてるの好きなんだ」

三人は黙ったまま、とぎれとぎれにあらわれるちょっとした街並みや、暗闇がえんえんとひろがる真っ暗な場所をいくつも過ぎた。小高い丘や野原がしだいに遠ざかっていった。もう一度狭い湾を渡り、料金を払った。道は車の下をどんどんかすめていき、横になったマットはやがて寝入ってしまった。

＊　＊　＊

「マット？」誰かが優しく肩を揺すった。目を開けるとそこは暗闇で、しんと静まりかえっていた。車はもう走っていなかった。

ちいさなまるい灰色の光があらわれたかと思うと、すこし明るさを増した。エドマンドの片手をなかから照らす光だった。彼が手を伸ばし、車の天井をその手でたたくと、光の球はそこにくっついた。マットはエドマンドの顔を見上げた。彼は開いているドアに身体を預けていた。

「起こしてごめん、でもここの荷物を整理して、みんなが寝られるようにしなきゃならないんだ」

「うん。そうよね」マットは無理やり起き上がった。「ここ、どこ?」

「どこでもないわ」まだ前の座席に腰を下ろしたまま、スーキーが言った。不機嫌そうだった。「トイレもないようなところよ。まさか本気で車に泊まるつもりだなんて思わなかった」

マットはエドマンドの肩の向こうに目をやった。あたりは真っ暗だったが、松の木と水の匂いがしたし、草や枝をそよがせる風の音、それに小川のせせらぎも聞こえた。文明を思わせる音はいっさいしなかった。

「草むらに入っていったら、なにかに刺されたり、かまれたりするかな?」マットは訊いた。言葉を交わすことのできるものから遠ざかってしまうと、いつも落ちつかない気分になった。木立や湖や山々を眺めるのは好きだったが、それらはまったく理解の及ばない存在に思えた。

「冬だからね。蚊やヘビはいないだろう」それでも、エドマンドはちらりと後ろを振り返った。今夜はそれほど寒くなかった。

マットの両腕で黄金《ゴールド》がうごめいた。服の下にひろがり、つま先からあごまでをすっぽりと覆った。「うわ」熊だろうとピューマだろうと、もうどんなものにかみつかれそうになってもだいじょうぶな気がした。きっと魔法が守ってくれる。〈ありがと〉

マットは、空港を出たときから脱いでいた靴を手に持つと、ぴょんと車から飛び下りた。

「気をつけて」エドマンドが言った。「石があるよ」

黄金《ゴールド》がマットの両足を覆って硬くなった。〈暗がりでも見えるようにしてくれる?〉マットが心のなかで呼びかけると、黄金《ゴールド》は両耳の横をすべり、目の上で眼鏡の形になった。夜の景色がぱっと明るくなった。不思議な青白い光がどこから照らすともなくあたりにみちあふれて、ものの輪郭をきわだたせ、不自然な影を落とし、ふだんは見えない部分を浮き上がらせ、そのほかの部分をかすませていた。車は狐火のような緑色に光り、走ってきた道、といっても草の上についた二本のかすかな轍にすぎなかったが、そこにも、青白い地面の上に赤みがかったオレンジ色のタイヤの跡がついていた。近くには湖があり、青緑色《ターコイズ》のもやがおどりながら湖面を明るく照らしていた。そのまわりには松林があり、一本一本の木の上を青白い炎が取り巻いていた。車は、森がひらけた場所に停まっていた。さらさらと流れゆく小川がそれほど遠くないところにあり、湖へそそいでいた。松葉が地面をだいぶ覆っていて、その下にこぶし大のとがった石がいくつも転がっていた。

石は歌っていた。

マットは膝をついて石の上に片手を置いた。黄金《ゴールド》がしりぞき、手のひらがあらわになった。

〈こんばんは〉マットは心のなかで語りかけた。

〈やあ、人間だね。あんたたちがわれわれを切り出し、割り、運んで、埋めた。鉱脈やら金塊やら鉱石やらを探してね。やあ、あんたたちがわれわれを母なる大地から引き離し、知らない

場所に連れてきた。やあ、あんたたちがずっと昔、われわれを粉々に砕いて、ここへ置き去りにしたんだ〉

〈ええと、その、こんばんは〉マットは心のなかで云った。どれも石にとってはあまり喜ばしい出来事ではなかったようだが、今も激しい怒りを抱いているわけではなさそうだった。だがそのいっぽう、石はどれも鋭くとがっていた。マットは、黄金《ゴールド》が足の裏を覆ってくれているのをとてもありがたく思った。

それにお尻も。マットは石の上に腰を下ろし、靴を履いた。「スーキー？　一緒に来る？　トイレ」

「ええ。ひとりで行くよりましよね。それに女の子どうしってそういうものでしょ？　どこへでも一緒に行くの」スーキーはあきらめたような口ぶりだった。

エドマンドがマットにトイレットペーパーを一個渡した。マットは車の反対側にまわった。

「靴は履いた？」マットはスーキーに訊いた。「とがった石がそこらじゅうにあるの。ねえ、あなたも魔法を使って、夜でも見える眼鏡をつくってもらったら？　なかなかいいわよ」

「あなたそうしたの？　わたし、なんにも見えないわ」

マットは手を伸ばし、金色になった指先でスーキーのブレスレットにふれた。「あたしの黄《ゴー》金《ルド》が、あなたの黄金《ゴールド》にやりかたを教えるわ。あなたさえよければ」

「ええ、ぜひそうして」

マットの黄金《ゴールド》がスーキーの黄金《ゴールド》に話しかけた。スーキーが片手を顔のところまで持っていくと、ブレスレットが眼鏡に形を変えた。「わっ！　ああ、びっくりした。すごいわ」彼女は空を見上げた。

マットも空を見上げた。星々が、回転花火か打ち上げ花火のように輝いて、やわらかな緑色の帳《とばり》に映えていた。「わあ」マットはちいさく声をあげた。〈ほんとにありがと！〉

〈どういたしまして〉

マットとスーキーは光る木立のなかを歩いていった。遠くへ行く必要はないし、別にそれほど歩かなくたっていい、とマットは思った。近くに人がいるとは思えなかった。人のいた名残といえば、あの歌う石たちと、うっすらと草に覆われた道だけだった。あの石は、百五十年ほど前のゴールドラッシュの時代に置いていかれたものだろう。それでも、マットとスーキーは車とのあいだに木々を隔てながら、とりとめもなく歩いていった。

マットは穴掘り用の枝を拾った。「森のなかでするのははじめて？」

「そうよ」スーキーは倒木に腰を下ろした。

「あたしもあんまり好きじゃないけど、でもこんなこと、ホームレスになったらしょっちゅうよ」

「あなたホームレスなの？」

「そんなものかな。今はすごくたくさんのものと話ができるから、それほどつらくはないんだ。というより、ここ何年かはほんとに楽しく暮らしてる」マットは地面をひっかいて穴を掘った。

「近くに建物があれば、こんなことしなくていいんだけど、ないからしょうがないよね。さ、ここでしていいよ」

しばらくして、ふたりは森のなかを湖のほうへ戻っていった。出たのは見おぼえのない場所だったが、マットが訊くと、黄金《ゴールド》が帰り道を教えてくれた。ふたりは五分もしないうちに車を見つけた。

エドマンドは食料や荷物をすべて前の座席に移し、眠れるようにふとんの上をかたづけていた。彼は車の屋根に毛布を敷いた。「ぼくは上で寝るよ。きみたちはなかで寝るといい」

「エドマンド、こんなところでどうするつもりなの？」スーキーが訊いた。

「導かれたのがここだったんだ」

「わけがわからないわ。どうして途中のホテルに泊まっちゃいけなかったの？　信じられない」

エドマンドは長いあいだじっと黙ったままだった。車のてっぺんにのぼり、腰を下ろして星を見上げていた。ようやく彼はスーキーのほうを見た。「ごめん。ここが、ぼくの今いるべき場所なんだ。きみがどこへ行くのがいいのか、それは訊かなかった。ぼくは……たくさんの炎と向き合える場所に来る必要があった。きみにもいてほしいと思ってた。きみが手を貸してくれたらほんとうに助かる。でもきみにいやなことをさせようなんて思ってなかった。もしそのほうがよければ、山の外まで戻って、好きなところで降ろしてあげるよ」

「わたしはあなたを助けに来たのよ」

エドマンドは手を伸ばしてスーキーの手を取った。「そうしてくれ」彼はささやくように言った。

「今始めるの？」マットが訊いた。

「なにを？」スーキーが言った。

「過去を見るんだ」エドマンドはスーキーの手を放し、背筋を伸ばした。「疲れてるかい？」

スーキーはその場を行きつ戻りつした。「ぴりぴりしてて、落ちつかなくて、神経がたかぶってる。ヴァカビルでカプチーノなんか飲むんじゃなかった。とても眠れそうにないから、なにかするぶんには平気だけど、でも——怖くて仕方がないのよ。ふう。とうとう口に出して言っちゃった。はぁ」

「マットは？」

「あたしは寝てたもの。目はぱっちり覚めてるわ。ヴァカビル？　そこで停まったの？」

「あなた起きそうになかったのよ」スーキーが言った。「何度か肩を揺すってみたんだけど、ぜんぜん目を開けなかったの。寝かせておいてあげたほうがよさそうだと思って。エドマンドとふたりで買い出しに行ってきたわ。ドーナツも買ってきたわよ。あなたがきっと喜ぶからってエドマンドが言ったの」

「ふうん」マットはふたりに置いていかれたのがすこし気に食わなかったが、スーキーは、ともかく起こそうとはしてくれた。「疲れてる？　エドマンド」

「疲れてないよ。ぼくはただ待ってるだけだ」

「始めましょ」マットは言った。

スーキーが訊いた。「どうするの？」

マットは深呼吸をして車に寄りかかり、手のひらを下にしてボンネットに置いた。〈上に座ってやらせてもらってもいい？　どれほど危険なことになるか見当もつかないんだけど。きっと炎が起こるわ〉ちらりと振り返り、エドマンドの記憶は森を焼いてしまうほど強烈なものなのだろうか、と考えた。でもエドマンドが木々を傷つけるはずはないわよね？

〈ちょっとやそっとの炎じゃわたしはびくともしないわ〉車が心に語りかけてきた。〈ふつうの車とは違う、いろいろな強さを身につけてるの。好きなように使ってちょうだい。ほんとはもっと前に、仲間入りをしたかったわ〉

なんてこと！　車が、のけ者にされたような気でいたなんてマットは知らなかった。だがちっともおかしなことではなかった。エドマンドが長年信頼をおいてきたこの相棒が自分を受け入れてくれたにもかかわらず、マットは彼を連れ去り、変えてしまった。〈ああいうことになるとは、あたしたちも思ってなかったの〉マットは云った。

〈それはそうよ。たくさんのことがわたしのいないところで起こる。それにあなたがその夢をみていたとき、わたしの耳にも届いていたから、まるっきり知らないわけではないの。今はここにいられて嬉しいわ〉

「マット？」スーキーが言った。

「車の上に座っていいって」マットはボンネットによじのぼり、横切ると、屋根に上がってエドマンドの隣に陣取った。

「どうやってのぼればいいの？」スーキーはちらりと後ろ側のバンパーに目をやり、それからもう一度ふたりを見た。「のぼるのはあんまり得意じゃないのよ」

エドマンドが前にかがみこんだ。「ぼくの手を握って」

スーキーがその手をつかむと、身体が浮き上がった。「わっ」エドマンドがそっと引っぱると、スーキーはゆっくりと下りてきて、彼のもういっぽうの隣に座った。「ああ、びっくりした。この金色のものに教えこんだら、きっとあんなことも自分でできるようになるのよね？」

マットは思わず笑いがもれた。エドマンドが彼女の手を取った。「どうすればいい？」

マットは考えをまとめた。「今の自分が、どれほど強いか考えてみて。ひたすらそのことを考えて。友達であるあたしたちがそばにいて、力になろうとしてるって忘れないで。精霊もよ。精霊もあなたの力になってくれる。あなたがいるのは現在《いま》で、もう振り返ってもだいじょうぶ。見るだけだもの。ただ見るだけ。理解すればいいだけよ。今起こってることじゃないんだから。それと、やめたくなったらいつでもやめていいんだってことも」

「わたしはどうすればいいの？」スーキーが訊いた。

「あなたには、起こったことを話してもらわなきゃならないわ。エドマンドは降霊の儀式と、あなたの荷づくりを手伝ったことは憶えてた。あなたのお父さんがいつもより早く帰ってきたことも憶えてた。そこまでは行ったけど、エドマンドはそこから先を記憶からすっかり消してしまったの。あなたはそのあとのことを憶えてる？」

「震えてるよ」エドマンドがスーキーに言った。

「ああ、なんてこと」スーキーは消え入りそうな声で言った。

エドマンドが彼女に腕をまわし、スーキーは彼に寄りかかった。「泣かないわよ」彼女はつぶやいた。「泣くもんですか。でも泣いちゃいそう。こうなりそうな気がしたの。まともに話なんかできないわ」

マットはエドマンドのほうにかがみこみ、スーキーの手を握りしめた。「あたしがあなたの心のなかを見て、それを話してもいいわ。いやなら、あなたは口に出さなくてもいいのよ」

「待って」スーキーは鼻をすすった。手を放し、夜目のきく眼鏡にふれると、黄金《ゴールド》が顔に下りてきた。数え切れないほどの、針でつついたような光の粒がぱっと輝き、一瞬彼女の頭がきらめきのなかに消えてしまったように見えた。きらめきがおさまるまでにずいぶんかかり、もとに戻ったときには、黄金《ゴールド》はかなり大きさを増していた。スーキーはもとどおり眼鏡をかけていたが、今度は首にもずっしりと金色の輪がついていた。「うわ」彼女は驚いて声をあげた。

「だいじょうぶ?」マットが訊いた。

「すごいわ。壁が消えちゃった。見えるわ」スーキーの声は落ちついていた。

「あたしも見てかまわない?」

「ええ」スーキーは抑揚のない声で言った。「すごく妙な気分。他人《ひと》に見せるようなものじゃないもの。誰にも話したことがなかった。ずっと閉じこめてた。知ってるのはわたしたちだけ。これはけっして言えない秘密、誰かに打ち明けたりなんてできない。そんなことしたら、いったいママがどうなるか。死んじゃうかもしれないわ」彼女は身震いして頭を振り、わめきたてた。「なに言ってるの！　そんなことあるわけないじゃない！　ママはもう死んじゃったんだから、だからもうやめて！」

黄金《ゴールド》がスーキーの顔を覆い、燃え立つように輝いた。

スーキーの言葉が妙にマットの胸にこだました。マットは、自分自身のけっして言えない秘密を思いだしていた。あの頃はそれをぬぐい去ってくれる黄金《ゴールド》はなかったけれど、壁や道路や部屋に聞いてもらって、すべてを足もとに踏みつけ、分かち合ってもらうことで、その力を削いできた。

「いいわよ」スーキーが落ちつきを取り戻した。

マットは心の目を開いた。

三人は船に乗っていた。船べりは木造、甲板は厚い板張りの、おとぎ話に出てくるような船だった。銀色の帆が夜風をはらみ、金色のロープがびっしりと張られていた。マットは舵に手をかけていた。エドマンドとスーキーがそれぞれ隣に座っていた。四方に海がひろがり、凪いでいた。水面《みなも》に映る満月の光を東へたどっていくと、ちょうどそこから月が昇りはじめていた。

空には星々がきらめいていた。

〈これは誰の夢?〉マットは考えた。

〈わたしの夢よ〉車が云った。〈これであなたたちを安全に運んであげる〉

〈すごいわ！　ありがと。だけどあたし、船の動かしかたなんて知らないよ〉

〈だいじょうぶ。わたしが船であり、風であり、海だから〉

マットは顔をほころばせ、視点を変えた。彼女の目に、ふたたびスーキーの寝室が映った。そこは痛々しいほどに、ピンクと白で統一された部屋だった。天蓋つきのベッドがあり、白いレースのベッドカバーの上に、開いたスーツケースが置いてあった。家具の脚はらせんを描いた木彫りで、金の縁取りがついていた。人形の並んだ棚があり、この前には見た憶えのない、ガラス細工の馬が並んだ棚もあった。机の上の、宿題の本が山と積まれた横には磁器製のバレリーナ像があった。

タンスの抽斗が開いていて、その横にスーザンがいた。この前の、砂糖菓子のような雰囲気とは違っていた。青いワンピースのすそはほこりだらけで、白い靴下の片方はずり落ちていた。前のときと同じように、スーザンは洋服の山をかかえていた。そして今度はエドマンドの姿がはっきりと見えた。黒のプルオーバーのセーターに青いジーンズという格好の、背の高い、やせた、真面目そうな青年は、やはり両手いっぱいに洋服をかかえていた。

「そのままよ」マットはもう一度視点を変え、現在のエドマンドの目に映っているものを見ようとした。木だ。木々の輪郭をちらちらと赤いものが縁取っていた。

〈黄金《ゴールド》さん？〉マットはそれぞれの手で反対側の手首をつかんだ。〈お願いがあるの〉

〈なんでしょう〉

〈あたしの見てるもの、見える？〉

〈あなたがそう望むなら〉

〈あたしの見てるものを、あとのふたりにも見せてあげられる？〉

〈あなたがそう望むなら〉

マットはすこし考えこんだ。〈あたし、誰のことも傷つけないようにってあなたを象《かたど》った?〉

〈いいえ〉

〈あたしのあげたぶんは別よ〉ふいにジニーの声がした。

〈傷つけずには終わらないと思うの。教えてあげて、傷を癒すのが目的なんだけど、きっと最初は誰かが苦しむ。それでもできる?〉

マットの両腕の、濃い金色の部分がすうっと二の腕まで上がっていき、明るい金色の部分だけが、握りしめていた手首に残った。〈いつでもどうぞ〉淡い色の黄金《ゴールド》が云った。

マットはスーキーのみている夢にふたたび視線を戻し、そこに置いてあるあらゆるものに神経を集中させた。〈始めて〉マットは黄金《ゴールド》に呼びかけた。

車の横のひらけた地面に、スーザンの部屋が揺らめきながらあらわれた。家具もそのほかのものも、すべてスーキーの記憶どおりの場所にあった。両手に洋服の山をかかえたエドマンドとスーザンの姿も、こまかい部分まであざやかに見えた——スーキーはエドマンドよりも色彩や形をよく憶えていたし、自分の見た目にも気を配っていたようだった——ふたりの動きは時とともにぴたりと止まっていた。車の上の三人は天井のあたりから部屋を見おろしていた。なぜスーキーにこんなところから見ることができたんだろう、とマットは不思議に思ったが、どうしようもなく耐えがたい状況におちいったとき、身体を抜けだして宙に浮き、見えてはいるが感じずにすむところまで逃れたことが、自分にも一度ならずあったことを思いだした。

「ああ！」スーキーは声をあげ、エドマンドは姿勢を正した。

「ふたりとも見える？」マットは言った。

「いったいどうやって？」エドマンドが訊いた。

「黄金《ゴールド》の力よ」

「マット」エドマンドが彼女の肩をつかんだ。

「いい？」

「ああ」

「スーキー、そのあとになにがあったの？」

　部屋のドアがばたんと開いた。背の高い、淡い色の髪をした男が立っていた。その姿は以前よりも大きく見えた。スーツの下で筋肉が盛り上がり、輪郭は真っ黒な太い線に縁取られていた。口を大きく開け、怒鳴っているような顔つきになった。

〈声も聞かせてくれる？〉マットは黄金《ゴールド》に言った。

　にわかに声が聞こえはじめた。

「なにをしてる？　このごろつきは誰だ？　ああ、レイノルズのせがれだな？　親父はコミュニティーセンターを設計したんだったな。わたしの家で、いったい娘となにをやってる？」さらにとげとげしい言葉が男の口をついて出た。ときには陰湿な、ときには歯に衣着せぬ言葉で、彼はありとあらゆる罵詈雑言を並べたてた。口を差しはさむ余地などなかった。話しているあいだにも、男の姿はさらに大きく、さらに黒さを増していき、ドアをふさいでいった。真っ黒なオーラが部屋に流れこみ、エドマンドとスーザンのほうにひろがった。

「……それにおまえがちらりとでも、うちの娘とふたりきりになろうだとか、この家の外へ連れていこうなどと思おうものなら、今度は自分の心配をしなければならないと思え。わたしの手腕を目にするまで、裏で糸を引かれていることにも気づくまい。小僧、おまえの親父を馘《くび》にしてやろうか。免許を剝奪してやってもいい。この州では二度と働けないようにしてやる。コミュニティーセンターでちょいと事故が起こるように仕組んで、アメリカじゅうの道を歩けなくしてやってもいいんだぞ。どうだ？　うちの娘の身体に指一本でもふれてみろ、小僧……」

幻のなかでエドマンドがスーザンのほうに顔を向け、スーザンも彼を見返した。彼女の腕が両脇に下ろされた。かかえていた洋服が手からすり抜け、床に落ちた。顔は真っ青だった。そこには一縷の望みも見えなかった。

「まあ、親父のことはおいておこう。おまえはどうだ？　いかにもちんぴらだな。わたしがそれなりに糸を引けば、おまえは一生監獄行きだ。電気椅子送りにしてやってもいいんだぞ。わたしが呼べば、あっという間に警官が半ダースは飛んでくる。物証をこしらえて、そこにおまえの指紋をつけ、動かぬ証拠をでっち上げてやる。一生がんじがらめにして、未来をめちゃくちゃにしてやるぞ、小僧。死んだほうがましだと思わせてやろう――」

スーザンはしだいに床にくずおれ、両手で耳を覆った。シンバルが響きわたるような声だった。

「やめろ」幻のなかのエドマンドが言った。

「なん――だ――と？」

「黙れ」ティンパニーを打ち鳴らすような声。

「よくもわたしにそんな口がきけるな、きさま！」

「いいか」幻のなかのエドマンドが、フルートのように澄んだ声で言った。両手が真っ赤に輝いていた。「あんたに贈りものがある」炎があかあかと両手から燃え上がった。「さあ。これが、あんたのやりかたに対するぼくの思いだ。あんたのしてきたことに対する、ぼくの心だ。あんたに傷つけられてきた人たちが、どれほどつらい思いをしたか、思い知るといい」彼は両手を黒い男に向けた。熱と光が手のひらからほとばしり、ふたりのあいだの狭い空間を走った。紅蓮の炎が男の頭部をなめつくし、容赦なくたたきのめした。

男は叫び声をあげた。はじめはうなるような声だったが、やがて低いうめきは消え入り、かん高い悲鳴になった。あまりにもすさまじい断末魔の声に、マットはもう聞いていられなくなった。

〈もうやめて〉マットが心のなかで呼びかけると、黄金《ゴールド》はそれらの姿と音を消し去った。幻のあった場所にはまだかすかに光が揺らめいていた。

マットはぐったりと疲れて、車の屋根に倒れこんだ。骨がチョークのようにもろくなり、筋肉が粥のようにどろどろに溶けてしまった気がした。両手首のまわりの黄金《ゴールド》は、鉛筆で書いたような細い線を一本残し、ほとんど消えてなくなっていた。

「マット！」現実のエドマンドの声がした。ざらついた、熱を持った声だった。マットがその顔を見上げると、両目がぎらぎらと赤く燃え、巻き毛の先で炎がちりちりとくすぶっていた。

エドマンドは夜空に浮かぶたいまつのようにこうこうと光をはなっていた。

赤い少年。ついにあらわれた。マットのまぶたが落ちた。

車が彼女を優しく包みこんだ。〈開いて〉車がささやいた。

〈なにを?〉マットはへとへとでもうなにも考えられなかった。

〈わたしを受け入れて〉

以前にも何度か似たようなことを言われた。そのほとんどは脅し文句で、そのあとには苦痛が待っていた。でも車が? すくなくとも、この車がそんなことをするはずはなかった。マットは目を閉じ、両方の手のひらを車に当てた。ほのかな温もりがゆっくりと、いつくしむようにマットの身体に流れこんできた。

「マット」エドマンドが言った。今度は優しい声だった。「だいじょうぶかい?」

「あなたはだいじょうぶ?」マットは弱々しい声で訊いた。自分の目にしたものを整理してみるだけのエネルギーはもう残っていなかったし、気が進まないのもわかっていた。エドマンドの目の前にさらけだされるのは、誰かにひどく傷つけられた過去なのだろう、とマットはてっきり思っていた。ところが目にしたものは違っていた。「スーキーは?」ふいにマットは、もうすこししたら動けそうな気分になった。

「わたしはだいじょうぶよ」スーキーが驚いた声で言った。彼女はマットをのぞきこんでいた。首をまわしてみると、スーキーは車のボンネットに膝をつき、こちら側に寄りかかっていた。着ているのは金色のブラウスだったが、まるで鎧のようだった。首からはじまって両腕と胸をすっぽりと覆い、腰のあたりまで届いていた。黄金《ゴールド》は暗闇のなかで淡い金色に輝いていた。

「さっきのを見たわ。じっくりと見入って、思いだしてたの。怖くなったり気が動転したりするたびに、黄金《ゴールド》がそれを食べてくれた。あなたはどうなっちゃったの？」

「エドマンドにあなたの記憶を見せてあげるために、黄金《ゴールド》をほとんど使い切っちゃったわ」マットは両腕を持ち上げた。まだ力は入らなかったが、それほどだるくはなかった。身体の下で車が脈打ち、マットの鼓動と重なって、その力と温もりがマットのなかへゆっくりとしみこんできた。

左手首の、鉛筆の線のような金色のすじは、濃い金色の細い帯にうもれていた。濃い金色の帯は右手首にもあった。〈だいじょうぶ、マット？〉ジニーの問いかける声がしたが、その声はあまりにもかすかで、空耳かと思うほどだった。

「くたびれちゃった」マットは口のなかで言い、ふたたび目を閉じた。

冷たい手がマットの両手首を握りしめ、なにかが両腕の肌をすべり、こすっていく感触がした。「わたしはこんなにいらないもの」スーキーが言った。「すこし返すわ。もし役に立つなら、ぜんぶでもいいのよ」

〈マットマットマット〉新しい黄金《ゴールド》が腕をかけのぼり、心に語りかけてきた。その心の声はなじみのない感じがして、いぶしたような、酸っぱいような、しょっぱい味がした。味は悪くなかったが、いい気持ちではなかった。スーキーの憂鬱な気分が姿を変えてこうなったんだろうか？

「もとへお帰り」マットは黄金《ゴールド》に言った。

〈ちょっと待って〉黄金《ゴールド》はマットを包みこむように、らせんを描きながら肌の上をすべり、身体じゅうをあちこち駆けまわった。肌がちくちくとしびれて粟立ち、妙な感じがした。やがてスーキーの黄金《ゴールド》はすっと離れていった。

「わっ！」スーキーが言った。「どうしたの？　いらないの？」

マットは元気になり、目をこすって起き上がった。「黄金《ゴールド》はなにをしたの？　もう楽になったみたい。いくらかね。すごくへんな感じだったわ」

エドマンドは車の屋根の上で、まるい灰色の光をマットの前に置き、水のボトルを渡した。マットは半分ほど一気に飲んだ。「ああ、ありがと。生き返ったわ」〈ありがと、車さん。ありがと、スーキーの黄金《ゴールド》さん。なにをしてくれたの？〉

〈疲れを洗い流したの〉黄金《ゴールド》が云った。

〈素敵。すごいことができるのね〉

〈ありがとう。この女性《ひと》の望みだったたんです〉

「ありがと、スーキー」

「だけどほしくなかったんでしょ」黄金《ゴールド》が彼女の上半身を覆っていた。「わたしには使い切れないほどあるのに。ほんとにいらないの？」

「今はいいわ」マットは手首にある淡い金色の細い線にふれた。〈あなたもありがと、あたしの望みをかなえてくれて。これがあたしのしたかったことなの〉

〈わたしはそのためにあるんです〉黄金《ゴールド》がささやいた。

マットはエドマンドに目をやった。「だいじょうぶ？　あなたの問題を解決しなきゃならないのに、自分がばてちゃうなんて思わなかった」

やがて、エドマンドは口を開いた。「だいじょうぶなんかじゃない」彼はうなだれ、両手で顔を覆った。

マットは彼の肩に手を置いた。「あんなことだったとは思いもしなかった」

「そうだろうね」エドマンドがかすれた声で言った。彼は顔を上げた。灰色の光に照らされたその顔は青ざめ、暗い目には苦悩がみちていた。「たしかにぼくがやったんだ。ぼくがあんな残虐なことをして、あの人の正気を失わせた。ぼくが彼を破滅させたんだ」

「あなたが父を止めてくれなかったら、わたしは一生あのままだったわ」スーキーが言った。「あなたは生命の恩人よ、エドマンド」

「それがなにより大事だった。そうなってよかった。そのことだけは喜べる。だけどそれ以外は――」エドマンドはかぶりを振った。「ようやく自分の力に慣れてきたところだったけれど、まさか自分にあんな力があるなんて思ってもみなかった。とにかくあいつを傷つけてやりたかった。そしてそのとおりにした。まともな方法を探すことも、寛大な方法を探すこともしなかった。それではあいつとまったく同じだ。ぼくは感情のおもむくまま、あいつが倒れるまでたたきのめした。二度と立ち上がれなくしてやろうと思った。そしてほんとうにそうなった。ぼくの思ったとおりなら、彼は今でも自分の頭のなかに囚われたままだし、ぼくの理想と道徳があいつのしたことを相手に戦いつづけてる」彼はこぶしを見おろした。「だけど……どうしてぼくは……きみをあの場から連れだして、危険から遠ざけることができればそれでよかった。あいつを眠らせるだけで事足りたはずだ。人を眠らせることはできた。理科の授業で抜き打ちテストをされたとき、ジェームズ先生に試してみたんだ。なぜきみの父さんにもそうしなかったんだろう？」

スーキーが言った。「でもそうしたら、父は目が覚めたとたん、あなたへの脅し文句をみんな実行したに違いないわ。あなたのお父さんの人生をめちゃめちゃにして、あなたを何年も何年も刑務所に入れたはずよ。ほんとにそういうことをする人だったもの。それにきっとわたしのことを追いかけてきたわ。逃がしてなんかもらえなかったはずよ」

「眠っていればそんなに遠くへ来られなかっただろう？」エドマンドは片手を開き、それからもう片方も開いた。眉間にしわが寄った。彼は手のひらをじっと見た。「人に呪いをかけたりすることはまずないけど、彼になら呪いをかけてもよかった。ほんのちいさな呪いでいい。身の危険がせまらないかぎり、きみを傷つけるようなことを画策するたびに眠りこんでしまう、とか。それでよかったはずなんだ」

「あんなに怒鳴られてる最中に、そんなこみいったこと考えられるはずないでしょ？」マットが訊いた。

「とっさにあいつを眠らせてから、呪いを考えてもよかった。それならできたはずだ。なにかほかの手を打つべきだった」

「ほかにはどうしようもなかったわ」

「眠らせることはできた。ぼくらがあの家を離れるまで、あいつの姿をしばらくほかのものに変えることだってできた。ただぼくはものを変える術をあまり使ったことがなかったから、とんでもないことになったかもしれない。ぼくの声で彼を取って返させて、事務所に閉じこもらせ、半日は出てこないように言い聞かせるだけでもよかったかもしれない」

「あなたにはほかにどうしようもなかったのよ」マットはくり返した。

「どういう意味だ？」

「仕方がなかったの。そうすることしかできなかったわ。起こっちゃったことはしょうがないじゃない」

「なにが言いたいんだ？　きみはスーザンの父さんが、スーザンの母さんを殴り殺したのも、スーザンをひどい目にあわせたのも仕方のないことだったたって言うのか？　きみの父さんがしたことも仕方がなかったたって言うのか？」

マットは深く息を吸い、止めて、ふうっと吐いた。「そのとおりよ。それが正しかったたって言ってるんじゃない。でも、そのときはそうすることしかできなかった。あたしの父さんは、姉さんとあたしに違う接しかたができたなら、って苦しみに今もさいなまれてるはず。なんにせよ、それは間違いないわ。この目で見たんだもの。じっさいにじゃなく、心の目でね。でも父さんのしたことは変えようがない。そうなるよりほかなかった。だって起こっちゃったことはしょうがないじゃない。あたしたちに変えられるのは現在《いま》だけなのよ」

エドマンドは眉をひそめ、マットを見つめた。

「昔に戻って、自分のしたことを変えたり、ほかの人のしたことを変えたりすることはできないわ」マットはふと手首の黄金《ゴールド》に目をやった。「まあね、あなたにいったいどんなことができるのか、あたしにはわからないけど。だってあなたは魔法が使えるんだもの。だけど、たとえ昔に戻って過去を変えられたとしても、はたしてそれがいいほうに向く？　このやりかたなら、とにかく起こったことはわかってる。これからあなたがしなきゃならないのは、このあとどうするか決めることよ」

エドマンドはじっと長いこと、真っ暗な夜の森を見つめたまま、両手を固く握りしめ、背中をまるめて座っていた。

マットは脇の下に両手をはさんで待った。黄金《ゴールド》をほとんど使い切ってしまったので、夜の寒さが身にしみた。アーミージャケットは車のなかの、手を伸ばせば届くところにあったが、そのために、集中しているエドマンドの邪魔をしたくはなかった。

そのまましばしの時間が過ぎ、やがてエドマンドが口を開いた。「これから、ぼくはあの人を見つけだして救いに行く」

第十章

「なんですって?」スーキーは両手を胸に押し当てた。息が荒くなった。

「きみは来てくれなくてもいい、だけどぼくはそうしなければならないんだ。きみの父さんを見つけだして、できるならつぐないをしたい。まずきみを行きたいところに送り届けるのが先だけど」

「つぐない、って」スーキーはかぼそい声で言った。

「たしかにきみの父さんはひどいことをした」エドマンドはかみしめるように言い、しばらく黙っていた。「だからといって、ぼくがあの人にひどいことをした言いわけにはならない。それは、ぼくが背負って生きていかなければならないものだ。待てよ、それはちょっと違うな。今の今まで、ぼくはそれを背負ってなんかいなかった。けれどこうして思いだしたからには、できるかぎりのことをして、こわしたものを直さなきゃならない。ぼくはあの人を傷つけたとき、自分のことも傷つけてしまった。だからどうすればあのときの傷を癒せるのか知りたいんだ」

「だけどもし――父がもとどおりになったりしたら――わたしたちの人生をめちゃくちゃにするかもしれないわ」

「ありえない」

「でもあなたは――父は――」

「きみの父さんは恐ろしい人だった。だけどぼくらはもう無力な子供じゃないんだ。ぼくらはもう、多少なりとも自分のことは自分でできる。それに彼にはもう、ぼくらを思いどおりにすることはできない。でもきみに来てくれとは言わないよ。きみがそうしたいなら、メキシコまで行ってもいい。東海岸でも、カナダでも、車で行けるところにならどこへでも送るよ」

「わたし――どうしたいのかわからない。あの人は死んで、もういないことにしておきたい」

「それはしてあげられない」エドマンドが穏やかに告げた。

スーキーは背を向けてうずくまった。「父は死んだと思いたいの」抑揚のない、かすれた声だった。

「そうなっているかもしれない。ぼくは、あの人が生きてるかどうかも知らないんだ。きみは知ってるの？」

「キャロ伯母さんはつながりを持ってたはずだけど、わたしにはなにも教えないでって言ってあったの。父の世話をしてもらうための積立金口座をつくるのに、書類にサインをしなきゃならなかった。わたしは書類を見ることもできなかったわ。ヘンリー伯父さんが弁護士をたててくれた。まわりでその話をされても、わたしは耳をふさいでいたの」

「ガスリーにいたミセス・ダンヴァーズが、彼はセーレムの介護施設にいるはずだって言ってた。手がかりはそれだけだ」

「それに、おもりもそっちを指してたわ」マットは言った。

スーキーはかぶりを振った。「できるならそんなことしてほしくない。どうしてこのままほうっておいちゃいけないの？　今のままならまだなんとか耐えられるのに」

エドマンドは顔をそむけた。「こんなふうに生きていくのはいやなんだ」その声は苦しげだった。「あのことに背を向けたままでいれば、あのまま、それなりに満足して生きていけただろう。でも思いだしてしまった今、ぼくは苦しくて仕方がないんだ」

スーキーはマットの膝の上から手を伸ばしてエドマンドの手にふれ、かぼそい声で言った。

「ごめんなさい」

マットは胃のあたりがねじれるような思いだった。エドマンドを苦しめたくなどなかった。彼はひどく傷ついているようだったが、それを手助けしたのは自分だった。過去を変えることはできないが、修復することならできるかもしれなかった。「もう一度忘れてしまえばいいわ」

「だめなんだ、マット。たとえどんなに苦しくても、このことは憶えておきたい。自分のなかにそういう自分がいるんだってことを——それをかかえて生きていかなきゃならない。ぼくは自分がしてしまったことを修復するチャンスがほしいんだ」

マットはジニーがジニーになる前、少女のマッティの姿であらわれたときのことを思いだした。その姿を見るのはつらかったが、その痛みを感じたいと思った。封印してきた自分自身の姿にじっと目をこらせば、その正体がなんなのか思いだせたかもしれなかった。マットの世界は長いこと暗闇に閉ざされてきたが、今いる場所はもうその外側だった。だが現在《いま》のマットに見えているものと、子供の頃に見えていたものは違う。なぜそれが、これほど大事なことに思えるのか自分でもわからなかったが、心のなかのなにかが、知りたいと声をあげていた。

「今夜はもうどこへも行かずにいましょ」マットは言った。「あとは寝るだけ」

スーキーが背筋を伸ばした。「歯を磨かなきゃ。洗面台もコップもないのにどうやって歯を磨くの？」子供っぽい、不安そうな、うわずった声だった。


車のドアは夜の闇に開けはなしておいた。車のなかはひろびろとして、マットとスーキーはくっつかずに並んで寝ることができた。毛布と枕もふたりぶんあった。マットはだぶだぶのTシャツにズボン下と靴下という格好で、さらに寒さをしのぐため、毛布の上にアーミージャケットを掛けた。身体をすっぽり包んでくれた黄金《ゴールド》の存在がなつかしかった。

「上で寝心地いいのかしら？」スーキーが車の屋根を見つめてちいさな声で言った。エドマンドは車のてっぺんに寝ていたが、物音ひとつしなかった。

「あなたは？」

「いい気持ちよ。おかしいわ。車のほうが居心地がいいよって言われたときには、あなたたちどうかしてるんじゃないかと思ったけど、マットレスはふかふかだし、それに……」スーキーは黄金《ゴールド》に覆われた腕で上掛けをなでつけた。彼女は腕を縁取るかすかな金色の光を見つめ、つぶやいた。「それにこれも気持ちいい」

「エドマンドは屋根の上でもだいじょうぶよ。車が寝心地よくしてくれるもの。ほんとに素敵な車」

「えっ？　ああ」スーキーは寝返りをうち、枕の上で何度か頭を動かした。「すごく不思議な気分」ぽつりと言った。「今朝のわたしには暮らしがあったわ。わたしの人生のすべてが。なのに捜しだされて、居場所を見つかって、秘密を見せつけられて、すべて知られてしまった。おまけに今度は……」

「あなたのアパートはまだあそこにあるでしょ？　伯母さんだっている。別に天地がひっくり返っちゃったわけじゃないわ」

「そうね」スーキーがついたため息は、悲しみともなんともとりがたかった。「でも……パパを捜すなんて……それこそ天地がひっくり返るようなことだわ。ああ、やだ。今はとても考えられない」

彼女がまだなにか言おうとしている気がした。マットは待ったが、言葉はそこでとぎれた。スーキーの規則正しい寝息が聞こえてきた。

マットはあおむけになって真っ暗な天井をじっと見上げ、これまでの自分とこれからの自分に思いをはせた。エドマンドと旅をしている今、彼女には家があった――この車がそうだった。めざすあてもあった――彼のめざす場所が、マットのめざす場所だった。彼の過去を見てしまった今も、自分はこの家で、彼と同じ場所をめざしたいと思っているのだろうか？　赤い少年が目覚めたら、エドマンドはどうなる？

どうしても知りたかった。

自分の出会ったエドマンドのことが大好きだったし、もうひとりのエドマンドがスーキーの父に呪縛をかけてしまったことも無理はないと思っていた。マット自身、その男の顔をしたたか殴りつけてやりたいくらいだった。

最悪の状態にあるエドマンドも見た。目にしたのは、彼がみずから封印していた部分だった。彼がその部分を取り戻すために闘うのを見てきた。マットよりもずっと手ぎわがよかったかもしれない。

マットは、エドマンドの身体の上で目が覚めたときのことを思いだしていた。彼の温もり、身体のかたち、匂い。何度も抱き上げてくれたし、何度も抱きしめてくれた。彼に寄りそっているとほっとしたし、怖いときにはしがみついた。出会ってすぐの頃はよく互いにふれ合っていたが、それからはとんとすくなくなった。

遠ざかっているのは自分、それともエドマンド？　これ以上先に進むことにためらいを感じているから？　マットはたしかにためらっていた――誰かと親密な仲になったことなどもう何年もなかったし、その可能性も持たずにすむよう、心と心以上の関係をなるべく築かないようにしてきた――それにそもそも、エドマンドにその気があるのかどうかもわからなかった。ひょっとしたらゲイなのかも。マットがまだ彼の心をのぞいていた頃にも、見てそれとわかるしるしはなにひとつなかったが、あれは幽霊屋敷に行く前のことだ。あの頃のエドマンドは、自分と同じくらい性を感じさせなかった。ゲイなのかもしれないし、マットのことが好みではないだけかもしれない。

でも以前《まえ》は平気でマットにふれていたのに、ほとんどそうしなくなった。少年のエドマンドを取り戻させたのはマットだし、エドマンドのなかには今や赤い少年もいた。そのせいでなにがどうなるのかはわからなかった。自分は、新たにあらわれたふたりのエドマンドが怖いんだろうか？　あのふたりがマットを嫌っているんだろうか？　それともエドマンドはこのふたりを手なずけるのに、すべての時間とエネルギーをとられているの？

エドマンドがふれようとしないのは、スーキーが一緒にいるせい？

幽霊屋敷やネイサンと話をして、ネイサンがスーキーにすくなからぬ思いを抱いていることはわかったが、エドマンドが彼女に特別な感情を抱いている印象は受けなかった。スーキーは、マットがこれまでに会ったなかでもとびきりの美人だった。ほっそりとしているがスタイルはいいし、北欧系の、色白の肌にプラチナブロンドの豊かな髪、ディープブルーの澄んだ大きな目、肌にはしみひとつなく、きめがこまかくつややかで、ほんのり桃色に色づいている。それにふっくらと豊かな唇。男が女の外見に惹かれるものなら、スーキーを見れば誰だってそんな気になってしまうんじゃないだろうか？　エドマンドもほんとうはそうしたいのだけれど、おもてに出さないだけなんだろうか？　ひょっとして今もそう思ってる？

スーキーは？　彼女はエドマンドのことをどう思っているんだろう？

心の目で見てみようかとふと思った。知りたくて仕方がなかった。だがやめておくことにした。そんなのはずるい手だ。直接訊いたほうがいい。

マットはため息をつき、眠りに落ちた。

なにかがマットの額をなめた。

マットがまぶたを開けて目をこらすと、鹿の首が見えた。「いやあああ!」大声をあげると、鹿は驚いて逃げていった。車の外で駆けていくひづめの音がした。起き上がろうとして、自分の指がスーキーの指とからみ合っているのに気がついた。なんで? マットは指をほどき、うなり声をあげて起き上がった。四頭の鹿が森の奥へ逃げていった。

湖の上にかかった霧が、木々の幹の合間にもただよっていた。見上げると、薄い霧の向こうに青空が見えた。東の太陽に照らされて、霧が銀色に光っていた。あたりは湿っぽい匂い、それに松の匂いでいっぱいだった。

車の屋根がきしむ音がした。すぐにエドマンドが開いたドアの前に飛び下りてきた。「どうした?」

「なめたの」マットはちいさな声で言った。「動物があたしのことなめたの。心臓が止まるかと思った。起こしちゃってごめんね」

「いいよ。起きるにはちょうどいい時間だ」

「コーヒーある?」スーキーが声をあげた。

「あるよ、ゆうべヴァカビルのスーパーマーケットでインスタントのを買っただろ?」

「ああ、そうだったわね。お腹ぺこぺこ」スーキーは起き上がった。

「ヴァカビルのスーパーマーケット?」マットは訊いた。「ああ、そうか。あなたたちふたりで買いものに行ったのよね」

「それとスーキーは電話して、仕事を辞めたんだ」

「バナナ買ったのよ」スーキーが言った。「ドーナツも。ブルーベリーマフィンも。インスタントコーヒーも。お湯を沸かすポットも買ったわ。卵とちいさなフライパンも。卵は今日食べちゃったほうがいいわ、クーラーボックスがあんまりきいてないから。あなたは火をおこしてね？」スーキーが、マットの向こう側にいるエドマンドに笑いかけ、エドマンドも笑顔を返した。

「うん。煙の出ない、燃料のいらない火をおこしてもいい。それがいいな、エネルギーの無駄遣いにもならないし」

煙の出ない火？　燃料のいらない火？　マットは思わず電気バーナーを思い浮かべたが、やがて魔法のことだと思い当たった。

「ほんとの火をおこしましょ。万が一、森が火事にならないともかぎらないし。雷が落ちたみたいになったら困るでしょ？　あたしたきぎ探してくる」マットは毛布の下からするりと抜けだした。

「わっ！」スーキーが言った。

マットは両腕を見おろした。淡い金色のらせんや渦巻き模様が肌を覆っていた。「なに？」

マットは驚いて、訊ねた。

〈黄金《ゴールド》〉心のなかに響いた声は、以前の黄金《ゴールド》よりも深みのある声だった。そしてぴりっと塩からい、乾いた涙の味がした。

マットは自分の手首を見た。ジニーの黄金《ゴールド》はかわらず両手首にあったし、細い線となったマット自身の黄金《ゴールド》も、左手首にちゃんとひとすじついていた。〈スーキーの黄金《ゴールド》なの？〉〈もうあなたの黄金《ゴールド》〉

そういえば起きたとき、指がスーキーの指とからんでいた。〈あたしが頼んだ？　あなたを呼び寄せた？〉

〈いいえ。これはあなたとわたしの願い、そしてスーキーの願い。もしそうしたければ、もう一度願いをかけて。あなたが願うなら離れるから〉

マットはスーキーの目をのぞきこんだ。「憶えがないわ」スーキーは言った。「夢でもみたのかしら。もとに戻したほうがよければそうするけど」〈どうしていらないの？〉スーキーの心の声が訊いた。〈わたしのじゃ、なにか都合が悪いの？〉彼女が片手を顔にかざすと、黄金《ゴールド》が一瞬頭に覆いかぶさった。

「なんにも都合悪くなんかないわ。どうしていらないと思うのか、自分でもわからないの。ほんとにいらないのかどうか、それもよくわかんない。ごめんね。すこしひとりで考えてくる」マットはブーツとジャケットをひっつかむと、足をブーツに押しこんで、ジャケットを肩に引っかけ、歩いていった。

水の冷たさも気にせず水しぶきを上げて小川を渡り、向こう岸の森に入っていった。ほどなく木々と霧がマットを包みこんだ。カラスが鳴き、ときおりほかの鳥のさえずりも聞こえた。

えんえんと歩いていき、やがてとうとう、倒れた木の幹のそばにある大きな羊歯《しだ》の茂みと、落ちた松葉と、ぼろぼろに腐った木のなかに腰を下ろした。

マットは腕をじっと見おろし、黄金《ゴールド》の魔法について考えてみた。

この魔法の力にはずいぶん助けられてきた。いちばんはじめの黄金《ゴールド》が、寒さや虫やちょっとした恐怖から守ってくれたのも嬉しかったし、スーキーの記憶をエドマンドに見せられるよう、力を貸してくれたのも嬉しかった。だが魔法を使ったあとのアビーの疲れようといったら。マットもやはり、魔法をたくさん使ったあとは極度の疲労に襲われた。

そのあと、スーキーの魔法がマットの疲れをぬぐい去ってくれた。その魔法は今、彼女の肌でペイズリー模様を描いていた。シャツをまくって腹を見た。やっぱり。ペイズリー柄のような、指紋のような模様はそこにもついていた。片手で金色のレース模様をなでてみたが、どこまでが黄金《ゴールド》でどこまでが自分の肌なのかわからなかった。すべてが身体の一部に思えた。

〈いったいどのくらいあるの?〉

〈ほんのすこしです〉黄金《ゴールド》が心のなかに語りかけてきた。

〈どうしてこんな見た目なの?　刺青《いれずみ》みたいじゃない?〉

〈好きな形にしてください〉

〈ここに来て〉マットは両手首を握りしめた。

黄金《ゴールド》が肌をすべってきた。そのようすは見えたが、感触はなかった。黄金《ゴールド》はマットの両手首に集まり、淡い金色の細い帯となってジニーの黄金《ゴールド》の隣にぴたりとくっついた。たしかにほんのすこししかなかった。幅も一センチほどだったし、とても薄かった。

マットは魔法を使えることにもしだいに慣れてきた。なぜ自分はスーキーの黄金《ゴールド》がほしくないんだろう？　左手首の輪に指をすべらせると、自分のものとは違う感情が、マットのなかに次々とひらめいた。恐怖、怒り、なにもかものみこんでしまうような深い悲しみ——レモンと、唐辛子と、塩の味。痛みの味は、窓ガラスと鉄釘を思いださせた。アンモニアの匂いは不安な心。この魔法は、感情を糧にして大きくなった魔法だった。

〈もしあたしの魔法になってくれるなら、今とは違う魔法になって〉

〈どんな？〉

アビーの魔法、つまりゴールドは芸術をつかさどる魔法だった。マットはアビーの芸術の魔法からジニーをつくりだし、違う魔法に変えた——教えをつかさどる魔法に。だがマットの黄《ゴー》金《ルド》、つまりいちばんはじめのゴールドから贈られたぶんは——あれはどんな魔法だった？

慰めの魔法。

結局は、それが役に立った。

〈温もりをちょうだい、そして守って〉マットは心のなかで語りかけた。マットに必要なのはそれだけだった。

魔法が変わっていくのがわかった。感情をすべて手放して、抜け殻のように捨て去り、マットの望むとおりのものとなった。〈ありがと〉マットは心のなかで語りかけた。鉛筆の跡のようなマットの魔法が新しい黄金《ゴールド》と混ざり合い、ジニーの黄金《ゴールド》と新しい黄金《ゴールド》が両手首で同じくらいの太さになった。

〈いらっしゃい〉

マットは倒れた木の幹に寄りかかり、もうひとつのことを考えた。

昨夜のことがすべて済んでからも、マットはまだ、エドマンドとスーキーが自分を車に置いてふたりで買いものに行ったことを気にしていた。

ばかみたい！

ガスリーでの朝、エドマンドがコーヒーショップで言っていたことをマットは思いだした。あのとき彼は、少年の自分が感じているものを懸命に受け入れようと七転八倒していて、自分のなかに生まれた嫉妬心が消え失せてくれればと願っていた。年頃ってやつは！　そうエドマンドは言っていた。

年頃か。バレエ好きの少女だったマットは、ほかの子たちとなんら変わらない中学生だった。目の端で男の子たちの姿を追いながら、ランチは誰と食べようかと気をもんだり、将来夢中になれそうなものを探してみたり、国語と数学の時間に居眠りしたり。なぜか放課後のバレエ教室だけは真面目に通《かよ》っていた。ジョージ・カルーソーが振り向いてくれさえすればそれでよかった。だが彼はけっしてこちらを向いてはくれなかった。

生まれたときから近所どうしだったレイとはいちばんの仲良しだった。ふたりで自転車に乗り、一日の作業が終わったあとの工事現場を走りまわるのが好きだった。建築中のビルの骨組みを調べたり、つくりかけの階段をのぼって張りかけの床に上がり、超能力者の気分で壁を透かして見たり、自分たちの住む町を見おろしたりした。配線の外に飛びだした部品をふたりで集めたりもした。マットは電気コードがお気に入りだった。ビニールをかぶっているものもそうでないものも好きだった。明るい色の、束になった細い銅線も大好きだったし、コードを包んでいるカバーのあざやかな色合いも大好きだった。目の覚めるような黄色、緑、赤、青。そうしたコードの端は、壁のなかの誰にも見えないところに隠れてしまっていたが、それでもかまわなかった。

ズボンの折り返しは泥だらけ、ポケットには砂利道で見つけた半透明のガラス玉がいくつも入っていた。違う、あれは十三歳で初潮を迎える前のことだ。レイとはその頃から疎遠になった。母親には、もうワンピースを着て、化粧品の使いかたを覚え、男の子みたいなしゃべりかたはやめなさいと言われた。

「そんな大昔のこと」と声に出して言った。「どうでもいいことばっかりじゃない」

みな、生きていくにはどうでもいいことだったし、その後のマットにとっては、とにかく生きていくことだけがなによりも大事だった。それからもずっと、ろくな生きかたではなかったけれど、それでもなんとか生き抜いてきた。

流産したこともあった。血管は薬づけだったし、精神もずっと不安定だった。生理も不規則だったので、そのときの出血もまるで気にとめなかった。ただ、マットのなかのなにかがそのことに気づいた。身体のなかでなにかが止まった。朦朧とする意識のなかで、マットは叫び、わめき、誰かれかまわず腕を振り上げた。妊娠していたことさえ知らなかった。なにかを殺しておきながら、まるでそれに気づかなかった。自分の父親がしたこととまるっきり同じだった。

マットは片手を持ち上げ、黄金《ゴールド》をつついて手首からどかせた。傷はもうごく薄くなっていた。

そう、マットはそれまでの自分を殺し、目を覚ましたときには生まれ変わっていた。あらゆるものと話ができるようになり、他人の心に映る夢が見えるようになっていた。もう自分の物語の主人公になるのはやめた。ほかの人やものの物語に耳を傾けていればよかった。

しばらくはそれでよかったが、やがてマット自身の物語がじわじわと息を吹き返し、ふたたび心に押し寄せてきた。他人の思い描く夢が見えるようになったからには、父親の夢のなかをのぞいて、父が自分にしたことをはたして自覚しているのか、すこしでも気にしているのか、それを確かめねばならなかった。そしてついに故郷に戻り、父親の心に映る夢をその目で見た。父は心のどこかで自分のしたことを自覚しており、気にしていたが、その部分は眠っていて、マットに直接語りかけてはこなかった。あんなことをして悪かった、と言わせることはもうできなかった。だが心の奥深くで、たしかに父はそのことをわかっていた。

それを知ってマットは解放された。マットは自分自身の物語がふたたび遠ざかるにまかせ、ほかの物語の待つ世界へ戻った。

「赤ちゃんのことなんて忘れてた」

「赤ちゃんって?」

マットは目をぱちくりさせて顔を上げた。エドマンドが目の前に座っていた。

「あたしの赤ちゃん。でも、まだ赤ちゃんにもなってなかった。流産だったの」

エドマンドはなにも言わなかった。ただ座ったまま、黙ってマットを見つめていた。緑と茶色の服を着たエドマンドは、森の色にすっかり溶けこんでいた。もし目をそらしたら、彼がそこにいることを忘れてしまいそうだった。

マットは自分の両手をじっと見おろした。「妊娠してたことさえ知らなかった。そうしたら血が出たの。そのときはもう遅くて、殺してしまったあとだった。自分が怪物みたいに思えた。それで自殺しようとしたの。そのあと目が覚めたら、なにもかも変わってた。それが今のあたし。きっとあなたと同じような感じね」

「どうしたらいいか、きみにはちゃんとわかってたじゃないか」

「そうだけど。ほかの人のことだったら、よく見てればその人がどうするべきかすぐわかるわ。でも自分がどうしたらいいのかってことは、もうすこし頑張らないと見えてこない。自分がのうのうと暮らしてることが許せなくなることだってある」マットは眉間にしわを寄せた。「でも、あたしはそれほどでもないわ。するべきことはほとんどしたもの。昔に立ち戻って、もう一度心の目で見て、もっとたくさんのことを知って、父さんがしたことは仕方がなかったんだ、って思えるようになった。父さんはああすることしかできなかったのよ。起こっちゃったことはしょうがないもの。だけど赤ちゃんのことは忘れてた」しだいに声がちいさくなった。

「仕方がなかったんだ。きみはそうすることしかできなかった。起こってしまったことはしょうがないじゃないか」

マットは鼻をすすり、目をこすった。「うん。やっとこうして思いだしたんだから、もうすこしこのことを考えたいの。あの赤ちゃんのことだってすこしは考えてあげなくちゃ」

ふたりはそのまましばらく座っていた。

もし赤ん坊が生きのびていたら、マットはきっとひどい母親になっただろう。あの頃は、現実から逃れられればあとのことはどうでもよかった。赤ん坊のことを知っていたとしても、それで自分が変わったかどうかわからなかった。たとえ生まれても五体満足だったかどうか。あの頃は他人どころか、自分のことさえどうでもよかった。栄養？　なにそれ。禁酒？　あの頃のマットに、そんなことができたはずはなかった。

知っていたら中絶手術を受けただろうか？　わからない。どちらに転んでも面倒なことになっただろうし、あの頃には、ろくにものを考えることもできなかった。それでも、自分で決めることができたらよかったのに。

生命が息づいていることにも気づかないまま、それを殺してしまった自分がどうしようもなくいやだった。〈ごめんね、ほんとにごめんね、ごめん〉どこにあるともわからないその生命に向かって、マットは心のなかから呼びかけた。彼女は片手で腹のあたりをさすった。

〈マット？〉

〈ジニー？〉手が腹の上で止まった。〈あなたも知ってたの？〉

〈知ってたわ〉するとマットを元気づけ、慰めようとする思いが、猛烈な勢いで身体のなかを駆けめぐった。マットは目を閉じてそれに身を委ねた。はじめは半信半疑だったが、やがてすっかり身をまかせた。

ようやくマットはため息をつくと目を開けた。エドマンドが彼女を見つめていた。やがてエドマンドが口を開いた。「車から出ていってしまったのはそのせい？」

マットは頭を切り替えて、つい先ほどまで考えていたことを思い返した。「ううん。魔法のことと、あとはくだらないことなの。赤ちゃんのことを思いだしたのはそのあと」

「くだらないこと？」エドマンドは目をそらし、森のほうを見た。「ぼくのこと？　ぼくのしたことを知って、嫌いになった？」

「なんですって？　とんでもない！」マットは前かがみになってエドマンドの両手を握りしめた。「たしかにあなたは過ちを犯したわ。だからなに？　たしかにひどいことだった。それがなによ！　あれは仕方のないことで、今あなたはそれを修復しようとしてるじゃない。嫌いなわけないでしょ。嫌いになんかならないわ。あなたがなにをしようと、そんなの関係ない」マットは、エドマンドが自分のくだらない悩みを話してくれたときのことを思いだし、自分もそうしたほうがいいかしら、と思った。「あたし、スーキーにやきもち焼いてるの」

「どうして？」

「だってあなたが、あたしのことどう思ってるのかわからないんだもの。あなたがもし、スーキーのほうが好きだったらどうしよう？　くだらないでしょ。それを考えようと思ってここに来たの。あたし――女の子に戻っちゃったみたい。ジニーが教えてくれるまで、自分が女の子だなんて忘れてた。あなたはあたしのこと、男の子が女の子を好きになるみたいに、男の人が女の人を好きになるみたいに、そんなふうに好き？　あたしにはわかんない」

「好きだよ」

「ちっともあたしにさわらなくなったわ」

「きみがどうしてほしいのか、わからなくなってしまったんだ。きみを傷つけたり、怖がらせたりするんじゃないかって気がして。会ったばかりの頃はなんとなくわかってたつもりだったんだけど、少年のぼくが自分のなかに入ってきて、またわけがわからなくなってしまった。少年のぼくは熱に浮かされてて、考えもなしにろくでもないことばかり想像する。少年のぼくは成長するチャンスを失ってるから、現在《いま》のぼくが知ってることと、こいつが知ってることをただ合わせただけでは、どうもうまくいきそうにない。たぶん、ぼくらは一緒に成長していかなきゃならないんだ。きみがどうしてほしいのか、ぼくはきみに直接訊かなきゃならない。ぼくにはもう判断がつかなくなってしまったんだ」

「セックスについて考えたことある?」

「以前《まえ》はまったく考えなかった。今は、前より楽に考えられそうだけど」

「あたしとセックスしたいって思ったことある?」

エドマンドは座り直し、マットをまじまじと見つめた。「きみはそうしたいって思ってるの? なんとなく、それは考えちゃいけないことだと思ってた」

「ゆうべまでは、そんなことぜんぜん考えなかったの。ずっと長いことしてないし、してたときもいつも上の空だった。今は……」マットは指先で彼の顔にふれた。「自分でもなに考えてるんだろうと思うけど、どこかでそのことを考えてる。あなたはあたしのこと、そんなふうに考えたりする？」

エドマンドは、頬に当てられたマットの手に自分の手を重ね、ゆっくりとうなずいた。「うん。この気持ちはどこへも追いやる必要はない。ずっと心にしまったままほうっておいてもよかった。きみを怖がらせたくなかったんだ」

「スーキーのことも考えたりする？」

「自分ではそのつもりじゃないんだけど」

マットはエドマンドを見つめた。彼の頬が赤らみ、手の下で熱くなった。

「少年のぼくが。頭のなかでは、スーザンはネイサンのものだってちゃんとわかってる。そんなこと考えちゃだめだって。でも少年のぼくが……」

「ふうん」男たちを心の目で見たときのことを思いだし、マットは顔をほころばせた。彼らはよくそういう思いを抱いていた。魅力的な女性が歩いてくると、バン！　こちらからも、あちらからも、そこらじゅうからイメージが押し寄せてきた。裸になった彼女、彼女とふたりきりでいる自分、さまざまな願望があふれだして、バン！　やがてすぐに消える。男の子とはそういうものだ。なるほどね、男の人は何歳《いくつ》になっても、頭のなかに十代の少年が棲んでいるものなのだ。

「そんな感覚は忘れてた」エドマンドはおずおずと言った。「まったくどうしようもないよ」

「スーキーもあなたのこと考えたりするのかしら」

エドマンドはマットの手を頬からはずし、その手を握りしめた。「それもぼくにはわからないけど、そんなことはどうでもいい。ぼくはスーキーの友達になりたいんであって、恋人になりたいわけじゃない」

マットは何度か深呼吸をした。「じゃあ、あたしの恋人になってくれる？」

エドマンドは微笑んだ。「うん」

マットは嬉しそうにほっとため息をついた。「高校のときなんかよりずっといいわ。お互いにかっこつけたりしなくていいんだもの」

「話すことがまだまだあるね」

「うん。あたしもそこのところは大好き」

「魔法をまとっていたきみはほんとに素敵だった」

マットは自分の両腕を見おろした。もう飾りはなく、残っているのは両手首の輪だけだった。

「あの金色の刺青《いれずみ》みたいなの、気に入ってた？　もとに戻しちゃったんだけど」

「どっちでもきみは素敵だよ」

マットは身体を起こして膝をつくと、彼の胸にもたれかかり、ぎゅっとしがみついた。エドマンドがそっと彼女に腕をまわした。そうしてしばらく、マットはしっかりとエドマンドに抱きついたまま、抱き返してくれる腕に身を預けていた。ふたりの呼吸がゆっくりと重なった。彼はとてもいい匂いがした。背骨のつけ根がきゅんとなり、かすかな変化が起こって、そこから温もりがひろがる予感がした。はじめはこのくらいがちょうどいい。マットはすこし身体を引いて、エドマンドの顔を間近にじっと見た。その顔はあいかわらず不思議で、どこか情熱を秘めていて、きれいだった。エドマンドもじっと視線をそらさずに、マットを見つめ返した。ふたりは時が止まったようにただ見つめ合っていた。マットは思った。さあ、きっとここからなにかが始まるけど、急ぐことはない。ふたりでじっくり時間をかけていけばいい。

エドマンドは松葉を燃やしたような匂いと、ほんのすこしだけ、焼いた卵の匂いがした。

「朝ごはん？」

「ああ、そうだ。忘れてた。それで呼びに来たんだ。スーキーがオムレツをつくってたよ」

マットはエドマンドの頬にキスをして、立ち上がった。「ブルーベリーマフィンもあるって」

エドマンドは立つとマットの手を取った。「飛ぼうか」

「え？」ふたりは地面から浮き上がり、マットは思わず笑い声をあげた。「うわあ！」エドマンドは枝をよけながら上空をめざしたので、のぼりはゆっくりだった。日が昇るにつれ霧が晴れてきて、素晴らしい天気になりそうだった。森を見はるかす高さまで来ると、飛ぶスピードが速くなった。

はじめのうちは怖かった。身体を支えるものはなにもなく、マットにとってはよくわからない存在である地面さえ、まったく身体にふれていなかった。落ちたらどうなる？　地面ははるか下だった。

黄金《ゴールド》がマットの手首でうごめいた。〈わたしが支えます〉黄金《ゴールド》がささやいた。

魔法！　マットにはもう自分の魔法がある。彼女は目を閉じ、風が顔をなでていくのを感じながら、身体じゅうにわき上がる喜びに耳を傾けた。

ふたりは湖のちいさな切れ端を過ぎ、やがて車を停めてある、ひらけた場所に舞い下りた。

車の後ろの、まるく並べた石の輪のなかに火が燃えていた。どうやらほんものの火らしく、枯れ枝と松葉がくべられていた。火の上に渡した石の板の上にポットが載せてあり、フライパンが火から下ろしてあった。そばには水の入ったバケツがあった。スーキーは車の後尾部分に座っていて、食料品の袋と、数個の空き箱と、皿がまわりに散らかっていた。マットとエドマンドが地面に降り立つと、スーキーは黒っぽい表紙の、分厚いペーパーバックのミステリを置いた。

「飛んでたわ」スーキーは言った。「あなたたち飛べるの?」

「エドマンドはね。あたしはどうかな」マットはエドマンドに握られていた手をするりと離すと、火のそばに行った。「あなたも飛べるかもよ」

スーキーは腕の黄金《ゴールド》に目をやった。首にあった太い金色の輪も、胸を覆っていた鎧も、すっかり見えなくなっていた。彼女はピンク色の、絹の半袖のブラウスを着ていた。その両腕は、肩から前腕のなかほどまでびっしりと金色に輝いていた。「ふうん」スーキーは言った。「今度試してみようかしら。ひとつめのオムレツはわたしが食べちゃったし、ふたつめは冷めちゃったわ。次をつくるのは待ったほうがいいかなって思ったの。あなたたち、帰ってきそうになかったから」

「いろいろ話をしてたの」マットは言った。

スーキーはにこりと笑った。「わかってるわ」

「冷たいオムレツって大好物なの」

「ほんと？」スーキーはプラスチックのフォークと、オムレツを載せた紙皿をマットに差し出した。「料理はあんまり得意じゃないの。たいしたものじゃないのよ。チーズとエシャロット入り」

「おいしそう」マットは皿を受け取った。「いる？」マットは皿をエドマンドのほうに差し出した。

エドマンドは微笑《わら》って首を横に振った。

「もうひとつつくるわ」スーキーが言った。

「あとで食べることにするよ。清めには、断食も必要だから」

「清め？」スーキーが訊いた。

「竜退治に向かう前に、力を蓄えておきたいんだ。精霊の声に耳を傾け、自分のなかから余計なものを取り去って、目標を見すえ、現在《いま》の自分が何者で、どうしたらみんなにいいようにうまく事を運べるか、それを考えたい。とにかくできるかぎりのことはしたいんだ」

「魔法使いってそういうものなの？」スーキーが訊いた。

「ぼくのような魔法使いはそうだね」

マットは冷めたオムレツをひと口食べた。「おいしい。いただきまあす、スーキー」

「どうぞ。コーヒー飲む？」

「飲む飲む。ありがと」

スーキーは飾り気のない白のマグカップにインスタントコーヒーをそそぎ、マットに渡した。

「お砂糖もミルクも買うの忘れちゃったの」

「そんなのいいよ」マットは食事を終え、皿を火にくべた。「ごちそうさま。おいしかった！ さて、それで？」

「ぼくは、すこしきみたちから離れていなきゃならない」エドマンドが言った。

「車でどこかへ行ってる？」スーキーが言った。「町を探してみてもいいし——たしかここへ来る途中にいくつか通り過ぎたわ。今度こそシャワーを浴びられる」

「いや、別に遠くへ行ってほしいわけじゃない。すこし離れたところで、ほんのしばらく——三時間くらいでいいんだ。そうしたら、そのあとどうするか相談しよう、スーキー」

「水ならあそこにたっぷりあるわ」マットは湖を指さした。

スーキーは肩をすくめた。「ひとつめ、今は冬よ。ふたつめ、水のなかは細菌やら寄生虫やら、危ない生きものだらけじゃないかしら？ 水が汚染されてるかもしれないでしょ？ みっつめ、わたしは石鹸を使いたいの。自然の水で石鹸を使っちゃいけないのよね？ 自然のバランスが崩れるんじゃない？」

「最近の石鹸は、たいてい自然分解するようになってるよ」エドマンドが言った。

「黄金《ゴールド》が、水のなかにいる悪いものから守ってくれるわ」マットも言った。

スーキーは腕の黄金《ゴールド》をじっと見つめた。「ほんと？ すごいわ。わかった、石鹸の箱を確認してみる。でも、ひとつめは？」

「エドマンド、このへんに温泉があるかどうか、水に訊いてみてくれない？」マットは言った。

エドマンドはにこりと笑うと湖のほうに行き、水に手をひたした。彼は目を閉じて耳をすました。その姿を見ているだけで、マットは穏やかな気持ちになった。

しばらくするとエドマンドは立ち上がり、ふたりのほうを向いた。「近くにはないって。残念だけど」

「もうすこし待てば、もうちょっとあったかくなるわ」マットは言った。「泳ぎに行こうよ」

「水着なんて持ってこなかったわ」

「このへんにいるのはあたしたちだけだもの。水着なんていらないわ」

スーキーは身体を縮こまらせて、信じられないという顔をした。

「一緒に行こうよ」マットは言った。「あたしが見張っててあげるから。ね？」

「わかったわ」スーキーはぼそりと言った。

エドマンドは食料品の袋のひとつをかきまわし、塩の瓶を出した。「よし。それでいいかい？　もしなにかあったら、マット、黄金《ゴールド》を使って呼んでくれ」

マットは両手首にある金色の輪を見た。〈できますとも〉黄金《ゴールド》が云った。「そうする。あとでね」

エドマンドはふたりに笑顔を向けると、かろやかな足取りで森のなかに入っていった。

「こんなことってはじめて」スーキーは言った。「外で寝たのもはじめてだし、森のなかでトイレを済ませたのも、湖で水浴びするなんていうのもはじめて」

「なんとなくおっかなくない？　あたしは街にいるほうが落ちつくんだ。このへんにあるようなものと話すとなると、まるっきりお手上げだもの。どうにもなじめないし、危険かもしれない。でも素敵よね」

「わたしはこんな泥とほこり、まるっきりお手上げだわ」

マットはエドマンドの夢の話を思いだした。夜の湖で泳ぎ、湖畔でキャンプファイアを焚く夢で、スーキーもちゃんとそこにいた。だが、それが夢でしかないことを彼は知っていた。スーキーは、水にぬれたり泥をつけたりすることを、厳しく禁じられていたからだ。「汚れるくらいならあたしは平気。虫なんかも平気よ。ただ、自然にすっかり囲まれちゃうと落ちつかないの。まわりがなにを考えてて、なにを求めてるのかまるでわからないんだもの。とてもとても大きいうえに、話はできないし」歌う石たちの声は聞こえたが、なにを考えているかはわからなかった。「だいじょうぶよ。今朝、鹿にちょっとおでこをなめられたけど。なんであんなことされたんだろう？」

スーキーは笑い声をあげた。「しょっぱかったんじゃない？」

マットは額をさわってみた。たしかに乾いた汗が貼りついていた。「野生の動物って人間を怖がるものだと思ってた。まあいいや、思い切って行ってみましょ。石鹼あるの？」

「石鹼はゆうべスーパーマーケットで買ったし、シャンプーも化粧ポーチに入ってるわ」

「あたしタオル二枚持ってる。もし汚れてていやだったら、エドマンドのを借りちゃえばいいわ」

「身体を洗ったら着替えたいわ。この格好で寝ちゃったから」

「支度しましょ」

スーキーはバケツを火のそばに持ってきて、火と燃えさしの上に水をかけた。しゅうっと音がして煙が立ちのぼった。

マットはタオルと一緒に毛布もかかえこんだ。ふたりはそれぞれ着替えを持った。スーキーは化粧ポーチに石鹸やらなにやらを入れてから、心配そうに車を見た。「わたしのバッグ。パソコン。洋服。車さん、わたしの荷物見張っててくれる？　なくなったらいやだわ。お財布を置いていくのは怖いけど、だからって持っていくのも怖いし。どのへんまで行くの？」

「小川を渡ったところに岸があったわ。それほど遠くない」それに、エドマンドが向かったほうとはちょうど反対方向だった。マットがぽんと手のひらを車の上に置くと、ぜんぶのドアが閉まり鍵がかかった。「ほら」彼女は前部座席の窓を指さした。スーキーはそのなかをのぞきこみ、息をのんだ。

「わたしたちの荷物、どこに行っちゃったの？」車のなかは、座席も敷物の上もからっぽだった。

「車が魔法をかけてくれたのよ。荷物が見えなくなっちゃった。この車、なかなかやるじゃない？」

「すごいわ」スーキーは前かがみになって車にキスをした。「ありがと」

〈どういたしまして〉車が云った。それを聞いたマットが、スーキーに伝えるべきかと考えていると、彼女は目をまるくしていた。

「聞こえたの？」

「そうみたい」スーキーは片手を車の屋根にすべらせた。「ちいさい頃はそうだった。ものの声が聞こえたわ」

「ぜひ耳をすませていて」

スーキーは顔をほころばせ、ポーチと洋服をしっかりと手に持った。「行きましょ」

ふたりはしばらく小川に沿って歩き、足をぬらさずに石の上を渡れる場所まで来た。マットは、小川のどこかに泳げそうな深みを見つけたほうがいいかとも思ったが、水にさわってみると、どうやら雪解け水が流れてきているようだった――あまりにも冷たすぎたし、見たところかなり浅そうだった。

太陽が、森の下生えのところどころに光の矢を投げかけていた。先ほど来たときに見た憶えのあるものはなにひとつなかったが、たしかどこかで岸を見かけた。そうしてふたりはしばらく湖畔を歩き、ようやくちいさな入江に出た。砂の浜がひろがり、水面《みなも》に日射しが当たっていた。

マットはブーツと、靴下と、ズボン下と、下着と、Tシャツを脱ぎ捨てた。きっと水浴びは気持ちいいだろう。頭はかゆかったし、ほかの部分もべたべたしていた。あらわになった腹と胸に、朝の空気がひんやりと冷たかった。なにもない場所でこうして一糸まとわずにいるのは、なんとも不思議な心地だった。もっとも、魔法だけは身につけていた。ふだんはこういうことはしなかった。入れてもらった建物で、シャワーを使わせてもらうというのがふつうだった。だが自然のなかに飛びだすなんて——まあ、ほんとうのことを言うと、まったく経験がないわけではなかった。ずいぶん前、どうしても水浴びがしたいのに、どうにも建物に入れなかったときはそうした。川に入ったことも一度や二度はあった。子供の頃には、レイやその妹のエミリーと裸で泳ぎに行ったものだ。

マットは自分の乳房を見おろした。大きくはなかったが、思っていたより大きかった。エドマンドと旅を始めるまでは目立たないようにさらしを巻いていたが、今はゆったりとそのままにしていた。いい感じだった。なにより押さえつけなくてすむのは楽だった。

かすかな風にマットは身震いした。冷たい水に入ろうなんてどうかしてるかもしれない。でもやはり頭がかゆかった。アビーとトニーの家で熱いシャワーを浴びてからもうずいぶんたっていた。

スーキーは倒木の上に腰を下ろした。その横にはふたりの着替えと、タオルと、毛布が置いてあった。スーキーはおずおずとシャツのボタンをはずした。マットは近づいていき、彼女を待った。「見ないで、お願い」

「ああそう。わかった」マットは大股で水辺に歩いていき、つま先を水にひたした。「ひゃっ！」水は氷のように冷たかった。すこしずつ入っていたのでは慣れるのにいつまでかかるかわからないので、マットはひたすら進んで、ふとももがつかるあたりまで来ると、しゃがんで水にもぐった。肌が驚いて悲鳴をあげた。すぐさま飛び跳ねるように立ち上がると、大きく息を吸った。「ぷはあ。目が覚めるわ」マットは目をこすった。「石鹼とシャンプー借りていい？」

スーキーは大きなタオルに身を包み、水辺に立っていた。頭と、きれいな長い脚は見えていたが、そのあいだはすっぽり隠れていた。「石鹼？　シャンプー？　忘れてた」スーキーは木のそばに戻り、化粧ポーチを手に取って、水辺に持ってきた。「いくわよ」大きな白い石鹼とシャンプーの小瓶を投げた。マットは受けとめた。

「ありがと」マットは背中を向けて頭にシャンプーをつけながら、スーキーに場所を空けてやった。「水はものすごく冷たいけど、さっぱりするわ。気持ちいいよ」話しながら湖を眺めやった。木々の影の先端が向こう岸まで届いていた。見上げれば抜けるような青空で、ゆらゆらときらめく水面にも、空の青が映っていた。

スーキーが黄色い声をあげながらしぶきをたてて入ってきて、泳ぐように身体を沈めた。

「どうかしてるわ！　なんで我慢できるのよ？」

「すこしたてば慣れるわよ」

「もういや！」

「そうそう。ぜんぶぶちまけちゃえ」マットはシャンプーのふたをはめると、スーキーにきまりの悪い思いをさせないようにわざとあちらを向き、脇の下に石鹼をこすりつけた。

「うるさい！」

「わかりました、はいはい、黙りますよ」

「信じられない。シャワー浴びたい。熱いシャワーじゃなきゃいや」

マットはスーキーがいるとおぼしき方向にシャンプーを差し出した。すぐに彼女の手がそれを受け取った。しゃがみこんで髪からシャンプーを洗い流し、この泡が自然を傷つけたりしませんようにと願った。髪が短いので、シャンプーはほんのすこしで済んだ。身体じゅうにすっかり石鹸をぬりたくった。石鹸を差し出し、スーキーが受け取ると、マットは身体の石鹸を洗い流した。

「泳いでくるね」マットは言った。「いいよって言うまでそっちを向かないようにするから」

「もう、うるさいな」スーキーがまた言った。「見たからってどうだっていうの？　だいたい、もうほとんど水の下だもの。見ていいわよ」

「そう。よかった」マットがちらりと目をやると、スーキーは頭まで水にもぐったところだった。

スーキーはいっぱいに伸び上がって水から飛びだすと、ぎゃあぎゃあ騒いだ。「冷たい！　冷たい、冷たい、冷たい！」彼女の身体はモデルのように完璧なプロポーションで、みずみずしかった。黄金《ゴールド》は縮まって、ついているのは首まわりの重そうな太い輪と、幅の広いベルトのような腰まわりの輪だけだった。「まるで拷問だわ！」どすのきいた声をあげると、驚いた鳥たちがいっせいに木から飛び立った。彼女はシャンプーを手に取り、髪をごしごしと洗った。

「なにがなんでも、とにかく洗っちゃってさっさと出るわ」

しぶきをたてながら不平をこぼしているスーキーをあとに、マットは泳いで湖に出た。何年かぶりだったが、ちゃんと泳げた。岸から離れたところへ来ると、あおむけに浮かび、どこまでもつづく青空をじっと見上げた。

エドマンドは今頃どこかで自分を清めているし、マットもたった今、シャンプーと石鹸ですっかりきれいになったところだった。彼女は空に向かって微笑み、これからのことに思いをはせた。エドマンドがスーキーの父親を捜しに行くときにはついて行きたいと思った。そこでどういうことが起こるのかまったく想像がつかなかったが、避けて通ることはできなかった。

でもスーキーは？　そう、もしエドマンドが言ったようにメキシコかカナダに行きたいのなら、自分たちもメキシコかカナダに行くんだろう。幽霊屋敷に行ったほうが幸せではないだろうか？　そうなればネイサンは長年の念願がかない、スーキーをその手で守ることができる。けれども現在《いま》のスーキーはほんとうに、ネイサンが思い描いていたあのスーキーなんだろうか？　いつも神経をとがらせていて、引っこみ思案で、どこかよそよそしく、なにかにおびえている。言われてみればそうかもしれない。

あたたかい太陽が降りそそぎ、身体のまわりと下で水がゆるやかに流れ、冷たい水がたえまなく背中に当たり、日射しにあたためられたぬるい水が腹部をぬらしていた。マットは長いあいだ浮かんだまま、まぶたを透かして見える薔薇色の日光を浴びながら、心が奥深くへ沈んでいくにまかせた。

なにかが脚をつついた。まさかピラニアかと飛び上がった。だが、ただの魚が、脚の毛を引っぱっただけだった。丸太みたいにじっと浮いたままでいるというのもどうやら考えものだっ

なっていた。

た。だが魚は、マットが動いたのに驚いて、とっくに逃げてしまっていた。

マットは岸のほうを見やり、自分が流されてしまったことに気がついた。浜はもう見えなく

〈スーキーはだいじょうぶ？〉マットは黄金《ゴールド》に訊いた。

黄金《ゴールド》は一瞬鈍く震えてから、云った。〈水から出て、もう服を着てます〉

〈ありがと〉マットは身体をうつぶせにすると、犬かきで岸に近づき、湖岸沿いにちいさな浜を探した。また見つけるまでにしばらくかかった。マットは湖から上がりながら、水を片手でたたいてありがとうを言い、スーキーの姿を探した。

スーキーはしっかりと服を着こんで、毛布にくるまり、震えながら倒木の上に座っていた。

「どこに行ってたの？　よく平気ね？」責めるような口調だった。「火に当たりたい。ドライヤーを使おうにもコンセントがないし、寒くて寒くてしょうがないわ」

「ごめんね」マットはタオルで身体をふいて服を着た。日も高くなってもうあたたかく感じたが、スーキーはほんとうに寒そうだった。「ちょっとさわってもいい？」

「さわる？　どうして？」

「ここにさわるだけ」マットは手を伸ばしてスーキーのセーターの襟もとを引っぱり、首の金色の輪に手を近づけた。

スーキーが首をすくめた。

マットは黄金《ゴールド》にふれた。〈寒いんだって。あったためてあげてくれる？〉

〈そんなことできるの？〉黄金《ゴールド》は驚いているようだった。あらゆるスパイスの香りがふっと匂った。スーキーにとって耐えがたい不愉快な気分をすっかり飲みほしていい気分になり、それ以上のことは考えていなかったようだ。

マットは自分の黄金《ゴールド》をスーキーの黄金《ゴールド》に押し当てた。黄金《ゴールド》どうしが言葉を交わすのがわかったが、なにを云っているのかは聞こえなかった。スーキーの首の黄金《ゴールド》が輝きだし、赤みをおびた金色に変わった。そしてすうっとひろがった。マットが手を離したそばから、赤みがかった黄金《ゴールド》はスーキーをすっぽりと包みこみ、髪まで覆って、その姿が一瞬金色の像のようになった。やがて黄金《ゴールド》は縮み、もとどおり首のところで輪の形になった。

スーキーは大きく息をついた。頰に赤みが戻った。髪はもう乾いていた。「なに――なんだったの？」

「魔法よ」

「まほう」スーキーは首の輪にふれながら、マットの言葉をくり返した。「最初からそうできたの？　わたしったらばかみたい」

「ううん、そんなことないったら。だってまだ、手に入れてから一日もたってないじゃない。わかんなくたって無理ないわ。あたしだって、これに出会ったのはたった二日前だから、なにができるかなんてわかんない。たしかにあたしのほうがすこしは知ってるけど、それだって、黄金《ゴールド》がいろいろなことをするのを見てきたってだけだもの」

スーキーはため息をついた。

「だから、不愉快な気持ちにさせちゃったんだったらごめんね」マットは言った。

「わたしこそ泣き言ばっかりでごめんなさい。いつもはこんなふうじゃないのに。だいたい、いつもならそんなこと感じもしないのよ」スーキーは片手で髪をかき上げた。「わたし、どうしちゃったのかしら。冷たいとか寒いなんて、いつもは感じないの。なにかが気になることなんてまずないわ。手にナイフを突き立てたとしても、きっとなにも感じない。不平をこぼしたことだって一度もないのに、今のわたしったら、なんでもないことで大騒ぎしてる。大声でわめきちらしてる。こんなことも今までしたことなかったのに」

マットは首をかしげてスーキーをまじまじと見た。つまり、はじめて話をしたあのとき、もうすでにいつもの彼女ではなかったのだとしたら、マットが出会ったのはほんとうのスーキーではないんだろうか？　それともいつものスーキーというのが、じつは幻なんだろうか？　それともまったく別のこと？　違う。まだ彼女の心がかすかに伝わってきていたとき、黄金《ゴールド》はマットに、ほんとうのスーキーの姿を見せてくれた。だがあながち間違ってもいない。彼女はなにごとにもほとんど無表情だった。ときおり、うわべだけの怒りと、打算がちらりとかいま見えるだけだった。今、スーキーは変わりつつあった。「あなたにはいろいろ押しつけちゃったもの」マットは言った。「なじんでたなにもかもから無理やり引き離しちゃったし」

「でも壁を――壁をめぐらせていれば、どこにいようと関係ないわ。なにも感じなくてすむように、いつだって守ってくれる。暑さからも、寒さからも、空腹からも、痛みからも。こんなふうにうろたえたりだって、しなくてすむはずなのに」

「壁は消えたって言ってたじゃない」

スーキーは両肩をかかえこんだ。

「ところで、エドマンドがあなたのお父さんと話したいって言ってるけど。怖い？」

「怖いなんてものじゃないわ」

「もうどうするか決めた？　どこへ行くことにするの？」

「決めてない」スーキーは自分の靴のつま先をじっと見おろしていた。「父と話すだなんて」ぽつりと言った。ぎゅっと固く組んだ両手は、関節が白くなっていた。「あの人は死んだんだ、って思ってた。あれからずっと、父は死んだものと思ってたの。エドマンドが殺したんだ、って」

まるでみぞおちに一発食らわされたような気がした。マットの頭のなかで無数の考えが一度にはじけ、胃をわしづかみにされたような、胸の灼ける思いがした。つまり、スーキーの父親は恐ろしい人で、母親は亡くなった。世にも恐ろしいその父親こそ母親を殺した張本人だったのだが、どんなに横暴な父親でもいないよりはましだ、と思えたときもあった。そして友達がその父親を殺し、そのうえ……

スーキーにいったい誰を信じることができただろう？　母親は亡くなってしまった。友達は彼女の父を殺し、町を出てしまった。大好きな人どうしが互いを破滅に追いやり、やがては彼女のもとを去っていった。

あたしもパパが大好きだった、とマットは思った。あんなひどいことをされるまでは。そのあとでさえ、どこかでそう思ってた。だって、あんなふうじゃないパパのことも憶えてたから。ぶらんこの背中を押してくれたパパ。釘の打ちかたを教えてくれたパパ。肩車をしてもらって、ふたりでけらけら笑いながら、家じゅうを歩きまわったこと。寝る前に、一緒にお祈りを唱えてくれたパパ。やだ、そんな大昔のこと。天にまします我らの父、と唱えるとき、父という言葉を口にするだけで、いやでもパパの顔が浮かんだけれど、それだけのことだった。我らを悪より救いたまえ、そう祈ればよかった。

行って、パパをこの目で見てきた。パパはあたしと姉さんを傷つけたと心のどこかで知っていたから、あたしはもう見るのをやめた。パパを傷つけてきたものがなんなのか、それを見たりはしなかった。パパのいいところを見ようともしなかった。理解しようと思ってあしたわけじゃなかった。

「スーキー」マットの声はかすれていた。

スーキーは彼女のほうを見た。

「お父さんのこと、好きだった？」

「いきなりなにを言いだすの？　あの人はまともな人間じゃなかったわ。母を卑しめて、わたしに死ぬほど恐ろしい思いをさせたのよ。父との暮らしはまるで、上と下からこれでもかってぎゅうぎゅうに押しつぶされてる気分だった」

パパを理解しようとしたわけじゃなかった。だってあの人がどうなろうと、あたしには関係なかったから。あの人は父親だった。守ってくれるべきだったのに、あたしにひどいことをした。自分で自分を守らなきゃならなかった。もう一度パパに会ったとき、あたしは必要なところだけを見て、あの場所をあとにした。

パパはどういう人だったんだろう。生きているかどうかもわからない。あたしはもうパパのことなんかで傷つかない。もっとよく見れば、もっとたくさんのことがわかったんだろうか。

「たまにね」スーキーはふたたび湖を見つめ、つぶやいた。「身体の隅から隅まできれいに洗って、きちんと髪をとかして、ちゃんとした服を着て、服の折り目もぴしっとつけて、ストッキングをきっちりはいて、靴のひももきちんと結んでいれば、たまにね、父はにっこり笑って、いい子だね、って言ってくれた。わたしの妖精って呼んでくれた。それがどうしようもなく怖いときもあったけど、夢みたいな気分になるときもあった」

マットはスーキーの両手を見た。膝に置かれた手からは力が抜け、もう互いの手をよじったり、痛めつけたりはしていなかった。

「完璧でいようといっしょうけんめいだったわ。それがたまにうまくいくと、なんともいえない天にも昇る気持ちになった。歯を見せて笑ったりしないようにした、だってそんなことをしたら、なにもかもだいなしになってしまうもの。でも心のなかではそうしてた。メイプルシロップを食べたときみたいな気持ちだった」

マットはしばらく待っていた。スーキーがこれ以上話しそうにないとわかってから口を開いた。「それならなおさら、あなたのお父さんが生きてるかどうか確かめなきゃ。もともとそのつもりだけど」

「そんなこと――」

マットは彼女を見て、次の言葉を待った。スーキーは目を閉じ、深く息を吸って、止めてから、ふうっと吐いた。「どうして？」

「かなり重大で、複雑なことよ。友達がお父さんを殺しただなんて思ってるの、ぜったいによくない。たとえあなたのお父さんがどんなにひどい人でも。もしかしたら、あなたは心のどこかでお父さんを愛してて、お父さんを殺したエドマンドのことを憎んでるんじゃないかな。そのところをなんとかしたほうがいいわ。お父さんが生きてるってわかれば、話そうって思えるかもしれないし、エドマンドのことも憎まずにすむかもしれない。どう思う？」

「エドマンドを憎んでる？　父を愛してる？　馬鹿言わないでよ？　そんなことわかんないわ。いろんなことがやたら頭のなかを駆けめぐってるし、そのうえくだらないことに過敏になってて、なにがなんだかわからないの。頭のなかがごちゃごちゃよ」

「車に戻ってお昼にしよっか」

「え？」スーキーは笑いだした。

「朝ごはんが済んでからいろいろあったもの。お腹いっぱいにしとかなきゃ」マットは汚れた服と、タオルと、毛布を手に持った。

スーキーも自分の荷物をかき集めて立ち上がり、ふたりは森を通って車のほうへ、もと来た道を戻りはじめた。

なかほどまで来たとき、スーキーがマットの腕をつかんだ。マットは立ち止まって彼女の視線を追った。

枝と枝のあいだが窓のように開いていて、空と森と湖の風景を切り取っていた。ぽかりと開いた窓のまわりを松の枝が囲み、そこに太陽がさんさんと当たって、ちいさな景色のまわりにあざやかな緑色の額縁をつくり、そのまわりの黒っぽい枝や、木洩れ日や、陰になった部分からひときわ目立っていた。

ふたりは立ち止まってしばらく見入っていた。風が枝を揺らし、景色を変えた。まぶしい太陽がきらきらと水面に反射した。マットはすうっと心が穏やかになっていくのを感じた。

やがてふたりは歩みを進めた。

車に着くと、マットは食料品の袋とクーラーボックスを片っ端からのぞきこみ、二種類のスライスチーズと、マヨネーズと、粗挽き麦の堅焼きパンと、瓶入りのマスタードと、半個のレタスを見つけた。「サンドイッチにぜんぶ入れる?」マットは訊いた。

「どっちでもいいわ。なに食べたってどうせ同じ味にしか思えないから」スーキーが答えた。

「そうなの?」マットは二枚の紙皿にサンドイッチをひとつずつ積み上げ、片方をスーキーに渡した。

スーキーはサンドイッチをかじったが、取り落とした。「はぁ……はぁ……はぁ……からぁい」彼女は口もとをあおいだ。「うう!　あなたなに入れたの?」

「マスタード多すぎた?」

「これ……」スーキーはサンドイッチを開いてなかをのぞいた。「そんなはずないわ。まるっきりふつうだもの」

「はいナイフ。マスタードをこそげ取っちゃえば。マヨネーズのチューブがあるから、それをぬればだいじょうぶよ。ごめんね」

スーキーはナイフを見て首を振り、サンドイッチを閉じると、もうひと口食べた。「すごくへんな感じ。みんなこういうのをおいしいって言うの?」

「あたしはおいしいと思うけど」

スーキーはぐっと飲みこむと、さらに食べつづけた。マットは彼女にキウィ・ストロベリー・ソーダの缶を渡した。彼女はごくりと飲んだとたんに咳きこみ、ソーダをサンドイッチの上に吹きだした。「痛い! わたしの舌、どうなっちゃったの?」

「ソーダ飲んだことないの?」

「いつも飲んでるわよ。職場ではダイエットコークばっかりだもの。だけどこんなに舌がびりびりしなかったわ」

「してたはずよ。炭酸なんだから。水がもうないの。あればそっちをあげるんだけど」

スーキーはちらりと湖を見た。

「あれは飲めるかどうかわかんないし、飲めるようになるかどうかもわかんないわ」マットは言った。

スーキーはサンドイッチとソーダを、自分の座っている、車の後尾部分に置いた。「もういや。なにを食べてもひどい味だなんて。味なんかわかるようになりたくない。こんなんじゃなにも食べられっこないわ。なぜ今頃こんなことになるの？　ずっと何年も何年も、味なんて感じなかったのに。これもきっと、魔法のしわざなんでしょ？」

マットはりんごを探してスーキーに渡した。「壁が消えたのよ」

スーキーはセーターでりんごを磨いて、かじりついた。「わあ！　これはおいしいわ！」

「よかった」マットはさらに荷物をかきまわし、塩味のついたクラッカーを見つけた。「これはどう？」

スーキーはりんごをむしゃむしゃと食べ終えると、クラッカーを受け取った。「おいしいとは思わないけど、まずくもないわ。のどがからから！」スーキーは目をぎゅっとつぶって、もう一度ソーダを飲んだ。「うあ！」スーキーはポットのなかをのぞくと、底に残ったコーヒーをカップにそそぎ、一気に飲んだ。「あああああ！　なんて味」

「ほんとにお気の毒」マットは必死に笑いをこらえつつ、すっかり意地悪な気分になった。

「いいわよ、笑って」スーキーが言った。

マットは寝ころがり、腹をかかえて笑った。「かわいそ。お気の毒！」

「あなたって最低」スーキーは片手を頭に載せて言った。「魔法さん、もう味なんか感じなくして。お願い」

だが、今度は黄金《ゴールド》のスカーフが頭を覆うかわりに、グラス一杯の水があらわれた。「ああ。そうそう！　嬉しいわ！　ありがと」魔法のミルクや、魔法の水や、魔法がくれる贈りものに対する懸念をマットが口にするより早く、スーキーはそれを飲みほしてしまった。「そうよ。

ありがとう。これよ」

ふたりが昼食をちょうど終えた頃にエドマンドが戻ってきた。

「うまくいった?」マットは訊ねた。

「ほとんどチーズとマスタードだけのサンドイッチ食べる?」スーキーが同時に、自分のサンドイッチを差し出して訊いた。

「ありがとう」エドマンドは大きくひと口かじった。「うまい!」

「やだ、エドマンドまでおいしいって」スーキーはつぶやいた。「あなたたちおかしいわ」

「うまくいったよ。心づもりはできた。スーキーの父さんはまだ生きていて、セーレムにいる。ぼくはそこへ行く」

スーキーは目を閉じ、両ひじに手を当てた。その顔は、頬骨とこめかみとあごのあいだで皮膚が引きつり、まるで骸骨のように見えた。彼女が目を開けたとき、マットが一日をともに過ごした女性はもうそこにはいなかった。まるで魂がどこか遠くに引きこもり、抜け殻だけが残っているかのようだった。そこにはなんの感情もみられず、ただあきらめの感がただよっているばかりだった。

「きみはどうしたい、スーキー?」

「一緒に行くわ」抑揚のない声だった。

「なにもそんな、世界が終わったみたいな顔しなくても」マットは言った。「あーあ。まだ行ってもいないのに」

スーキーはシャム猫のような青い瞳をマットに向けた。「このほうがいいの。こうでもしないと、世のなかはあんまり騒がしすぎて。やかましくて、刺激が強くて、激しすぎるわ。もうこれでだいじょうぶ。もう父と顔を合わせても平気よ」

第十一章

「あのかたは十三年前からここにいらっしゃいますけれど、どなたも面会にいらしたことはありませんでした」看護師の女性が言った。「その前は、ほかの施設に短期間入院なさっていて、そこで精神鑑定と、治療法の決定がなされたんです」

「病名はなんです？」スーキーの口調は、まるでデパートでこんろの説明でも聞いているような調子だった。マットはぞくりとした。

「緊張型統合失調症と言っていいでしょうね。ご自分の意志で動くことはまずできませんが、いたって協力的ですよ――動かしたり、座らせたり、歩かせたり、食事を差し上げたりしても、ちゃんとそうさせてくださいます。ふれること以外の刺激にはまったく反応がありません」

「父は植物人間なんですか？」

「いいえ。脳が活動してる兆候はあります。ただ、外界とのつながりをいっさい絶ってらっしゃるんです」

セーレムにあるリバービュー介護施設の受付に、マットは背を向けて立っていた。両開きの扉が開けはなたれていて、その奥に大きな部屋があった。

リバービューの娯楽室の壁には窓がたくさんあり、そこからは曇り空と、冬の雨にぬれた芝生の緑、その向こうを流れる川、川岸に立ち並ぶ木々が見えた。いくつかのテーブルで老人たちがトランプをしたり、女性たちがパッチワークや編みものに興じていた。水色の制服を着た元気のよさそうな若い女性が、各テーブルで立ち止まり、それぞれに声をかけていた。彼女はなにか飲みものの入ったピッチャーを持ってくると、それを紙コップにそそぎ、配ってまわった。

マットが見ていると、制服姿の若い女性がもうひとり、老人の乗った車椅子を押して部屋に入っていき、テーブルにつかせた。老人は、青白い後頭部にほんのすこし白い毛が生えているだけで、節くれ立った両手は車椅子のひじ掛けの上で震えていた。ついていた若い女性が中身の入った紙コップを取ってきて、老人に渡した。彼は礼を言うように彼女の顔を見上げた。そのとき明るい青の瞳がマットの視線と交わった。すると、老人がふっと笑みを浮かべた。

言葉では言いあらわせないなにかが、マットを部屋のなかに引き寄せた。スーキーと看護師が背中で話しているのが聞こえたが、もうその言葉は耳に入っていなかった。マットは老人のいるテーブルに行くとそこに腰かけ、その目をじっと見た。

「息子がいたんだが」老人はつぶやいた。「あんたにそっくりだった。どうしようもない息子だったが、それでも大事な息子だった」

マットは心の目を開いた。うっすらと光が射しはじめた薄暗い空が見え、そして男の姿と、さらに若い男の姿が見えた。ふたりとも釣り竿を手に、湖のほとりに立っていた。明るくなるにつれ、暗がりのなかに人々の姿が次々と浮かび上がった。湖のまわりは釣り竿を持った人々でいっぱいだった。「釣りね」

「解禁日だ。日の出まで待たねばならん」記憶のなかの人々がいっせいに釣り糸を水に投げた。驚いた鴨が浅瀬から飛び立つのを見て、男とその息子は笑い声をあげた。「まだだぞ、マシュー！　まだいかん！　ぎりぎりまで引きつけるんだ、母さんにでかいみやげを持って帰るぞ。魚はあり余るほどいるんだからな」老人はにんまりと笑った。

「楽しかった？」

「最高の年だった」老人がマットの手を握った。「素晴らしい年だったが、そのほかの年だって捨てたもんじゃなかった。おまえは外国になんぞ行かねばよかったのに」

「ごめんなさい」

「あんなに早く生命を落とすなんて。行くべきじゃなかった、マット」老人の目にはアメリカの国旗が掛かった棺が映っていた。

「ごめんなさい」マットはもう一度ちいさな声で言った。「そんな結果が待ってるなんて、出かけるときにはわからないものでしょ」

「あまりにもたくさんの若者が、ただの箱になって帰ってくる。そんなのはいかん。子供が親を置いて死んだりするもんじゃない。そんなことがあっていいものか」

エドマンドがマットの肩にふれ、彼女は顔を上げた。

老人は言った。「仲間の天使が迎えに来たのかい、マット？　そんなに長くはいられないんだろう。会えて嬉しかったよ。またいつでも来ておくれ」

「ありがとう、お父さん。身体に気をつけてね」口から出たのは自分の声ではなかった。もうひとりのマットがそこにいるのを感じたが、彼が父親の記憶から生まれたのか、それとも別のところから来たのかわからなかった。マットは老人の手を握りしめ、その手を放して、立ち上がった。

エドマンドがマットの手を取り、ふたりが玄関ホールに戻っていくと、スーキーが立っていた。背筋をすっと伸ばし、堂々としていて、氷の彫像のように冷たい雰囲気だった。頭の先から足の先まできちんと服装を整え、紺のワンピースで首から手首、足首までを覆って、黄金《ゴールド》をすっかり隠していた。しゃれたコンサートや一流どころの芝居を観に行くときに着るような服だった。金と淡水パールのイヤリングをつけ、そろいのネックレスをしていた。近づきがたく、冷ややかな感じがした。

マットは、黒のタートルネックのセーターにジーンズ、コンバットブーツといういでたちの自分が場違いに思えた。アーミージャケットは車のなかに置いてきた。あくまでも用心のために、胸にはまたさらしを巻いていた。あらわになっているのは両手と頭だけだった。

エドマンドはモスグリーンのセーターに黒のジーンズをはき、濃紺のピーコートを着ていた。コートのポケットにはまじないの道具入れが入っていた。昨夜はオレゴン南部のモーテルに泊まったが、セーレムに着いたとたん、スーキーが、最後の探索をしてこの場所を突きとめる前に着替えたいからまたモーテルの部屋をとらせてくれと言い張った。三人は隅から隅までぴかぴかになり、マットはまるで、休日に祖父母の家へ連れていかれる子供になったような気がした。

看護師が言った。「どうぞこちらへ。ご案内します」

三人は看護師に連れられ、絨毯敷きの広い廊下に出た。廊下に面したドアのほとんどに、パソコンで打った、色とりどりの文字が並んだ表札が貼ってあった。〝サリーのサンルーム〟〝アンナの屋根裏部屋《アティック》〟〝オスカーの観測所《オブザーバトリ》〟〝エレノアの砦《エイリー》〟。いくつかのドアは開けはなたれ、大きな窓のある広い部屋がのぞけた。フランス窓から外へ出られるようになっている部屋もあり、外は垣根のある中庭で、草木を植えた赤い木箱が並んでいた。それぞれの部屋にその人なりの家具が置かれていたが、同じ病院用ベッドがあるために、みなどこか似かよっていた。窓辺に並べているものは人それぞれで、瓶が飾られていたり、陶器の猫や、鉢植えや、かぎ針編みのドレスを着た人形が並んでいたり、家族の写真が飾られたりしていた。壁にも山ほど、手づくりの品々や絵皿が飾られていたり、さらに写真が貼られていたり、織物を飾っている部屋もあった。ふかふかの大きな安楽椅子のある部屋もあれば、机と椅子のある部屋もあった。それぞれの部屋に個性があった。いくつかの部屋には住人がいて、手を振ってくる人もいた。テレビを見ている人もいれば、電話をかけている人もいた。

消毒剤の匂いと、排泄物の臭いと、芳香剤の香りがした。

一一八号室に着いた。〝リチャードの隠れ家《リトリート》〟。看護師が半開きのドアをノックして言った。

「バックストロムさん？　バックストロムさん、お客さまですよ」彼女はドアを大きく開けた。

椅子のなかの男は身動きひとつせず、言葉ひとつ発しなかった。

壁には外国の景色の絵葉書が何枚も貼られていた。抜けるような青空、燃えるような夕陽、誰を悼んでのものなのか、なにを悼んでのものなのかもわからない記念碑、真っ青な海に吸いこまれていく白い砂浜、手の形をした椰子の葉、真新しい景色もあれば、すこしすすけた昔の風景を切り取ったものもあった。小枝模様のついた撚糸織りのキルトがベッドに掛かっていて、端切れ布を織り交ぜた敷物が床の半分ほどを覆っていた。いっぽうの壁ぎわには大きなテレビ台があり、テレビはついていたが音は消してあった。映っている人々の張りつめた表情を見て、ついているのはたぶん昼の連続ドラマだろうとマットは思った。

リチャード・バックストロムは明るい青色の安楽椅子に身じろぎもせず座っており、絵葉書もなにもない壁の一点をじっと見つめていた。やつれてはいたが、今でも目を見はるほどハンサムで、スーキーと同じ金色の髪に白い肌、強い光をたたえた青い瞳をしていた。

「誰が飾りつけを?」スーキーはよそよそしい、面白がっているような声で訊ねた。

「テスよ。ここに来てくださるボランティアのかたで——どなたも訪ねてこない患者さんの話し相手をしてくれているんです。週に一度はいらして、バックストロムさんに話しかけてくださるんですよ。あのかたがいらしてくれてほんとうに助かってます。いつも明るいかたで、一部の患者さんたちにとってはそれがなによりの救いになりますから」

看護師は、椅子に座っている男のそばに行ってその肩にふれ、かがみこんで直接話しかけた。

「バックストロムさん? お嬢さんとそのお友達がいらしてますよ」

男は応えなかった。スーキーとエドマンドとマットは戸口のすぐ外に立っていた。この敷居を越えて部屋に入ってしまったら、三人とも今までの自分たちではなくなってしまうのではないか、という言いようのない不安が、マットの胸に渦巻いた。

エドマンドが敷居を踏み越えた。スーキーが、そしてそのあとにマットがつづいた。

「では、わたしは席をはずしますね」看護師は言った。「ナースコールのボタンはここです。なにかありましたらお呼びくださいね」

「ありがとうございます」スーキーの声はあいかわらず弱々しかった。その張りつめたようすが恐怖からきているものだということに、マットはふいに気づいた。

「マット」エドマンドの声には音楽があふれていた。マットは彼の顔を見上げた。その瞳には炎が宿っていた。「この人を見てくれるかい？」

ここにいるのは赤い少年だった。エドマンドは心に鎧をまとっていた。今ここにいるのは、マットとずっとともに過ごしてきたエドマンドではなかったが、赤い少年も、今度はマットのことをちゃんと憶えていた。

マットはエドマンドにうなずくと、彼の前に出て床に座り、スーキーの父親の顔をじっと見つめた。穏やかなようすで、彫像のような落ちついた美しさをたたえていた。この顔の奥に底知れぬ悲しみと苦悩の源が隠されているはず、とマットは思い、心の目を開いた。

一瞬目に映ったのは、ちいさな金髪の赤ん坊がロープでがんじがらめにされ、広くひらけた空間の真ん中で、くもの巣に囚われた羽虫のように宙づりにされている姿だった。その身体に巻きついたロープは四方八方にひろがっていた。音のない世界で、赤ん坊の口は泣き叫ぶかたちに開いていて、目はうつろだった。

その映像はあっという間に消えた。マットの目に赤い荒れ地が映った。コイルのようにねじ曲がった木々が血のように赤い枝をひろげ、深紅の竹が鞭のように茎をしならせていた。ふれただけでざっくりと切れそうな赤黒い草、刃《やいば》のように鋭い緋色の葉。ふたつの人影が、鞭のようにうに打ちつける蔓や降りそそぐとげと戦っていた。真っ白な少年と真っ黒な少年は、自分たちを取り囲むあらゆるものから打たれ、張り飛ばされては殴り返していた。巨大な葉をむしり取っては楯にしようとするが、それもむなしく切り刻まれるばかりだった。

マットは心の目を閉じ、ほんものの目も閉じて、座ったまま身震いした。

「なにが見えた?」エドマンドが訊いた。彼とスーキーは、バックストロム氏の動かない視線の外にいた。

「すさまじいわ。まず、赤ちゃんがくもの巣にかかった虫みたいにがんじがらめにされてた。その次はふたりの男の子が赤い森と戦ってた。どうしても勝てないの。殴られて切りつけられて、ひたすら戦いつづけてたわ」

エドマンドは眉をひそめてしばらく床を見つめていたが、やがてちらりとマットを見た。

「ぼくが視界に入ったらどうなるか見ててくれるかい?」

マットは顔をこすった。「いいよ」彼女はふたたび心の目を開いた。黒い少年と白い少年が戦っていた。ふたりはばらばらに戦っていたが、互いの間隔はそれほど離れていなかった。

エドマンドがバックストロム氏の前に立ち、その目をじっと見つめた。

白い少年が振り向き、顔を上げた。

彼の身体は真っ白で、髪は巻き毛、顔の造作は黒い線でさっと描いたような感じだった。音のない世界で、白い少年の口が驚いたかたちに開いた。マットにはその顔に見おぼえがあった。赤い枝が槍となって少年の背に突き立ち、胸を貫いた。少年は声のない叫びをあげてくずおれた。枝は彼を串刺しにしたまま、勝ちほこったようにくねった。やがて少年は目を覚まし、手を伸ばすと胸を貫いている枝を折った。少年は枝から身体を引き離し、地面に倒れた。やがて少年は立ち上がった。ぱっくりと真っ赤に口を開けていた傷はもう消え、ふたたびしみひとつない真っ白な身体になっていた。彼はもう一度だけ顔を上げたが、マットには、その視線がまっすぐエドマンドに向けられていたように思えた。そして少年は背を向け、ふたたび森に戦いを挑んだ。

「あなたよ」マットの声はかさついていた。「白い男の子はあなたよ。あなたの姿を見て驚いたように、こっちを見たわ。そうしたら森に殺されてしまったんだけど、しばらくして生き返ったの」

スーキーがエドマンドの横に立ち、まぶたひとつ動かさない父親の目をじっと見おろした。彼女はエドマンドの手を握った。震えているのがマットにもわかった。だがスーキーは目をそらしも、黄金《ゴールド》を呼び起こしもしなかった。

今度は黒い少年が振り向き、白い線でさっと描いたような顔が見えた。それはスーキーの父親の顔だった。スーキーをじっと見上げている黒い少年の身体を、葉がずたずたに切り刻んだ。

声のない叫びとともに、その身体はばらばらになった。しばらくかかって、ばらばらの身体がもとに戻り、彼はよみがえった。そのあいだも白い少年はさらに激しい戦いを強いられ、ふたたび殺された。森は震え、渦巻き、枝という枝をくねらせたが、少年たちがふたたび立ち上がって向かってくるまで手を出そうとはしなかった。

「黒い男の子はお父さんだわ。スーキーが前に来たらこっちを見た。赤い木がまたふたりを殺したの。しばらくかかったけど、ふたりとも生き返った。そしてまた戦いつづけてる。もうこれ以上見てられない」マットは心の目を閉じた。

エドマンドがスーキーを引っぱり、父親の視界からはずした。スーキーの父親はまばたきをした。スーキーはベッドに腰を下ろし、肩をすくめた。

エドマンドは身をかがめてバックストロム氏の視線を避け、膝をついてマットの手にふれた。「どうなるのかまるで見当もつかなかったけれど、きみの能力《ちから》を借りればなんとかやれそうだ」

マットは目をそらした。「あれが、この人の頭のなかでずっと何年間も起こってたことだとしたら?」彼女はちいさな声で言った。

「なによりもそのことが気にかかってた。だからこそ修復したいんだ。手伝ってくれるかい?」

マットは目をこすり、背筋を伸ばした。「あたしはあなたを助けるために来たのよ。どうしてほしい?」

「きみが視界に入ったらどうなるだろう? この人は、ぼくとスーキーのことは知ってるけれど、きみには会ったことがない」

マットは心の目を開いた。目はエドマンドのほうに向いていた。以前と同じ空き地と、滝と、森と、みずみずしく茂った草木と、山の斜面が見えた。赤い少年が木に寄りかかり、少年のエドマンドが別の木の下に座っていた。ふたりは穏やかな表情でマットを見ていた。

マットは急いで立ち上がり、おそるおそるスーキーの父親と目を合わせた。

赤い森、そして黒い少年と白い少年の姿はもうなかった。マットに見えたのは青い海で、さざ波の寄せる水面《みなも》が果てしなくひろがっていた。海は水平線の彼方へつづき、青空と溶け合っていた。波が静まり、マットの顔が水面にだんだんと映しだされた。

戦いはどこへ行ったんだろう？

「バックストロムさん？」マットは言った。

さざ波が水面を揺らした。

「そこでなら目覚めてるの？」

映っていたマットの顔が波紋に散った。ちいさな波が水面を駆けていった。待っていると、水面はやがてもとどおりに静まった。

「あたしのことは見えてる。でも……答える方法がわからないみたいだし、答えたがってるのかどうかもはっきりしない。とにかく戦いの光景は消えちゃった」

「消えた？」

「今見えてるのは海だけなの。ネイサンがいてくれたらいいんだけど」黄金《ゴールド》がマットの手首でうごめいた。

「え？　どういうこと？」スーキーは父親のベッドに腰を下ろしたまま、両手をそっと膝に載せていた。

「ネイサンがここにいてくれたら、あなたたちにもこの景色が見えるように力を貸してもらえるのに」マットは袖をまくり上げ、両手首の細い輪をじっと見た。昨夜、ふたりに幻を見せるために黄金《ゴールド》をほとんど使い切ってしまった。そして淡い色の黄金《ゴールド》もすっかりなくなり、ジニーの黄金《ゴールド》が細い帯となって残っているだけだった。これっぽっちで、どうやってスーキーとエドマンドに今起こっていることを見せればいい？　ジニーの黄金《ゴールド》は幻を映しだしてくれるだろうか？　昨夜はだめだった。「スーキー――」マットは彼女の襟もとに手を伸ばした。ワンピースの襟のすぐ下に黄金《ゴールド》があることはわかっていた。「もしよければ――」

ノックの音がして誰かが入ってきた。「まあ！」

三人がいっせいにそちらを見ると、五十代なかばくらいの可愛らしい女性がいた。オレンジ色の絹のスカーフが、ぼさぼさに伸びた黒い縮れ毛を首の後ろでかろうじてまとめていた。あざやかな黄色の、小花模様のついたニットのワンピースを着ていて、ゆったりとしたひだのあるスカートが脚を包んでいた。「ごめんなさいね。リチャードのところにお客さまがいらしてるなんて知らなかったの。お客さまなんて一度もいらしたことがなかったから」彼女のまわりを、困惑のピンク色の雲が取り巻いていた。

「あなたがテス？」マットが訊いた。

「ええ、そうですけど。どうしてそれを？」

「絵葉書を貼ってくれたのはあなただって看護師さんが言ってました。素敵ですね」

「入ってもいいかしら？　挨拶だけでもしたいから」テスはにこにこと部屋に入ってきた。彼女はマットと並んでスーキーの父親の前に立ち、その目をじっと見た。「こんにちは、リチャード。ほら！　お客さまがいらしてるわよ。よかったわね！」

マットはバックストロム氏の心の風景に目をこらした。水面下から陸が上がってきた。広い砂の地面だった。足跡がひとつあらわれた。

「今日はご機嫌よさそうね」テスは彼の肩をかるくたたいた。

ふたつめの足跡があらわれ、それからふたつの足が、くるぶしが、ふくらはぎが、膝が、腿が——人の脚だった——まず影となってあらわれ、それからすこしずつ姿を見せはじめた。それはさらに上へ上へとのぼっていき、やがて砂浜に立っているテスの全身があらわれた。着ているものははっきり見えなかったが、顔と腕はテスのものだった。

「この女性《ひと》のこと見てるわ」マットは言った。

「なんですって？」テスがマットを振り向いた。

マットはぎくりとした。口に出して言ったことに気づかなかった。「ええと。この人、あなたのこと見てるの」

「どうしてそんなことがわかるの？」テスはバックストロム氏に向き直り、かがみこんで顔を近づけた。「リチャード、わたしがここにいるってわかるの？　そうだといいな、っていつも思ってるのよ」

　マットの肌がちくりとした。ひやりとした感触が身体のなかを駆け抜け、骨の髄まで冷やすと、ふっと温もりをおびた。〈なんだ？〉新しい声がした。

〈なに？〉マットは頭を振った。〈あたしの頭のなかで考えてるのは誰？〉

〈え？　マット？　ここはどこだ？〉

〈ネイサン？〉

　マットの頭が上がって、部屋のなかを見まわし、椅子のなかの男、その前にいる女性、そしてその向こう側にいるエドマンドを見た。その視線が、ベッドに腰を下ろしているスーキーの上でとまった。

〈すごい、なんてことだ〉

　マットの目に映ったスーキーは、微動だにせず、顔も無表情で、遠くを見るような目をしていた。両手は膝で震えていた。ネイサンの目に映ったスーキーはとにかく素晴らしかった。大人になって、前よりずっときれいになっていた。ネイサンは切ない思いでいっぱいになった。

〈見つけたんだね！　生きてたんだ！　すっかり大人になってる！　ああ、ほんとによかった〉

〈ネイサン、あなたここでなにしてるの？〉

〈さあ。ここはどこ？〉ネイサンはまたマットの頭の向きを変え、スーキーの父親の、なにも映らない目をのぞきこんだ。〈あいつか！　あいつなんだな？〉マットの両手がこぶしを握っ

た。肩に力が入った。〈殺してやる!〉

〈今すぐやめて〉マットは力をこめてけんめいに指を伸ばした。〈とにかく待って。あなたの知らないことがまだたくさんあるの〉

しばらくネイサンは抵抗していた。やがてやめた。〈ごめん〉彼が身体の自由をマットに返したのがわかった。〈説明してくれないか。どうやってぼくはここへ来たんだ? きみが呼び寄せたのか? こんなふうに呼びだされたのははじめてだ〉

「リチャード?」テスは片手をバックストロム氏の頬に当てた。「わたしがここにいるってわかるなら教えて。ちょっとした合図でかまわないから」バックストロム氏の顔はぴくりとも動かず、テスはマットを振り向いた。「どうしてそう思うんです? わたしがここにいることが、この人にわかるだなんて」

〈あたしが願ったの、あなたに来てほしいって〉マットは云った。

〈ぼくに来てほしいって、きみは願ってくれたのか〉ネイサンが嬉しそうな声でくり返した。

〈スーキーのお父さんは話すことも動くこともできないの。でも、エドマンドとスーキーはこの人と話さなきゃならない。あなたとあたしが力を合わせれば、この人の考えてることをふたりに見せられると思ったのよ〉

〈スーキー? スーザンは名前を変えたのか? きみが願ったからぼくが来た? でもぼくたちは、話をしてもいなかったじゃないか、マット〉

〈わかってる。ごめん。まさかほんとにそうなるとは思わなかったのよ。ただ思いついただけ

だったの〉

〈ちょっと、謝らないでくれよ。ぼくは来ることができて嬉しいんだ、どうやって来たのかはまるでわからないけど。なにがどうなってるんだ？〉

「どうしたんです？」テスが言った。

〈見て〉マットはバックストロム氏の心の風景に目をやった。そこにはまだ、果てしなくつづく青い海と青い空、その真ん中に浮かぶ島が映しだされ、テスがかわらずその島に足を踏みしめて立っていた。〈あの風景を、見えるように映しだすことはできる？〉

〈うーん〉自分の顔がしかめられるのをマットは感じた。ネイサンが言った。〈こんなに屋敷から離れたところでも、力を使えるんだろうか？　ん？　手首のこれはなに？　マット！　いったいなにを身につけてるんだ？〉頭のなかで彼は笑い声をあげた。

〈黄金《ゴールド》よ。魔法の力があるの。あなたが来られたのはたぶんこれのおかげ。あなたに来てほしいっていうあたしの願いを、これがかなえてくれたのよ〉

〈ああ！　魔法だったのか。こんな魔法を見たのははじめてだけど、ほかの魔法と似たようなものなら……〉ネイサンが黄金《ゴールド》に向かってなにごとか語りかけ、黄金《ゴールド》が応えるのがマットにもわかった。かすかにしびれるような、羽根がかるくふれたような感触がした。

バックストロム氏の頭上に、青い海が浮かび上がった。砂の浅瀬があり、そこに女性が立っていて、その上に青空がひろがっていた。

マットが心の目を閉じてもその光景は消えなかった。〈ありがと！〉マットはエドマンドをちらりと見て、見えているかどうか確認した。彼は目をまるくして彼女を見つめた。そういえば赤い少年には、マットとネイサンが心のなかで交わす会話が聞こえるのだ。その赤い少年は今、エドマンドのなかで目覚めている。

テスが息をのんだ。「なに?」テスは二、三歩後ろにさがった。バックストロム氏の頭上に映る彼女の姿がちいさくなった。

「あなたのこと見てるわ」マットが言った。

「なにをしてるの? いったいこれはなに? あなたは何者?」

「この人の考えてることが映ってるの」

〈彼が考えているのはこれだけ?〉ネイサンが訊いた。

〈さっきまではものすごく恐ろしい光景だった。こっちはずっといいわ〉

「なにか仕掛けがあるんでしょう? あなたたちはいったい何者なの?」テスがまた前に出てバックストロム氏の真正面に立つと、光景のなかに映るテスの姿が大きくなった。「リチャード?」

バックストロム氏がまばたきをした。テスの姿に覆いがかかり、また上がった。

「いったいなに?」テスは半泣きになってあとずさり、バックストロム氏の視界からはずれた。幻のなかのテスはちいさくなって姿を消し、陸は水の下に沈んだ。「あなたがたはここでなにをしてるの? まさか黒魔術?」

〈おやおや〉ネイサンはふたたび黄金《ゴールド》に語りかけた。映像が消えた。

マットは自分の両手首に目をやった。減っていたかもしれないが、ジニーの黄金《ゴールド》はまだあった。ネイサンは昨夜のマットよりも、もっと効率よく念写の魔法をあやつれるようだった。

〈昨夜?〉ネイサンが心のなかで訊いた。

マットは昨夜の出来事をざっと思い返した。

〈ああ、マット。ほんものの身体をつくりあげたんだね。ただ見えるようにしただけじゃない。さわれるようにしたんだ。それにはものすごく力がいる〉

ほんものの身体ですって!

〈いいかい〉ネイサンはほんのすこしの魔法で幻を浮かび上がらせる方法を教えてくれた。昨夜よりもずっとすこしの魔法で済んだ。

スーキーが立ち上がった。「テス。あなたのことは存じませんでしたけど」きっぱりと力強い声だった。「この人はわたしの父親なんです。父の世話をしてくださり、お気遣いくださってありがとうございます。どうしても父と話をしなければならないんですが、直接話しかけるのは無理だとわかっていたので、知り合いの――超能力のある友人に手助けをお願いしたんです。害を及ぼすような力じゃありません」

スーキーの姿を目に焼きつけ、言葉をずっと心に刻みつけておきたいとネイサンは思った。バックストロム氏のようすを確認したいとマットは思った。マットは一瞬その板ばさみになったが、やがてネイサンがわびを言い、マットに抵抗するのをやめ、首をまわさせてくれた。

戦いの風景がふたたびあらわれ、黒い少年と白い少年のちいさなふたりが、容赦のない、赤い植物の化けものと戦っていた。切りつけられ、身体を貫かれ、殺されては起き上がり、また向かっていく。「ああ！」ネイサンは気分が悪くなり、声をあげた。「あれはなんだ？」

マットは手で口をふさいだ。

〈ごめん。ごめん！　ああ、マット、ちっともいいお客じゃなくてごめん、だけどこれは……〉

〈済んじゃったことはいいわよ。あたしの言いたいこと、わかった？　この人はこんなものを背負って生きてきたのに、これ以上傷つける必要はないでしょ？　ひどいありさまだわ！〉

「ネイ――」スーキーが言った。マットは彼女に目をやった。スーキーは色を失い、動揺したようすでふたたびベッドに座りこんだ。

「リチャードのお嬢さん？　なぜ、こんなに長いこといらっしゃらなかったの？」テスの声には怒りがみちていた。「このかたはずっと何年もここにひとりぼっちだったのよ。気にもなさらなかったの？」

スーキーは襟に隠れた首の黄金《ゴールド》にふれた。金色のベールが彼女の顔を覆うより早く、エドマンドが瞳に赤い炎をたぎらせ、立ち上がった。「テス」その声は音楽のようだった。「あなたはとてもいい人だ、でもこの父娘《おやこ》の事情はご存知ないでしょう。知っているわけがない。あなたが今、どうこうと判断をくだせることではないんです、わかってください。ぼくらにしばらくまかせてください。ぼくらだけにしてもらえませんか」

「なんですって？　あなたたちだけに？　それじゃ誰がこの人を守るの？」

「出ていくんだ」エドマンドの声にはトランペットの響きがあった。マット自身も、立ち上がって出ていきたい衝動にかられた。

テスは歩いていき、後ろ手にドアを閉めた。鍵がひとりでにかかった。

「マット」訊ねるようなハープの響きで、エドマンドが言った。

マットはため息をついた。「ネイサンがいたらなって願ったら、黄金《ゴールド》がかなえてくれたの」

するとネイサンが言った。「それにしてもほら、エドマンド。ひどいありさまだ」

戦いの光景がバックストロム氏の頭上にぱっとあらわれた。

エドマンドとスーキーは、森が少年たちを痛めつけるようすにじっと見入った。「ああ、なんてこと」やがてスーキーが声をあげた。

マットは両目を覆った。「バックストロムさん、ふたりを協力させてみたら?」マットは指のあいだからそっとのぞいた。

そのときはなにも変わらなかった。黒い少年が死んだ。白い少年が死んだ。ふたりは立ち上がりまた戦いつづけた。

すると少年たちの距離が近づいた。

「そうよ」マットがささやくように言った。

ついに少年たちは森にこぶしを振り上げつつ、背中合わせになった。これですくなくとも背中から枝に刺されることはなくなった。

「でもあのふたりは勝てないんだ」エドマンドがつぶやいた。「武器も持っていなければ、攻撃がやむこともない」

「あのふたりも勝てないけれど、森が勝つこともありえない」ネイサンが言った。

「ネイサン！」

「スーザン」ネイサンがマットの頭をそちらに向け、マットもそうさせてやった。

〈あたしのなかから出たい？〉マットは訊いた。

〈どうだろう。きみの身体を離れて、接点がなくなったところで、もし屋敷に呼び戻されたらどうする？ 屋敷にとっては不可能なことじゃない。特別な偶然が重ならないかぎり、日中は屋敷から離れられないはずなんだ。今の状態がそれに当てはまるのかどうかもわからない。このままここにいて手伝いたい〉

〈黄金《ゴールド》が助けてくれるかもしれないわ〉云ってはみたものの、マットはふと手首に目をやった。輪がさらに細くなっているのは気のせいだろうか？

〈きみさえよければここにいたい。話してもいいかな？〉ネイサンが訊いた。

〈どうぞ〉

「元気だった？」ネイサンがスーキーに訊いた。

「ほんとにあなたなの？ どうやってそこに？」

「マットが、手を借りたいとぼくを呼びだしたんだ。幻を見えるようにする方法なら、ぼくのほうが心得てる。ほんとうはその男を殺して、きみがされたことすべてに対してつぐないをさせてやりたいと思ってた。でも彼が背負っているものをごらんよ。彼はすでに地獄にいるんだ」ネイサンは戦いの光景に目をやった。背中を合わせ、黒い少年と白い少年は赤いジャングルと戦っていた。森はふたりを串刺しにし、その身体を貫き、切り刻んだ。ふたりは戦っては死に、よみがえり、また戦っては死んだ。

「ぼくがやったんだ」エドマンドはまだ目に炎をたぎらせていた。

「なんだって？」ネイサンが訊いた。

「ぼくが忘れていたのはこのことだった。ぼくがこの人に呪いをかけ、こんな目にあわせたんだ」エドマンドは疲れ切った顔をしていた。「自分のしたことを記憶からすっかり消していた。この人に呪いをかけたことも。妹に望みをかなえる魔法をかけたことも。ふたりにどんなことが起こっていたか、ぼくは知りもしなかった」彼は振り向いてマットの目をじっと見つめた。

「マットに会うまでは」そして微笑《わら》った。不思議な笑顔だった。あたたかい笑顔でも、包みこんでくれるような笑顔でもなく、痛々しい微笑みだった。

マットはふいに不安になった。なにをしようと嫌いになんかならない、とエドマンドには言った。彼から同じ約束はしてもらっていない。マットに出会って過去を知ってしまったがゆえに、エドマンドは苦しんでいる。

マットがエドマンドと目を合わせて手を差し出すと、彼はその手を取った。「知らないほうがよかった？」マットはちいさな声で訊いた。

エドマンドは深呼吸をした。「とんでもない。どうやって修復すればいい？」

全員が戦いの光景に目をこらした。

「変わったところはないの?」マットが訊いた。

「スーキーが話すたびに、木の勢いが衰える」

「ほんと?」スーキーが言った。「お父さん? 聞こえる?」

木々の動きが鈍った。黒い少年と白い少年は息つく暇を与えられた。ふたりは顔を上げてあたりを見まわしたが、バックストロム氏の首が動くことはなかった。目の動きも止まっていた。スーキーは彼からは見えない場所にいた。やがて、木々はふたたび狂暴な枝を振りまわしてふたりを殺しにかかり、少年たちは戦い、死んだ。

「どうやればいいのかあたしにはわからない」マットは言った。「あたしにわかるのは見る方法だけ。これからどうするかは、あなたが決めるのよ」

エドマンドは言った。「この戦いをやめさせることができれば、彼が目覚めるきっかけになるかもしれない。戦いの場面が海に変わったのはどういうときだった?」

誰かがドアをノックした。「もしもし、バックストロムさんのお嬢さん、なにをなさってるんです?」看護師の声がした。

ネイサンが、映しだされていた戦いの風景を消した。エドマンドが立ち上がり、ドアを大きく開けた。看護師が立っていて、その後ろにテスがいた。エドマンドは言った。「話をしてるだけです。この人を目覚めさせるために」

「テスが言ってたけれど――なにかの儀式を?」

「そうです。必要があれば、すこし香をたくこともあるかもしれません。ほかの手はつくされたんでしょう?」

看護師がちらりとテスを見た。テスは憤懣やるかたない顔をしていた。

スーキーが腕組みをして立ち上がり、テスに言った。「あなたが父を気遣ってくださる気持ちはわかります」

バックストロム氏が首をまわしてスーキーを見た。

看護師が言った。「まあ!」

マットは戦いの風景に目をやった。木々はぴたりと動きを止めていた。少年たちは背中を合わせたまま、顔を上げた。

「話しつづけて。この人は聞いてるわ」

「父を傷つけようと思ってここへ来たわけじゃないんです」スーキーは父親の目をじっと見つめた。「でも、ひょっとしたらそうなのかもしれないわ、お父さん。自分でもわからない。あなたのことを、気絶するまで殴ってやりたいと思ってた。殺してやりたいと思ってた」彼女の目が細くなり、頬が赤くなった。金色の糸が首から立ちのぼった。「やめて」首に手を当て、いやな気分を食べようとする黄金《ゴールド》を押しとどめた。「わたしは感じたいの」黄金《ゴールド》はもとに戻った。スーキーはしばらく父親を見つめていた。「この気持ちも。マスタードも。炭酸も。怒りも」色の白い額に血管が脈打った。「わたしはお父さんの籠の鳥だった」ようやく聞きとれるほどの、かすれた低い声だった。

戦いの場面がリチャード・バックストロムの心の風景から消え、金髪の赤ん坊が宙づりにされている光景があらわれた。糸は四方八方に伸びていて、両腕は胴体もろともがんじがらめにされ、両脚も縛り上げられて、赤ん坊は音のない世界で泣き叫んでいた。

「だからわたしは逃げだして、もうひとつの籠に自分を閉じこめたの」スーキーはまたしばらく父親の目をのぞきこんでいた。「だけど、もう終わりよ」黄金《ゴールド》の糸が一本、彼女の襟もとから勢いよく飛びだし、頰の横で美しいらせんを描いた。のどを押さえていた手が金色に変わった。彼女は手を差しのべると、こぶしを握りしめた。

ガラスの砕ける音が空気を震わせた。看護師とテスはあたりを見まわした。マットもまわりを見た。たしかにはっきりと聞こえたのに、床にガラスはなく、窓にもひびひとつなかった。

「もうわたしは傷つかない」冷たい、通る声でスーキーが言った。「お父さんにはもう、わたしに指一本ふれさせないわ」

赤いジャングルがふたたびあらわれたが、草木はその場に凍りついていた。少年たちはスーキーの顔にじっと見入っていた。黒い少年がスーキーのほうに一歩近づいた。「おまえはわかっていないんだ、わたしの妖精」バックストロム氏がしわがれた声で言った。「そちらの世界はジャングルなんだぞ」

テスと看護師が息をのんだ。

「ジャングルはお父さんの頭のなかよ。ここじゃないわ」

「どこを見まわしてもジャングルだ。戦いつづけていなければ、たちまち覆いかぶさられ、うずめられてしまう。背中を見せれば打ち倒されて焼かれる。ちらりとでも気を抜けば、生きながらにして食われてしまう。おまえはわかってくれなかった、わたしの妖精。おまえをジャングルから遠ざけておきたかっただけなのに」

「ジャングルは今どうなってるの？」

黒い少年は後ろを見た。木々はぴたりと動きを止めていた。「待ち構えてる」バックストロム氏が低くつぶやいた。

「ほんとうは、どの木もあなたを傷つけたいわけじゃない」エドマンドが穏やかに言った。「思いだせますか？」

バックストロム氏は首をまわしてエドマンドを見た。「木がわたしを殺すんだ」生気のない声だった。「どれほど必死に戦ってもだめだ。邪悪な力が待ち構えてる。すこしでもじっとしていたら、たちまちそのなかに取りこまれて動けなくなる、そうなったらあいつらの思うがまま、どうすることもできなくなるんだ。戦いつづけなければ、なにもかもが手に負えなくなる」

エドマンドは近づいて、彼の額に二本の指を当てた。「お願いです。今度はあなたを助けさせてください」

日射しが白い少年の上に降りそそいだ。その背が伸びた。少年は大人になり、現在のエドマンドにそっくりな青年の姿となった。白い青年が肩にふれると、黒い少年は振り返った。

「手伝わせてもらえるだろうか？　きみはずっと長いこと戦いつづけてきた。もうやめたくはないか？」エドマンドが訊くと同時に、白い青年の口も動いた。

「やめたい。もう休みたい」

「ぼくの手を握って」

バックストロム氏は手を伸ばしてエドマンドの手を取った。白い青年と黒い少年は互いの手を握った。まばゆい光が青年と少年の上に降りそそいだ。ふたりはじっと見つめ合い、しだいに相手のほうへ身体を傾けた。

やがてふたりの身体がひとつに溶けた。

森に向かって立つ灰色の男を、木々がなぎ倒した。静かに横たわる彼の身体を植物が切り刻んだ。「この身を委ねる」エドマンドがささやいた。バックストロム氏は荒い息をたてていたが、じきに静かになった。じっと横たわる灰色の男の身体をつきやぶり、植物の根が縦横無尽に伸びていった。男の身体から緑色の血が流れだした。

赤い木々と藪は緑色に染まり、いたるところに、巨大な、みずみずしい、あざやかな色の花が咲きほこった。ラベンダー色の花、深紅の花、オレンジ色の花、青い花、時計草、ハイビスカス、蘭、ゼラニウム。森のなかから小川があらわれ、みずからの水の勢いで地面を穿ちながら、やがて力強く速い流れとなった。

ちいさな金髪の少年が森のなかから歩いてきて、小川のそばにしゃがんだ。子供は水のなかをのぞきこんだ。銀青色の魚が飛び跳ねた。

バックストロム氏は絶叫し、椅子に沈んだ。

外は寒く、今にも雨が降りそうだった。マットは車からアーミージャケットを取ってきた。スーキーも上着を取ってきて、眠っているバックストロム氏をエドマンドとテスにまかせ、外に出てふたりで介護施設の構内を散歩した。

ふたりは川に面したコンクリートのベンチに座った。マットはジャケットの外側のポケットに手をつっこみ、ドーナツくずの入ったくしゃくしゃの白い袋を引っぱりだした。アスファルトの小径にドーナツくずを投げてやると、たちまち鳥が舞い下りてきた。きっと毎日、このベンチで誰かが餌をやっているのだろう。

マットの隣のスーキーは、紺色の地が光の加減で灰色にきらめくブランドもののレインコートを着ていた。ストッキングをはいた足をハイヒールから引き抜き、つま先を曲げたり伸ばしたりした。「わたしの恋人はまだあなたのなかにいるの？」やがてスーキーが口を開いた。

マットは心のなかで一歩しりぞいて、身体をネイサンに委ねた。「きみの恋人にはなれないよ、スーザン、どんなにきみを愛していてもね」

「どうしてだめなの？」スーキーはマットを見ずに川のほうへ目を向けた。だが、その横顔は微笑《わら》っていた。

「きみの恋人になるにはぼくは幼すぎる。生きていた時代が古すぎる。背だって低すぎる。ぼくは死んでる。外へもめったに出ない。きみには、ともに歳を取っていく、手でふれられる相手のほうがふさわしい。家から離れることのできる相手が」

「どうして？」

ネイサンは言葉につまった。「ぼくをからかってるの？」

スーキーはマットのほうを向き、その目をじっと見つめた。「そんなんじゃないわ」

「きみのほんとうの望みはなに？」

スーキーはしばらくのあいだ川を見つめていたが、ふたたびマットのほうを見た。「マスタードの味って知ってる？」

「食べたのはずっと前のことだ。憶えてない」

「昨日、マスタードの味がわかったの。何年も食べてたはずなのに、味を感じたことは一度もなかった。昨日ね……寒いって思ったり、腹が立ったり、不平ばかり言ったり、おびえたり、いらいらしたり、やきもちを焼いたりした。そんなこと今までなかったのに」スーキーは眉をひそめて川をじっと見た。「もしかしたら、あなたはそういうことをしないわたしが好きなんじゃないかしら。どうしてあなたがそんなふうにわたしのことを想ってくれるのか、よくわからないんだもの」

「きみはほかの誰よりもぼくを受け入れてくれたし、ぼくのことをわかってくれた。きみとぼくは似ていた」

「わたしたちふたりとも、マスタードの味がわからなかったのね」

ネイサンは考えこんだ。「きみは大人になって、ぼくを忘れてしまうつもり？　もうぼくと同じようには感じないの？」

スーキーはマットの手を握った。「今もわたしを愛してるって言ってくれたわよね。わたしが変わってしまったら嫌いになる?」

「まさか」

「ほんと?」

「ほんとさ」

スーキーは顔をそむけた。「だって、安心して心を許せるのはあなただけなんだもの。あなたはわたしを愛してくれるけど、わたしを思いどおりにしようとしたり、違う人間にしようとしたり、突拍子もない考えかたをしたりしないわ。あなたはたくさん年を重ねてきたから、自分のことがちゃんとわかってるし、心変わりしそうなときにも自分でちゃんとわかるでしょ。わたしは今変わりつつあるの。長いあいだずっと凍りついていたものが、昨日溶けはじめて、自分でもそのことに驚いてる。気持ちいいことばかりじゃないわ。すごく腹が立つこともある」スーキーは下を向き、自分の手をじっと見た。手のひらの上に金色のらせんが描かれていた。それを見て彼女は微笑んだ。「この気持ちを、マットのくれたこの金色のものに吸い取ってもらうことはできるわ」スーキーはネイサンに手を見せて言った。「でも自分の身に起こることは、ちゃんと知っているべきだと思うの」

ネイサンはスーキーの手のひらにふれた。マットは自分の手首に目をやった。糸のように細くなったジニーの黄金《ゴールド》が、かげった日の光にちらりときらめいた。もう残りすくなかった。

「きみを見たときはどきどきした」ネイサンが言った。

スーキーは微笑んだ。「わたしもこんな自分にどきどきしたわ」その顔から笑顔が消えた。

「でも、このままうまくやっていけるかどうかはわからない。とにかく慣れなくちゃね。あなたに会いに行ってもいい？」

「ああ、もちろんだよ。いつでも来てくれ。きみにずっと会いたかった」

「わたしもよ」スーキーがささやいた。

「待ってる」ネイサンが言った。

最後に残った黄金《ゴールド》が消え、ネイサンが去っていくのをマットは感じた。彼女はため息をついた。

スーキーが顔を近づけた。「行っちゃったの？」

マットはうなずき、なにもない手首を見つめた。黄金《ゴールド》があることにも、必要とあればいつでもジニーに連絡が取れるという安心感にも慣れてしまっていた。自分でもびっくりするようなことができるかもしれない、と思うだけでも楽しかった。

〈ひとりじゃないよ〉座っていたベンチが心のなかに呼びかけてきた。

マットはベンチをぽんぽんとたたき、顔をほころばせた。


すこしして、ふたりは手をつなぎ、施設のほうに歩いていった。「父が目を覚ましたら、いったいどういうことになるのかしら」スーキーが言った。「まだ怖いわ」

「あの人にはもう、あなたを傷つけることはできないわ」マットは言った。

「とてもそうは思えない」

「ふたりきりになんてしないから」

〈マット？〉歩いていた小径が云った。

〈なに？〉彼女は膝をついて地面に手をふれた。

〈来てくれ〉コンクリートから響いてきたのはエドマンドの声だった。

マットは立ち上がり、スーキーの手を握った。「戻らなきゃ」マットは言った。ふたりは走った。部屋に着いたときには、ふたりとも息をはずませていた。

スーキーは髪をなでつけ、きっちりとまっすぐに整えると、一一八号室のドアをノックした。テスがドアを開けた。「たった今目を開けたところよ」

バックストロム氏はベッドに横たわり、その上に小枝模様のついた撚糸織りのキルトが掛かっていた。エドマンドはベッドの横にある金属製の折りたたみ椅子に座っていた。

スーキーはマットの手をぎゅっと握るとその手を放し、マットとテスの先に立って、ベッドに近づいた。スーキーが父親をじっと見おろすと、彼は顔をそちらに向け、ふたりの目が合った。「大人になったな」まだその声はしわがれていた。

「長いこと眠っていたんだもの」

バックストロム氏は目を閉じた。「長い眠りではなかった。悪夢の一瞬が、ただえんえんとつづいていた」

やがて彼はふたたびまぶたを開けた。「以前は知らなかったことがいろいろとわかったような気がする」彼はちらりとエドマンドを見た。「きみがわたしを倒したんだ」

「ええ」

「わたしに呪いをかけた」

テスが息をのんだ。

「ええ」

「そしてそれを解いた」

「ええ」

「今ならその理由もわかる。なぜあのときさみがああしたのか、なぜ今こうしてくれたのか」

彼は頭を振った。「二度ときみを怒らせるのはごめんだな」

「もうけっしてあんなことはしません」

「なあ、きみ。わたしのような男にそんなことを言うのは心外だろう。怖がらせたままにしておきたいんじゃないか」

「ぼくが？」

ふたりは長いこと目を見合わせていたが、ついにバックストロム氏が笑みを浮かべた。やがて声をあげて笑いはじめた。ふと彼はうなり声をあげ、額に手を当てた。「とても混乱してる」

スーキーが言った。「お父さん？」

「わたしの妖精」

「自分がどこにいるかわかる？」

バックストロム氏は手を下ろして天井を見つめ、しばらく考えこんでいたが、やがてそらんじるように言った。「オレゴン州、セーレムの、リバービュー介護施設だ」言葉を切ると、先ほどとは違う声で言った。「介護施設？　ああ、そうか、なるほど。緊張型統合失調症と言われたんだ。ならなぜ精神病院ではなくここへ？　ここなら誰に気がねすることもない。金がかかるはずだ。介護も一流だ。誰がそう取り計らってくれたんだろうか？」彼はスーキーをちらりと見た。

「ヘンリー伯父さんだと思うわ」

「ああ。こうしてみると、感謝しなければならないことがたくさんあるようだな」

「リチャード」テスが言った。

バックストロム氏が彼女を見た。

「わたしがわかります？」テスがちいさな声で言った。

「テス」彼は言い、顔をしかめた。部屋のなかをじっくりと見まわし、絵葉書の一枚一枚に目をとめた。「テス。あなたは悪夢ではない時間を与えてくれた。ありがとう」

テスは彼の手を握りしめた。彼はすこし困った顔をしたが、手を引っこめたりはしなかった。やがてその表情がもとに戻った。彼はちらりとスーキーを見た。「眠りたい。目が覚めたとき、おまえはまだここにいてくれるか？」

「いないわ」

「どこに行けばおまえに会えるか、教えてくれるか？」

「だめよ」

「わたしがここを離れるときに、行き先をはっきりさせておいたら、いつか訪ねてきてくれるか？」

スーキーは即答できなかった。ようやくスーキーは口を開いた。「もしかしたらね。お父さんがどういう人間になったか、わたしがどういう人間になるのか、それしだいだわ。行かないかもしれない。お父さんを許せるかどうかわたしにはわからない」

「なんとも複雑な気分だが、それもよくわかる」彼はエドマンドを長いことじっと見つめていた。「きみ。ときどき連絡をくれないか」

「そうします」エドマンドが答えた。

「屋敷さん。ただいま！」マットは幽霊屋敷の敷居をまたぐと、大きな声で叫んだ。これが一九五〇年代のコメディなら、奥さんが出てきて、夕食ができてるわよ、と言い、キスしてくれるところだろう。

だがそれはありえなかった。けれども、今度は来る前に買いものをしてきた。マットとエドマンドは両手いっぱいに食料品をかかえていた。これで今度はここにいるあいだも、ちゃんと食事ができるはずだ。

「おかえり、マット」屋敷が言った。「いらっしゃい、スーザン、エドマンド」

スーキーは、スーツケースとパソコンとバッグを運びながら言った。「屋敷さん。わたしもただいま」

「会いたかったわ」

スーキーが黄金《ゴールド》に覆われた手のひらを壁に当てると、ふたたびすべての家具があらわれた。彼女はため息をついて微笑んだ。「わたしも会いたかった」それからあたりを見まわした。「フリオとディーはどうしてるのかしら。あなたは知ってる？」スーキーがエドマンドに訊いた。

「あのふたりにはここを出てから会ってないし、ぼくも、きみのすぐあとにここを出たんだ」

「次はその人たちを捜しに行かなきゃね」マットがエドマンドに目をやると、彼は驚いた顔をしていたが、やがてうなずいた。「キッチンはどこ？　この前来たときには見当たらなかったわ」

「この扉だよ」薄暗く陰になった廊下の向こうに、ネイサンが立っていた。

スーキーは荷物を取り落とし、彼に近づいた。両手を差しのべると黄金《ゴールド》が手のひらから流れだし、ネイサンに届いた。

「うわ！」ネイサンは声をあげた。黄金《ゴールド》は霧となり、彼の身体に流れこんだ。「きみはなにを――これはいったい――へんな気分だ！」

「ほんものの身体よ。マットが言ってたの。黄金《ゴールド》はほんものの身体をつくれるって」スーキーは前かがみになり、ネイサンを抱きしめた。

やがて、ネイサンもスーキーを抱き返した。

訳者あとがき

本書『マットの魔法の腕輪』（原題 *A Red Heart of Memories*）は、一九九九年に出版されたニーナ・キリキ・ホフマンの長編第三作です。彼女の作品は日本でもこれまでにいくつかの短編が翻訳され、アンソロジーや雑誌にも掲載されましたが、長編作品の紹介は今回が初めてです。

本書の主人公マット・ブラックは、人の手でつくられたものと話ができるという不思議な力を持った二十歳過ぎの女性。住む家も持たず、ものたちの声にひたすら耳を傾けながらさすらい歩く彼女が、魔法使いの青年エドマンドと出会うところから物語が始まります。エドマンドの旧い親友たちを訪ねるため、ともに旅に出たふたりは、やがてそれぞれの胸に秘めた傷と向き合うこととなりますが……。

人は傷つき、その傷をかかえて大人になっていきます。いかにしてその傷と向き合い、乗り越えていくか。ホフマンはそれを、まるで乾いた土に雨がしみ通っていくように、おおらかな、優しい筆致で描いています。この物語は、傷つきやすく弱い大人たちに贈られた、まさに大人のためのファンタジーです。

ニーナ・キリキ・ホフマンは一九五五年生まれ、ホラー界およびファンタジー界で現在活躍中です。オレゴン州ユージン在住で、作品の舞台としてもアメリカ西海岸がしばしば登場します。本書でマットとエドマンドが旅を始めるのもオレゴンであり、まるで目の前に、作者自身の慣れ親しんだ風景が見えてくるようです。

ホフマンはこれまでに、本書を含め五冊の長編および中編小説と、児童書やテレビシリーズのノベライズ作品などを手がけ、また百数十編の短編を発表しています。一九九三年に初の長編 *The Thread That Binds The Bones* でブラム・ストーカー賞の新人賞を受賞。続く一九九五年の第二作 *The Silent Strength of Stones* はネビュラ賞および世界幻想文学大賞の最終候補作となり、本書も二〇〇〇年の世界幻想文学大賞の候補作となりました。そのほか、これまでにもいくつかの短編や中編小説がネビュラ賞や世界幻想文学大賞など、かずかずの賞の候補にあがっています。

数多い短編のなかには、本作の下敷きとなったものもあります。"Here We Come a'Wandering" (Fantasy & Science Fiction 一九九六年一月号掲載) は本書の前身ともいえる作品で、内容は、マットとエドマンドの出会いを描いた本書の第一章とほぼまるまる同じものです。

ホフマンの作品の大きな柱となっているテーマは "home" だといえるでしょう。ここで "home" が意味するのは、「家」そして「故郷」そして「家族」。彼女の作品にはさまざまな家族の風景が登場します。本書においても、登場人物たちは家族との確執に悩み、苦しみますが、やがて、依存するのでも支配されるのでもなく、人間どうしとして理解し合うための答えをそれぞれ見いだしていくのです。

このように記すとやや重苦しい印象を与えてしまうかもしれませんが、いざホフマンの作品世界に一歩足を踏み入れるとそんなものは払拭されてしまいます。ホラーであろうとファンタジーであろうと、長編であろうと短編であろうと、彼女の著作は作品そのものにあたたかな空気が流れていて、心がほっと安らぎ、優しい気持ちになれる、じつに心地よい作品ぞろいなのです。

訳者自身、彼女の作品に出合えたこと、その翻訳をさせていただけたことを、ほんとうに幸せに思っています。マットとエドマンドを、この作品を、そしてニーナ・キリキ・ホフマンという作家をひとりでも多くのかたに愛していただけたなら、この上ない喜びです。

このマットとエドマンド、そしてふたりを取り巻く人々を描いた物語には、続編 *Past the Size of Dreaming* と、サイドストーリーを描いた短編がいくつかありますので、機会がありましたらぜひ皆さまにご紹介したいと思っています。

最後になりましたが、この場をお借りして、指針を与えてくださった先生がた、なにかと励ましてくれた友人たち、日々支えてくれた家族、そしてニーナ・キリキ・ホフマンの作品と出合うきっかけをつくってくださった東京創元社に、心より感謝申し上げます。

二〇〇二年六月

田村美佐子

検　印
廃　止

訳者紹介　1969年生まれ。上智大学大学院文学研究科英米文学専攻博士前期課程修了。

マットの魔法の腕輪

2002年10月18日　初版

著　者　ニーナ・キリキ・ホフマン

訳　者　田《た》村《むら》美《み》佐《さ》子《こ》

発行所　(株)東京創元社
代表者　長谷川晋一

162-0814/東京都新宿区新小川町1-5
電　話　03・3268・8231-営業部
03・3268・8204-編集部
URL　http://www.tsogen.co.jp
振　替　00160-9-1565
工友会印刷・本間製本

乱丁・落丁本は，ご面倒ですが小社までご送付ください。送料小社負担にてお取替えいたします。

ISBN4-488-59401-8　C0197